ING, 1950

FOUNDATION,
RT MUSEUM.

N ART MUSEUM,
OURCE, NY

ガーリー・ショウ

ミーガン・アボット

THE GIRLIE SHOW, 1941

PRIVATE COLLECTION/
BRIDGEMAN IMAGES

キャロラインの話

ジル・D・ブロック

SUMMER EVENING, 1947

PRIVATE COLLECTION

宵の蒼

ロバート・オレン・バトラー

Soir Bleu, 1914

Whitney Museum of American Art, New York;
Josephine N. Hopper Bequest 70.1208

その出来事の真実

リー・チャイルド

HOTEL LOBBY, 1943

INDIANAPOLIS MUSEUM OF ART,
WILLIAM RAY ADAMS MEMORIAL COLLECTION, 47.4
© EDWARD HOPPER

海辺の部屋

ニコラス・クリストファー

ROOMS BY THE SEA, 1951

YALE UNIVERSITY ART GALLERY,
BEQUEST OF STEPHEN CARLTON CLARK, B.A. 1903

夜鷹　ナイトホークス

マイクル・コナリー

NIGHTHAWKS, 1942

FRIENDS OF AMERICAN ART COLLECTION, 1942.51,
THE ART INSTITUTE OF CHICAGO

11月10日に発生した事件につきまして

ジェフリー・ディーヴァー

HOTEL BY A RAILROAD, 1952

HIRSHHORN MUSEUM AND SCULPTURE GARDEN,
SMITHSONIAN INSTITUTION; GIFT OF THE JOSEPH H.
HIRSHHORN FOUNDATION, 1966.
PHOTOGRAPHY BY LEE STALSWORTH

アダムズ牧師とクジラ

クレイグ・ファーガソン

SOUTH TRURO CHURCH, 1930

PRIVATE COLLECTION

音楽室

スティーヴン・キング

ROOM IN NEW YORK, 1932

SHELDON MUSEUM OF ART,
UNIVERSITY OF NEBRASKA-LINCOLN, ANNA R. AND FRANK M.
HALL CHARITABLE TRUST, H-166.1936.
PHOTO © SHELDON MUSEUM OF ART

映写技師ヒーロー

ジョー・R・ランズデール

NEW YORK MOVIE, 1939

牧師のコレクション

ゲイル・レヴィン

CITY ROOFS, 1932

PRIVATE COLLECTION

夜のオフィスで

ウォーレン・ムーア

OFFICE AT NIGHT, 1940

COLLECTION WALKER ART CENTER,
MINNEAPOLIS; GIFT OF THE T.B.
WALKER FOUNDATION,
GILBERT M. WALKER FUND, 1948

午前11時に会いましょう

ジョイス・キャロル・オーツ

ELEVEN A.M., 1926

HIRSHHORN MUSEUM AND SCULPTURE GARDEN, SMITHSONIAN INSTITUTION; GIFT OF THE JOSEPH H. HIRSHHORN FOUNDATION, 1966. PHOTOGRAPHY BY CATHY CARVER

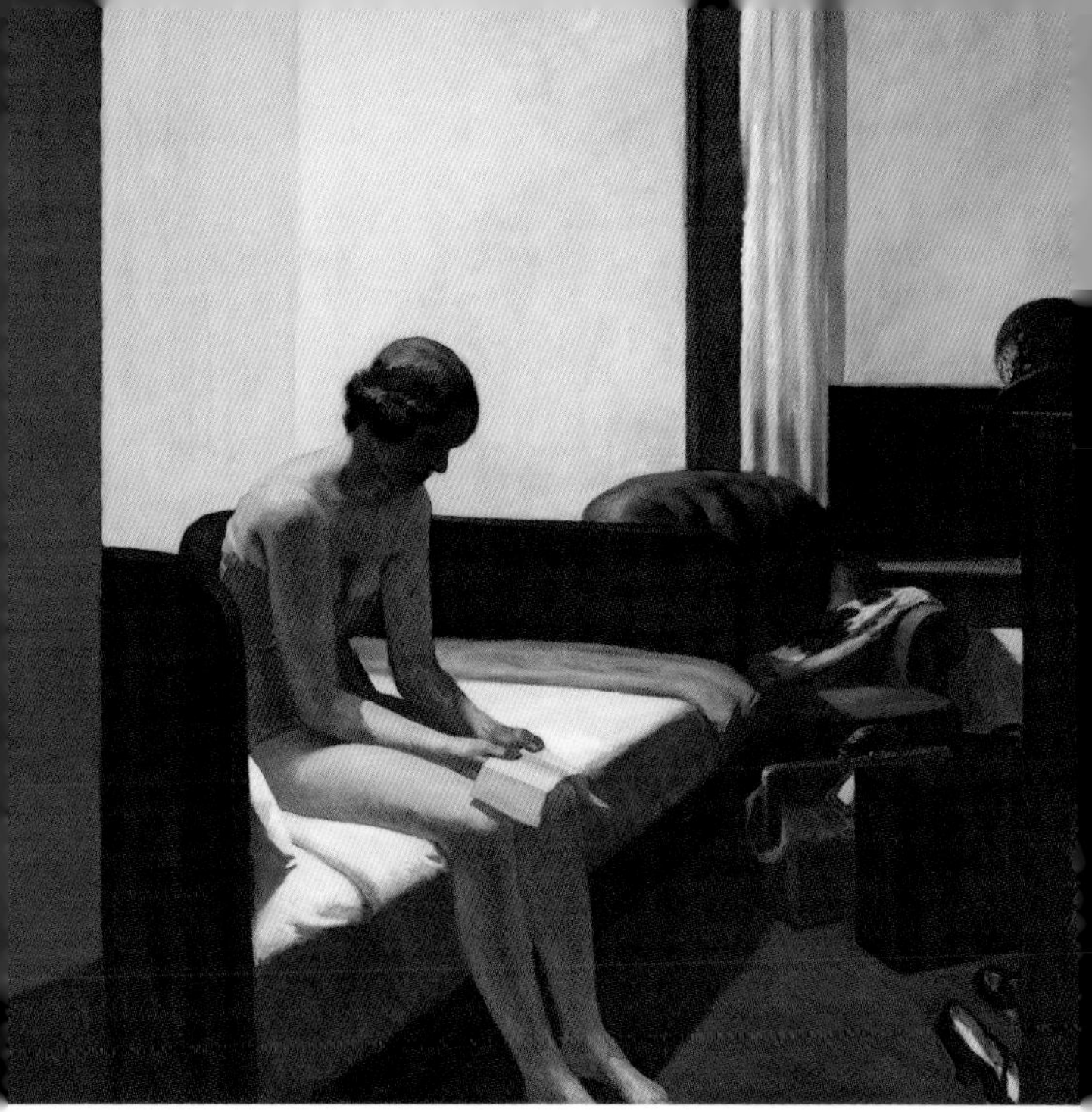

1931年、静かなる光景

クリス・ネルスコット

HOTEL ROOM, 1931

窓ごしの劇場

ジョナサン・サントロファー

NIGHT WINDOWS, 1928

朝日に立つ女

ジャスティン・スコット

A WOMAN IN THE SUN, 1961

オートマットの秋

ローレンス・ブロック

AUTOMAT, 1927

DES MOINES ART CENTER, PERMANENT COLLECTIONS;
PURCHASED WITH FUNDS FROM THE EDMUNDSON ART
FOUNDATION, INC., 1958.2.
PHOTO CREDIT: RICH SANDERS, DES MOINES, IA .

短編画廊

絵から生まれた17の物語

ローレンス・ブロック 編
田口俊樹 他 訳

IN SUNLIGHT OR IN SHADOW
EDITED BY LAWRENCE BLOCK
TRANSLATION BY TOSHIKI TAGUCHI AND OTHERS

ハーパー
BOOKS

Japanese translation published in arrangement with
Lawrence Block, c/o Baror International, Inc., Armonk,
New York, U.S.A through The English Agency(Japan)Ltd.

All Works by Edward Hopper(1882-1967).

Published by K.K. HarperCollins Japan,2021

短編画廊

絵から生まれた17の物語

目次

序文

始めるまえに……

エドワード・ホッパーは一八八二年七月二十二日にニューヨーク州アッパー・ナイアックで生まれ、一九六七年五月十五日にニューヨーク市ワシントン・スクウェア近くの自らのアトリエで死んだ。それまでの八十五年にわたる彼の人生はなかなか興味深いものだが、それをここで詳しく語るのは私の仕事ではない。興味のある読者はゲイル・レヴィンによる『*Edward Hopper: An Intimate Biography*（エドワード・ホッパー：親密な伝記）』を読まれるといい。（ホッパーの総作品目録を編集してもいるゲイルは本書の寄稿者のひとりでもある。その作品『牧師のコレクション』では彼女がホッパーからじかに得た知識に基づき、この芸術家の人生の終焉《しゅうえん》に関する知られざる逸話をフィクションに仕立てている）

話は脱線するが——たぶん脱線はこれが最後にはならないと思うが——いかに本書編集のアイディアが浮かび、なぜこれほど著名な多くの作家が賛同してくれたのか、少し書いておきたい。

文章の書き方、着想の得方について、私はずいぶん昔から書いてきた。だから、今回の本書編集のアイディアがどのようにして生まれたのか、きちんと示せるはずだとみなさんは思われるかもしれない。それができないのだ。気づいたときにはもうそこにアイディアが——土台もタイトルも何もかもそろったアイディアが——あった。私はほとんど何も考えることなく、仲間に迎えたい作家の最初のリストをつくった。

そのとき考えた作家の大半がぜひ参加したいと言ってくれた。

理由は友情ではなかった（全員が私の友人ではあったが）。ほかにやることがなかったわけでも、私に提示できた雀《すずめ》の涙ほどの稿料に飢えていたわけでもなかった。エドワード・ホッパーが惹《ひ》き寄せたのだ。全員が彼の作品を愛し、彼の作品に呼応してくれたのだ。それもいかにも作家らしく。

ホッパーの絵に強く惹かれるというのは、アメリカだけでなく世界において珍しいことでもなんでもないが、私は最近とみにこう思うようになった。その傾向は読書家と作家にとりわけ顕著だと。ホッパーの作品は物語に没入する私たちのような人間にはことさら深く響く。だから、エドワード・ホッパーのファンは物語を語る側にも語られる側にも多いのだ。

しかし、それは彼の絵が物語を語っているからではない。

ホッパーの作品はイラストレーションと片づけられることもあった。それには彼も少なからず失望したことだろう。実のところ、彼の関心は抽象表現主義の芸術家と変わらなかった。なぜなら、彼の関心は意味や物語にはなく、形と色と光そのものにあったからだ。

ホッパーはイラストレーターでも物語画家でもない。彼の絵は物語を語ってはいない。ただ強く抗《あらが》いがたく示唆している。絵の中に物語があることを、その物語は語られるのを待っていることを。

彼はある一瞬を切り取ってわれわれに提示する。そして、その一瞬には明らかに過去と未来がある。しかし、そのふたつを見つけるのはわれわれの仕事だ。

本書の寄稿者はみなそれを実践してくれた。正直なところ、私は彼らがしてくれたことに度肝を抜かれた。テーマ型のアンソロジーというのはどうしても似通った物語の集合体になる。だから、一気に読まずに一編ずつ時間を空けて読むことが勧められる。

本書にはその通例があてはまらない。ここに収められた物語はさまざまなジャンルの物語だ。あるいは、いかなるジャンルにも収まらない物語だ。あるものはキャンヴァスからまっすぐに立ち上がり、題材の絵にぴたりと合った物語を語り、あるものはキャンヴァスから斜めに撥《は》ね上がり、絵になんらかの形で誘発された物語になっている。私にわかるかぎり、本書の物語の共通分母はふたつだ。一個の短編としてどれもすばらしいということ、そしてそのどれもがエドワード・ホッパーの作品から着想を得ているということ。このふたつだ。

みなさんにはきっとどの物語も愉《たの》しんでいただけるはずである。加えて、本書は物語を愉しみながら見事な絵も鑑賞できるようになっている。

それらの絵のうち、口絵の『Cape Cod Morning《コッド岬の朝》』には物語が添えられていないが、この絵については ちょっとした逸話がある。

『Cape Cod Morning』は、実はホッパーの愛好家で、高名な作家が選んだ作品だった。彼は本書への誘いに一旦は応じてくれたものの、あとになって物語を紡ぐことができないことに気づいた。こういうことは往々にして起こるものだ。だから非難するにはあたらない。

ただ、その結果、絵が一枚余ってしまった。『Cape Cod Morning』は掲載に関する必要な許可の取得にすでに動きだしており、その高精細の画像ファイルが「ペガサス出版担当者」というフォルダーに収まっていた。このままでは絵に物語を添えられなくなってしまう。

絵だけが手元にある状況を担当者に話すと、彼は「なるほど」と言った。「でも、美しい作品だから、そういうことなら口絵に使いましょう」

「なるほど」と私は言った。「でも、絵につける短編がないけど」

「そうですか？　だったら読者に書いてもらいましょう」

十八枚目の絵が掲載されているのはそういうわけだ。これまたすばらしい作品だ。読者諸賢にはとくと見て、味わっていただきたい。見ていると、絵の中の物語が見えてはこないだろうか。語られるのを待っている物語が……

それを自由に語ってほしい。ただ、そう、私には語らないでいただきたい。もうそろそろこの序文も終わりにしないといけないので。

それでも、感謝のことばを言わずに終わらせるわけにはいかない。エドワード・ホッパーはもちろん、本書の寄稿者に。彼の絵と彼らの物語がなければ、この本は真っ白なページとタイトルだけになってしまうのだから。

シャナ・エアハート・クラークにも感謝を。ホッパー作品の画像を入手し、その使用許諾を得てくれた。報われることの少ないそうした仕事を有能さと才気とあふれるユーモアでやり遂げてくれた。

私のエージェントで、友人のダニー・ベアラーにも。この企画に対する彼の信念と熱意は一度もぶれることがなかった。

ペガサス出版のクレイボーン・ハンコックは迷うことなく本書の可能性を認めると、アイリス・ブラジとマリア・フェルナンデスとともに初めから終わりまで熱心にサポートしてくれた。

最後にリンに。彼女は三十年を超える私の情熱的な支援者であり、次のようなことばを私にいつかければいいかちゃんと心得ているよき伴侶だ――「あなた、自分がコンピューターのまえに坐ってからものすごく時間が経ってること、知ってる？　疲れたんじゃない？　ホイットニー美術館に行って絵でも見てきたら？」

――ローレンス・ブロック（田口俊樹 訳）

ガーリー・ショウ

ミーガン・アボット

MEGAN ABBOTT

ニューヨークのクイーンズ区在住。長編デビュー作がMWA賞最優秀新人賞にノミネートされ、3作目の『暗黒街の女』（早川書房）でMWA賞とバリー賞の最優秀ペーパーバック賞を受賞した。

訳

小林綾子

AYAKO KOBAYASHI

THE GIRLIE SHOW, 1941

「あの娘は胸を丸出しにしてたんだよ」

「乳首も隠さないのか？」

「まるで信号がふたつ、ついてるみたいだったね」

ポーリーンはポーチにいるふたりの会話を聞いていた。バドが夫に、数年前に行ったニューヨーク旅行の話をしている。カジノ・ド・パリに行ったときの話だ。

夫はほとんど口を挟まず次から次へと煙草《たばこ》を吸い、バドの手からブラッツビールが切れないよう気を配っている。ビールは夫の横に置かれた金属製のクーラーボックスで冷えている。

「イチゴみたいな乳首だった」バドが話している。「でも1バックは絶対に脱がなかった。脚を広げもしなかったな」

「そうか？」

「ああ。でも、あんたは見たことあるよな」

「なにを言いたいのかわからないね」夫はそう言い、マッチを芝生の上へとはじく。

「へえ」

そのあと、夫は家の中へ入っていった。頰は暗い炎のように染まっている。

翌日、夫はキッチンにいた。テーブルに両足を載せ、作業をしている。夫がスケッチブックを手にしているのを見るのは、四カ月ぶりだ。最近ではポーリーンが広告会社の仕事を終えて家に帰ると、不機嫌な顔を見せるようになっていた。とりわけ、シュミット毛皮協会の男性から仕事を頑張ってくれたお礼にともらった、ビーバーの毛皮の新しい帽子をポーリーンがかぶっているときには。

けれど今は一心不乱にスケッチをしている。彼女は夫に声をかけず、そばにも寄らない。結婚して十四年になり、彼が何でいらだち、何で手を止めるのか、どこが弱点でどこが核心なのか、すべてわかっていた。

「でもすごく寒いわ」夫に頼まれるのがあまりに久しぶりで、最初は冗談ではないかと思った。

夫はモデルを必要としていた。

「ストーブのそばに立って」夫はそう言うと、肘の上まで袖をまくった。腕に太い血管が浮いている。

彼女は料理用ストーブの熱気のふちに近づいた。

十五年近く前の思い出がよみがえる。彼女が知るかぎりで、一番寒かった一月。駅にあるだるまストーブにあたっていると、背中を押された気がした。振り返ると、真っ赤な頬をした男がポケットに手を突っ込んですぐ後ろに立っていた。男の息からは口臭防止スプレーのにおいが、髪からは育毛剤のマカッサル油のにおいがした。

驚いたものの、彼は顔立ちが整っていたし、ポーリーンはそのとき二十七歳で、同じ町出身の娘のなかで独身なのは彼女だけだった。

ふたりは三カ月後に結婚した。

女たらしさん、彼女は夫のことを愛情こめてそう呼んでいた。もうずっと昔の話だ。夫はスケッチブックを膝に載せ、ポーリーンがゆったりした部屋着を脱ぎ、ストッキングをおろすのを待っている。

残るはパンティだけになり、彼女は足を震わせた。

「わたしが見て欲しくないものまで、あなたは全部見るのね」かすれた声でそうささやいた。そんな声がどこから出たのか、自分でもわからない。

妻としての務め、つまり結婚してからの交わりは、つらいものだった。新婚初夜に自分の身に降りかかったことすべてに、ものすごくショックを受けた。結婚式の付添人をつとめてくれた友人から、『理想の結婚——生理学と技術』という本をもらって読んではいたのだけれど。彼女より一年半早く結婚したその友人は、軽食堂でクリーム入りコーヒーを前にこうささやいた。今は「あそこは荷馬車の輪金よりゆるんでるわ」

知るべき知識はその本からは得られなかった。ポーリーンが性的な言葉に詳しくなかったせいもあるのだろう。新婚の夫が何よりもしたがることは、その二百ページの本に載っていなかった。求められる動きも、彼が立てる音も、本の中には見つけられなかった。

その行為の中で彼女が好きなのは、なにげない瞬間だった。そんな瞬間は思いがけないときに訪れる。夫は妻を動かそうと肩を強くつかみ、青い花びらのような跡がそこに残る。地下鉄が急ブレーキをかけ、しばらく震えてから止まるとき、肩の跡の記憶とともにあの親密な瞬間がよみがえる。

今はワンピースにストッキング、スリップにブラジャー、パンティ、すべてを脱いで、キッチンのスツールの上に立っている。すごく背の高い男性なら、キッチンのカーテンの上の窓からこちらが見えてしまう気がする。

「右を向いて」

鳥肌が立ち、クモが這《は》っているかのように膝の裏の血管がうずく。

ポーリーンは四十二歳、服を脱ぐように言われたのはかなり久しぶりだ。〝昼食でもどうかな〟シュミット協会の男が声をかけてくるときはいつもそう言った。〝君があのビーバーを身に着けているのを見るのが好きでね〟

体の向きを変え、胸を張る。昔から胸は自慢だった。泣きわめく子供に乳をやったことはなく、知り合いの女性たちが打ち明けてくれたように、白パンのように垂れ下がってもいない。以前勤めていた会社の電話交換台の主任のミセス・バートランドに、胸を触らせてほしいと頼まれたことがあった。自分の胸がどんなだったか思い出したいから、と。ポーリーンはクロームのトースターに映る自分の姿をちらっと見ると、ひとりほくそ笑んだ。

夫は彼女に様々なポーズを取らせた。マレーネ・ディートリッヒのように腕を高く上げてねじり、脚を開いてボクサーの姿勢を取る。デパートのモデルのようにヒップに片手を当てて膝を曲げたり、ベビーカーにいる赤ん坊に、こちょこちょしちゃうぞ、と言う母親のようにヒップに両手を当てる。

「なんのためにこんなことしてるの?」しまいに彼女は訊ねた。背中は痛み、体じゅう、頭のてっぺんからつま先までじんじんしている。「わたしはダンサーか何かなわけ?」

「君は何者でもない」夫は淡々と言う。「だけどこの絵のタイトルは『アイルランドのヴィーナス』になる」

結婚直後の数年間、ポーリーンは夫のためにポーズを取りつづけた。けれどそれは、夫の手間賃稼ぎの仕事のためだった。エプロンをつけた主婦としてポーズを取ったり(洗《あら》い桶《おけ》を持ってたら百年の恋も冷めちゃう!)、風呂に入ってみせたり(あと五キロで人生が変わる。痩せてる女じゃチャンスが逃げる！）、ジューンブライドや革の半ズボンをはいたビヤホールの店員にもなった。やがて、彼女が広告会社で働いて定期的に給料を持ち帰るようになり、職場で一日じゅう立ち仕事をするようになると（婦人靴や紳士用帽子や子供用パジャマが何列も並んでいる）、夫は美術学校の女子生徒を雇うことにすると言ったが、彼女は嫌がった。

「やきもちやくなって」夫はいつもそう言った。

「わたしたちが一緒に過ごせるのは、あなたが絵を描いてるときだけなのよ」ポーリーンは柔らかい口調で言い張った。

けれど一度、彼女が昇進してすぐに、仕事から帰ってくるのが遅くなったことがあった。夫のイーゼルにかかっていたキャンヴァスは真っぷたつに引き裂かれ、夫は近所のバーに行き朝の四時まで帰ってこなかった。やっと帰ってくると、玄関前に置かれた牛乳瓶を蹴り倒し、ベッドでみだらな行為を妻に強いた。翌日、彼女は医者に行って数針縫ってもらわなければならなかった。駅の回転式改札口を押して通ると痛みに涙が出た。

夫は何ひとつ記憶にないと言い張ったものの、翌週には美術学校の女子生徒を雇った。出っ歯の娘だったが、ずっと口を閉じていてもらうから問題ない、と言って。

その夜、夫はポーリーンを相手に二時近くまでスケッチをした。

ポーリーンが歯磨きをすませて浴室から出ると、夫は靴を履いたままベッドで眠っていた。夜はたいてい、サンルームで寝ているのに。

夫の靴の紐《ひも》をゆるめ、靴下と一緒にそっと脱がせる。

夜のあいだに、彼はズボンを脱いだに違いない。ちょうど夜明け前ごろに、ポーリーンは背中に夫のむきだしの脚が当たるのを感じた。

「あなた」彼女はささやく。

夫がベッドの中の妻にすりより、マットレスのスプリングが危なっかしい音を立てる。

彼女はゆっくりと寝返りを打って夫のほうを向いたが、夫は顔をそむけた。眼をつぶったままでも、彼女にはそれがわかった。


次の夜、夫はまたモデルをやってくれと妻に頼んだ。すでに絵を描く準備は整っている。彼女が家に帰るまでに夫は、絵具を混ぜ、新しいキャンヴァスをイーゼルにかけ、準備は万全だ。

ゆうべのせいで、それに一日じゅう働いていたせいで脚がまだ痛かったが、彼女は胸で蛾《が》が二匹踊っているかのように、落ち着かない気持ちになった。

ストーブでコーヒーを温めると、スツールを元の場所に戻した。天井から下がっている、ハエのふんのしみがついたタングステン電球の下に。

その夜、夫は何時間もスケッチを続け、彼女は体が痛くなった。仕事用のハイヒールをはいたままの足は感覚がなくなる。テレピン油とアマニ油のにおいがあたりに充満している。

夫は絵に没頭しており、眉からあごにいたるまで、顔にしわを寄せている。

夫に火がついている。

「こんなふうに動けるか?」夫は絵具の染みついた親指を突き上げた。

夫が絵を描き始めて六日目、ひときわ寒い夜だ。ポーリーンは体の向きを変えるときに、ヒップに一回、太ももに二回、料理用ストーブでやけどを負っていた。踵がぐらついて、スツールがきしむ。

アニメに出てくる少女のように、あるいは〈アルズ・ガレージ〉にかかっているカレンダーのなかの女性たちのように——スカートはどれもめくれあがり、黒い矢のようなガーターを見せびらかしている——とっさに指を口にくわえる。

夫はイーゼルの上の縁ごしに妻を見るが、何も言わない。

夜もかなりふけて、ポーリーンの体は痛みつづけていた。夫が、今夜は終わりにしてオールド・シェンリーを飲もうと言いだした。彼女はあまり酒が飲めるほうではないが、飲めば痛みがおさまるかもしれない。

夫は彼女の片足を取り、自分の膝に載せた。最初、彼女は夫がなにをするつもりなのかわからなかった。彼は四角い氷を取り、彼女の太ももに載せた。開いた口のように、炎症を起こしているふたつのやけどに。

もっと遅くに、その夜ベッドに入ってから、夫の指がひりつく傷に触れてきた。その指は、ベッド脇の冷たい水差しに触れたせいで冷えている。指は円を描くように動く。円はどんどん大きくなり彼女の太ももの奥へと、中心へと這いあがっていく。彼女は自然に唇を開き、息をつく。指はゆっくりと、どんどん近づいていく。

その瞬間に、頭の中にある場面が思い浮かんだ。どこからともなく浮かんだその光景には、なんの意味もない。何年か前に行ったボーリング場で隣のレーンにいた、つりあがった眼の女が腕を伸ばし、ポーリーンに鮮やかな赤いボールを手渡す。女の長い指は穴の中に差し込まれている。〝あなたのために温めておいたわ〟

翌日、ひそやかな笑みを浮かべ、彼女は早めに職場を後にした。夫はきっと喜んでくれるだろう。これでもっと早く続きに取りかかれる。一晩中、作業をしていられる。

四時すぎにキッチンに入ると、垂れ板つきテーブルの上に箱が載っていた。厚紙の箱のふたを開けて中の薄紙をかきわけると、彼女の笑みは広がった。中身は、小さい金の踵のついた緑色の靴だ。片方を顔に押し当てると、サテンのような肌触りが感じられた。サテンのはずはないとわかってはいたけれど。中に入っていたカードには、この色はアブサン色だと書いてある。

彼女のサイズより二サイズほど小さかったけれど、なにも言うつもりはなかった。

「あなた」夫が家に帰ってくると、その頬にキスをして言う。「あなた」夫の好物のウスターソースがたっぷり入ったビーフシチューを作ってある。

夫が怪訝《けげん》そうな顔をしたので彼女は足元を指さし、『オズの魔法使い』のドロシーのように両方の踵を打ち鳴らした。

夫は一瞬、驚いた顔をした。わたしが服を脱いでから、いきなり取り出すつもりだったのかもしれない、そう思って彼女は頬を染めた。

その晩、夫は早めにスケッチを終わらせたがった。彼はずっと妻の足元を見つめている。しまいには、仕事用の靴を履いてくれるよう妻に頼んだ。

「アーチがこっちのほうがいい」彼は言う。「そういうことだよ」

夫はしばらく粘っていたが、うまくいかなかった。

赤がよくないんだ、と彼は言う。もう一度、色を作り直すか、明日店に行くか。それともきみが職場から朱色の顔料を持ってこられれば。

やがて夫はフランネルのジャケットを羽織り、ちょっと出かけて仲間と〝仕事の話〟をしてくる、と言った。それはつまり、精肉店の奥でよた話に興ずるということだ。

彼は出かける前に、いつも使っている古くてぼろぼろになったモスリンの布でキャンヴァスを覆った。絵が仕上がるまでは見せてもらえないのだ。

けれど、夫のスケッチブックはすぐ眼の前のキッチンテーブルに置いてある。こちらには覆いがないし、なにかルールを言い渡されたこともない。だから彼女は表紙をめくり、一枚目のスケッチをちらっと見た。夫に言われて職場からくすねてきたディクソン社の特製鉛筆の鮮やかな色が眼に入る。

暗い舞台の上で、ポーリーンはスポットライトを浴びていた。下にあるオーケストラピットには痩せこけたドラマーが顔をそむけて坐っている。彼女を見ているのは、前列に並んでいる、黒い頭で描かれた数人の男性だ。鳥のひなのように、必死で顔を上に向けている。

彼女はパンティというにはあまりに小さい、薄っぺらな青い布だけを身に着けている。彼女は自分の裸体を見せびらかしていた。ボブにしたはしばみ色の髪はつややかで、体はピンクがかったクリーム色、胸は豊かで張りがある。まるで鳥が翼を広げるように両腕を上げ、細長い青い布を背中ではためかせている。両脚はまだ描き終えていなかったが、黒い鉛筆で描かれた輪郭は見てとれる。カーブを描く脚はしっかりしていて、左のヒップに沿って伸びた肌にうっすらと影が見える。

上を向いた顔に浮かぶその表情は、ポーリーンにも覚えがあったが、なんと表現すればいいのかわからなかった。

「ああ、でもすごい」彼女はひとりつぶやいた。「まるでわたしが、女王様かなにかみたいに見える」

ポーリーンは馬鹿ではない。この絵は、バドが話していた女性、いちごのような乳首のダンサーをイメージして描かれたものだとわかっていた。そのことを気にするべきなのかもしれない。母なら、あるいは、故郷の熱意あふれる説教師ならきっと気にするだろう。以前なら、彼女も悲しくなっていたかもしれない。けれど今は違う。

この絵をきっかけに、もう長いあいだ考えてこなかったことを考えはじめた。たとえば、七、八歳のころにシフォローブ（整理だんすと洋服だんすがひとつになったもの）の中を父親の靴みがきブラシを探したときのことを。つま先立って一番上の引き出しの中に手を入れると、写真のつるりとした冷たい感触がした。引き出しをさらに引っ張ると、写真がひらりと床に落ちた。若い女性が長い首の白鳥に抱きついている、色あせた写真。女性はヌードで、カールした長い赤毛が真っ白いつま先までかかっていた。彼女がいやらしい写真を見たのはこのときが初めてで、女性の体、大人の女性の体がどうなっているかを知ったのもこのときが初めてだった。燃えるような赤い色が、女性の脚のあいだにあった。

彼女の母親は娘が写真を見ているのに気づくと、永遠とも思えるほど長いあいだ、豚毛のブラシで娘を叩《たた》いた。

その写真のことを、もう長いこと思い出していなかった。頭の奥のシフォローブにしまいこみ、引き出しを閉めてあった。

翌日、昼食の時間に、壮麗なショウウィンドウがあるデパートに立ち寄った。自分のものはほとんど近くの雑貨店――そこのショウウィンドウには足のまめの治療薬とガードルが飾ってある――で買っている。けれど時おり、特に休日に、壮麗なガラスケースをのぞいてみる。色とりどりの瓶に入った香水や雪玉のような化粧用パフを売っている、壁がダマスクローズ色の化粧品売り場を。

通路を通り、きらめく宝石箱のようなショウケースのあいだを抜けながら、夫のスケッチの女性のことを思う。誇らしげに上げたあご、カラーのような、でもその花より千倍は頑丈そうな脚を思う。

カウンターの向こうにいる販売の女性が、やたらと小さいバラ色の瓶を手のひらに載せ、彼女に手招きした。

「これで、年齢が消《き》え失《う》せますよ」女性がそう言ってポーリーンの手に化粧品を、円を描くようにすり込むと、手は温かい絹のような感触になった。毛皮のマフの柔らかな内側はこんな感じかもしれない。

しばらくして、四階の化粧室の木製のドアの向こうで、ポーリーンはのたうつように身をくねらせて、ワンピースを少し下げた。

ゆっくりと、ローションを鎖骨に、胸に、乳房につける――手を乳房の下まで滑らせると、乳首にもつける。ふいに、香りが強すぎるように感じられ、くらっとした。仕事に戻る前に、坐って百まで数えるはめになった。

夜もかなりふけて、キッチンの窓から見える空が真っ暗になってから、夫はしばらく絵を描く手を止め、キャンヴァスの縁ごしに彼女を見た。

「君ならどうする？」唐突に彼が訊ねる。

彼女は腕を下げて休めた。「どうって？」

「もし男たちがこんなふうに君を見ていたら」彼の声が急に、喉を絞められたかのようにこわばる。「本当にこんなふうに立つのか？　本当に男どもに見せつける？　こんなふうに？」

それが質問ではないことも、答えないほうがいいこともわかっている。なにも言わずに彼女はスツールから下りると、冷蔵庫からビールの缶を二本取り出して開けた。

ふたりは勢いよくビールを飲んだ。それからポーリーンはまたスツールに上がる。午後につけた香料のにおいがきつくて、いい気分になれない。

朝起きると、夫はすでにキッチンのテーブルについていた。鎮痛剤のブロモセルツァーが眼の前にあり、眼の下にはくまができている。

キッチンの中央に置いたイーゼルを、夫はじっと見つめている。

「なにかが違う」夫が言った。「今まで気づかなかった」

「違う？」

「この絵だ」彼は視線を据えたまま言う。「なにもかもが違う」

その夜、彼女はポーズを取らなかった。その次の夜も。

土曜日、夫は退役軍人会館でのトランプの集まりに出かけたが、真夜中前に帰ってきた。彼女は、夫がベランダでスケッチを床じゅうにばらまいているのに気づいた。スケッチのほとんどは体のパーツを描いたもので、六枚以上が彼女の脚の絵だ。若かった頃、毎年、夏になると通りの先にある農場でホルスタインの乳を搾っていたときについた、柔らかくふくらんだふくらはぎの筋肉。

「今夜、男に会った」夫は顔も上げずに言う。「街で働いている新顔だ。そいつは、おまえが今週、街にある〈バロウマン・ホテル〉で男と昼食を取っているのを見かけたと言っていた。すごく楽しそうだったってさ」

「そのことは話したじゃない」彼女は冷静に話そうと努めながら言う。「仕事だったのよ。新しい印刷業者の人」

流れるような動きで、夫は手の甲で彼女を打った。バットでボールを打ったような音がした。

「ひとりで寝るんだな」息が整うと、夫は言った。「おまえは料理だってまともに作れないじゃないか」

翌日、部屋にはカーネーションが飾られていた。

夫はまた絵を描きだしていたが、もう、彼女が必要だとは言わなかった。代わりに美術学校の女子生徒が来ている。その生徒には、一時間に二十五セントしかかからない。

月曜日、夜が明けるとすぐにポーリーンはキッチンに行った。その視線は、ぼろぼろのカバーがかけられて幽霊のように見えるイーゼルに吸い寄せられる。

タイルの上を歩いて近づくと、ためらうことなくカバーをはずして床に投げ捨てた。

最初は、なにか恐ろしいまでの間違いがあったのだと思った。夜明けの暗闇の中でマッチをつかむと、一本に火をつけてキャンヴァスにかざす。

これはなに、と彼女は思う。

スケッチとは似ても似つかない。たしかに、女性で、裸の、舞台の絵だ。ポーズも同じ、けれども違っている。すべてが違っている。雰囲気が違っている。

彼女のはしばみ色のボブの髪が、まるでかつらのように不自然な、赤茶色のたっぷりしたロングヘアに変わっている。ピンクがかったクリーム色の体はもっと白くなり、脚はもっと細く長くなり、スケッチとは別物だ。ヒップにはあざが見て取れる。足にはアンクルストラップのついた、太めのヒールの靴を履いている。色は女性のスカーフと同じ青紫色だ。

豊かで張りのある乳房――彼女の自慢だ――とは違う小さい円錐《えんすい》型の胸が岩棚のように突き出している。乳首は派手な赤で、まるで先がとがったピエロの帽子のようだ。しかもこの顔。彼女は絵の顔から眼が離せなかった。遠くからだと、灰色がかってかすれているように見える。近づいてみると、きつい顔立ちで、唇が真っ赤に塗られている。頰も真っ赤でピエロのようだった。

「財布をなくした」その夜、家に帰ってくると夫が言った。左のポケットの裏地が垂れさがっていて、マンガに出てくる飲んだくれのようだ。

「どこにいたの?」フライパンの中のスパゲッティは冷めてべたべたになっている。「昼も夜も、ずっとどこにいたの?」

「仕事を探してた。アリバイ・ラウンジのオーナーの男と会ってきたんだ。奥の壁の壁画を任せてもらえるかもしれない」

「そこでなくしたんじゃないの? お財布」

「いいや」夫は、線路沿いに歩いてきたときじゃないか、と言う。「渡り労働者みたいに歩いたときさ」

夫の声にとげを感じ、彼女は黙りこんだ。夫はコップに牛乳を注いで、シンクのほうを向いて飲む。夫が背後を通ると、あまり好きではないにおいがした。酒のにおいではない。

その日、夫が煙草屋から出てくるところを見かけた。街中で昼間に、夫が何をしているのか見当もつかなかった。画帳も持っていないとなれば、なおさらだ。印刷所からの帰りで職場に戻らなければならないのだが、ポーリーンは西に向かう夫のあとをつけることにした。

尾行するのは大変だった。人通りは激しいし、車はクラクションを鳴らし、新聞売りの少年は大声を上げている。

赤い煉瓦造《れんがづく》りに曇り硝子《がらす》のその劇場は、かなり小規模だった。

〝イチゴみたいな乳首だった。でもTバックは絶対に脱がなかった。脚を広げもしなかったな〟バドが夫にそう言っていたのを前に聞いた。バドはこびるように付け加えていた。〝でも、あんたは見たことあるよな〟

夫が中に入るまで、彼女はなにも考えていなかった。

一メートル半もあるポスターが、ふいに迫ってきた。《西部より直送。ロンデル兄弟のコメディ！　ミュージギャル・レビュー・フィーチャリング・シャンハイ・パール！　スネークガールのコンチャ！　ショウは毎日、公演中！》

下のほうの横断幕にはこう書かれていた。《火曜日はアイルランドのヴィーナスが登場！》

そこには、半分開いた貝殻の中にいる赤毛の美しい女性が描かれていた。

人ごみから外れて小道に立ち、ポーリーンは煙草を二本吸うあいだに考えた。

チケット売り場に背の高い男が立っている。こちらを見ているようだ。

ポーリーンが男に背を向けたそのとき、男が声をかけてきた。「おい、そこの美人さん」

「火はある？」女性の声がする。ポーリーンが振り向くと、小道のずっと奥にある楽屋のドアから女性が歩いてきた。どことなく、女性の体の動くさまや伸ばした青白い腕、細い脚や鮮やかな青い靴に見覚えがある気がする。

「お会いしたことがあったかしら？」気づくと、ポーリーンはそう言っていた。

女性はマニキュアを塗った指一本で帽子の縁を押し上げ、ポーリーンがすったマッチのほうに身をかがめた。

濃い赤色の髪に派手なマニキュアの彼女は、実物のほうがとても色鮮やかに見えた。そして顔は、灰色にかすれているどころか、生き生きとしていて明るい。

「アイルランドのヴィーナス？」ポーリーンは訊ねた。

女性がにやっと笑う。「メイと呼んでちょうだい」

チケット売り場のあたりをうろついていた背の高い男が、小道の端にまで来ていた。彼はポーリーンたちを見ている。

「あの男」ポーリーンが言う。

メイはうなずいた。「悪い男よ、あれは。いつだったかの夜に、あそこを強くつかまれたことがあるの。おかげで二週間、あざが消えなかったわ」

メイは男に歩み寄った。「見えてるわよ、ミスター・マクグルー」手をメガホンのように口もとに当てて叫ぶ。「ナニはズボンの中にしまっときな。ウェイドを呼んだら、ペロペロする舌までやられるよ」

男は真っ青になり、カニのようにそそくさと立ち去った。

「ウェイドってだれ？」

メイは小道の端まで来るよう手招きすると、下を指さした。そこにはサイコロがふたつ転がっている。違う、真珠のカラーボタンだろうか？

ポーリーンはよく見ようと、下を凝視した。ボクシングの試合のときに、こんなものを見たのを思い出す。青ざめた顔のミドルウェイト級のボクサーの口から、赤い噴水と共に歯が飛び出て、リングの上に落ちた。

メイがひざまずいた。今ならよく見える。白いもののひとつは臼歯だった。

「彼は靴下の中にペンチを隠し持ってるの」とメイが言う。

ポーリーンは、自分はなぜこんなところにいるのだろうと思う。

小道の端に男が戻ってきた。

「ウェイド！」メイは劇場の開いているドアに向かって大声で呼んだ。「ウェイド！　ビンゴ・ボーイが戻ってきたわ」

ポーリーンはメイを見る。

「もしかすると」メイは言う。「中に入ったほうがいいかも」

楽屋は、煙草と、すえたコーヒーのにおいで満ちていた。キャベツの酢漬けのにおいも漂っている。

「寒い日にはいつもグレタが自分で作るの」メイがウィンクしながら言う。「ヨークヴィルからキャベツを取り上げることはできても、彼女から取り上げるのは無理」

ポーリーンはメイの声を聞き取るのがやっとだった。キックドラムと、丈の長いカーテンの向こうから聞こえるいがみ合う声のせいだ。ブロケード地のカーテンは滑らかで、時間が経ったら指のあいだから崩れおちてしまいそうに見える。

ずらりと並ぶ汚れた鏡台やラジエーターに引っ掛けて乾かしている網状の衣装、積み上げられたコーヒーカップ、化粧の跡が幽霊のように写る汚れたメイク用タオル、散らかった折り畳み椅子のあいだを早足ですり抜ける。

アルコーブでは金色の着物を着たブロンドの女性が、百八十センチはありそうな裸体のすみずみにまで、瓶に入ったなにかをたっぷりと塗っている。赤みがかって血管が浮いていた肌が、数秒でサテンのような肌に変わる。

別のアルコーブでポーリーンが眼にしたのは、脚の長い、傷んだ金髪の女性ふたり。彼女たちは衣装の緑色の羽根をまっすぐに直している。

「メイのママはカンザスから娘を連れ戻しにくるわ」ひとりがつぶやき、ポーリーンに視線を向ける。「娘を自分のあそこに戻すのに、とっても一生懸命」

ポーリーンはなにか言おうとしたが、メイに腕を引っ張られ、ふたりの前を通り過ぎた。

「あんなオウムたちは相手にしないで。あいつらを見るだけで、口内炎になりかねないわよ」

ふたりは、鏡台がふたつある個室の楽屋に入った。中は、パウダーと、おしろいと、香水のにおいが充満していて、息もできない。

「来て」メイはスツールへ坐るよう、ポーリーンに手招きした。「クレオがまた飼ってるヘビに噛《か》まれちゃったから、今日はひとりなの」

スツールに坐ると、ポーリーンは呼吸をし始めたが、自分はここで何をしているのだろうと改めて思った。舞台から聞こえる、むせび泣くようなトロンボーンの音。ふいに彼女は、泣き出しそうになった。体の横でこぶしを握り、泣くのをこらえる。泣いたりしない。

そのあいだもメイは彼女を観察し、たぶんすべてを見抜いている。

ライト付鏡の柔らかい光の中だと、メイの髪は金色混じりに見え、いっそう眼を惹《ひ》く。通りのすすで汚れたスペクテーターパンプスを脱ごうとしてメイが体をかがめると、ポーリーンはその脚に視線を向けずにはいられなかった。すらっと伸びたサテンのようだ。

「それで。あんたは夫をつけてきたのね」

ポーリーンは答えなかった。その視界の端になにかがひっかかる。メイの足元に靴が置かれている。まだ箱に入ったままだ。ポーリーンは、手を伸ばして薄紙をどけたが、見る前からどんな靴か知っていた。アブサン色の緑。

「ああ」メイは、ポーリーンの視線を追って靴に眼をやった。「その彼ね?」

ポーリーンはうなずいた。

「彼は常連よ。そっちもプレゼント」メイはそう言い、隣の鏡台の端に置かれたハート形の大きなキャンディボックスをあごで示す。

ポーリーンはまたうなずき、キャンディボックスを手に取って眺めた。自分の中のなにかが欠けてしまったことを不思議に思った。もう泣く気にはなれない。なにか、別の気持ちが湧いてきていた。

「こんなこと言っても仕方ないけど」メイが言う。「あの男は成功しないわよ」

「それはいいの」ポーリーンは、無意識にハート形のキャンディボックスをなでながら言う。

「彼のお目当てはクレオに変わったわ。あの娘はヘビみたいな男にも慣れてるのよ」

ポーリーンはキャンディボックスに指でふれていた。言葉がなにも出てこない。ブン、ボン、ブンというドラムの音が耳の中で響いている。

メイはポーリーンを見て少し唇をゆがめたが、鏡に向かって化粧を始めた。青みがかった赤の頬紅が入った容器を手に取って指につけると、頬を真っ赤にするために、丸く塗り広げる。

「ねえ」真っ赤に染まった指先で、キャンディボックスを指さす。「ひとつ取ってくれない？　おなかがすいちゃって」

　ポーリーンは膝に箱を置いた。マダム・クーのクリーム・ボンボン。開けてみると箱の内側には珊瑚《さんご》色のサテンが貼ってあり、菓子がずらりと並んでいる。鮮やかなピンクやつややかな白のきらめく丸い玉に、金箔《きんぱく》とほんのり粉砂糖がかかっている。

「あんたもどう？」メイが言う。「お先にどうぞ」

　軽くひと噛みしただけで、中身がこぼれ出た。なめらかなマラスキーノジャム、口の中で溶けそうなクリーム、海の泡のようなヌガー、鼻がうずくようなアマレットやダイダイ、柔らかいアプリコットの香り。

　ぐっと体を寄せあい、教会に参列している女学生のように笑いあいながら、ふたりはそれぞれ二個ずつ食べた。そのあと、もう二個ずつ。ポーリーンはこんなものを食べたことがなかった。

「七歳のとき、〈ファイブ・アンド・ダイム〉から箱入りのディヴィニティー（ヌガーのような白いクリーム菓子）を盗んだところを、女の子に見つかったことがあるの」ポーリーンは言った。今まで、だれにもこの話をしたことはない。「その子は、分けてくれたら告げ口しないって約束したのよ」

　ポーリーンは今、思い出していた。そばかすのある顔、むきだしの膝。ふたりは靴下売場の脚だけのマネキンの後ろに隠れて、一箱全部を食べた。包み紙は寝室用スリッパの中につっこんだ。ふたりの頭上にある厚紙製の脚、あのキャンディ、砂糖と魔法の思い出。メイは人差し指と親指をなめると、にっこりした。「悩み事は人に話すと軽くなるのよ」

ポーリーンは笑みを見せた。

「もう一個食べて」メイは箱を差し出した。「キャンディでも」

その甘さのせいでポーリーンは酔っぱらった気分になり、なにもかも忘れた。キャンディに入っていたラムやリキュールのせいかもしれないし、単にメイのせいかもしれない。メイは、曲線を描く白い脚を、今はポーリーンの膝の上に載せて、頭をそらして笑っている。昼は、サクランボ菓子のように真っ赤で魅惑的だ。

「メイ」ポーリーンは言う。「ちょっと手伝ってくれない?」

メイが彼女を見つめて答えた。「もちろん」

「あなたが困ることになるかも」

「返事が聞こえなかった?」

ふたりとも笑い出す。

「もう一個食べて」メイが言う。「キャンディでも」

なにもかもを脱ぎ去るのは簡単だった。夫に見られながらキッチンで脱ぐときよりも。ワンピースは足元に丸まっていて、寒さを感じるはずなのに、まったく感じない。

メイはポーリーンのストッキングを伸ばしてやった。ポーリーンは鏡台に脚を載せていた。

「さて、あたしが最初に覚えたこつ」メイはそう言うと、頬紅の容器に指を二本つけた。前に身を乗り出し、ポーリーンの両方の乳首に塗る。「これが受けるのよ」

ポーリーンはキャンディを飲み込んだ。

「可愛《かわい》くない？」メイはそう言いながら、紅を丸く広げた。小さな薔薇《ばら》のように。「ミンクみたいに体をくねらせるの」

暖かくて甘くて、今食べたキャンディみたいな感じがする。ライトの下で長く坐りすぎたせいかもしれない。

メイは傷のある鏡を指さした。端にコールドクリームの親指の跡がついている。下から手で支えるようにして、紅をさした胸を揺らし、ポーリーンは自分の姿を見つめてほほえんだ。

衣装は、脚のあいだにつけている、ピーコックブルーのスパンコールの優美な布きれだけだ。かろうじて彼女を隠している。

「フラシ天の裏地をつけたかったんだけど」メイはそうささやきながら、スパンコールを平らになおした。「もっと時間があったらね」

ポーリーンは逆毛を立てたメイの赤毛を見下ろした。メイの指はポーリーンのヒップから脚のあいだへとつけられたものを整えている。

一瞬、どういうわけか、息ができなくなった。

「それと、囚人護送車に乗るはめになりたくなかったら、これがいるわ」メイはポーリーンの肩にクジャクの羽根のケープをひろげ、首もとで紐をむすんだ。

「寒いときにはこういうのをはおるけど」ポーリーンは言う。

メイはただ彼女を見上げ、ゆっくりと笑みを浮かべてウインクした。


ふたりは寒くて暗い舞台袖に立っていた。音楽が鳴り響く中、アブサンの緑色の靴を履いたポーリーンの足は震えていた。

メイは舞台の袖幕の陰に隠れている。

「彼はまだいる？」ポーリーンは訊ねた。

メイがうなずく。「オーケストラピットの人たちと話してきた。あんたに十五秒、ダンスの時間をくれるって。それ以上長いとマネージャーが昼寝から起きてきて、あんたをつまみ出しちゃうわ」

「オーケイ」そう答えたが、メイが何を言ってるのか、さっぱりわからなかった。とにかく、体がかたくこわばって、跳ねる直前のバネみたいだ。

「もう卵みたいに殻をむいたんだから、あとは『美人劇場』（若い女性たちのレヴューショウを題材にした映画）みたいに見せびらかすだけ、わかった？」

　ポーリーンはうなずいた。

「ヒップを何回か回して、軽く一、二回、脚を蹴り出すの。あとはそれを続ける」メイは小声で言い、ポーリーンの震えている肩のまわりにケープをしっかり巻き直した。「そうしないと、警官に十二ドルの違反切符を切られるわよ」

　ポーリーンはステージへと足を踏み出した。ボクシングのリングとたいして変わらない広さだ。数歩、歩み出ると、かつてないほどに裸だということを意識する。

「やっちゃえ」メイが舞台袖から小声であおる。

ライトは想像以上に熱く、立ちこめるもやを通すと、メイが言っていた〝悪鬼《グール》〟はまったく見えない（〝悪鬼はただあそこを見たいだけよ〟）。

　ふいに音楽が激しくなり、スポットライトがポーリーンに当たる。自分でも自分の姿が見えるようだ。

　気づかないうちにポーリーンは動いていた。太ももをこすりあわせ、羽根が首を、腕を、ヒップをくすぐる。

　管楽器がスラーで音を奏でるなか、ケープのリボンをほどきながら前に進み出る。胸がおのずと突き出る。

　ポーリーンの体はきらめき、乳首は深紅のバラのように真っ赤だ。

あごを上げると、生まれてはじめて味わう気分になり、肌が熱くつやめいた。

口笛が吹かれ、やじが飛ぶ。鋭い笑い声と騒々しい歓迎の声。

眼が慣れてくると、男たちが見えた。かなりぼんやりとしているけれど、彼らはそこにいる。

彼がいる。そう、彼はいる、前列に。下あごのつきでたワイシャツ姿のドラマーの横に、あの絵と同じように。

真っ赤な顔をして眼を見開き、夫は彼女の名前を呼んでいる。最初は大声で、やがてもっと大声で。

ポーリーン、おまえ、なにを――

今は立ち上がっている。

ポーリーン！

トロンボーンのスライドがカタパルトのように前に伸びる。彼女は片脚で回転し、バンドの刻むリズムにあわせてシミーを踊り、ステージを横切りながら最後に一回、ターンした。ケープが体からはずれて後ろにふわりと飛ぶ。まるで飛んでいるクジャクの翼のように。

彼女は視線を左右に動かした。前の男性がキャンディの袋の下でなにかをしている。男はなにをしているか彼女に見せつけていた。自分自身を、開いたズボンから肉の塊を、見せつけている。

舞台の袖に近づいたところで、彼女は穏やかで冷たい笑みを浮かべ、夫を見つめた。夫が男に飛びついて、シャツの襟を引き裂いていた。

すぐに、ワイシャツ姿の大柄な男が双方に向かっていき、彼女の夫をまるでハンカチーフのように持ちあげ、ひねりあげた。

ウェイドだわ、とポーリーンは思った。

幕の端に着いたとたん、音楽は眩暈《めまい》がするような勢いで終わりに向かう。ポーリーンは振り返ると、最後にシミーを踊り、脚を蹴りあげ、舞台袖へと入っていった。

ポーリーンの体はまだ熱を持ち輝いていた。舞台袖を歩いていると、舞台へと滑るように向かう身長百八十センチの金髪とすれ違った。ヴァイキング風のかぶりものを頭に載せ、タッセルを躍らせている。

「ウェイドのお仕置が始まるわよ」緑色の羽根の女性のひとりが、小道へ出るドアを押し開けながら言う。「来て、無料のショウが見られるわ」

ポーリーンはついていき、その女性の金色の頭越しにのぞいてみた。ワイシャツ姿の男が夫のあごに大振りのパンチを食らわせている。

一瞬、怒っている夫の小さい顔を見ると、哀れみを覚えた。

「ポーリーン」彼は妻を見つけ、大声で叫んだ。「ポーリーン、おまえ、なんてことをしてくれたんだ？」

けれどそのときにはもう、ポーリーンはすでにドアから離れていた。戻りがてら、女性の尾羽を一本引き抜く。

ゆっくりと、靴を鳴らしながら舞台裏に戻った。ピンク色に輝く、メイの楽屋に。ドアは半分開いている。化粧したての長い腕が揺れているのが見える。柔らかい、燃えるような赤毛が、彼女の名前を呼ぶのが聞こえる。

中に入り、ポーリーンは後ろ手で扉を閉めた。

キャロラインの話

ジル・D・ブロック

JILL D. BLOCK

ニューヨーク州バッファロー出身。クラーク大学に通ったのちブルックリン・ロースクールで法律を学んだ、作家であり弁護士。Ellery Queen's Mystery Magazineに短編小説が掲載されたのがデビュー。大学時代に受けたアート・ヒストリーの授業でホッパーの絵を目にしたのを覚えている。

訳

大谷瑠璃子

RURIKO OHTANI

SUMMER EVENING, 1947

ハンナ

よし、探そう。いざそう心を決めてしまうと、彼女を見つけ出すのはそれほど難しいことじゃなかった。さんざんあれこれ想定して、挫折や落胆、まちがった手がかりやら行き詰まりやら無駄な出費やらを覚悟していたわりに、ふたを開けてみれば一カ月もかからなかった。マサチューセッツ州のオープンな養子縁組法のおかげで最低限のことはわかったし、自分の勘にも助けられた。最後はインターネットとSNSを駆使して突き止めたというわけだ。

問題はその先だった。どうやって彼女に近づくか。どうすればじかに目を見て、じかに声が聞けるところまで近づけるか。感動的な再会なんて求めてはいなかった。今さら無理に関係を築こうだなんて、はなから望んでも期待してもいなかった。自分が誰なのかを伝える気すらなかった。彼女のために来たわけじゃないし、彼女の質問に答えるつもりもない。そもそも向こうがそれほどこっちのことを知りたかったなら、探す機会はいくらでもあったわけでしょう？

なんて言うと、いかにも彼女を恨んでいるようだけど、そうじゃない。ただ、今のわたしがどうなっているかなんて、彼女にとってはどうでもいいんだろうと思うだけ。それならそれでかまわない。わたしだってもうすぐ四十なんだから、そこは理解している。相手が自分を愛してくれないからといって責めることはできない——それくらいのことはとっくの昔に学んでる。

彼女は十六でわたしを産んだ。で、わたしがどこへやられるにせよ、自分といるよりはましだと考えた。そういうことでしょ？　実際、悪くはなかった。わたしを育ててくれた人たち——両親——はまったくもって親切で悪気のない人たちだった。歳を重ねた四十代でわたしを引き取り、家庭に迎え入れて、家族の一員にしてくれた。いちおうは。今思えば、いざわたしが家に来ると、あの人たちはわざわざ子供を引き取ることにした理由を忘れてしまったみたいだった。まあ、こういうことにしておこう——あの家には愛というものが足りなかったのだと。彼らはわたしを育て、衣食住と教育を与えてくれた。それは重々承知しているし、感謝してもいる。もっと恵まれない環境で育つ子供はたくさんいる。だけど今、わたしはどうしてもこの目で確かめずにはいられない。自分が得られなかったものはなんだったのか。

グレイス

グレイスはキッチンテーブルに着いて坐り、隣の居間から聞こえてくる呼吸に耳を傾けた。コーヒーを一口飲んだ。すっかり冷めていた。今は彼のそばについているべきなのに。今このときを慈しみ、最期の日々を彼と共に過ごすべきなのに。この最期の一瞬一瞬を。遠からず後悔にさいなまれる日がやってくることはわかっていた——彼のそばにいられるときに、自分はなぜこの部屋にいたのか、なぜここから動けなかったのかと。

彼が在宅療養のために退院するとき、階上《うえ》の寝室ではなく階下《した》の居間に寝かせるべきだと決めたのはミッシーとジェインだった。ふたりは嵐のようにやってきたかと思うと、携帯電話や〈スターバックス〉のカップを振りまわし、窓を開け放ち、買ってきた食料品を片づけ、家具の配置を変え、ベッドの配送業者に指図し、自分たちがこの家の所有者であるかのように振る舞った。まるでここに住んでいるかのように。この問題を解決するのは自分たちだと言わんばかりに。退院した彼を伴ってグレイスが帰宅すると、ミッシーとジェインは一緒に、あるいは交替で彼の隣に坐って、手を握ったり、髪を撫《な》でつけてやったり、小声で話しかけたり、額にキスしたりした。それが済むと、ふたりして瞬《まばた》きで涙をこらえながら、すぐにまた来るからと彼女に告げ、それぞれの車に乗り込んで走り去った。

それが二日前のことだ。以来、グレイスはほとんどの時間をこの部屋で過ごしていた。キッチンテーブルに着いて坐り、コーヒーを飲みながら、コーヒーを飲みながら、彼の呼吸に耳を傾けていた。数時間おきに食事を注入するとき以外は——淡々と手際よく混ぜて量って、ばかな鳥みたいにうるさく声かけしながら、返事が望めない相手を質問攻めにする時間を除けば——彼と同じ部屋にいることがどうにも耐え難かったのだ。

一方通行の会話がつらいわけではない。それには慣れている。最後に大きな手術を受けてからというもの、彼はもう二年以上話すことができずにいる。最初のうちは努力もしたのだ。彼が何か言葉らしきものを発すると、グレイスはなんとかそれを言いあてようとした。が、結果は猫と会話するのと変わらなかった。時々ふたりはそんな自分たちを笑い合った。まだ互いの気持ちが通い合っているような気がしていたあの頃。

しかしやがて、ふたりとも諦めてしまった。三回も四回も同じ言葉を繰り返し、彼女のあてずっぽうの回答にことごとく首を振ったあと、彼は〝もういい〟と手を振って、また新聞を読みはじめた。あのときほど自分が役立たずに思えたことはなかった。グレイスは自問した――自分たちがほんとうに深い絆《きずな》で結ばれているなら、彼が言おうとしたことくらいわかるはずではないか？

彼は伝えたいことをノートに書いてグレイスに渡した。家じゅうがノートと鉛筆だらけになった。螺旋綴《らせんと》じの部分がひしゃげたノートと、彼がナイフで削った鉛筆。持ち主がいなくなったら、あの膨大な量のノートはどうしたらいいのだろう？　娘たちが欲しがるだろうか。あのふたりのことだ、ノートの中身は父親としての無上の喜びや詩的な愛の言葉でいっぱいだと思っているにちがいない。実のところ、あの中身はほとんどが彼女に宛てた買い物メモだった。綿棒やら猫砂やらを忘れずに買ってきてもらうための。

入院する数カ月前には、そのメモも日増しに少なくなっていった。それからの彼は、グレイスの質問に親指を上下いずれかに向けて応じるようになった。時には肩をすくめて

（〝さあね〟もしくは〝どっちでもいいよ〟──彼女はその時々の気分で解釈した）、あるいは眉を上げて（〝へえ？〟）、あるいはまた微笑《ほほえ》んで。最近ではその笑顔もめったに見られなくなっていた。

ホゼは毎日来ると言っていた。彼を入浴させ、シーツを替えてくれると。冷蔵庫にお薬の箱を入れておきましたから、必要に応じて投与してくださいね。ホゼはそう言うと、冷蔵庫のドアにマグネットでメモを貼りつけた。それからテーブルの上にパンフレットの山を置いて言った──週に何日か、ボランティアの人にも来てもらうように手配しますね。

ハンナ

当初はこういう計画だった。彼女の職場のギャラリーに立ち寄って、直接声をかける。SNSの写真を見ているから、会えばすぐにわかると思った。この辺りは初めてなんですと言って、いかにもうろたえた体《てい》で道を尋ねるとかすればいい。何かおかしいと向こうが気づいたとしても、そのときにはもうわたしはいない。それでこっちとしては気が済むはずだった。ところが、そうはならなかった。四度目に立ち寄っても彼女が見あたらないものだから、とうとう痺《しび》れを切らして、本人の名前を出して訊いてしまった。それにしても、他人のプライベートな事情を勝手に教えてくれる人のなんて多いこと！　なんでも、ご主人の介護のために急に早期退職したとのことだった。癌《がん》が再発してしまったらしい。ご主人は入院中だけど、これ以上病院でできることはないから、在宅療養することになるそうだ。

それを聞いて、すぐさまプランBを思いついた。で、さっそく五日間のホスピス・ボランティア養成講座に申し込んだ。そう、あくまで堂々と潜り込むための手段として。といっても、そこまで人聞きの悪い話じゃない。別に何かしようってわけじゃないし。家にお邪魔して、よくよく観察して、彼女と二分ほど話して、そのあとはご主人のそばについて一、二時間坐っているだけ。そのあいだに彼女が外に出て美容院に行ったりだとか、夫が死にかけてるときにはできないことをやれるように。それが終わったら、〈パイオニア・ヴァレー・ホスピス〉のすばらしいみなさんにこう言えばいい。やっぱりできません。ほんとうにごめんなさい、でもあまりにもつらすぎて。わたしには向いてなかったんです――。それからまた、それぞれがそれぞれの人生を歩んでいけばいい。そういうつもりだった。

グレイス

ちょうどコーヒーが沸いたとき、ドライヴウェイに車が入ってくる音が聞こえた。例のボランティアだ。まわりをざっと見まわして思った。これから会う相手の目に自分はどう映るだろう。ホゼが毎朝来てくれてよかった――そうでなければ、自分は今も寝間着のままここに坐っていたかもしれない。グレイスは一度大きく深呼吸してから、笑顔でドアを開けた。

「こんにちは。あなたがボランティアのかたね。来てくれてほんとうにありがとう。わたしはグレイス。リチャードは隣の部屋にいるわ。彼がその、まあ、言わなくてもわかるわね。とりあえず中へどうぞ。実はよくわかってないのよ、どういうふうにしたらいいのか。こういうのって初めてだから。そりゃそうよね、初めてに決まってるわ。だからあなたに教えてほしいんだけど――どうしたらいいの？　わたしは出かけたほうがいい？」

「ハンナです、どうぞよろしく。ええと……実はわたしも経験がなくて。これが初めてなんです」

「じゃあ、ふたりで一緒に考えればいいわね。どうぞ中へ」

リチャードの様子を見にいくと、彼は眠っていた。ふたりはキッチンに引き返した。

「ちょうどコーヒーを淹《い》れたところなの。あなたもいかが？」

「ええ、あの、いただきます。ありがとう。でも、あなたのお手伝いをしに来たわけなので。何かこの機会にできることはありますか？　雑用があればやりますし、なんならお留守番でも――外出とかされるのであれば」

「いいえ、いいのよ。今日はいいの。少し坐ってゆっくりしましょう。あなたがそれでかまわなければ。せっかく来てくれたんですもの」

ふたりはそれぞれコーヒーを手にすると、テーブルに着いて坐った。

「とっても素敵なおうちですね。ノーサンプトンには長くお住まいなんですか？」

「結婚したときにこの地域に越してきたの。この家に移ってからは十三年くらいね。下の子が大学に入ってすぐだったから」

「あ、お子さんがいらっしゃるんですね」

「女の子がふたり。もうりっぱな大人だけど。ミッシーとジェイン。あなたと同じくらいの年頃よ。もうちょっと下かもしれない」

「お嬢さんたちもこの近くにお住まいなんですか？」

「ミッシーはお隣のコネティカット州のハートフォード。ジェインは同じマサチューセッツのストックブリッジ。そこまで遠くないわね。どっちもここから一時間くらいよ、南と西で方向は別々だけど。そこに写ってるのがミッシーとジョン。何年かまえに夫婦でハワイに行ったときの写真ね。そっちがふたりの子供たち、ウィリーとマット。で、それがジェイン。一緒に写ってるのはパートナーのキャスリンと赤ちゃんのマディソン。イヤリングをしてるほうがジェインよ。それはリチャードが空港で撮った写真なの、ふたりがマディソンを養子に迎えた記念にね。そうそう、ちょうどミッシーもジェインも何日かこっちに来てたところなの。リチャードが退院してきたから。ふたりともまた木曜日の夜に来るのよ、わたしたちの結婚記念日に」

「わあ、素敵ですね——その、みなさんで集まれるのが。結婚されてどのくらいなんですか？」

「三十八年。もうそんなに経つなんて信じられないわ」

「三十八年？　そんなことってありえます？　ごめんなさい、ついびっくりしてしまって。つまりその、ずいぶんお若かったんだろうなって」

「そうね。ふたりともまちがいなく若かった」

「いつ――おふたりはどんなふうに出会ったんですか？」

「出会った？　さあねえ。リチャードとは幼なじみだったから。物心ついたときからお互いに知ってたのよ。わたしたちは同じ通り沿いに住んでたし、親同士も仲がよかったから。いわゆる高校のときから付き合っててそのまま結婚したパターンね」

　しばらく沈黙が流れた。

「ちょっと主人の様子を見にいきましょう。起きてたらあなたを紹介するから。あなたがどこまで聞かされてるかわからないけど、主人は話せないし、食事は胃瘻《いろう》チューブからじゃないと摂《と》れないのよ。さあ、どうぞ。リチャード？　起きたのね。こちらはハンナ。これから週に何回か来てくれることになったの。そうよね、ハンナ？　ホゼの話ではそういうことだったと思うけど。わたしたちの相手をしてくれるんですって。テレビをつけましょうか？　野球をやってるかもしれないわ。それともニュースのほうがいい？　ちょっと待っててね――」

　彼は首を横に振った。

「はいはい、テレビはいいのね。この部屋、暖房が効きすぎなんじゃない？　待って、今すぐ——はいはい、ごめんなさい。もうよけいなことはしませんから。いいのよ。ハンナはもう帰るところだから、お見送りしたら戻ってきてお夕食にするわね。それでいいでしょ？」

グレイスはハンナを玄関のドアまで送った。

「もしよかったら明日も来ますけど。ご迷惑でなければ」

「明日も来てもらってけっこうよ。当分ここから動けないもの。あら、ごめんなさい。今のはひどい言いかただったわ。そういう意味じゃなくて——」

「いえいえ、大丈夫です。ひどくなんてなかったです。ほんとに。来るとき何かお持ちしましょうか？　必要なものがあれば、途中で買ってきますけど」

「いいえ、特には——待って。じゃあ、お言葉に甘えちゃおうかしら？　実はマクドナルドのフライドポテトとミルクシェイクが欲しくてたまらないの。お願いしてもいい？　でも誰にも言わない約束よ。普段はああいうものは絶対食べないようにしてるから。はい、じゃあこれ、その分のお金ね。バニラ味で。お願いしても大丈夫よね？」

ハンナ

なんでもないように振る舞うのよ。車に乗り込んで、シートベルトを締めて。振り向いて、手を振って、車を出して、そのまま走らせて。行き先なんかどこでもいいから。とにかく走らせて。

いったい今のはなんだったの？　たった今、わたしは母と会った。母と一緒にコーヒーを飲んだ。三十九年間生きてきて初めて、母とおしゃべりした。幼なじみと高校のときから付き合ってそのまま結婚した母と。そもそもどういうこと？　リチャードと彼女は幼なじみ。ふたりは恋人同士だった。彼女は妊娠して、わたしを手放した。それから彼と結婚した？　彼とさらにふたりの子供をもうけた？　そして三十八年間ずっと連れ添った？

わけがわからない。

リチャードはわたしの父親かもしれない。あるいはちがうかもしれない。もうひとり別の男性がいたのかもしれない。彼女はその相手と密《ひそ》かに関係を持ったことがあって、そのときに妊娠してしまった？　そういえば父親のことは今まで考えもしなかった。父親を探そうと思ったこともないし、父親が誰かなんてどうでもよかった。わたしが想像した母の人生に彼は存在しなかったから。わたしの母――グレイスの人生には。

それにあの妹たち――とは限らなくて〝異父妹たち〟かもしれないけど。ミッシーとエラ張り顔の旦那、エキゾティックなヴァカンス。レズビアンのジェイン。わたしには同性愛者の妹がいる。中国人の赤ちゃんを育てている同性愛者の妹が。まあ、すばらしい。何もかもが絵に描いたようなすばらしさだ。くっそ。わたしなんて残念な負け犬でしかないじゃない。

グレイス

　水曜日の朝、ホゼはこう訊いてきた。リチャードの眠る時間が長くなっていることに気づきましたか、と。リチャードは今も痛みを感じているようには見えない。が、自宅に移ってわずか四日のあいだにも衰えてきていた。それはどちらの目にも明らかだった。グレイスは思いきってホゼに、あとどれくらい持つと思うか訊いてみた。病院にいたソーシャルワーカーの話では、ホスピスに入るのは余命が半年以下の患者だということだったが、そのときの彼女にはとてもそれ以上のことを知る気にはなれなかった。そして今日、ホゼは言った。数日になるか数週間になるかはわかりませんが、おそらく持っても一、二週間でしょう、と。病院が末期の患者さんをもっと早くホスピスに移してくれればいいんですが、と彼は続けた。そうすれば自宅でもっと長い時間を、よりよい時間を過ごせるからと。

彼女には自分が何を願うべきかもわからなかった。

　ハンナがやってくると、ふたりは山盛り二人前のフライドポテトを皿にあけ、ケチャップの小袋の中身をことごとく皿の隅に絞り出した。ふたりともひたすら黙々とポテトを食べつづけた。最後の一本がなくなるまで。

「もう長くはないみたい。ホゼに今朝言われたの。ホゼはご存知《ぞんじ》？　あの訪問看護師の？彼が言うにはあと何日かですって。持ってもせいぜい一、二週間」

「そんな……お気の毒に」

「娘たちには明日伝えるわ。相当なショックだと思うけど。あの子たちにはまだそれだけの覚悟ができてないもの。それほどつらい経験をしてきてないから」

「あなたは？　あなたは覚悟ができてるんですか？」

「そうね、わたしもそれなりにつらい思いはしてきたけど、一番つらい時期はもう過ぎ去ったと思ってた。ばかよねえ。でも結婚したとき、リチャードが誓ってくれたから。これからはどんなにつらいことがあっても、ふたりで一緒に乗り越えていこうって。もう二度とわたしがひとりで苦しまなくてすむようにって」

「もう二度と？」

「話せば長くなるわ。ひとまずこれを片づけて、リチャードの様子を見てからにしましょう」

「じゃあわたし、コーヒーを淹れますね」

「妊娠がわかったの。高校最後の年を迎える夏のことだった。リチャードは卒業したばかりで、秋からこっちに出てきてアマースト大学に通うことになっていた。わたしたちの地元はダンヴァーズだったから、片道で二時間以上の距離があるわね。ともかく、わたしは怖くてどうしても彼に言えなかった。彼の人生が台無しになるんじゃないかと思ったの。わたしのせいで台無しになるんじゃないかって。結局、母に打ち明けたわ。そしたら母が彼のお母さんに相談して、母親同士で計画を立てた。感謝祭の直前に、わたしはボストン郊外のドーチェスターにある施設《ホーム》に送られることになった。〈聖メアリーの未婚の母の家〉。信じられる？　ゴシック小説にあるような話よね。表向きの事情は、病気の伯母さんの世話をしにシカゴに行ったってことになってた。だからまわりのみんなにはそう言ったわ。リチャードも含めて」

「みんなそれを信じたんですか？」

「信じない人もいたでしょうね。どっちでもよかったのよ。あなたには想像がつかないと思うけど、一九六七年の話だから。当時は選択肢なんてほとんどなかった。毎年ひとりかふたり、そういう子が学校にいたわ。ある日突然、ふっつりと姿を消してしまう女の子。何カ月かのあいだ、あるいは永久に。誰もそのことには触れなかった。触れるべきじゃないとわかってたから」

「ごめんなさい、お話の途中でさえぎってしまって。聖メアリーのホームに行かれたんですね？」

「そう、未婚の母の家。すばらしいところでもあり、ひどいところでもあった。あんなふうに女の子たちだけで過ごしたのは初めてだったわ。毎晩がお泊まり会みたいだった。でもそれだけじゃなくて、みんな死ぬほど退屈してたし、自分たちが恥ずかしくて情けなかった。それにみんな、子供を産むのが怖くてたまらなかった。出産した子はそれきり戻ってこなかったから。だからわたしたち、誰からも聞けなかったのよ。出産が実際どういうものなのか。

みんなで際限もなく話し合った。赤ちゃんを産んだらどうするか——自分で育てるか、それとも手放すか。みんなそれぞれ、男の子だった場合と女の子だった場合の名前を決めて、もし赤ちゃんを家に連れて帰ったらどんな人生になるだろうって想像してた。わたしが決めた名前はトーマスとキャロライン。でもね、わたしたちが知らなかっただけで、ほんとうは自分で決められることなんて何もなかったの。生まれるのを待つまでもなく、赤ちゃんはよそへやられることが決まってたのよ。わたしが産んだのは女の子だった。キャロライン。でも、この腕に抱かせてももらえなかった」

「まあ、グレイス、お気の毒に……。なんてひどい」

「ええ。ひどかった。わたしはただもう打ちのめされて、ショックで放心したようになってしまって。そのあと両親がわたしを迎えにきた。みんな口には出さなかったけど、この件には二度と触れないことにしたみたいだった。わたしは家に戻って、高校最後の年を終えた。

そのときはリチャードに打ち明けることなんて永久にないと思ってた。彼が夏休みで帰ってきたら、きっと別れを告げられるんだろうと思ってた。わたしは彼にひどい態度を取りつづけていて、彼はどうしてそうなったのか理解できずにいたから。わたしは家に戻るまで、彼の手紙に一度も返事を書かなかった。戻ってからも、ほんの数行の短い返事しか書かなかった。それも天気のこととか、学校の授業のこととかだけ。彼に隠し事をしていると思うとひどい気分だった。わたしにほんの少しでも勇気があれば、自分から別れを切り出していたでしょうね。彼が切り出すのを待つんじゃなくて」

「彼はどうやってあなたに手紙を送ったんですか？　つまりその、どこに送ったのかっていうことですけど。彼はあなたがシカゴにいると思ってたんですよね？」

「実際にシカゴに住んでる伯母がいたのよ。母の姉が。その伯母も加担していたの。彼女がリチャードの手紙をうちに転送してくれて、わたしは家に戻ってから、それを全部まとめて読んだというわけ。笑っちゃうわね。今思うと馬鹿みたい。みんなでそんなことまでして」

「で、彼は帰ってきたんですか？」

「ええ、大学の夏期休暇でね。わたしはそのとき、まだ最後の学期の途中だった。なんとか遅れを取り戻して、無事に卒業できることになって。みんなが期待していたとおり、彼のエスコートで高校最後のプロムに出たわ。でも彼はわたしの様子に納得していなかった。いったいどうしたのか、なぜ浮かない顔をしているのか。正直、わたしにもわからなかった。たしかにちょっとした問題はあったけど、それはもう解決したのに。もう終わったことなのに。誰も不幸にならずにすんで、何事もなかったかのように人生は続いていくのに。頭ではそう思っていても、心の中は自己嫌悪でいっぱいだった。

　とうとう彼に打ち明けたわ。忘れもしない、その夏いちばん暑い日だった。わたしたちはナンタスケット・ビーチでデートして、それからパラゴン・パークに行った。今はもうない海辺の遊園地。そこでクラムのフライを食べて、ジェットコースターに乗って、そのあと映画を見にいった。たしか『華麗なる賭け《トーマス・クラウン・アフェアー》』だったと思うけど。それってスティーヴ・マックイーンが出てたやつよね？」

「ええ、だと思います。何年か前にリメイクされたんで。ヒロインがレネ・ルッソだったかな」

「とにかく、その日は完璧な一日だった。わたしが不自然に黙りこくっていたことを除けば。だって、口を開けば自分が何を言いだすかわからなかったから。リチャードはそんなわたしを家まで送って、その日もう二十回目になる質問をした——いったいどうしたのかって。

今でも昨日のことのように憶《おぼ》えてる。わたしたちは玄関のポーチにたたずんでいた。もう真夜中に近い時間なのに、外にはまだ昼間の熱気が残っていたわ。家の中はすっかり明かりが消えていたけど、母が階上で起きてわたしの帰りを待っているのはわかってた。もしかしたら、寝室の窓から聞き耳を立ててさえいたかもしれない。門限はもうなかったけど、母はわたしが帰宅してポーチの明かりを消すまでは絶対に寝ようとしなかったから。あれだけのことがあったあとでも」

「それで、彼に話したんですか？　赤ちゃんのことを」

「ええ、キャロラインのことをね。わたしは彼の顔を見られなかった。下を向いて、そのまま話しはじめた。生理が来なくなったこと、朝起きると気分が悪い日が続いたこと。それ自体は、彼が大学に行くまえからわかっていたことだった。そのあとのことも全部話した。怖くてたまらなかったけど、ほかにどうしようもなくて、ついに両親に打ち明けたこと。父が泣いたこと。その次の日に母親同士が相談して――コーヒーをお供に、電話帳をめくりながら――一計を案じたこと。聖メアリーの家に送られたこと。そこにいたほかの女の子たちのこと。ずっと家に帰れなくてつらかったこと。彼に会いたくてさみしくて、心細くてたまらなかったこと。キャロラインが生まれたとき、すぐに取り上げられてしまったこと。一度もこの腕に抱けなかったこと。〝ごめんね〟も〝さよなら〟も言えなかったこと。全部彼に話した。自分が嫌でたまらないことも、一生自分を許せないと思っていることも」

「それでどうなったんですか？」

「彼はひざまずいて、わたしの手をとって言ったの。結婚してくれないかって。もしキャロラインを授かったときにそのことがわかっていたら、自分たちはとっくに結婚して三人で暮らしていたはずだからって。そして、キャロラインが今は別の家族と暮らしていても、自分のその思いが変わることはないからって」

「で、あなたはイエスと答えた」

「そう、わたしはイエスと言った。わたしたちは一年後に結婚した。ふたりとも待ちたくなんかなかったけど、お互いの母親の意向でそうなったの。ちゃんとした婚約期間がないと世間体が悪いからって。くだらないわよね」

「そうだったんですね……。おふたりはそれからずっと幸せに暮らしたと」

「そうね、それからはずっと。死がふたりを別《わか》つまで。そういえば、そろそろ彼にお夕食をあげないと。あなたももう行く時間よね。午後じゅうずっと付き合わせるつもりじゃなかったんだけど」

「明日また来ましょうか？　必要なものがあれば買ってきますけど。夕食用のものでも」

「ぜひ明日も来てちょうだい。とっても助かるわ」

「何も買ってこなくて大丈夫ですか？」

「ええ。必要なものはミッシーが持ってきてくれるって――待って、そうだわ。ねえ、〈タコベル〉はどう？　〈タコベル〉の〝スーパーナチョス〟を二人分買ってきてもらってもいい？」

ハンナ

こっそりジャンクフードを食べる母。死にかけている父。ふたりの妹。それに姪《めい》がひとりと甥《おい》がふたり。わたしには家族がいる。でも、彼らはわたしが誰かを知らない。ああ、こんなに深入りすることになるなんて。これからどうしよう？

グレイス

「昨日のことがあったから、もう来てくれないかもしれないと思ったわ。ごめんなさいね、あんなに何もかもあなたにぶちまけてしまって。もうずいぶん長いこと思い出しもしなかったのに」

そう言いながら、グレイスは皿をざっとすすいで食器洗い機の中に入れた。

「そんな、謝らないでください。すばらしいお話でしたし。リチャードはほんとうに素敵な男性なんだなって思いました」

「わたしは幸せ者よね。わたしたち家族は今までほんとうに幸せだった。リチャードが病気になってもそれは変わらない。ミッシーとジェインにはそこのところをよく言って聞かせないといけないわ。コーヒーはいかが？」

「いただきます。お嬢さんたちはキャロラインのことを知ってるんですか？」

「もちろんよ。隠し事はもうしないって、とっくの昔に決めたの。キャロラインはあの子たちが小さい頃のお気に入りのお話だった。はい、どうぞ」

「ありがとう。今まで彼女を探したことはなかったんですか？」

「まさか。それはできないわ。そうすることが正しいとは思えない。わたしはあの子に取り返しがつかないことをしてしまったのよ。過去を変えられたらと思うけど、そんなことは無理だもの」

「でも、彼女はそれを知らないんですよ。知りようがないわけで」

「その気になればあの子のほうからわたしを探すでしょう。実際、探そうと思えば簡単に見つけられるんじゃないかしら。だけどわたし、いい加減しゃべりすぎよね。しばらく聞き役にまわりたいわ。今度はあなたのことを聞かせて。家はこの近く？」

「えっと実は、今はなんていうか、人生のお休み中というか。ここにいるのは夏のあいだだけで、ホールヨークの友達の家に泊まってるんです。彼女がいないあいだの留守番みたいな感じで。それまではロードアイランド州のプロヴィデンスにいました。アパートに住んで仕事もして、付き合ってる彼もいたんですけど、どうやらわたし、逃げ出してきちゃったみたいです。三月で四十歳になるし、これってもしかして、中年の危機とかそういうやつなのかなって」

「わかるわ。わたしも四十になるときはやけに不安だった。もともとプロヴィデンスの出身なの？」

「生まれはマサチューセッツ州ですけど、育ちはクランストンです」

「ご家族は今もロードアイランドに？」

「いえ、今はいないというか。実はその、両親はもう亡くなったので」

「まあ、それはお気の毒に」

「いえ、大丈夫です。それなりの歳だったので。わたし、養子だったんです」

「まあ」

「ごめんなさい。言うつもりじゃなかったんですけど。昨日のことがあったので、言わないと不自然な気がして」

「昨日。そうよね。今いくつですって？」

「もう少しで四十になります」

「三月って言った？」

「ええと、はい」

「それで、生まれた場所が――？」

「マサチューセッツ州です。グレイス？」

沈黙ができた。

「ほんとうにごめんなさい、グレイス。こんなつもりじゃ――」

「あなたが――？」

「だと思います。というか、はい」

「キャロラインなの？」

「そうみたいです」

「いま車の音がしなかった？　ああ、どうしましょう。とりあえず、ミッシーが着いたみたいよ」

「ママ、ただいま。はい、これ。ラザニアを作ったの。温めるだけですぐ食べられるから。ジェインはサラダを持ってくるって。ついでにワインも買ってくるように頼んだけど、ワインがあっても別にいいでしょ？　ちょうど出がけに電話したから、ジェインもそろそろ着くと思うけど。あら、どうもこんにちは。ごめんなさい、全然気づきもしなくて。ミッシーよ。ねえ、誰もワインを飲んじゃ駄目なんてことはないでしょ？　パパの調子はどう？」

「ハンナです、はじめまして――」

「お父さんは大丈夫よ。今日はよく眠ってた。さあさあ、入って。あなたが来るのを楽しみにしてたんだから」

ハンナは椅子に腰を戻した。隣の居間からミッシーの声が聞こえてきた。女性が赤ん坊や病人に話しかけるときに使う、優しく歌うような小声。それでも一言一言がはっきり聞きとれた。

「パパ、気分はどう？　ゆったりできてる？　ちょっと枕を直すわね。ほら、このほうがいいでしょ？　ジョンと子供たちからもよろしくって。日曜日にはみんなで来るから、ね？　パパも嬉《うれ》しいでしょ？　今日はもう大変だったのよ、九一号線の渋滞が信じられないほどひどくって。ほら、スプリングフィールドの手前のところ。事故か何かあったんだろうけど、とにかくずっと先のほうまで渋滞してて全然見えないの。ねえママ、さっきの人は誰？」

「ハンナよ。ホスピス・ボランティアの人。いろいろ手伝ってくれてるの。わたしの代わりに買い物に行ってくれたりとか」

ハンナは耳を澄まして待った。が、ミッシーの反応はなかった。

「ママもこっちに坐れば？　パパとお話ししていいわよ」

グレイスはキッチンに戻ってくると、椅子に腰を下ろして言った。

「ミッシーはいつもああなの。こっちはろくに口も挟めなかったりするのよ」

「すごく優しそうなお嬢さんですね。じゃあ、わたしはこれで失礼します。あとはみなさんで――」

「どうか帰らないで、ここにいてちょうだい。ジェインにも会って、一緒に食事していけばいいわ。ぜひそうして」

「わかりました。でも、いいんですか？　あなたがそうおっしゃるなら……」

ふたりは隣の居間から聞こえてくる声に耳を傾けた。ミッシーがリチャードに優しく話しかけていた。

「パパ、本を読んであげましょうか？　ちょうどジョン・サンドフォードの〝餌食《プレイ》〟シリーズの新しいやつをゲットしたの。なんてタイトルだったか忘れちゃった。〝なんとか・プレイ〟なのはまちがいないんだけど。待っててね、今持ってくるから」

ミッシーはキッチンにやってくると、バッグの中から本を取り出して言った。

「ちょっとだけパパに本を読んであげようと思って。ジョン・サンドフォードの新刊が出たのよ。『ファントム・プレイ』そうそう、そうだった。待って、そのまえにラザニアだけオーヴンに入れさせて。ねえ、ジェインは？　とっくに着いてると思ったんだけど」

彼女は隣の部屋に戻り、読み聞かせを始めた。

「〝何かがおかしい。冷たい悪のざわめき。その家は近代建築の遺物だった。ガラスと石とアカスギの――〟」

「リチャードは知ってるわ。全部聞こえてたのよ」

「聞こえてた？」

「あなたが誰なのかを知ってるってこと」

「まさか！　どうしてそう思うんですか？」

「ミッシーが本を読んでる声が聞こえるでしょ？　ほら。全部はっきり聞きとれるもの。わたしも迂闊《うかつ》だったわ。もう何日もここに坐って彼が呼吸するのを聞いていたっていうのに、こっちの話し声が筒抜けだなんて思いもしなかった。でも、もちろん聞こえてたのよね。ついさっき、わたしがミッシーにあなたのことを紹介したでしょ？　ボランティアの人だって言って。彼、それを聞いて顔をしかめたのよ」

「顔をしかめた？」

「ええ、眉を吊《つ》り上《あ》げてね。〝よく言うよ〟とでも言いたげな顔してたわ。まるでこう言ってるみたいだった。〝おいおい、グレイス。隠し事はとっくの昔にやめたんじゃなかったのか〟って」

「グレイス、ほんとうにごめんなさい。わたしのせいでこんなことになってしまって。ここに来たのがまちがいだったんです。何もかもわたしのせいです。こんなつもりじゃ――」

「大丈夫よ。ほんとうに大丈夫だから」

車がドライヴウェイに入ってきた。

「ジェインが来たわ」

「ああ、ママ！　パパは大丈夫？　昨夜《ゆうべ》ひどい夢を見たの。車でこっちに向かってたんだけど、何時間走っても全然たどり着けなくて。夢の中でってことよ。わたしが着くまえにパパが死んじゃったらどうしようって、何時間も必死で運転してるのに、GPSの到着予定はずっと四十二分後のままなの。なんで四十二分？　おかしくない？　それでとにかく目が覚めて、ただの夢だってことはわかってたんだけど、いざ車で走り出して思ったの。もしあれが正夢だったら？　虫の知らせとかそういう悪い予兆だったら？　そう思ったらもう涙が止まらなくて、路肩に停《と》めなくちゃならなくて。着いたらパパがもう死んでたらどうしようって。だけど、もしここで諦めたら絶対にたどり着けないし、そしたらほんとに正夢になっちゃうと思ったから」

「ほら、もう泣かないの。こっちに来て、荷物を置いて。お父さんなら――」

「ちょっと、ジェイン。あんた頭おかしいんじゃないの？　パパは平気よ。今わたしが読み聞かせしてあげてたのよ。あんたが半狂乱状態で飛び込んでくるまで」

ジェインは無言でミッシーを押しのけて居間に入った。

「妹があんな状態でごめんなさいね。情緒不安定なものだから」

「ミッシー、そんな言いかたはないでしょ。あの子はちょっと取り乱してるだけよ」

「それで、ハンナ――ごめんなさい、お名前はハンナだったわよね？」

「ええ、そうです」

「ホスピスのボランティアをされてるんですって？　すばらしい心がけよね。母もずいぶん助かってると思うわ」

「いえ、たいしたことは何もしてないんです。実際のお手伝いは訪問看護のかたたちがされてるので。わたしがしているのは息抜きケア《レスパイト》と言って、お母さまが一時的にリフレッシュできるように、ちょっとしたお手伝いをしに来ているだけなので」

「わたしたち家族一同、あなたには心から感謝してるわ。でも、きっとあなたもほかにやることがあるでしょうから――」

「ミッシー、ハンナには一緒に食事していくようにわたしからお願いしたの」

「一緒に――あら、そうなの。それは――いいけど。食べるものならたくさんあるし」

「わたしは今からお父さんにお夕食をあげてくるから。あなたたちはテーブルをセットしてくれる？　ジェインにもこっちに来て手伝うように言うから」

　ハンナとミッシーがテーブルをセットするあいだ、居間からはグレイスとジェインの会話が聞こえてきた。

「待って、誰なの？」

「言ったでしょ。手伝いに来てくれてる人。わたしの話し相手にもなってくれてるのよ」

「それですっかり親しくなって、今や家族の食事にも同席させるってわけ？　知り合って二日で？」

「三日よ。そう、ハンナとはそれくらい親しくなったの。わかったらお父さんとふたりだけにしてちょうだい。聞き分けのない駄々《だだ》っ子《こ》みたいに振る舞うのはやめて、ちゃんと自己紹介するのよ。これ以上わたしに恥をかかせないで」

　ジェインがキッチンに入ってきた。荷物を置いたカウンターに歩み寄ると、ミッシーとハンナが見ているまえでワインのボトルを開け、テーブルへ持ってきて三つのグラスに注ぎ、椅子に腰を下ろした。ミッシーが無言でグラスを上げて乾杯し、三人はワインを飲んだ。

　ミッシーがバッグから携帯電話を取り出した。ジェインは何日もまえにホゼがテーブルの上に置いていったままのパンフレットをしきりに揃えはじめた。ハンナは自分の両手に目をやった。三人とも懸命に耳をそばだて、グレイスがリチャードに何を言っているのかを聞きとろうとした。が、聞こえてくるのはかすかなささやき声だけだった。

　グレイスが戸口に現れた。

「みんなこっちに来てちょうだい。お父さんとわたしから話があるの」

ミッシーとジェインが立ち上がった。

「ハンナ、あなたもよ。お願い」

四人はリチャードのベッドを囲むように立った。ジェインとミッシーが片側に、グレイスとハンナがもう一方の側に。リチャードとハンナの目が初めて合った。リチャードは微笑み、グレイスの顔を見てうなずいた。グレイスが口を開いた。

「ミッシーもジェインも憶えてるでしょう、キャロラインの話を……」

宵の蒼

ロバート・オレン・バトラー

ROBERT OLEN BUTLER

これまでに17作の長編小説と6冊の短編集を上梓。『ふしぎな山からの香り』（集英社）はピュリッツァー賞フィクション部門を受賞した。また、創作過程に関する講義をまとめた『From Where You Dream』は、後進に幅広い影響を与えた。現在はフロリダ州タラハシーにあるフロリダ州立大学でライティングを教えている。

訳

不二淑子

YOSHIKO FUJI

Soir Bleu, 1914

よそ見をしているあいだに、いつのまにかピエロが私たちのテラス席に坐っていた。ひと言もしゃべらずに。もちろん、しゃべるわけがない。相手は道化師――厚い化粧を施したパントマイム師――なのだから。

ピエロに気づかなかったのは、なんとも忌々しい光景に気を取られていたせいだ。右隣りに坐るルクレール大佐が、ホテルの部屋で身なりを整えて戻ってきたソロンジュをテーブル越しに卑猥《ひわい》な眼つきで見ていたのだ。ソロンジュのほうも、私の左横で足を止め、大佐に色目をつかっていた――昔のように。そんな彼女を見るのは耐えがたかった。かつて私はピガール広場の娼館《しょうかん》からソロンジュを身請けして専属モデルにした。いわば私の芸術で彼女の裸体を救ったのだ。それなのに、ルクレール大佐は私の描いたソロンジュよりも、彼女自身を買いたがっていた。ヴァションという画家の絵ではなく、その絵のモデルの元娼婦を欲しがっていた。

抑えがたい感情が炎となり、体じゅうを駆けめぐった。ソロンジュから視線をはずし、その背後に広がるエステレル山脈を見つめた。黄昏《たそがれ》どきが午後のセルリアンブルーを宵のプルシャンブルーへと変えはじめていた。宵の色はもうこの指先まで染めあげている。ニースに来たのは、絵を売るためだけではなく、絵を描くためでもある。それにソロンジュはもう娼婦ではない。娼婦から格上げされ、私のミューズになった。かけがえのない私だけのミューズに。ソロンジュもそれはわかっている。

　私はテーブルのそばで立ったままのソロンジュに視線を戻した。彼女は化粧直し《トワレット》の際に、頬と唇に色を塗り足していた。たっぷりと。けばけばしく。赤裸々なほど扇情的な顔に仕上げていた。彼女はすぐに私の視線に気づき、射貫《いぬ》くような眼で私を見おろした。私はその眼差《まなざ》しから微妙なニュアンスを読み取った。ずっとその眼を描いてきた私にはわかる。それはこう語っていた――この男をたぶらかすのは、あなたのためよ。あなたの絵を買ってもらうため。この男が手に入れるのは、あなたの絵の中のあたしだけ。

　ほんの一瞬の眼差しで、ソロンジュはそう語った。それからまた大佐を見つめ、ふたりだけの世界に戻った。

　私は顔をさげ、ふとテーブルの向かい側を見た。

　そのとき、ようやくピエロに気づいたのだった。

ピエロを見ても、私は驚かなかった。すでに劇場の観客席にいるようなものだったからだ。舞台上ではイタリア喜劇《コンメディア》の一場面が始まっていた。ルクレール大佐とソロンジュは――劇中の隊長《イル・カピターノ》とコロンビーナのごとく――すっかり互いに夢中で、ピエロの登場にもまだ気づいていないようだった。

今、私たち――ピエロと私――は互いを見つめている。ピエロはまるで子どもがドラクロワのパレットを使って描いたような顔をしている。髪のない頭と顔は白い顔料で塗られ、特大の唇と弓形の眉、両眼から落ちる〝寝取られ男の涙〟は朱色で描かれている。役者の顔というキャンバスに描かれた、悲しみのピエロの生ける肖像画だ。ガール通り沿いにあるこのホテルの近くには、劇場がいくつかある。きっと出番が終わってまっすぐここに来たのだろう。私と同じように、彼も一座の売り込みのために来たのかもしれない。

ピエロの眼のまわりは黒く落ちくぼんでいる。といっても、それは役者自身の眼のことで、ピエロのメイクの話ではない。ひょっとしたら年配の役者で、今夜はたんにメイクを落とす気力がなかっただけかもしれない。まずは一杯飲んでからにしよう、そう思ったのかもしれない。

ピエロの眼は暗いくぼみの奥に隠れ、その表情を読み取ることはできない。

それでも、私たちはしばし見つめ合う。やがてピエロが二本の指をすっと唇に近づけて煙草《たばこ》の形を示し、もう一方の手でマッチを擦って火をつける仕種《しぐさ》をしてから、ゆっくりと息を吐く。ピエロの口から吐き出される完璧なけむりの輪が眼に浮かぶようだ。それからピエロが頭を傾ける。眼の動きははっきり見えないが、どうやらウィンクしたらしい。

なるほど。

私は内ポケットから〈ジタン〉の箱を取り出す。ピエロがゆがんだ笑みを浮かべる。指先で顎をはじき、優雅な仕種で右の手のひらを差し出す。すると、まるで手品のように、そこには火のついた煙草がのっている。ピエロはその煙草を口にくわえて、深々と吸い込む。ピエロの口から吐き出された本物のけむりの輪が、徐々に大きくなって私のほうに流れてくる。

私は右隣りに坐るルクレール大佐を見る。

大佐はまだソロンジュを見つめるのに夢中だ。

けむりの輪が大佐の視線の下を漂い、それから宙に溶けて消える。それでも大佐は気づかない。

私は正面のピエロに視線を戻すと、しばらく黙ってピエロと煙草をくゆらせる。テーブルの上で、ふたりの吐き出すけむりが二度混じり合う。一度目と二度目のあいだに、ソロンジュがようやく私の左隣りの席に腰をおろす。ソロンジュと大佐の視線がまだ絡み合っていることは、わざわざふたりを見なくてもわかる。

するとルクレール大佐が私に向かって言う。「ムッシュー・ヴァション。あなたにもマドモアゼルにも申し訳ないのだが、疲れたので今夜はもう休みたい。絵は明日の朝に選ばせてくれ」

私は大佐の顔を見る。

大佐は私の背後を見つめている。

「もちろん、かまいません」と私は言う。

大佐が立ちあがる。

そして立ち去る。

私は肩幅の広く逞《たくま》しいナポレオンブルーの背中が遠ざかるのを見つめる。

それからソロンジュを振り返る。

彼女は笑みを浮かべる。「あの人、買ってくれるわ」と言う。

私はそのあいまいな表現――いったい何を買うのか？――を聞きとがめずにはいられない。が、その疑念を振り払う。なにしろ、ソロンジュは私の画才にすっかり惚《ほ》れ込んでいる。私が描いた彼女自身の姿に惚れ込んでいる。私は彼女の肉体の持つ真実の色を描きだしてきた。光と影の中の彼女を。眠っている彼女を、情熱を帯びた彼女を。ルクレール大佐に見せるために塗られたけばけばしい色の下には、私だけが知る真実の頰の赤み――黄褐色《ローシエンナ》と黄土色《イエローオーカー》とカドミウムレッドを混ぜた色――が隠れている。私たちはふたりとも理解していた。もっとも深い意味において、ソロンジュは私の画筆によってしか存在しえないということを。

ルクレール大佐が立ち去ってから、ソロンジュはずっと私だけを見つめている。私はピエロをちらりと見る。ピエロもまた真剣な面持ちで私を凝視している。私はソロンジュに視線を戻すと、手のひらをピエロのほうにふわりと差し出す。ピエロがちょっとした手品を見せたときのように。

ソロンジュの眼が私の手の動きを追う。

が、なんの反応も示さない。無関心。こんなところにピエロがいるのを見ても、彼女の意思は揺るがない。それもこれも、あのちんけな兵隊に狙いを定めているせいなのか？　もううんざりだ。せっかくワインを飲んで煙草を吸っているというのに、ソロンジュの心を探るばかりでは愉《たの》しめない。

「階上《うえ》にあがりなさい」と私は彼女に言う。「私はもう少しここで飲んでいく。部屋で私を待っていなさい」

ソロンジュは椅子を引いて立ちあがろうとする。

「用心しろ」今度は私があいまいな表現を使って言う。用心する相手はあの男か。それともこの私か。

彼女は私の腕をそっと撫《な》でて立ちあがる。

ソロンジュが私の後ろを通ってホテルに向かうと、私はピエロに注意を戻す。ピエロの眼は陰に隠れているが、白い頭部の輪郭が宵闇にくっきりと浮かびあがっている。ピエロの眼はソロンジュの行方を追っているようには見えない。しかし、彼女の気配がすっかり消えたとたん、私に向かってうなずいてみせる。まるで〝よくやった〟とでもいうように。

私はわずかにピエロのほうに身を乗りだす。

ピエロも眉をつりあげて、こちらに身を乗りだす。

「あの娘は私の言いつけを守る」と私はささやく。

ピエロは両肩をあげてみせる。そして私を真正面から見据えると、下唇をへの字に押しあげて、大きな口元に浮かんだピエロ特有の微笑《ほほえ》みを渋面に変える。それから頭をメトロノームのように左右に振りはじめる。まるで私の発言の正しさを測定するかのように。その渋面と規則的な頭の動きを見るかぎり、ピエロはあきらかに誤りだと考えているようだ。

私はそれを受け流す。所詮、相手は道化だ。ここは笑い飛ばすところだ。

だから私は笑う。が、その笑い声は思いのほかぎこちなく響く。

それでも、ピエロは満足したようだ。いったん俯《うつむ》いてからまた顔をあげ、ぱっと笑顔を咲かせる。晴れやかな満面の笑みを。この役者はじつにいい。年配の役者だという見立ては、まちがっているのかもしれない。彼は驚くほど豊かな表情を見せる。

ふいに、私は理解する。なぜこのピエロが私の心をとらえるのかを。なぜことばを否定されても笑い飛ばそうと思えるのかを。私は言う。「無言劇《パントマイム》できみを見たことがある」

ピエロが眼を大きく見ひらき、すっと首を伸ばす。

「もちろん役者は別人だろうが」と私は続ける。「きみと同じピエロを見た」

ピエロは額にしわを寄せ、思慮深げにうなずく。

「ずっと昔のことだ。私はまだ子どもだった」

そこまで言ったところで、私はまた理解する。これは愉快な思い出ではないということを。たどるべき記憶ではないということを。

それでも何かが私を突き動かす。「あれは何歳《いくつ》のことだったか？」私は声を低め、自分自身に問いかける。少年だった頃の自分の姿を思い浮かべようとする。

ピエロは肩をすくめ、両手を広げる。そんなことを聞かれてもわかるはずがないとでもいうように。

私の中の大人の部分は、やめておけと訴えている。しかし、子ども時代に見た単純なイメージ――眼のまえにあるピエロの顔――が、すでに記憶を掘り起こしはじめている。記憶の中の私の隣りには、誰かが坐っている。

ピエロの顔に笑みが広がる。頭を右に傾け、それから左に傾け、また右に傾ける。私を励ますように。

私は当時の年齢を数えはじめる。ここでやめるべきだ。深追いする必要はない。それでも記憶をたぐりよせる。腹をくくり、パントマイムを観《み》た日に意識を集中させる。

「私は十二歳だった。ヴァルヴァンでのことだ」

そこでことばを切る。ピエロはまた真剣な面持ちに戻っている。

私はピエロを見つめる。ピエロも私を見つめる。

やはり年配の役者だという見立ては正しかったのだろうか。眼のまえの男は、あのときの役者と同一人物なのか？　そんなことがありうるだろうか？　もしそうだとしたら、この男は五十代ということになる。人生は時として、ありえそうにもないことが起こるものだ。

「ヴァルヴァンの劇場で。私はポール・マルグリットの『妻殺しのピエロ』というパントマイムを観た。マルグリット本人がピエロの役を演じていた」

私はテーブルの向かい側に坐るピエロを観察する。彼が〝それは自分だ〟というサインを発するのではないかと期待して。たとえば眉をあげるだとか。うなずくだとか。なにかしらサインを。しかし、ピエロはまた油彩の肖像画に戻っている。濃さを増していく夜のブルーを背景にして、身じろぎすらしない。

「すばらしい演技だった」私はそう言って、彼が褒めことばに乗ってくるのを待つ。「きみもそのパントマイムを知っているんじゃないか？」さらに尋ねて、ウィンクする。

彼が笑みを浮かべたような気がする。

「役者のことはどうだ？　ムッシュー・マルグリットのことは？」

眼のまえのピエロは人差し指を立て、左右に揺らしはじめる。まるで〝バレてしまっては仕方がないが、黙っておいてくれ〟とでもいうように。

「なるほど」と私は答える。

揺れていた人差し指が止まる。それから手のひらを上に向け、手招きするような仕種で、私に先をつづけるよう促す。その手をいったんおろすと、今度は両手をふわりとあげてまた手招きする。ピエロは最後まで話を聞きたがっている。

そこで私は、ポール・マルグリットの変幻自在な演技について語りはじめる。ひょっとしたらマルグリット本人かもしれない相手に、まるで赤の他人に向かって話すように。自分の声はほとんど聞こえない。いつのまにか、私は三十年前の晩夏の夜に戻っている。パリ郊外のあの澱《よど》んだ空気の劇場に。そこでは白い外套《がいとう》を着て白いネッカチーフを襟元にあしらったピエロが、自分の犯した罪を再現している。完璧にも思える恐ろしい犯罪を。舞台の切り出し《フラット》は黒一色で、ひと目で葬儀屋の斎場だとわかる。ひとつのフラットには特大の葬儀用ポスターが貼られ、舞台に横たわるピエロの妻コロンビーナが死んだことを観客に伝えている。別のフラットには、今は亡き哀れな女の写真がかけられている。殺害の様子を再現するとき、ピエロはピエロ自身と妻の二役を演じる。それだけではない。ポール・マルグリットは劇作家として無言劇を創作し、俳優としてその劇の主人公のピエロを演じている。そのピエロが、劇中でピエロとその妻を演じながら、ピエロが殺人者に、妻が被害者に変わる場面を再現しているのだ。少年に戻った私でさえ、人間の中にまた別の人間が潜む入れ籠《いれこ》のような舞台に胸を高鳴らせている。

まず、ひとりきりになったピエロは、なぜ妻のコロンビーナを殺さなければならないのかを考える。コロンビーナはピエロの物を盗んだ。ピエロを無視した。もっと残酷なこともした――ある男に走り、その男と寝た。ピエロを裏切り、ピエロを〝寝取られ男〟にしたのだ。次に、ピエロはどうやって妻を殺そうかと考える。ロープで首を絞めるのはどうだろう？　でもそうすると目玉が飛びだし、大きく開いた口の中で舌がのたうちまわり、見るもおぞましい顔になるだろう。ナイフで刺すのはどうだろう？　でもそうすると血が噴き出して、あたり一面血の海になるだろう。毒を盛ったら、体をぶるぶる震わせて吐きまくるだろう。銃で殺したら、警察沙汰になるだろう。あれこれと熱心に計画を練るうちに、ピエロはつまずいて転び、足を痛める。靴を脱いで、はだしの足をさする。痛みをやわらげようとしているのに、思わず笑いが出る。するとピエロは、自分をくすぐらずにはいられなくなる。くすぐっては笑い、笑ってはくすぐる。死にものぐるいの笑い。やがてピエロははっと閃《ひらめ》き、自分のなすべきことを悟る。

「次の場面は実に見事だった」と私はテーブル越しにピエロに語りかける。「きみは実に見事だった」

頭の中で、役者マルグリットの演技が完璧な鮮明さでよみがえる。ベッドの上で、彼はピエロとその妻コロンビーナをかわるがわる演じている。ピエロはコロンビーナをヘッドボードに縛りつけると、ストッキングを脱がせ、彼女の素足をくすぐりはじめる。コロンビーナは笑っては泣きさけび、泣きさけんでは笑う。やがて激しい痙攣《けいれん》の波が押し寄せ、たえまなくつづく条件反射の狂騒の苦痛から、彼女は死に至る。

殺人の場面はすべてパントマイムで――まったくの無言で――演じられているにもかかわらず、十二歳の少年の私の頭の中では、コロンビーナの笑い声と悲鳴がけたたましく鳴り響いている。ところが、彼女が死んだ瞬間、大人の私の頭の中は、まったく別の何かで占められる。

私が恐れていたもの。私が無視していたもの。それが今、私にのしかかっている。

ニースのホテルのこのテラス席でピエロに向かって話しているあいだ、自分の声はまったく聞こえなかった。ところが、ふいにピエロとともに黙り込んだとたん、静寂が耳を打つ。一方、ヴァルヴァンのあの劇場では、コロンビーナが死んだ瞬間、私は隣りで進行する別の無言劇にはいり込んでいる。

私は横を向き、自分の父親を見つめる。

筋骨逞しい巨体。酔っ払って赤く膨らんだ鼻。あばただらけの巨大な赤鼻。そんな見た目とは裏腹に、父は頭の切れる男だ。債券ディーラーで、洗練されてさえいる。父は私を恐れさせ、同時に魅了する。黒いサテン衿《えり》のついた黒いウールのタキシードスーツを着込み、舞台を一心に見つめている――すさまじい集中力で。私は父に連れられてよくこの劇場に来ていた。

父が私の視線に気づく。

周囲の観客が息を呑《の》み、笑い声をあげる。舞台ではパントマイムが進行していたが、父はこちらを向く。父と眼が合う。その眼差しが何を意味するのか私にはわからない。が、ついさきほどまでピエロを見つめていたときと同じ獰猛《どうもう》さをたたえている。

私は眼をそらす。

その劇場での夜を最後に、父とは二度と会っていない。

翌日、母が死んだ。首の骨を折られて。

そして父は姿を消した。

たった今よみがえった記憶に、私は煩悶《はんもん》する。眼を大きく見ひらき、眼前の光景に意識を戻そうとする。ニースの〈ホテル・スプランティード〉のオープンテラス。チャイニーズ・ランタン。プルシャンブルーに溶けて消えたばかりの黄昏。道化師。しかめっ面《つら》の道化師。そんな彼に対し、私の口角はおのずと上がり、作り笑いを浮かべている。まるで私のほうが、おびえた子どもの機嫌をとる道化であるかのように。

するとピエロがしゃべりだす。

「あの女のところに行け」耳ざわりな低いしゃがれ声。病気か怪我《けが》か、あるいは酷使したせいで咽喉を痛めたような声だ。おそらく昔は舞台俳優だったのだろう。声が出にくなって、やむなくパントマイム師に転向したのかもしれない。

ピエロが肩を怒らせる。すぐに行動しない私にいらだっている。

「用心しろ」とピエロが言う。「早く行け」

ピエロの朱色《ヴァーミリオン》の唇がへの字に曲がり、顔じゅうが不快そうにゆがむ。

そうだったのか。胸が強く締めつけられる。私は最初から虚仮《こけ》にされていたのだ。

急いで立ちあがる。テラスにいるほかの客たち――夜会服を着た男たちや肩を露《あら》わにした女たち――を押しのけながら進む。テラスのドアを抜けてホテルの中にはいり、ロビーの大理石の床を足早に歩く。走り出してしまわないように、自分を抑えようと努めながら。

ふいに顔が――顔がこわばる。パントマイム師がポーズを取ったように、私はぴたりと動きを止める。コリント式の柱のあいだに置かれたソファで飲み物を手にくつろいでいる人々が、おしゃべりをやめて私を見ている。彼らは知っているのか？　私の怒れる沈黙の意味を読み取っているのか？　ソロンジュとルクレールは、ずうずうしくもロビーで待ち合わせたのか？　彼女はその腕を堂々と大佐の腕にからませていたのか？

私は大股で足を早めると、フロントデスクの横を曲がり、電動式昇降機の鋳鉄製扉のまえに出る。が、昇降機は来ていない。踵を返し、絨毯が敷きつめられた階段をなりふりかまわず駆けあがる。上の階へ。さらに上の階へ。一段飛ばしで駆けあがる。逞しく、すばやく、胸の中と眼の奥で燃えあがる炎のように軽やかに。そして私たちの部屋のあるフロアのホールに出る。

廊下を駆け抜け、部屋が近づいたところで歩調をゆるめる。もしソロンジュが不貞を働いているのなら、彼女を警戒させてはならない。現場を押さえるためにも。私は足を止める。ドアの数歩手前で、じっと待つ。息が切れ、両手が震えている。まずは落ち着かなければ。

震えがおさまると、ポケットから鍵を取りだす。数秒前まで燃えたぎっていた怒りの炎は、冷静さと冷酷なまでの周到さに取って代わられている。

私はドアに進み出る。

ドアに耳を寄せ、室内の様子をうかがう。

何も聞こえない。

身を屈《かが》めてドアノブの下の鍵穴に近づく。手つきは安定している。まるで画筆を持ち、筆先を絵の具につけ、その日の最初の一筆を描こうとしているかのように。

鍵をそっと鍵穴に差し込む。もう一方の手でドアノブを握り、深く息を吸ってから、鍵とドアノブを同時に回す。私はドアを押しあける。静かに。

居間《パーラー》には誰もいない。窓のまえには私の画架《イーゼル》が置かれている。寝室のドアが少しあいている。その隙間から尿の色のような黄色い電灯の光が洩《も》れている。寝室の中から、ソロンジュの陽気な笑い声が聞こえ、それから、衣擦《きぬず》れの音と男のくぐもった声が続く。私は寝室に近づく。私の中に茫漠《ぼうばく》たるブルーの静寂が広がっていく。そして寝室のドアをあける。

予感は的中する。

ベッドの足元で、ふたりが立っている。大佐は覆いかぶさるようにソロンジュを抱きしめている。ソロンジュは背をそらし、いまにもベッドに倒れ込みそうだ。彼女の両手が大佐のブルーの広い背中にまわされ、白い色を散らしている。大佐はソロンジュの唇に口づけている。そのとき、彼女が視界の隅で私をとらえる。その眼がさっと私に向けられ見ひらかれる。彼女が動きを止め、大佐も彼女のためらいを察知して止まる。その一瞬、ふたりは私の絵のためにポーズを取っているかのように静止する。

それからソロンジュが両手を握りしめ、大佐の背中を叩《たた》くような仕種をする。ふたりはぱっと離れ、慌てて体勢を立て直す。ルクレールは私を振り返ると、軍隊式の直立不動の姿勢をとる。

大佐に殴りかかるべきだろうか、と私はいっとき考える。

ふいに大佐が眼をしばたたかせ、それから体をぶるりと震わせる。まるで突然、真冬の冷気に包まれたかのように。大佐が言う。「誤解だ。この女が私をそそのかしたんだ」

大佐は踵を打ち鳴らすと、勇ましく歩きだし、私の横を通って寝室を出ていく。

ソロンジュは再びポーズを取ったように動きを止める。そのとき彼女が浮かべた表情に、私は息を呑む。高い評価を受ける私の技量をもってしても、こんな複雑な表情を描くことはできないだろう。彼女は嘘《うそ》を探し、逃げだす算段をしながら、同時に自分の人生を案じ、自らを不貞に走らせる情熱――今回は妨害されたが、今にして思えば、過去に五、六回は満たされているはずの情熱――を嘆き、私に裏切りを気づかれたと知って悔やんでいる。

部屋は暑く、ソロンジュは美しい。彼女は私のミューズであり、私はためらいを覚える。しかし、ふいに身を切るような極寒の冷気が私の体を丸ごと飲み込む。私のソロンジュに対する情熱――肉体と創造的精神が生み出す情熱の融合――は一瞬《ま》にして凍りつき砕け散る。私はすばやくソロンジュに近づく。ソロンジュは表情を変える間もなく、眼を見ひらきすらしない。私の両手が彼女の首にかかり、咽喉を締めあげる。両手に力がこもる。強く、さらに強く。彼女の命を奪うあいだ、私はまず自分の指先についたブルーの染みのことを考え、それから彼女の大きく開かれた口から出る無音の悲鳴のことを考える。

ついに彼女は死に至る。

両手を放すと、ソロンジュはベッドの上に崩れ落ちる。

においが私を満たす。

ドーランと煙草《ジタン》のにおいが。

私は振り返る。

ピエロが、すぐそばに立っている。厳粛な面持ちで。

ピエロはひとつうなずくと、右手を咽喉もとに添える。右手はそこで何かをつかみ、顔をなぞるように昇っていく。その手と一緒に、白い色も昇っていく。色だけではない。ピエロの皮膚もピエロの肉も昇っていく。その下から首の骨が現れ、顎の骨が現れる。ピエロの右手が高く昇るにつれ、上へと進むにつれ、骸骨の歯が現れ、口と頬の骨が現れ、やがて骨の真ん中に、温存された肉づきのいい鼻が現れる。右手がついに頭の上まで到達すると、ピエロの顔の残りがすべて剝《は》がされ、眼窩《がんか》のぽっかり空いた灰色の骸骨になる。その中に、墓の中でも腐敗しなかった大きな鼻だけが残されている——酔っ払って赤く膨らんだ鼻。あばただらけの巨大な赤鼻。

骸骨とは得てしてそういうものだが、その骸骨も笑みを浮かべている。

私は一緒に笑うことができない。

「父さん——ぼくたちはなんてことをしてしまったんだ?」

その出来事の真実

リー・チャイルド

LEE CHILD

大学時代は法律を学び、劇場スタッフとして働く。その後、地元テレビ局に勤務し、さまざまな番組の製作に携わった。やがて失業するが、ベストセラー小説を執筆することで人生の危機を脱した。1997年に上梓したデビュー作『キリング・フロアー』(講談社)はアンソニー賞最優秀処女長編賞を受賞。世界中から賞賛を浴び、瞬く間に人気作家に。イングランド生まれで、現在はニューヨーク在住。

訳

小林宏明

HIROAKI KOBAYASHI

HOTEL LOBBY, 1943

わたしは宣誓証言をうまくやって気分よく部屋を出た。わたしの答えは短くて簡潔だった。自分をうまく抑制することもできた。言うべきでないことはなにも言わなかった。ずっとまえだれかに教わった古い手を使った。つまり、質問に答えるまえに、頭のなかで三つ数えるのだ。名前は？　一、二、三。アルバート・アンソニー・ジャクスン。その古い手は、性急で思慮のない反応を抑制する。考える時間ができるからだ。相手は苛立《いらだ》つかもしれないが、どうすることもできない。「真実を、すべての真実を、真実のみを、相手方の弁護士が口をはさまない三秒以内にすべて告げる」などとは宣誓で言っていないのだ。やってみるといい。このやり方は、いつかきっと己の身を守る。相手方はつい思慮のない反応を返しがちだからだ。その日の朝のわたしの場合のように。査問委員会の委員長は、話のもっていき方にはっきりした意図をもっていた。彼の口から出た最初の重要な質問は、「きみはなぜ軍隊に入っていないのかね？」というものだった。まるでわたしが臆病者か、モラルに欠けた堕落した人間でもあるかのようだった。宣誓証言が公になったとき、必要なら、わたしの信用を落とすためではないかと思った。

「わたしは義足なんです」わたしは言った。

それはほんとうだった。真珠湾攻撃で片脚を失ったとかそういうのではない。哀れさを演出するつもりはない。じつは、ミシシッピ州でT型フォードに轢《ひ》かれたのだ。幅のせまい木製の車輪に轢かれ、脛を砕かれたが、田舎だったから遠くはなれた医者のもとまでいかなければならなかった。そして医者は、容易な方法を選び、膝から下を切断した。しかたがなかった。陸軍はわたしをほしがらなくなったが。海軍も。しかし、彼らはほかの者みんなをほしがった。そのせいで、一九四二年の夏までに、FBIが新しい局員の補充に迫られた。脚が義足だろうとかまわなかった。義足は野球のバットみたいなカエデ材だった。もっとも、そんなことを尋ねられたわけではない。彼らはわたしに訓練をほどこし、やがてバッジと銃をあたえ、わたしを世の中に送り出した。

それで、一年後、軍隊に入っていなくても、わたしは少なくとも武装していた。だが、事情を知っても委員長は同情的でなかった。彼は言った。「きみが不幸な目に遭ったことは残念だよ」

まるでわたしが不注意であったかのように、あるいは徴兵をのがれる計画をまえもって練っていたかのように、非難がましく、咎《とが》めるような口調だった。しかし、そのあとわたしたちはスムーズに質疑応答を進めた。彼は、おもに調査に関する手続き上の質問にこだわり、わたしはそのすべてに、一、二、三、と数えてから答え、十二時十五分まえまでに退室した。さっき言ったように、気分よく出てきたのだが、廊下でヴァンダービルトにつかまり、もうひとつこなさないといけないと言われた。

「もうひとつってなんです？」わたしは言った。

「宣誓証言だ」彼は言った。「とはいえ、じつはちょっとちがう。宣誓はなしだ。めんどくさいことはいっさいなしでやる。公には記録にとどめない。われわれのファイルのためだけだ」

わたしは言った。「われわれのファイルが彼らのファイルとちがったほうがいいんですか？」

「もうきまったことだ」ヴァンダービルトは言った。「彼らは、真実をどこかに記録したがっている」

彼は、わたしをちがう部屋へ連れていった。わたしたちはそこで二十分待った。すると、やがて速記係が現れて、メモを取る用意をした。彼女は恰幅《かっぷく》がよく、たくましい体つきをしていた。年は三十くらいだろう。安っぽいブロンドの髪をしていた。水着を着たらきっと見栄えがするにちがいない。彼女はしゃべらなかった。

やがて、スローターが入ってきた。ヴァンダービルトの上司だ。彼はセントルイス・カージナルスのイーノス・スローターと親戚関係にあると言っていたが、それを信用する者はいなかった。

みんなが腰をおろすと、スローターは体格のよい女性が鉛筆をかまえるまで待って、言った。「オーケー、話を聞かせてくれ」

わたしは言った。「全部ですか？」

「われわれの内部向けにだ」

「ミスター・ホッパーのアイディアでした」わたしは言った。

「だれだ、それは？」

「わたしの上司です」

咎めを受けるなら、いつだってはやいうちのほうがいい。

「これは魔女狩りではない」スローターは言った。「最初からはじめよう。きみの名前からだ」
一、二、三。
「アルバート・アンソニー・ジャクスン」わたしは言った。

「身分は？」

「戦争が終わるまで一時的に派遣されたＦＢＩの特別捜査官です」

「どこに？」

「いまいるところです」

「具体的には？」

「このプロジェクトです」

「その名前は？　記録のために」

「物質開発グループです」

「その新たな名前は？」

「それを言ってもいいのですか？」

「落ちつけ、ジャクスン」スローターは言った。「きみは同志だ。宣誓もしていない。なにかに署名する必要もない。われわれが望んでいるのは、口述記録だけだ」

「なぜです？」

「われわれは永久に注目を集める存在であるわけではない。おそかれはやかれ、彼らはわれわれに対抗してくるだろう」

「なぜそんなことをするんです？」

ヴァンダービルトが言った。「この件ではわれわれが彼らに勝ちそうだからだよ。そして、彼らはスポットライトを分かち合いたくない」

「なるほど」わたしは言った。

「だから、われわれ自身の見解を用意しておいたほうがいいんだ」

スローターが言った。「プロジェクトの名前を言え」

わたしは言った。「マンハッタン計画」

「きみの職務は？」

「安全対策です」

「うまくいっているのか？」

「いまのところは」

「ミスター・ホッパーはきみになにをしろとたのんだ？」

「たのみませんでした、最初は」わたしは言った。「日常業務としてはじまったんです。彼らにはもうひとつ施設が必要でした。テネシー州に。コンクリートを大量に使う施設ですよ。専門家の工学技術も。予算は二十億ドルです。責任者が必要でした。わたしの仕事は、身元審査の過程を管理することでした」

「どんな仕事が含まれていたか教えてくれ」

「志願者の私生活に疑問点がないか、政治的信条に疑わしい点がないかなどをわたしたちはさぐるんです」

「なぜだ？」

「秘密をネタに恐喝されるようなことがあってはならないし、当人がただで秘密を漏らすようなことがあってはならないからです」

「今回きみはだれを調査していた？」

「シャーマン・ブライオンという男です。彼は構造技師でした。老人ですが、まだ仕事はちゃんとできました。彼を軍の大佐にして、仕事をさせようという計画がありました。もし彼になんの問題もなかったら」

「で、なかったのか？」

「最初は良好でした。わたしは、今度の計画とはまったく関係のないある会合で彼を観察しました。じつを言うと、コンクリート船に関する会合でした。わたしはまず対象を観察するのが好きなんです。遠くから、相手がなにも知らないときにね。彼は背が高くて、身なりがよく、銀髪で、銀色の口ひげを生やしていましたが、かくしゃくとしていた。おそらく、評判もすこぶるよかったでしょう。そういう男だったんです。いわゆる名門の士ですね。書類上でもなんの問題もありませんでした。彼は三回ローズヴェルト大統領に反対投票していましたが、公式にはいっこうにかまいませんでした。左翼にはまったく共感していませんでしたし。職業上のスキャンダルもいっさいなくて。健康にもなんの心配もありませんでした。模範的な国民と考えられていました。経済面にもなんの問題もなかった」

「しかし？」

「つぎに、わたしは彼の友人たちと話しました。というより、彼らの話を聞いたんです。彼らがなにを言って、なにを言わないかを知ろうとしたんです」

「で、きみはなにを聞いた？」

「最初は多くを聞けませんでした。ああいうタイプの人たちはとても慎重なんです。とてもおとなしい。彼らは郵便配達人に話すようにわたしと話しました。彼らは丁重で、わたしは自分が堅実で有益な組織で働いているような気分になりましたが、結局おたがいに信頼し合おうとはしなかった」

「そういう場合、きみはどうするんだ？」

「ほんとうのことを一部話します。なにもかも話すわけではありません。わたしは、極秘のプロジェクトがあることをにおわせました。戦争遂行のための仕事、国の安全に関係する仕事、コンクリート船をつくる仕事。どれもひじょうに重要だとにおわせました。この時期は、たがいに信頼し合うことが愛国者としての義務なのだと彼らに言いました」

「それで?」

「彼らはいくらか打ち解けました。友人たちは彼が好きなんです。そして彼を尊敬している。仕事に関して、彼はまじめだから。責任もちゃんと取る。部下にはやさしい。高い地位でとてもうまくやっている」

「すると、なんの問題もない好人物なわけだ」

「ただ友人たちが言おうとしないことがあったんです。わたしは話すようしむけなければならなかった」

「それで?」

「老シャーマンは結婚しているんです。だが、ひそかに付き合っている女性がいるという噂《うわさ》があるんです。どうやら、その女性といっしょのところを見られたらしい」

「きみはそれが恐喝のネタになりかねないと見たのか?」

「わたしはミスター・ホッパーに会いにいきました」わたしは言った。「迷ったあげくの決断です。ミスター・ホッパーは、老シャーマンが高い地位でうまくやっていることをとくに気に入っていました。それで、彼を大佐でなく准将にすることを考えていたんです。彼は、われわれがまさに必要としていた人材でした。彼を活用すれば大きな第一歩になったでしょう」

「ミスター・ホッパーは恐喝がおこりうると考えたのか？」

「どうでしょう。でも、どうやって見きわめます？」

「いずれにしろきみはミスター・ホッパーに忠告したのか？」

「もっと情報を集めるべきだと言いました。噂に振りまわされるべきではないと」

「ミスター・ホッパーはきみの忠告を聞いたのか？」

「たぶん。彼は傲慢な人ではありません。部下の話をよく聞いてくれます。もしかしたら、わたしに同意してくれたかもしれません。ひどく用心深くなって。もしかしたら、彼の採用を延期したかったかもしれない。でも、なんにしろ、彼はもっと情報がほしいと言いました」

「情報は手に入ったのか？」

「最初の三日間はなにひとつ入手できませんでした。老シャーマンは、どちらの女性とも会いませんでした。彼はコンクリート船の会議で缶詰になっていたんです。ところで、そんなものが役に立つと思いますか？」

「わたしに訊くのか？」スローターは言った。「コンクリート船のことを？」

「わたしにはばかばかしいアイディアのように思えます」

「わたしは船舶の専門家ではない」

「鉄板でできた船とはちがうんですよ。ものすごく分厚くつくらなければならない」

「その話題をまだつづける気か？」

「すみません。彼は船のことを話し合う会議に出ていたもんですから。仕事に励んでいました。一日ベッドのなかですごしていたわけじゃありません。でも、ミスター・ホッパーは自分の目でたしかめたがりました。彼はほんとうに老シャーマンが好きだったんです。彼の仕事ぶりがね。だから、議論の余地なく確信したかった。それで、わたしたちは待たなければなりませんでした」

「どれくらい？」

「わたしたちは少し金をばらまきました。ほとんどはホテルにです。すると、老シャーマンが金曜日の夜に部屋を予約したという電話が、あるホテルの従業員からかかってきました。ダブルベッドの部屋です。ホテルに告げられた名前は、彼と、彼の奥さんの名前でした。だれも信じませんでしたよ。どうしてホテルなんか予約するんです？　ちゃんと家があるのに。それで、ミスター・ホッパーは計画を練りました」

「どんな計画だ？」

「まず、わたしたちはホテルを見にいきました。ミスター・ホッパーはロビーを見てみたいと言いました。寝室を見てもしょうがないと考えたんです。それで、わたしたちはロビーのようすを観察した。グレーのヴェルヴェットの肘掛け椅子がありました。片側に三脚、向かい側に二脚。受付のハッチがあり、オーク材に彫刻をほどこしたとても頑丈そうなものでした。窓がひとつありました。ドアの右手に。人が爪先立ちすれば、通りからなかをのぞけました。現実的ではありませんでしたが。何時間も窓をのぞいてはいられません。歩道に立ってね。とおりがかりの人に警察に通報される。ちょうどよいタイミングでなかをのぞくしかありません。窓のそばでうろうろするわけにもいきません」

「その問題をどうやって解決した?」

「解決したのは彼ではありません。二、三日わたしがフロント係をやる、と提案したんです。潜入捜査みたいなものです。することはあまりないと思っていました。ほとんどランプシェードの陰に潜んでいられると思ったんです。だれもわたしのほうを見たりしないでしょう。そして、ミスター・ホッパーがなかをのぞくべきときがきたら、わたしが外のネオンを点滅させられると思ったんです。スウィッチはすぐそばにありますから」

「彼らがいっしょにチェックインしたら、きみが彼の注意をひくというアイディアだったのか?」

「なんにしてもうまくいく、とわたしたちは考えました。老シャーマンが見るのはふだんとなんら変わらない光景でしょうし、わたしは彼のガールフレンドが妻として宿帳に記入するのをこの目で間近で見るでしょう。ミスター・ホッパーはうれしくないでしょうがね。さっきも言ったように、彼を好きだからですよ。でも、はっきり見とどけなきゃなりません。このプロジェクトは重要ですから」

「計画はうまくいったのか?」

「いや」わたしは言った。「じつは、彼女はほんとうに妻だったんです。彼女はわたしに運転免許証を見せました。いわば反射的に。彼女は夫とたくさん旅をしているんだと思います。コンクリートの船に関する会議にもついていって。それで、彼女はとくに考えもしないで免許証を見せたんです。名前は合っていたし、写真も彼女そのものでした」

「それで、きみはなにをしたんだ？」

「なにも。わたしはホテルの従業員になりすましていました。しばらくして、電話が鳴ると、通りの向かいのブースにいたミスター・ホッパーからでした。緊急の電話でした。女性がもうひとり同じホテルにむかっているという情報が入ったのです。ちょうどそのときに。ミスター・ホッパーは、わたしにその場で待機するよう言いました。わたしは老シャーマンに階下へおりてこさせることにしました。そのほうがトラブルにならないと考えたんです。彼は、わたしがその女性を階上へあげないよう願うはずです。部屋に奥さんがいるんですから」

「その女性はホテルへきたのか？」

「映画みたいでしたよ。クレージーなコメディ映画みたいなね。エレヴェーターが動いている音が聞こえました。エレヴェーターは、わたしがいるところと朝食ルームのあいだにあったんです。扉がひらくと、老シャーマンがおりてきました。彼は奥さんの毛皮のコートをもっていました。奥さんは、彼のうしろからおりてきました。ブルーのドレス姿で、手に雑誌をもっていた。わたしは捜査官らしく平静を装っていましたが、内心は焦っていました。おいおい、まずいぞあんた、手遅れにならないうちにここから出ていったほうがいい、って。でも、奥さんはわたしのまえにあった椅子にすわってしまった。そして、雑誌を読みはじめた。老シャーマンはエレヴェーターから二歩はなれたところに立っていました。このときまでに、わたしはランプシェードの陰に隠れました。そのとき、もうひとりの女性が入ってきたんです。毛皮のコートを着て、毛皮の帽子をかぶり、赤いドレスを着ていました。年配の女性です。シャーマンと同じくらいの年の。彼女は身をかがめて、奥さんのほおにキスをし、それからシャーマンのところまで歩いていって彼にも同じことをしました。わたしは思いましたよ。いったいどうなっているんだ？　三人でベッドに入るのか？　そうなったらもっとまずいことになる、って」

「つぎにどうなった？」

「もうひとりの女性は椅子に腰かけました。奥さんのほうは雑誌を読みつづけています。もうひとりの女性は顔をあげ、シャーマンになにか言いました。上品な会話がつづきました。わたしがネオンを点滅させると、ミスター・ホッパーが窓をのぞくのが見えました。彼もすべて見ました。彼は細かいことまでおぼえています。壁にかかっていたのは山間の湖の絵画だったこともね。でも、なにがおこっているか、彼にも訳がわからなかった。あの光景をどう解釈していいのか、彼にもわからなかったんです」

「彼はどうした？」

「彼は窓をのぞくのをやめて、歩道で待ったんです。結局、老シャーマンは奥さんといっしょに部屋へ戻った。あとにのこったもうひとりの女性は、わたしにタクシーを呼んでほしいとたのみました。わたしは従業員のふりをやめて、バッジを見せ、よく使う口上を彼女にも告げました。国の安全がかかっている事態なので、云々《うんぬん》かんぬんと。そして、彼女を尋問しました」

「すると?」

「彼女は老シャーマンの義理の母親でしたよ。彼より二歳若いのですが、世の中にそういうことはよくあります。老シャーマンは、子供のように若い妻をもらってとても幸せだったんです。奥さんも、彼といっしょでとても幸せでした。義理の母親も、彼らふたりといっしょにいられて幸せでした。彼女はひと月間、娘夫婦を訪ねてきていたんです。そして彼が義母をいろいろなところへ案内していた。彼女は、自分のために時間を割いてくれた娘婿をとてもやさしいと思っていました。彼は妻を喜ばすためにそうしていたんだと思います。そして、彼女は喜ばせ甲斐《がい》があった。とくに、老人にとっては。彼らは朝はやい列車に乗りたかったから家ではなく、ホテルに泊まったんです。多くの男は、年のはなれた女性と結婚します。法律に違反するわけでもなんでもない。結局、ミスター・ホッパーは彼が仕事を充分こなせると判断し、彼はさっそくテネシーで仕事に取りかかった」

スローターはちょっと間をおいてから、言った。「オーケー。知るべきことはわかったと思う。礼を言うよ、ジャクスン」

というわけで、わたしはその日もう一度宣誓証言をうまくやって気分よく部屋を出た。だれ言いたくないことはいっさい言わなかった。真実のいくつかは、記録にのこされた。だれもがハッピーだった。とどのつまり、わたしたちは任務をやり遂げたのだ。やがて、わたしたちは任を解かれた。しかし、老シャーマン・ブライオンはそのときもう死んでいたので、なにも問題にならなかった。

海辺の部屋

ニコラス・クリストファー

NICHOLAS CHRISTOPHER

小説家であり詩人。17冊の著作があるが、海外でも広く出版されている。現在はニューヨーク在住。エドワード・ホッパーが暮らしていたスタジオから数ブロック先に住んでおり、毎日のようにそのスタジオの前を通っているという。

訳

大谷瑠璃子

RURIKO OHTANI

Rooms by the Sea, 1951

1

その家の出入口はふたつあった。ひとつは家具も何もない小さな部屋にあるドアで、開けるとすぐそこが海になっていた。陸からは出入りできない。晴れた日にそのドアが開け放たれると、部屋に差し込む光が壁の一面を斜めに照らした。太陽が水平線へと沈むにつれ、壁は日時計のように時の移ろいを示した——斜めに照らされた半分が縮んでいき、やがてすっかり陰に覆われるまで。

もうひとつの出入口は、海とは反対側にある玄関ドアで、荒れた小道に面していた。小道は森のあいだをぬって、市境《まちざかい》の辺鄙《へんぴ》な公園まで続く。公園には噴水があり、中心を飾る人魚たちの石像から水が流れる仕組みだったが、何カ月もまえから涸《か》れていた。市の通りには赤と茶色の建物が並び、陽射《ひざ》しに蝕《むしば》まれた煉瓦《れんが》から粉塵《ふんじん》が立ち昇っていた。夕暮れには窓の青が琥珀色《こはくいろ》に変わる。外の非常階段では、女たちが煙草《たばこ》を吸ったり本を読んだり、時折空を見上げては、まだら雲が海へ流れていくのを眺めたりしていた。そのうちのひとり——赤毛の女は『海辺の部屋』と題された薄い回想録を読んでいた。一世紀前に書かれたその本の著者の名は、クラウディネ・レメンテリア。アメリカに移住してきたバスク人

（スペインとフランスにまたがるバスク地方に古くから居住する民族）の海運王の妻で、彼女自身もバスク人だった。三十歳の若さで亡くなっていたが、その死の少しまえに夫を喜ばせようと、ふたりの母語であるバスク語でその本を書いたのだった。当時は少部数の私家版が刊行されただけで——そのうち現存するのは数冊のみ——最近になって初めて英訳版が刊行された。赤毛のカルメン・ロンソンは新しい英訳版と元のバスク語版の両方を持っていた。このとき三十歳の彼女は、クラウディネ・レメンテリアの曾孫《ひまご》だった。

　カルメンはその夜九時に家に着いた。森の中から姿を現し、家に続く小道を歩いた。煙草を指にはさみ、『海辺の部屋』の両方の版を小脇に抱えて。小道の終わりまでくると、石の下から鍵を取り出し、玄関の鍵を開けて家に入った。この日の装いは、緑のワンピースに緑の靴。三叉槍《トライデント》柄の緑のシルクスカーフに、クジャクの羽根を飾り紐《ひも》に挿した青いスウェードの帽子。マニキュアの色とそろいのコーラルピンクの口紅。羽根飾り付きの帽子は、回想録を書いた曾祖母《そうそぼ》——クラウディネ・レメンテリアその人が口絵のモノクロ写真の中でかぶっているのと同じものだった。

　カルメンは家の奥に向かって長い廊下を歩いた。両側には幅の狭い白いドアがいくつも並んでいた。どれもビスケー湾で難破した大洋航路船〈サビーナ〉号から引き揚げられたものだ。彼女は海に面したドアのある例の部屋を通り抜けると、隣接する部屋の赤いソファに腰を下ろした。その部屋には海に向かう窓があったが、ドアはなかった。カルメンは帽子とスカーフを取り、波打つ髪を留めているバレッタをはずした。彼女は背が高かった。

しみひとつない白い肌、整った優美な顔立ち、力強い手。海からの微風に揺れるカーテンの色と同じ、くすんだ青い眼をしていた。

持ち歩いていた二冊の本をひらいてローテーブルに並べ、この家に置いてあるバスク語英語辞典も一緒に広げた。バスク語を習得し、バスクの地でふた夏を過ごしたにもかかわらず、彼女は読むのが遅かった。小さな声で一語一語を口にしながら、つっかえつっかえ訳した。〝この家の出入口はふたつある……〟幾部屋も離れたキッチンから料理の匂いが漂ってきた。フライパンでエシャロットを炒《いた》める匂い。グリルの上ではアマダイの切り身がジューージューと音を立て、オーヴンの中ではビスケットが焼けていた。

2

魚はシェフが自ら釣ったものだった。彼はその朝、海に面した戸口から釣り糸を投げ、ドアの敷居に坐って両脚を垂らし、サンダルの底をさざ波に濡《ぬ》らしながら獲物を釣り上げた。名前をソロモン・ファビウスといい、カルメンの母親のカレータに長年雇われていた。カレータが娘にこの家を遺《のこ》して亡くなったあとも、ファビウスは家に残った。二冊の『海辺の部屋』をカルメンに渡すという、亡き女主人との約束を果たすために。彼はセネガル生まれのスペイン人で、スペイン語とフランス語とセネガルの現地語を話し、さらにバスク語も話した。が、結局アメリカに住みついたにもかかわらず、英語だけは何年経っても片言のままだった。これ以上言葉を学ぶ必要はないというのが彼の言い分だった。女主人のカレータとはもっぱらバスク語で会話していたが、それも彼が雇われた理由のひとつだろう。ふたりが交わす言葉は、まわりの住人にはほとんど理解できなかった。カルメンにも、父親のクラウスにも。クラウス・ロンソンはデンマーク人の医師で、ヴェネツィアで出会ったカレータと二カ月後に結婚した。彼はファビウスをこの家に迎えた翌年、カルメンが六歳のときに世を去った。毎年クラウスの誕生日に、カレータは決まって同じシャンパンを開けた。ローマで彼に求婚された夜、ふたりで飲んだシャンパンを。そうして亡き夫に乾杯して言うのだった。クラウスはわたしが生涯愛したただひとりの男性で、それはこの先もずっと変わらない――。夫の死後、彼女とファビウスはバスク語だけで会話するようになっていた。

ファビウスは若い頃にスペインへ渡り、バルセロナとマドリードの一流料理学校で研鑽《けんさん》を積んだのち、ふたつの五つ星ホテル――ビルバオの〈スルタナ〉とセビリアの〈アトランティス〉でシェフを務めた。専門はバスク料理だった。〈アトランティス〉での六品コースがその後の彼の運命を変えた。バスクの旧家出身の有力な弁護士、フアン・アサローラがシェフの料理にいたく感心し、それを直接ファビウスに伝えたのだ。アサローラは、セビリアの八十キロ南に位置する港湾都市カディスで弁護士をしていると言った。各地でバスク料理を食べ歩いてきたが、これほど独創的で際立った料理は本場のピレネー地方でもめったに味わったことがないと。そして、こう続けた――実はアメリカにいる私の裕福な従妹《いとこ》が専属のシェフを探している。きみの〈アトランティス〉での給料がいくらであれ、彼女なら喜んでその四倍を払うだろう。労働許可証やヴィザ、現地での住居や医療もすべて先方が手配してくれる。さらに退職後は年金も受け取れる。どの通貨を選んでもいいし、世界じゅうのどの銀行に振り込んでもいい。そういう個人契約に興味はあるかな？　ファビウスは突然の話に戸惑った。にわかには信じられなかった。少し考えさせてほしいと答えると、アサローラは言った。二十四時間後にセビリアを発《た》つから、それまでに返事をくれと。ファビウスは上司とホテルの支配人に相談した。ホテルの代理人の弁護士事務所にも。アサローラの信用は申し分なく、申し出の内容も確かなものだった。ファビウスはその申し出を受け入れ、その後は決して過去を振り返らなかった。そうしてこの二十五年間でひと財産を築き上げた。カルメンにはまだ知らせていなかったが、彼はじきに退職してスペインへ戻るつもりでいた。

ファビウスは肩幅が広く、がっしりとした分厚い胸板の持ち主だった。六十八歳の今でも、そのたくましい腕と大きな平たい手、長い首が実際より大柄な印象を与えていた。白い上下の作業着は身につけても、いわゆるコック帽はかぶらず、代わりに金色の房飾りのついた赤いトルコ帽をもじゃもじゃの白髪頭にのせていた。彼の居室はいくつもの廊下を延々と進んだ先にあり、海に面したドアのある例の部屋からはあまりに遠く離れていたので、本人以外は誰もたどり着けなかった。そのほうがむしろ好都合だった。それが仕事を引き受けるにあたって、彼が提示した唯一の条件だったからだ。いついかなるときでも――例外なく――居室を誰にも邪魔されないということが。

3

この家にはほかにも特異な――カルメンにしてみれば、ただならぬ――特徴があった。たとえば、一年ごとに部屋が勝手にひとつずつ増えていくのだ。この現象はファビウスが家にやってきた年に始まった。クラウス・ロンソンが肺癌《はいがん》に倒れる数カ月前のことだ。カレータ・ロンソンはそれを単なる偶然だと片付けた。部屋が忽然《こつぜん》と出現することについても、一度も疑問を抱かなかった。まるでそれらが海の産物でもあるかのように。彼女は言った――この世の中ではそういうことがしょっちゅう起こっているのよ。従来の物理法則に反するようなことがね。普通は誰も気づかないものだけど。当時六歳だったカルメンは、誰かが気づいた例を聞きたがった。

「たとえば、ひとつの体に頭がふたつ生えたサラマンダーなんかがそうよ」とカレータは答えた。「それからブラジル高原にある、上に向かって流れる滝とかね」

「見たことあるの？」とカルメンは尋ねた。

「もちろんよ。だから知ってるんじゃないの。そういう驚くべき物事に出会うのは幸運のしるしだと思いなさい。天の恵みと言ってもいいくらい」

カルメンはそのとき理解した。母にしてみれば、説明がつかない物事はそれだけにいっそう強く、真に迫って感じられるのだと。だんだん大人になるにつれ、カルメン自身も母のそうした循環論法や空想癖に慣れていった。

とはいえ、この現象に終わりがないことが明らかになると、さしものカレータもそう落ち着いてはいられなくなった。部屋がどこまで増えるのか、まるで見当がつかなくなったからだ。七年目にして、彼女は当初から契約している建築事務所に連絡し、事情を説明した。彼らはその話を信じなかった。が、元の設計図を携えてやってくると、家の中を一巡し、図面にない部屋が七つも増えていることに驚愕《きょうがく》した。そのどれもがしっかりした造りの部屋で、ペンキは塗りたてだった。さては女主人が自分たちを担ごうと、請負業者を雇って部屋を増築させたのだろうと彼らは思った。しかし、担ぐにしてもなんの目的で？一時間につき四百ドルの相談料を請求されるのに？　その二年後、彼らは事前連絡なしにもう一度やってきた。彼女の不意を突くつもりだったが、そうはならなかった。部屋は新たにふたつ増えていた。ひとりの建築士は家の中を歩きまわるうちに方向を見失い、暗い部屋で転んで腕を骨折した。もうひとりはかつて父親がフランコ将軍の下で働いていたという右派のスペイン人で、バスク人なんか相手に商売するからこういうことになるんだと、骨折した同僚に向かって息巻いた。そして、悪魔祓いと称して家の設計図を前庭の芝生の上で焼き払い、カレータに捨てぜりふを吐いて立ち去った——あんたに必要なのは建築士《アーキテクト》じゃない、悪魔祓い師《エクソシスト》だと。その翌日、彼は激しい心臓発作に襲われた。

4

ひと月前のある蒸し暑い午後、カルメンはいつになく危険な目に遭った。かつて母のものだった小型のヨットで海に出たときのことだ。子供の頃に操縦を覚えて以来、災難に遭ったことは一度もなかった。ところがこのとき、それまで凪《な》いでいた海から急に荒波が立ち、怒涛《どとう》となってデッキになだれ込んだのだ。彼女は倒れたわけでもなければ、怪我《けが》をしたわけでもなかった。意識を失ったのでもなければ、ヨットが転覆したわけでもない。が、まるで時の中で宙吊《ちゅうづ》りになったかのように、長いあいだその荒波の中を漂っていた。今にもヨットから放り出されるのではないかと、恐怖で気が気ではなかった。しかし、やがて波は霧の中へ遠ざかり、海はふたたび凪いで、彼女は岸に帰りつくことができた。

その日を境に、カルメンは部屋の数が早いペースで増えつつあることに気づいた。年に一度だったのが月に一度になり、数えようとするたびに増えているのだった。家の外観は三十年前に建てられたときから変わっていなかったが、部屋の探索に乗り出すたびに、家の内部はどんどん拡大しているように思えた。そしてついに、自分の家なのにまるで勝手がわからないと思うようになった。彼女の頭の中の自宅は途方もない大きさに膨れ上がっていた。単に部屋と廊下が増えつづけているだけではない。それらは膨張し、収縮し、位置を変えつづけた。全体の配置が自在に変化するようになっていた。たとえば二日続けて同じ廊下をたどったはずが、一日目はそこから四つの寝室に分かれ、二日目はふたつの寝室にたどり着くといった具合に。あるいはまた別の日には、同じ廊下の先が行き止まりになっていて、鍵のかかったクローゼットが立ちはだかっているといった具合に。

増殖する部屋はすべて寝室か居間だった。壁は白く、天井は青く塗られていた。どの寝室にもまったく同じ家具が配置されていた——ベッド、箪笥《たんす》、ナイトテーブル。居間には決まって緑のガラス製のランプが置かれた机と安楽椅子があり、机の上には青いノートと万年筆が置かれていた。ベッドはきれいに整えられ、ノートには何も書かれていなかった。

この家の中で寝起きしているのは、誰も知らない居室にいるファビウスと——つい最近までは——カルメンだけだった。彼女の寝室とアトリエは小さな二階部分にあった。二階にある部屋はそのふたつだけで、いわば独立した物見塔のようになっている。一階とは螺《ら》旋《せん》階段のみで通じており、窓からは三百六十度の眺望がひらけていた——三つの窓が海を見おろし、四つ目は森に面していた。

カルメンには謎だった。なぜファビウスがほかの誰より家のことを知り尽くしているのか。彼は自分の居室にやすやすと行き来できるだけでなく、家じゅうを難なく移動できるようだった。カルメンがこのことについて尋ねると、彼は質問を理解できないふりをした。彼女がたどたどしいフランス語で問いなおすと、ファビウスはこう言ってはぐらかした。「この家は幸運な家なんです。あなたのお母さまがいつも言っていたように」彼はこれ以上のことは何も言わないつもりだ。カルメンはそう悟った。

5

昔から身近な存在だったにもかかわらず、カルメンはファビウスのことを驚くほど何も知らなかった。彼の子供時代、教育歴、セネガルでの生活——すべてが謎に包まれていた。彼が自分の過去を語ったことは一度もない。習得しているどの言語でも。しかし、母のカレータならもっと知っていたはずだ。もっとずっと多くを。カルメンはそう確信していたが、母から直接そういう話を聞いたことは一度しかなかった。それはファビウスの出自にまつわるごく短い話だった。

カレータによると、ファビウスの父親はスペイン人の宣教師で、フランス人の未亡人と結婚した。技師の夫に先立たれた彼女が自殺するのを思いとどまらせたのだった。とあるジャングルの村の広場でのこと。みすぼらしい犬が日陰に寝そべり、鶏が地面をつついていた。彼女はそこにふらりと歩み出て、自分の胸に拳銃を押しつけたのだ。冷たい銃口の感触。背中の一点に集まる汗。その瞬間を目撃した宣教師は、道行く人に配っていた小冊子を放り出し――その小冊子のタイトルは〝救済こそが羅針盤なり〟と〝光の海へ船出せよ〟だった――未亡人のもとへ駆け寄り、両手を祈りの形に組み合わせてひざまずいた。彼女は驚いて拳銃を下ろした。瞬《まばた》きひとつせず、無言のまま相手をじっと見つめた。彼は立ち上がって未亡人の手から拳銃を取り、撃鉄を戻した。そして彼女を太陽の下から連れ出し、かび臭い木陰のベンチへと導いた。彼女はそこでくずおれ、わっと泣きだした。宣教師はそんな彼女の隣にただ坐っていた。どちらも言葉を発しないまま四時間が過ぎたのち、未亡人はようやく彼に語った。娘を――たったひとりのわが子を――雨季の洪水で亡くしたことを。一週間後、彼女は宣教師と結婚した。そしてその九カ月後、のちにこの家のシェフとなる男の子を産んだのだった。彼女は赤ん坊をソロモンと名付け、腕に抱いてあやしながら、父親に向かってこう言った――この子はきっと百まで、あるいはもっと長く生きるでしょうね。

ファビウスの身近な親族がふたりの姉だけであることはカルメンも知っていた。その姉たちというのは七十歳の双子の姉妹で、ひとりはマルセイユに住む退職した科学教師、もうひとりはセネガルの首都ダカールでナイトクラブを経営していた。ファビウスは姉妹が二十歳のときの写真をキッチンの棚に飾っていた。写真の中のふたりは熱い陽射しの下、白いワンピース姿で一本の日傘におさまっている。カレータの話ではファビウスに結婚歴はなく、カルメンが知るかぎり友人もいなかった。使用人でありながら、彼はこの家の住人でもあり、二十五年来ずっと家の中を自由に行き来してきた。毎年、二週間の休みをとってどちらかの姉を訪ねることを別にすれば、彼がこの家を離れることはめったにない。オーシャンカヤックで岸から何キロも沖へ出ることはあったが。そしてまた、季節や天候がどうあれ、一日二回たっぷりと海で泳いだ。食料品や日用品の類いは週に二回、個人契約の海上宅配サービスで受け取っていた。彼は常にキッチンカウンターの上にチェス盤を置いていた。料理をしながら、チェスの対局集に載っている歴史的な名プレイヤーたち――アレヒン、カパブランカ、モーフィー――の棋譜をなぞるのだった。

カルメンとファビウスの関係はシンプルに見えて、裏では複雑な要素が絡み合っていた。ふたりは共通の言語であるフランス語で会話したが、その内容と言えば彼が準備する食事のことか、共通の趣味であるヨットに関連した潮や風の動きといった事柄だけで、彼がそれ以上うちとけることはなかった。一方のカルメンは、昔からずっと母とファビウスの関係を気にしていた。カレータは初めから彼と気楽に接していたからだ。水上タクシーで運ばれてきたファビウスが海に面した戸口に降り立ち、彼女にバスク語で挨拶したときから。カルメンは一時期、ふたりが性的関係にあるのではないかと疑っていた。しかし、父の死後、カルメンは母が亡き夫に対してどれほど徹底して忠実であるかを思い知った。カレータは別の男性とロマンティックな関係になることはもちろん、ふたりきりで外出するようなことすらなかった。ファビウスに対してもしかるべき距離を保ちながら――彼は毎回の食事を用意し、給仕を務めたが、家族の食事に同席することはなかった――相手が使用人というよりは、滞在中の芸術家か何かのように接した。ふたりでチェスを指し、一緒に菜園で作業した。が、カルメンにはそんなファビウスの存在自体が奇妙に思えてならなかった。彼が来るまでは、料理もそこそこできる家政婦が一家の食事を用意していたからだ。カレータは美食を好む一方、何日も紅茶とチーズとリンゴしか口にしないこともよくあった。それが長期の新婚旅行でバスク地方を訪れた際、その文化と料理にすっかり魅せられてしまったのだ。豪快でありながら手の込んだその料理に、煉瓦の窯で鉄鍋ごと何日も煮込んだスープやシチューに。のちに彼女は同じ類いの石窯をファビウスのためにしつらえることになる。彼の望む仕様に合わせて。

かつてカルメンは母に尋ねた。自分たちは長年ファビウスと暮らしているのに、なぜ彼のことをほとんど知らないのかと。すると、カレータは当然のようにこう答えた。「知るべきことはすべて知ってるわ。わたしは謎を明かさない人のほうが好きなの。真の自分をさらけ出さない人のほうがね。ファビウスが来てから最初の数カ月間、わたしは彼が心をひらいて自分の話をするのを待っていた。でも結局、彼がそうすることはないとわかった。そのとき腑《ふ》に落ちたの。それが彼について知るべきことのすべてなんだって。だからわたしはそんな彼を尊重した。そういうことよ、カルメン。下手に詮索なんかしたら、彼はこの家を出ていくことになる。彼はきっと姿を消すわ」

6

カルメンは過去に一度だけ、ファビウスの激しい感情をまのあたりにしたことがある。母カレータの葬儀のときだ。亡くなったときの状況は彼から直接聞いていた。それは二日前の朝、カレータがいつものように泳ぎに出ているときに起こったという。母が自分で気づくより先に、キッチンの窓際にいたファビウスが事の重大さに気づいた。母は海岸から百メートルほど沖にいた。自分では脚が攣《つ》ったと思ったのだろう。が、そうではなかった。実際にその身に起きていたのは、軽い脳卒中の発作だった。右半身が麻痺《まひ》しかかっていた。彼女は激痛に耐えていた。陸の上でなら、治療を受けるまで持ちこたえられたかもしれない。しかし、そこは海の中だった。カレータは左の腕でもがきながら、なんとか体を立て直そうとし、波打つ海面に顔を出そうとしていた。ファビウスは家の中を駆け抜け、海に面した戸口で靴を蹴り捨て、そのまま海に飛び込んだ。波に抗《あらが》いながら猛然と泳いだが、沈みゆく彼女を救うには距離がありすぎた。すでに意識を失った女主人を抱えて横泳ぎで戸口に戻ると、ドアの敷居に彼女を押し上げ、自分も短い梯子《はしご》を伝って部屋に上がった。急いで人工呼吸をほどこし、胸を押して、肺に入った水を吐かせようとした。彼女の心臓をもう一度動かそうとした。が、遅かった。彼は遺体のまえで泣いた。葬儀の場でも泣いた。母の遺灰を海に撒《ま》くために飛行機で駆けつけたカルメンと共に泣いた。その週のあいだずっと、彼はカルメンを気づかっていた。けれども、それが過ぎると一切言葉を発しなくなった。もともと口数が少なかったのが、断固として沈黙を貫くようになっていた。彼は当面の依頼や指示をすべて書面にしてもらえないかと頼んできた。自分も同じように書いて返答するからと。悲しみに暮れているのはカルメンも同じだったが、彼女は腹を立てることなく合意した。ファビウスがこの家に残って料理をしてくれている理由はただひとつ、母への忠誠心からだとわかっていたからだ。

あるときカルメンはどうにも好奇心を抑えられなくなり、母から言い渡されていた唯一絶対のルールを破ることにした。夕食後、キッチンから居室へ向かうファビウスのあとをこっそり尾《つ》けようとしたのだ。ところが、忍び足で二本の短い廊下を進んだあと、彼の足音がふっと途絶えた。気づいたときには、彼女は真っ暗な部屋の中にいた。冷たい石の壁に囲まれた大きな部屋の中に。手探りで三方の壁を伝ってようやくドアの外に出ると、そこは見たこともない廊下だった。人ひとりがやっと通れる幅しかない。くねくねと曲がりくねったその狭い廊下は、キッチンの外の貯蔵室に続いていた。

それきり、彼女は二度とファビウスのあとを尾けようとはしなかった。

7

ヨットで遭難しかけたあの日以来、カルメンは次第に疲労を覚えるようになり、やがて強い不安に襲われはじめた。夜も眠れなかった。ふたりの医師の診察を受けたが、見解は同じだった――お体のどこにも悪いところはありません。彼らは睡眠薬を処方し、煙草をやめるように勧告した。彼女は以前のように外国へ行こうかと考えた。オーストリアやイタリアで絵画を学んでいた頃のように。あの頃は幸せだった。母が亡くなるまでは実家に帰って暮らすことなど考えもしなかったのに、今やカルメンはこの家の女主人だった。結局、長くは住まずに出ていくことになるのだが。この短い期間に制作されたのが、のちに〝海の油彩画シリーズ〟として彼女に名声をもたらすことになる作品群である。彼女はまた、頭の中に鮮明に存在する壮大な家をスケッチしようとしていた。が、どうしても紙の上に写しとることができなかった。彼女はそれが次の作品の要になると感じていた。だから描いては消し、消しては描いてを繰り返し――屋根の勾配を変え、窓の数を変え、ポーチやドアの大きさを変え――なんとしても寸法を合わせ、細部を描き込もうとした。

睡眠薬はなんの効き目もなかった。これ以上、闇を見つめて過ごす夜には耐えられそうもなく、カルメンは市中《まちなか》にアパートを借りた。緑陰樹が立ち並ぶ閑静な通りに面した褐色砂岩《ブラウンストーン》の建物。そのアパートに移ってからは毎晩よく眠れるようになった。自宅には日中、絵を描くときしか戻らなかった。昼食は海に向かう例の部屋でとったが、夕食はファビウスに頼んでバスケットに詰めてもらい、夕暮れ時にアパートへ持ち帰った。そういう習慣を始めた理由については何も説明しなかった。彼が何も言わないことにも別に驚きはしなかった。

彼女は相変わらずクラウディネ・レメンテリアの『海辺の部屋』を読みつづけていた。英訳版のほうはほとんど終わりに近づいていたが、バスク語の原書はなかなか読み終わりそうにない。それだけの労力を注ぐ余裕もなかった。クラウディネは結婚生活の回想にかなりのページを費やしていた。夫と共に親しんだ本や音楽について。将来カレータ・レメンテリアの父親となる息子の誕生について。自分たちが住んでいる家についても付随的に書いていた。拡大しつづけるヴィクトリア様式の家について。カルメンはそれを読むうちに気づいた。彼らの大邸宅はこの家と同じ場所に建っていたはずだが、基礎部分の面積だけで今の敷地の五倍はあっただろう。当時の家は四階建てで、インディアナ州から取り寄せた淡いグレーの石灰岩で造られていた。オーク材の飾り縁、スレート葺《ぶ》きの屋根。詳しい内装については、ほとんどが生活の背景にあるものとして何気なく語られていた。登場する人々はその家で生まれ、あるいは亡くなり、病に伏し、恋に落ち、酒を飲み、食事をし、サンルームから星を眺め、夜の寝室でやわらかな波の音に耳を傾けた。一家の面々は

――老若男女を問わず――年がら年じゅう海で泳いだり釣りをしたり、海岸伝いの長い散策を愉《たの》しんだりしていた。家は比較的新しく、しっかりした造りで、風通しも日当たりもよかった。そして、絶えず拡大していた――その事実にカルメンはぞくりと寒気を覚えた。どうやらレメンテリア家の人々はひっきりなしに家を造り変えていたようだ。翼を増築し、壁を取り払い、部屋を再設計し、設備を最新のものにして。

かつてカレータから聞いた話では、当時の家を視覚的に記録したものは何も残っていないという。信じがたいことに、写真も絵もスケッチも何も。書斎の火事ですべて焼失したそうだ。家族写真を収めたアルバムも、財務記録も、家の設計図や外観図を保管していた書類棚も。カレータは自ら郡の記録保管所を訪ねて設計図の複写を探したが、見つからなかったという。

ある午後、カルメンはバスク語の原書の一七八ページと一七九ページのあいだに一枚の色あせた写真がはさまっているのを見つけた。当時の家の写真だった。雪の降るクリスマスの朝、レメンテリア一家が勢ぞろいして家のまえに並んでいた。降りしきる雪と写真そのものの劣化のせいで、彼らの顔はほとんど見分けがつかない。それでも、家の特徴ははっきり眼についた――窓から全方位が見渡せる一対の小塔、広々とした見晴し台、それに正面玄関の両脇を固める、石灰岩に彫られた二頭のセミクジラ。

ついに幻の大邸宅の姿が明らかになったのだ。その現存写真によって。さらに『海辺の部屋』の文中にちりばめられた一連の短い断片描写によって、その姿はいっそう克明に浮かび上がった。

カルメンのスケッチブックの中にもそのイメージは存在した。かつての一族の家──それは彼女がずっと描きあぐねていた頭の中の家とまったく同じものだった。

8

クラウディネは最終章の冒頭で、バスクにまつわる伝説を事実として物語っていた。バスク人は失われたアトランティス文明の末裔《まつえい》であるとされていた。アトランティス大陸は謎の天変地異──地震か火山噴火か──によって破壊され、大西洋の底に沈んだ。その最後の王ガデスはスペインの南岸に流れ着き、そこに自身の名を冠した拠点を築いた。それが古代都市カディスである。アトランティスの数少ない生き残りはそこから北上し、ピレネーの山深くに住みついた。できるだけ海から遠く離れるために──。クラウディネはその言い伝えに独自のひねりを加えていた。それはこんな話だった。生き残った者のうち、海中で生死の境をさまよった何人かは水陸両生の存在に変異し、やむなく海辺に取り残された。海から離れては生きられなかったからだ。彼らは漁師となって、海岸沿いに高床式の家を建てた。少なくとも一日八時間は海の中で過ごす必要があった。浜辺で遊泳するなり、沖に出て遠泳するなりして。

クラウディネの夫は、父や祖父が代々継承してきた漁船団を受け継いだ。彼が経営する頃には二十隻を超える大船団になっていたが、それを最初に結成した彼の曾祖父もまた、代々漁業を営む家系の出身だった。元をたどれば彼らはみな、アトランティスから生き延びて海辺に住みついた、名もなき漁師たちの末裔だった。

9

ファビウスのあとを尾けようとして失敗したあの日から数週間が経っていた。カルメンは食堂の長いテーブルについて、彼に給仕されながら昼食をとっていた。いつもより凝ったシーフードづくしのコース――アンコウのスープ、海藻のサラダ、タコのセビチェ、カニとホタテ入りのイカの詰め煮。それらの料理を食べ、ワインを飲みながら、カルメンは『海辺の部屋』を読んでいた。そうして、原書と英訳版を照らし合わせるうちに気づいた。英訳版の最終章では、少なくとも三ページ分の文章が削除されていることに。

彼女はすっかりのめり込み、夢中で辞書をめくりながら、ふたつの本のあいだを行ったり来たりしていた。あまりに没頭していたので、ファビウスが山羊乳のチーズを詰めたアプリコットのデザートを運んできたことにも気づかなかった。彼が新しいワインのグラスとボトルを持ってきたことにも。気づくと、ファビウスはテーブルの向こうに立って彼女をじっと見ていた。カルメンは驚いて眼を見張った。ファビウスがいつもの白い仕事着姿ではなく、青いダブルのスーツに青いシャツ、淡い青のネクタイという出《い》で立《た》ちだったからだ。

「ごちそうさま」と彼女は言った。「とっても美味《おい》しかったわ」

「ご一緒してよろしいですか?」

カルメンはまたしても驚いた。彼が初めて同席を願い出たことにではなく、自ら英語で話しかけてきたことに。

「ええ、もちろん」

ファビウスはテーブルにワイングラスとボトルを置くと、椅子のひとつに腰を下ろした。

「リオハ産のファウスティーノ。この家にある一番古いワインです」そう言うと、彼はカルメンのグラスにおかわりを注ぎ、自分のグラスにも注いだ。

「英語は話せないんじゃなかったの?」

「話せないとは言いませんでした。これ以上言葉を学ぶ必要はないと言っただけで。今からあなたにお話ししなければならないことがあります」彼はテーブルの上で両手の指を組み合わせた。「その本はもうほとんど読み終わったようですね」

「ええ」

「もうお気づきになったでしょう。どちらの版もページ数はほぼ同じなのに、最後の章だけが大幅にちがっている。なぜかは知りたくありませんか？」

「それが知りたくて、原書を最後まで読もうとしてたところよ」

「その手間を省いて差し上げましょう。ほかにもあなたが知っておくべきことをいくつかお教えします。バスク人の起源についてのくだりは読まれましたね」

「あなたはあの話を信じてるわけ？」

「もちろんです。原書ではもっと長い話ですが、翻訳者が削って短くしたのです。彼女自身もバスク人でしたから。バスク人なら誰でも同じことをしたでしょう——そうしなければ、昔から守られてきた秘密が公になってしまいますから」

「じゃあ、あなたもバスク人なのね」

「それがわかったのは、この家へやってきたあとのことですが。今思えば、もっと早く気づくべきでした。私の父はバスクから遠く離れた港町マラガの出身で、バスク語も話せなかった。でもバスク人だったんです。父は自分ではそれを知らなかった。孤児だったからです。彼は幼い頃にスペイン人の夫婦に引き取られた。実の両親はバスクのドノスティア——スペイン語名でいうサン・セバスティアンで、火事に遭って亡くなっていた。私はそれを自分で調べて知ったのです」

「それで、その翻訳者が削らざるを得なかった内容というのは？」

「バスク人の中には二度死ぬ者がいるという事実です」

「なんですって？」

「海辺に住みついたバスク人の子孫が水陸両生だというのは、クラウディネの記述にあるとおりです。この地上の生活を終えたあと、彼らは完全な海の生き物となって一年間、海の中だけで暮らします。それから真の死を迎えるのです。この移行のときが来ると、彼らはおのずとそれを悟って準備をし、あと一年の命を謳歌《おうか》するのです——それが一日に八時間だけではなく、二十四時間ずっと海の中にいられる生活であるかぎり」

カルメンは黙ってファビウスを見つめた。

「信じられませんか？」

「なんとも言えないわ」

「あなたのひいお祖母《ばあ》さまは移行の準備についても詳しく書かれています。実際にご自身もそうなさったのでしょう」彼はそこでいったん言葉を切った。「あなたのお母さまも同じようになさった」

「なんのことを言ってるの？」

「お母さまは溺死したのではありません。火葬もされていません」

「あれは嘘《うそ》だったの？」

「それがお母さまのご希望だったので」

「じゃあ、母がわたしを騙《だま》したってことね」

「あなたが葬儀にいらっしゃるまえに、お母さまは出ていかれました——船で」

カルメンは眼のまえの本を押しのけ、彼のほうに身を乗り出して言った。「それってもう一年以上前のことよね」

「そうです。つまり、今やお母さまは完全にこの世を去られたということです。あなたにこんな形でショックを与えることになって申し訳ない。もっとふさわしいときにお伝えするつもりだったんですが」

「もっとふさわしいときって？」

「そのうちヨットで海に出たときなんかに」彼は穏やかな口調で言った。「しかし、今となってはどうしようもないのです。私自身の準備のときが来てしまいましたから。私は今日じゅうに出ていきます」

「こんなに急に？」

「まれにもっと時間が残されている場合もありますが、普通はこんなものです。私は百年生きました。あともう一年だけ生きるでしょう」

「あなたは六十八のはずだけど」

ファビウスは微笑《ほほえ》んだ。「私はそれより長く生きてきました。ほんとうです。あなたがたご家族には今までよくしていただきました。これから一族が生まれた場所に帰ります」

「バスクに？」

「いいえ。それ以前の場所です。カディスよりもさらに前の」彼はそこで一瞬間を置いた。「おわかりですか？」

「あなたが言ってることはわかるけど、頭がついていかない」

「これが真実です」

カルメンはワインをあおった。「つまり、わたしもいずれはそうなるってことね。あなたが言ってるのはそういうことなんだわ」

彼はうなずいて言った。「ただし、それはあなたが長い人生を送ったあとのことです」

10

それがファビウスとの別れになった。それきり彼に会うことはなかった。

数時間後、カルメンは彼のオーシャンカヤックが消えていることに気づいた。キッチンカウンターの上には鍵が残されていた。家の鍵がいくつかと、三叉槍《トライデント》の模様が彫られた大きな真鍮《しんちゅう》の鍵。キッチンはきれいに片付けられていた。彼のエプロンはいつもの場所に掛かっていたが、双子の姉たちの写真はなくなっていた。

ファビウスが置いていった鍵を片手に、カルメンは彼がいつも使っていたドアからキッチンを出ると、見覚えのある二本の短い廊下を進んだ。前回はここから迷い込んだのだ。が、今回はもっと長くて明るい廊下に出た。なんの変哲もない廊下——白い壁、青い壁付き燭台《しょくだい》、青い天井。両側には難破した〈サビーナ〉号から引き揚げられた、なじみの白いドアが並んでいる。それらの部屋のまえを通り過ぎると、真鍮の錠前の付いた青いドアに突きあたった。これほど簡単にたどり着けるとは思いもしなかった。

彼女はドアを二回ノックした。が、ファビウスがいないことはわかっていた。ドアの鍵を開け、部屋に入った。海の匂いに満ちた、青い大きな円形の部屋。同じく円形の窓は船の舷窓のようだが、もっと大きかった。すべての窓が海に臨んでいる。ベッドはむき出しで、私物はすべて取り払われていた。机の上には何もなく、クローゼットや棚の中も空だ。部屋と同様、バスルームも巨大だった。青と白のタイルが張られ、真鍮製の備品が取り付けられ、洗面台もトイレもシャワー室も白で統一されている。が、カルメンが思わずそこに足を踏み入れたのは、円形の浴槽を眼にしたからだった。浴槽は水が抜かれたばかりと見え、深海色のタイルはまだ湿っていた。深さは二メートルあまり、直径は五メートル近くもあり、浴槽というよりプールのようだ。ここなら大の男ひとり、楽に身を沈めていられるだろう。何時間でも漂っていられるだろう。そう、何時間でも――天候が厳しかったり仕事が立て込んだりして、思うように海にいられないときでも。

カルメンはすでに身のまわりのほとんどのものを市中のアパートに移していた。その夜、彼女は残った荷物をまとめた。キャンヴァス、絵の具、木。海に面したドアのある部屋を通り過ぎるとき、ドアが閉まっているのが見えた。彼女は家の明かりを消し、玄関の鍵をかけると、石畳の小道を歩きだした。

肩越しに振り返ると、家が見えた。たった今出てきた家ではない。古い写真と自分のスケッチの中だけに存在する、あの壮大な家だ。窓には明かりが灯《とも》り、背後の海は煌々《こうこう》と青く輝いている。彼女はしばらくその光景をじっと見つめ、やがて森の中へ入った。二度とうしろを振り返らなかった。そして、それきり決してその場所には戻らなかった。

夜鷹

ナイトホークス

マイクル・コナリー

MICHAEL CONNELLY

フィラデルフィア生まれで、現在はフロリダとカリフォルニアで暮らす。ロサンジェルス市警察の刑事が主人公の〈ハリー・ボッシュ・シリーズ〉で人気を博す、ベストセラー作家。エドワード・ホッパーの『ナイトホークス』を初めて見たのは〈ハリー・ボッシュ・シリーズ〉の1話目を執筆している時で、そこでインスピレーションを得て作品の最後に絵を登場させたという。

訳

古沢嘉通

YOSHIMICHI FURUSAWA

NIGHTHAWKS, 1942

この地に住んでいる人々がどうやってがまんできているのか、ボッシュにはわからなかった。湖から吹きつけてくる風に目玉が凍りつきそうな気がした。かかる状況での監視の用意をまったくせずにきてしまった。重ね着をしていたものの、一番上に着ていたのは、ロサンジェルスにふさわしいトレンチコートで、ジッパーで裏地を取り付けられるようになっていたが、シカゴの冬をまえにすると、シベリアン・ハスキーに着せても温めることはできないだろう。ボッシュは決まり文句に頼る人間ではなかったが、気がつけば「こういうことには年を取りすぎた」と考えていた。

監視対象者はウォバッシュ・アベニューを南下し、ミシガン・アベニューと公園に向かって東へ曲がった。ボッシュは彼女がどこへ向かっているのかわかっていた。前日も書店での昼休みにこの道をたどっていたからだ。美術館に到着すると、彼女は会員入館券を提示し、すぐに入館を認められた。ボッシュは一日入館券を買うため、列に並ばねばならなかった。だが、彼女を見失う心配はしていなかった。どこに彼女がいるのか、ボッシュはわかっていた。骨の髄まで凍えていたのでわざわざコートを預けはしない。それに滞在時間は一時間以上にはならないはずだ——彼女は書店に戻らなければならないのだから。ボッシュは足早に展示スペースを通り抜け、ホッパー常設展示へまっすぐ向かった。その一脚の長いベンチに彼女は座っていた。ノートと鉛筆を取りだしており、すでに作業にとりかかっていた。彼女が繰り返し顔を起こして絵をじっと眺めながらもノートにスケッチをしているのではないことに昨日気づいて、ボッシュは驚いた。彼女は書き物をしていた。

そのホッパーの絵は美術館のなかでもっとも客を引き寄せるものだろうとボッシュは思った。おおぜいの来館者がその絵のためにやってきて、無遠慮に彼女のまえに立ち、視界を塞いだ。彼女は咳払《せきばら》いをして、彼らに注意することは一度もなかった。なにか話しかけることも一度もなかった。ときおり、左や右に体を傾け、視界を塞いでいる相手を躱《かわ》すことがあり、ボッシュは彼女の口元にかすかに笑みが浮かぶのを見た気がした。あたかもあらたな角度からの観察がもたらすものに喜んでいるかのように。

一脚だけのベンチは彼女の隣に並んで座っている四人の日本人観光客で賑《にぎ》わっていた。彼らは巨匠のもっとも知られた画業を勉強しに訪れた高校生のようだった。ボッシュは陳列室の奥、監視対象者の背後に立った。彼女に気づかれないようにするためだ。両手をこすり合わせ、少しでも温《ぬく》もりを得ようとする。寒さと美術館まで九ブロック分歩いたせいで節々が痛かった。書店の出入り口の扉を入ったところには、姿を隠せるようなスペースがなかった。ボッシュは店の外で待ち、出入り口と駐車場付近をうろついて、昼食時に彼女が姿を現すのを待っていたのだった。

高校生のひとりが立ち上がり、ベンチの端っこが空いた。ボッシュはそちらに近づき、自分と監視対象者のあいだに三人の生徒をブラインドとして挟んで、腰を下ろした。まえに身を乗りだし、姿を現すことがないようにしながら、ボッシュはベンチの横に目をやり、彼女がノートに書いていることをできれば見ようとした。だが、彼女は左手で書いていて、その手が邪魔になり、ボッシュからはノートが見えなかった。

ボッシュは来館者の集団がいなくなった瞬間に顔を起こして絵を見た。はっきりと見えた。カウンターにひとりで座っている男に目が惹《ひ》きつけられる。男の顔は絵のなかの影の方向に向いていた。男の向かいのカウンターには一組のカップルがいる。男女は退屈しているようだ。ひとりで座っている男はカップルを無視している。

「行く時間《イク・ジカン》」

ボッシュは絵から目を離した。年輩の日本人女性が座っている高校生たちに急《せ》きたてるように合図した。移動の時間がきたのだ。ふたりの少女とひとりの少年が立ち上がり、ほかのクラスメートに合流するため、足早に展示場から立ち去った。傑作を眺めていられる五分間の見学時間が終わったのだ。

それによりボッシュはベンチに監視対象者とふたりきりになった。ベンチに座っているふたりのあいだに一メートル強の空間があった。そこに腰を下ろしたのは戦略的なミスだとボッシュは悟った。もし彼女が絵とノートから目を離したら、ボッシュの姿が丸わかりになる。そんなことがあと一日続いたら彼女に顔を覚えられてしまいかねない。

彼女の目を惹くかもしれないので、しばらくは動かずにいた。二分間待ってから、腰を上げようと決めた。顔を見られないようにすぐに身を翻すつもりでいた。一方、彼女はボッシュの存在に気づいていない様子であり、ボッシュは絵を見つづけた。外側からダイナーの内部を描こうとした画家の選択について、ボッシュは不思議に思った。夜の影の側から描こうとしたのはなぜだろう。

すると、彼女が口をひらいた。

「すばらしいでしょ?」彼女が訊いた。

「は?」ボッシュは問い返した。

「この絵です。じつにすばらしい」

「そういう評判だね、確かに」

「あなたはだれ?」

ボッシュは凍りついた。

「どういう意味かな?」

「絵のなかのだれと自分がおなじだと思います?」彼女は訊いた。「ひとりきりの男性、店にいるのがぜんぜん楽しそうじゃないカップル、それからカウンターの内側で働いている男性。あなたはそのなかのだれ?」

ボッシュは彼女から絵のほうへ視線を移した。

「どうなんだろう」ボッシュは答えた。「きみはどうなんだい？」

「絶対にひとりきりの男性ね」彼女は言った。「あの女の人は退屈そうに見える。自分の爪を矯《た》めつ眇《すが》めつして見ている。わたしはけっして退屈しない。わたしはひとりきりでいる男ね」

ボッシュは絵をしげしげと眺めた。

「ああ、おれもそうだな」ボッシュは言った。

「どんな物語があると思います？」彼女は訊いた。

「えっ、描かれている人たちのかい？　物語があるとどうして思うのかな？」

「物語はかならずあるものです。絵画とは物語を語るものです。あの絵が『ナイトホークス』と呼ばれている理由をご存知《ぞんじ》ですか？」

「いや、まったくわからない」

「まあ、夜《ナイト》の部分は、明白ですね。でも、女性といっしょにいる男性のかぎ鼻《ビーク》をよく見て下さい」

ボッシュはじっと見た。はじめて気づいた。男の鼻は鋭く、鳥の嘴《ビーク》のように曲がっていた。夜鷹《ナイトホーク》だ。

「なるほど」ボッシュは言った。

ボッシュは笑みを浮かべ、うなずいた。ひとつ勉強になった。

「でも、光を見て下さい」彼女は言った。「絵のなかの光は全部コーヒー・ショップのなかから発せられています。店に客たちを引き寄せている灯台なんです。光と闇、陰と陽がはっきりと示されている」

「きみは絵描きだと思うんだけど、ノートに書き物をしている。絵は描いていない」

「絵描きじゃありません。でも、わたしは語り手なんです。作家になれればいいと願っています。いつか」

ボッシュは彼女がまだ二十三歳でしかないのを知っていた。作家として一家をなすにはまだ若すぎるだろう。

「では、物書きなのに、絵を見にきたんだね」ボッシュは言った。

「インスピレーションを得るためにきたんです」彼女は言った。「あの絵を見ていると百万語でも書ける気がするんです。うまくいかないことがあると、ここにきます。あの絵を見ると、がんばろうという気持ちになれるんです」

「うまくいかないというのはどんなことなのかな？」

「文章を書くのは、無から有を生む行為です。そう簡単にはいかない場合が往々にしてあるんです。そうなるとわたしはここにきて、この絵のようなものを見るんです」

彼女は空いているほうの手で絵を指し示し、うなずいた。なるほど。

ボッシュもうなずいた。自分はインスピレーションというものを理解している、と彼は思った。どうすればひとつの分野で得られるインスピレーションが別の分野でも役立つのか、どうすればまったく異なっているように思える試みで生かせるのかを理解している、と。むかしからボッシュは、サクソフォンの音色を深く学び、理解することが刑事としての腕を上げることにつながる、と考えていた。理由は定かではなかったし、それについて自分自身に、ましてや他人に説明できるかどうか、はっきりしなかった。だが、フランク・モーガンが「ララバイ」を演奏しているのを聴くと、どういうわけか、仕事がはかどるとわかっていた。

ボッシュは彼女のひざの上に載っているノートをあごで指し示した。

「あの絵について書いているのかい？」ボッシュは訊いた。

「実を言うと、ちがいます」彼女は答えた。「長編小説を書いているんです。あの絵のなにかがわたしに影響を与えてくれると期待して、しょっちゅうここにきているだけです」

彼女は笑い声を上げた。

「ばかげてると思われるに決まってますね」

「いや、そんなことはない」ボッシュは言った。「よくわかるよ。きみの小説は、孤独な人間を扱ったもの？」

「ええ、まさしくそう」

「自分をモデルにして？」

「一部は」

ボッシュはうなずいた。彼女と話をするのは、たとえ規則を破っていたとしても、心地よかった。

「それがわたしの物語」彼女は言った。「で、なぜあなたはここにいるんです？」

　その質問に不意打ちをくらった。

「なぜここにいるかって？」考える時間を稼ごうとして、ボッシュは質問を繰り返した。

「あの絵だ。個人的に見たかったんだ」

「二日連続で見にくるほど？」彼女は訊いた。

　ボッシュはまた不意をつかれた。彼女は笑みを浮かべると自分の目を指さした。

「いい作家は観察者だと言われています」彼女は言った。「あなたをここできのうも見ました」

　ボッシュはばつが悪そうにうなずいた。

「ひどく寒そうだったので気づかずにはいられなかったんですよ」彼女は言った。「そのコート……あなたは地元の人じゃないですね？」

「ああ、ちがう」ボッシュは言った。「ロスからきた」

　そう言いながら、ボッシュは彼女の様子をうかがった。ボッシュの言葉は、美術館の外の風のように凍りつかせるものだった。

「なるほど、で、あなたは何者？」彼女は訊いた。「これはどういうことなんですか？」

　ボッシュは玄関の広間で二十分待たされ、ようやくグリフィンの警備担当者に案内されて執務室へ通された。天板がマホガニー材の大きな机の向こうにグリフィンは座っていた。

ボッシュがはじめてグリフィンと会ったときとおなじ場所に座っている。

右手の開け放たれた窓からプールの静かな水面が見えた。グリフィンは長袖のトレーニングウエアを着て、ファスナー式のタートルネックを覗《のぞ》かせていた。どんなトレーニングをしていたにせよ、そのせいで顔が紅潮していた。

「待たせてすまんな、ボッシュ」グリフィンは言った。「漕《こ》いでいたんだ」

ボッシュはたんにうなずいた。グリフィンは机のまえに並んでいる椅子の一脚を手で指し示した。

「座りたまえ」グリフィンは言った。「なにを見つけたのか話してもらおう」

ボッシュは立ったままでいた。

「長くはかかりません」ボッシュは言った。「あの手がかりは、いい結果を生まなかったんです。シカゴに出向きましたが、彼女ではありませんでした」

グリフィンは椅子に寄りかかり、ボッシュの言葉を消化した。グリフィンは富と権力を持つ人間で、事態がいい結果を生まなかったと言われることに慣れていなかった。事態はつねにレジナルド・グリフィン、三度アカデミー賞を獲得した映画プロデューサーにとっていい結果を生むものだった。

「あの子と話をしたのか？」グリフィンは訊いた。

「ええ」と、ボッシュ。「どうにか。彼女とルームメイトが仕事に出かけているあいだに、借りている部屋も調べました。彼女が正体を隠していることを示すものはなにも見つからなかった。当人ではありません」

「そんなことあるもんか、ボッシュ。あの子だ。わたしにはわかってる」

「彼女が逃げだしたのは八年まえです。かなりまえであり、人は変わります。とりわけ、あの年齢の子どもは。あの写真は写りがよくなかった」

「腕のいい探偵だと思っていたんだぞ、ボッシュ。折り紙付きだった。べつの探偵を雇えばよかった。いますぐそうしなければならないようだ」

「わざわざそれにはおよばないでしょう。遺伝学者を見つけるだけで済む」

「どういうことだ？」

ボッシュはコートのポケットに両手を入れていた。シカゴから戻ってきてから、着脱式の裏地を外していたが、エルニーニョ現象がもたらす雨模様が天使の街ではつづいており、トレンチコートを手放せなかった。シカゴでは体を暖めてはくれなかったかもしれないが、ロサンジェルスでは、濡《ぬ》れずにすむだろう。ただし、トレンチコートのせいで、いかにも私立探偵っぽいという歩く決まり文句のようになっていた。娘からそれを指摘された。少なくともフェドーラ帽まではかぶっていなかったが。

　トレンチコートの左ポケットからボッシュはビニール袋を取りだした。身を乗りだし、それを机に置いた。

「ＤＮＡサンプルです」ボッシュは言った。「彼女の部屋に入ったときに、ヘアブラシから採取した毛髪です。どこかの研究機関でＤＮＡを抽出させ、あなたのＤＮＡと比較させればいい。科学的結果が手に入れば、彼女があなたの娘でないのがおわかりになるでしょう」

グリフィンはビニール袋をつかみ、それに目を凝らした。

「ルームメイトがいると言ったな」グリフィンは言った。「これがその女の髪の毛でないとどうしたらわかるんだ？」

「なぜならルームメイトはアフリカ系アメリカ人であり、しかも生物学的性は男性だからです」ボッシュは言った。「どこの研究施設でも、その袋の中身が白人の女性のものであると伝えられるでしょう」

ボッシュはポケットに手を戻した。ここから出ていきたかった。そもそもこの仕事を引き受けるべきではなかったとわかっていた。『ナイトホークス』のまえにあるベンチに座ったままグリフィンの娘から聞かされた話は、なにかを引き受けるまえに雇い主について詳しく調べる必要があることを明らかにした。生きていればいろんなことを見聞きするものだ。ボッシュは私立探偵になって日が浅かった。ロス市警を辞めてから一年も経っていなかった。

グリフィンは机の上からビニール袋を引き寄せ、ひきだしに入れた。

「調べさせよう」グリフィンは言った。「だが、きみには引き続きこの件を調べてもらいたい。ほかにアイデアを持っているはずだ。永年にわたって未解決事件を調べ、人を追跡していたんだから」

ボッシュは首を横に振った。

「あなたに雇われてシカゴにいきました。写真を追え、とあなたは言った」ボッシュは言った。「言われたとおりにしたところ、探している女性ではなかった。これ以上、わたしは興味がありません。娘さんが自分の居場所をあなたに知らせたくなったら、連絡してこられるでしょう」

グリフィンはカッとなったようだった――ボッシュに拒否されたせいか、あるいは娘から連絡してくるのを待つべきだという考えのどちらかに腹を立てた。

「ボッシュ、われわれの関係は、まだ終わっていない。この件に引き続き取り組んでもらいたい」

「だれでも雇って、わたしのような仕事をやらせられますよ。電話帳で探せばすむ。わたしはもうこの関係を続けることに興味がありません。要するに、われわれの関係は終わったんです」

ボッシュは踵を返して、執務室の扉に向かった。グリフィンの警備担当者がそこにいた。警備員はボッシュの肩越しに雇用主を見て、どうすべきか、合図あるいはなんらかの指示を求めていた――ボッシュを立ち去らせていいのか、足止めすべきか。

「出ていかせろ」グリフィンは言った。「そいつに用はない――道理で前金で報酬を要求したわけだ。あの子に感化されたんだろう。写真に写っていたのはあの子だとわかっているが、感化されてしまったんだ」

警備員は執務室の扉をひらき、脇に退いて、ボッシュを通そうとした。

「ボッシュ！」グリフィンが呼びかけた。

ボッシュは扉を通り抜けるところだった。足を止め、振り返ると、グリフィンの最後通《つう》牒《ちょう》を面と向かって受けた。

「あの子はおまえにマウイ島でのことを――マウイ・ワウイ（マリファナの一種）の話をした、そうだろ？」グリフィンが問いかけた。

「なんの話かわからない」ボッシュは言った。「さっきも言ったように、あなたの娘ではなかった」

「酔ってたんだ、クソッ。あんなことはあれっきりだった」

グリフィンの口からさらなる言葉がつづくのを待ったが、それだけだった。ボッシュは踵を返し、扉を通り抜けた。

「案内無用だ」ボッシュは警備の男に言った。

扉が背後で閉まると、ボッシュは玄関の扉を目指して屋敷のなかを通っていったが、その間、ずっと警備員があとに付き従ってきた。ある時点で、閉ざされた執務室の向こうでグリフィンがふたたび叫んでいる声が聞こえた。

「酔ってたんだ！」

まるでそれが言い訳になるかのようだな、とボッシュは思った。

屋敷を出ると、ボッシュは自分の車に乗りこみ、敷地から走り去った。玉砂利のドライブヴェイに古いチェロキーがオイルを落としてくれればいいのに、と願う。

グリフィンの屋敷から数ブロック離れたところで、ボッシュは縁石に車を寄せて停《と》め、座席のあいだのカップホルダーに入れていた使い捨て携帯電話を手に取った。短縮ダイヤルに登録されている、ある番号にかける。

三回の呼び出し音のあと、電話が通じた。

「もしもし？」若い女性の声がした。

「おれだ」ボッシュは言った。「きみの父親の家から出てきたところだ」

「あの人はあなたの話を信じたかしら？」

「そうは思わない。だけど、どうだろうな。髪の毛を受け取り、調べさせるとは言った。もしそうしたら、納得するかもしれない」

「あなたの娘さんに迷惑がかからない？」

「いや、娘は一度もDNAを登録されたことがない。適合者無しという結果が返ってくるだけだろう。願わくは、彼がそこで諦めてくれればいいのだが」

「また引っ越すつもり。危険は冒せない」

「そうするのが賢明だろうな」

「あの人はマウイの話をした？」

「ああ、おれが立ち去ろうとした際に」

「わたしが話したのと同じ話だった？」

「内容については言及しなかったが、話題にはした。それでおれは確信した。自分が正しいことをしているとわかった」

しばらく沈黙が降りてから彼女はまた口をひらいた。

「ありがとう」

「いや、礼を言うのはこっちのほうだ。あの写真のわけはもうわかったかい?」

「あっ、ええ、わかりました。ミステリー作家のD・H・ライリーのサイン会をうちの店でやったときに撮られた写真でした。ライリーさんがサインをしていた本――『これほどひどい罠《わな》はない』――の映画化オプション権を父の会社が取得したんです。わたしはそれを知らなかったんです。父の執務室には、製作映画に関するマスコミ関係の露出をすべて引っ張ってくる抜粋サービスが届くようになっているんです。プロモーションの狙いを絞るのにそれが役に立つんです。ほんとうに偶然でした。わたしは写真の背景に写っていたんです。ライリーさんに関する新聞の切り抜きや、自分がオプションを取得した本に関する新聞の切り抜きに父が目を通していたときに、写真を目にしたにちがいありません」

ボッシュはその意見について、つかのま、考えを巡らせた。著者サイン会で撮影された一枚の写真が、失踪した娘の捜索の手がかりを与えた。グリフィンは、ボッシュを雇い、この件を任せた際に渡した写真の出どころについて、ボッシュに話さなかった。

「アンジェラ」ボッシュは言った。「いまの話をよく考えると、きみは仕事も変えたほうがいいんじゃないかな。たんに引っ越すだけよりも、さらに手を打ったほうがいい。住んでいる街を変えたほうがいいだろう」

「わかりました」アンジェラは落ち着いた声で言った。「たぶん、あなたの言うとおりでしょう。ただここが好きなので住んでいるだけです」

「どこか暖かいところにしたらどうだろう」ボッシュは言った。「マイアミとか」

暑過ぎて暖かいどころではないマイアミを持ち出して、笑わせようとしたのだが、滑った。アンジェラが父親に見つかるのを避けるためまた引っ越さねばならないことを考えているあいだ、沈黙が返ってくるばかりだった。

その沈黙のあいだ、ボッシュの脳裏に一瞬、あの絵が浮かびあがった。カウンターにひとりで座っている男。いったいどれくらいアンジェラが、都市から都市を渡り歩き、いつもひとりきりでカウンターに座っている夜行性の人《ナイトホーク》でいつづけられるだろうか、とボッシュは訝《いぶか》しんだ。

「いいかい」ボッシュは言った。「おれはこの携帯電話を捨てずにいるつもりだ、いいね？当初は捨てる計画だったが、ずっと持っておくことにする。いつでも電話をかけてきてくれ、いいね？　もし助けが必要だったら、あるいはたんに話したくなったからでもいい。いつでもかけてきてくれ、いいな？」

「わかった」アンジェラは言った。「じゃあ、わたしもこの電話を捨てずに取っておく。あなたもいつでも電話してきて」

ボッシュは相手に見えていないにもかかわらず、うなずいた。

「そうするよ」ボッシュは言った。「元気でな」

ボッシュは通話を切り、使い捨て携帯電話をトレンチコートのポケットに滑りこませた。うしろからやってくる車をサイドミラーで確認する。車の流れが切れるのを待って、路肩から発進した。腹が空いており、なにか食べ物を手に入れたかった。いま一度、カウンターにひとりで座っているあの男のことを考えた。

おれはあの男だ、と思いながら、ボッシュは車を走らせた。

11月10日に発生した
事件につきまして

ジェフリー・ディーヴァー

JEFFERY DEAVER

ジャーナリスト、フォークシンガー、弁護士を経験したのちに作家に転身、世界各国のベストセラーリストの常連となった。作品はこれまでに150の国で25の言語に翻訳されており、受賞歴多数。エドガー賞には7度ノミネートされている。父親は優れた画家で、妹はアーティスト。ディーヴァーも子供部屋に指で描いた絵でアート界に進出するも、その傑作は母親が洗い落としてしまったため現存していない。

訳

池田真紀子

MAKIKO IKEDA

HOTEL BY A RAILROAD, 1952

一九五四年十二月二日
モスクワ　クレムリン閣僚会議館
ソビエト社会主義共和国連邦閣僚会議第一副首相　ミハイル・タサーリチ将軍

謹啓
私、国防省参謀本部諜報部《ちょうほうぶ》所属ミハイル・セルゲーエヴィチ・シドロフ大佐は、この書面をもちまして、本年十一月十日に発生しました事件と、それに関連する死亡事件についてご報告するものであります。
本題に入ります前に、私の経歴を少しばかり述べますことをお許しください。この世に生を受けて四十八年、そのうちの三十二年間は軍人として、我らが母なる祖国のために尽くしてまいりました。それは誇らしい歳月であり、何ものにも代えがたい貴重な財産であります。先の大祖国戦争では、第62軍の第13親衛狙撃師団の一員として戦地へ赴きました（同志よ、きっと覚えていらっしゃることでしょう。我が軍のモットーは「一歩も退くな」

であります。みなそれにいかに忠実であったことか！）。スターリングラードではワシリー・チュイコフ中将の下で戦う栄誉を賜りました。そのころ将軍閣下は、誰もが知るように、かの輝かしきウラヌス作戦において、敵軍の両翼を防衛していたルーマニア軍を打ち破ってドイツ第6軍を包囲した部隊の指揮を執っていらっしゃいました（ドイツ第6軍はそのわずか数カ月後には降伏し、それが我が国のナチス帝国に対する勝利の発端となりました）。スターリングラード防衛戦の死闘のさなか、私は幾度か負傷したものの、その痛みにも困難にも耐えて敵に挑み続けました。その功労を認められて、三等ボフダン・フメリニツキー勲章および二等栄光勲章を賜りました。そしてもちろん、同志将軍、閣下の隊と同様に、私の隊もレーニン勲章の栄誉を授かりました。

戦争終結後も私は軍にとどまり、まもなく国防省参謀本部諜報部（GRU）に任用されました。軍や革命理念への忠誠心が疑わしい兵士をたびたび告発した実績を評価され、情報収集の才覚を見込まれての抜擢《ばってき》だったと聞いております。私が告発した者は例外なく素直に罪を認めるか、あるいは裁判で有罪を宣告されて、処刑されたり東部の流刑地へ送られたりしました。私ほどの成果を上げた職員はGRUにも一握りしかおりません。

GRUではいくつかのスパイ網を管理し、我が国への浸透をもくろむ西側諸国の阻止に成功して着実に昇進を続け、やがて現在の大佐の地位に引き上げられました。

一九五一年三月になると、西側の帝国主義から我が国を防衛するための計画に大いなる貢献が見込まれる、ある人物の警護を命じられました。

その人物とは、当時四十七歳だった元ドイツ国籍の科学者、ハインリッヒ・ディーターであります。

同志ディーターは、ヴァイセンフェルスのオーベルネッサで数学教授の息子として生まれました。母親は、父親が教鞭《きょうべん》を執る大学近くの寄宿制学校で理科の教師をしており、同志ディーターの三歳下には弟が一人いました。同志ディーターはマルティン・ルター大学ハレ・ヴィッテンベルクで物理学を専攻し、卒業後、オーストリアのレオポルト・フランツ・インスブルック大学にて物理学の修士号を取得しました。その後まもなくベルリン大学で物理学の博士号も取得しています。専門はアルファ粒子の柱電離でした。ええ、同志将軍、私もやはりこの難解な学問にまったく通じておりませんでしたが、このあとご説明いたしますとおり、同志ディーターのこの専門分野がのちに重大な結果を招くこととなったのです。

同志ディーターは在学中、ドイツ社会民主党（ＳＰＤ）の学生組織と、党の準軍事組織である国旗団黒赤金に加入しましたが、まもなく双方から脱退しました。政治にほとんど関心がなく、それよりも教室や研究室で過ごすことを好んだからです。祖先にユダヤ系の人物がいるとされ、ナチ党には入党できませんでした。しかし政治に特段の関心を示さず、信仰を表に出すこともなかったため、教職と研究職にとどまることは許されました。ナチ党がそのように寛容な態度を示したのは、彼の有能さゆえもあったでしょう。かのアルベルト・アインシュタインをして、彼は恐るべき優秀な頭脳の持ち主であり、科学者には珍しく、物理学の理論と応用の二つの側面を正しく理解できる人物であると言わしめたほどです。

ディーター一家はその後、自分たちのような人間――ユダヤの血を引く知識人――がドイツにとどまるのは危険と判断し、移住を計画するに至りました。両親と弟（とその家族）は、ベルリンからイギリスへ、イギリスからアメリカへと無事に脱出しましたが、手もとの研究に区切りがつくのを待って家族を追いかけるつもりでいた同志ディーターは、出発前夜にゲシュタポに身柄を拘束されました。ある教授の推薦により、彼を徴用して兵器開発に協力させるためです。それまでの研究（前述の〝アルファ粒子〟に関するもの）を理由に、同志ディーターは今世紀最大の新兵器――原子爆弾の開発への参加を命じられました。

彼が加わったのは、第二次原爆開発計画でした。ナチ党とドイツ国防軍兵器局（HWA）、教育省国家研究顧問会（RFR）が共同で運営していたプロジェクトです。同志ディーターは重要な貢献をしましたが、ユダヤ系であるために昇進や昇給の面で冷遇されていました。

我が国が大祖国戦争でナチスドイツに勝利したあと、アルソス・ミッションに加わってドイツ国内に潜入していた内務人民委員部（NKVD）の職員が、原爆開発計画に従事していた科学者の一人として同志ディーターの存在を突き止めました。公安将校との有益な話し合いののち、同志ディーターは、ソビエト連邦に移住して、我が国のために原爆開発研究を継続しようと申し出ました。侵略行為、そして資本主義と退廃文化という有害なヘゲモニーを、ヨーロッパおよびアジア、ひいては全世界へ拡大せんとする西側諸国の企てからソビエト連邦を守ることに協力できるなら、たいへん光栄に思うと述べています。

同志ディーターは即座にロシアに身柄を移され、再教育と思想教育を施されました。共産党に入党し、ロシア語を身につけ、革命の教訓やプロレタリアートの意義を理解するための指導も受けました。彼は我が国の文化や国民について熱心に学びました。移行期が完了すると、ソビエト連邦の原子力の都——閉鎖都市アルザマス16にある全連邦実験物理学研究所に配属されました。私が彼の警護を命じられて赴いたのも、この研究所でした。

同志ディーターとは長い時間をともに過ごしました。彼はすぐさま仕事に取りかかり、数多くの貢献をしましたが、そのうちの一つは、同志将軍、閣下もご存じのとおり、昨年の八月実験が行われた、我が国初の水素爆弾の開発プロジェクトへの参画でした。RDS・6は核出力四〇〇キロトンの水素爆弾です。同志ディーターが属するチームが直近で開発に当たっておりましたのは、アメリカが開発に成功したとされる（といっても、我々の兵器と比較すればあらゆる面で劣っていることは、周知のとおりです）メガトン級の核融合兵器でした。

我が国の防衛に欠かせない越境科学者の多くと同じように、同志ディーターも厳重な監視下に置かれていました。我が国への彼の忠誠心を評価し、関連する全省庁に報告することも、私の任務でした。細心の注意とともに見守りましたが、我らが大義に対する同志ディーターの献身は本物であり、忠誠心は非難の余地のないものと私は判断しました。

例を挙げるなら、先述のとおり、彼はユダヤ系です。アルザマス16にいるあいだに、破壊的かつ反革命的な言動をした複数の男女を私が告発したこと、そしてまったくの偶然ではありますがその全員がユダヤ人であったことは、同志ディーターも承知していました。そこで、そういった私の行動を不快に感じているかと尋ねてみますと、同志ディーターは、不快に思うどころか、友人であれ家族であれ、ユダヤ人であれ非ユダヤ人であれ、反革命的な思想をほんのわずかでも示す者がいれば、自分も同じように告発するだろうと答えました。私は決してユダヤ人に悪感情を抱いていないということを伝えるため、それ以前に私に与えられていた任務は、ユダヤ系の人々を建国まもないイスラエルにすみやかに定住させるべく中央委員会が主導したプログラムの一環として、国内のユダヤ人を特定することだったと説明しました。すると同志ディーターは、任務内容を明かしてもらったことをたいへん光栄に思うと言いました。

同志ディーターは独身でしたので、ロシア生まれの女と結婚させようと、美女との〝偶然の出会い〟を幾度かお膳立てしたりもしました（結婚には至りませんでしたが、彼は一部の女たちと長期にわたり、あるいは短期間だけ交際していました）。彼と交際した女たちには、彼と交わした会話を子細に報告させましたが、完全に油断していたであろうと想像される状況においても、同志ディーターの口から不忠な言葉が出ることはただの一度もありませんでした。

そのほかにも、ウォッカを酌み交わしながら、マルクスの唯物弁証法の理念に関する本の一節を長々と引用しつつ詳細に解説してやったことが、果たして幾度あったでしょう。彼のロシア語はかなり上達していましたが、それでもやはり完璧とは言いがたく、『プラーヴダ』に掲載された高潔なるフルシチョフ第一書記の演説記録を延々と読み上げてやったこともありました。彼はたいそう興味深げに聴き入っていました。

同志ディーターの忠誠心は、生活ぶりのもう一つの側面からも明らかでした。ディーター家の者がみな絵画や彫刻を愛好していることは、本人から聞いて私も知っていました。弟はニューヨーク州北部の大学で美術史を教えており、弟の娘、つまり同志ディーターの姪《めい》は、マンハッタンで画家（兼ダンサー）として活躍しているという話でした。家族との手紙のやりとりを党からようやく許可されたあと、彼が書く手紙はすべて私がすみずみまで目を通し、（現在の仕事の内容を明かしていないかどうかは言うに及ばず）国を批判する文言や、内心の不忠をほのめかす言葉がないか、くまなく点検しました。しかし、そこにはもっぱら彼の、そして家族の、美術品への愛好心が綴《つづ》られているだけでした。

彼は我が国の美術界がいかに活気に満ちているかをていねいに解説し、革命を推し進めんと精力的に取り組むソビエトの芸術家を褒めそやしました。同志レーニンの時代より我々の文化を特徴づけてきた〝社会主義リアリズム〟について熱のこもった調子で書き綴り、芸術としてみごとであるだけでなく、我らが母なる祖国を支える四本柱というべき理念――党第一主義、イデオロギー第一主義、協同社会、誠実さ――を巧みに表現していると称賛しました。彼が家族に送った絵画作品には、ドミトリー・マエフスキーの風景画の絵葉書、かの名門ソビエト連邦美術アカデミーで教鞭を執るウラジーミル・アレクサンドロヴィチ・ゴルブの思慮深い肖像画のやはり絵葉書、そして開催が迫っていた党大会のポスターがありました。この党大会には同志ディーターも出席する予定で、ポスターに印刷されていたのは、あらゆる愛国者に賛美されるミトロファン・グレコフの血湧き肉躍る『ラッパ手と旗手』でした。

アメリカにいる弟からは、同志ディーターが好みそうな、また住まいの彩りとなりそうな絵画を使った絵葉書や小さなポスターが送られてきました。手紙はもちろん、同封されていた絵葉書もGRUの技術部で検閲が行われましたが、秘密の通信文やマイクロフィルムなどが隠されているようなことは一度もありませんでした。といっても、そのような可能性は低いだろうと私は考えていました。そういった贈り物に関する私の懸念は、同志将軍、まったく別のところにあったのです。

アメリカ中央情報局（CIA）が設立した国際組織機関（IOD）という組織については、閣下もおそらくご存じのことでしょう。この欺瞞《ぎまん》に満ちた組織（正体を最初に暴いたのはGRUだったことを付け加えないわけにはまいりますまい）は、過去数年、美術品を武器として利用してきました。アメリカの支離滅裂で退廃的な〝抽象表現主義〟を世界に売りこむことを通じて、社会主義に対抗しようとの試みです。ジャクソン・ポロック、ロバート・マザーウェル、ウィレム・デ・クーニング、マーク・ロスコらによる、キャンバスをただ絵の具で汚しただけの愚にもつかぬ代物は、真の目利きには美術を冒瀆《ぼうとく》する存在と受け止められています。これらの男たち（ときには女も）が我が国で同じ放縦なふるまいにふけったとしたら、即刻逮捕されることでしょう。IODという組織は、西側諸国は我が国とは対照的に、表現と創作の自由を大いに尊重していると宣伝するための、CIAによる見え透いた企てです。見るからに馬鹿げた話でありましょう。アメリカ大統領ハリー・トルーマンでさえ、抽象表現主義運動について「あれが芸術なら、私は芸術を解さない無粋者だ」と言っているくらいなのですから。

しかし同志ディーターの家族は――そして彼のほうも明らかに――そのような愚かしい茶番を相手にしていないようだとわかり、私は大いに安堵《あんど》したものです。家族から送られてきた絵画やスケッチは、我が国の芸術作品に相応する伝統的な構図とテーマを用いた写実主義の作品ばかりでした。フレデリック・レミントン、ジョージ・イネス、エドワード・ホッパーといったアメリカの画家や、イタリアの古典画家ヤコポ・ヴィニャーリの作品です。

驚いたことに、同志ディーターに送られてきた複製品のなかには、我が国の価値観を支える政治的プロパガンダも同然ではと思えるものさえあったのです！　たとえばニューヨークの街で懸命に生きる移民の姿を描いたジェローム・マイヤーズ、ワイマール帝国の退廃を絵画であざけったドイツ人画家オットー・ディクスらの作品がそれに当たるでしょう。

同志ディーターは、第二の故郷となった我が国にすっかり魅了されているようでした。

諜報員としての私の直感はこう告げていました――この非凡な男に何か危険があるとすれば、それは当人の忠誠心の問題ではなく、外国の工作員や反革命主義者が、我が国の原爆開発を頓挫させるべく彼の暗殺を試みることであろうと。その危険から彼を守り抜くことが生き甲斐《いがい》となり、私は昼夜の別なく彼を厳重な保護下に置くよう尽力しました。

さて、ここまでのご説明で舞台設定は整いました。ここからは、同志タサーリチ将軍、本年十一月十日に発生しました不運なできごとについてご報告せねばなりません。

同志ディーターは党の活動にひじょうに熱心で、党大会や集会には事情が許すかぎり出席していました。しかし、そういった催しが閉鎖都市アルザマス16で開かれる機会はほとんどなく、したがってロシアのもっと大きな都市や、ソビエト連邦を構成する共和国にときおり出かけていくことになりました。そういった集会の一つが、先述しましたもの――画家グレコフの絵を使用したポスターで告知されていた、本年十一月にベルリンで開催された合同党大会で、フルシチョフ第一書記と東ドイツ首相オットー・グローテヴォールの演説も予定されていました。東ドイツの自治を祝う大会という側面もあり、二国間の同盟に向けた道筋が示されるのではないかという期待もありました。かつて敵として戦った二つの国の関係が今後どのような方角へ向かうのか、我が国の全員が注視していました。

私は内務省（ＭＶＤ）や新たに組織されたばかりの国家保安委員会（ＫＧＢ）と連携しながら、安全な旅行の手はずを整えました。党大会においてソビエト市民に危害を加えようという動きがないか、同志ディーターが標的とされるおそれがないか、各省庁に問い合わせました。返事は〝ノー〟、そのような情報はないとのことでした。それでも私は、危険が予想されるとの前提で手配を進めました。私のほかに、KGB職員ニコライ・アレソフ少尉も同行することに決まりました。二人とも銃を携帯し、さらに秘密警察シュタージと緊密に連携する段取りもつけました(東ドイツの秘密警察に決して好感は抱いておりませんが、彼らが――あえて言うなら〝非情なまでに〟――有能であることに疑問の余地はありません)。

GRUと内務省からの指示は、同志ディーターを反革命主義者や外国の工作員の危険にさらさぬこと、そして犯罪から守ることというものでした。ベルリンが、ロマ民族、カトリック教徒、移住せずにとどまっているユダヤ人らによる不法行為の温床であることは、世に広く知られています。

命令はほかにもありました。西側の工作員や反革命主義者が同志ディーターの拉致を試みた場合、〝兵器開発プログラムに関する機密情報が敵の手に渡ることがないよう〟対処すること。

上官はそれ以上の説明を加えませんでしたが、この命令が何を意味するかは明らかでした。

本心を包み隠さずに申し上げましょう、同志将軍。のちに悔やむことにはなったでありましょうが、もし同志ディーターをこの手で殺すか、彼が敵の手に落ちるのをなすすべもなく見送るかの選択を迫られることがあったら、彼を殺すほうを選ぶだろう――私はそう覚悟を決めていました。

すべての手配が完了し、党大会の前日の十一月九日、私たちは軍用機でワルシャワに飛び、そこから列車でベルリンに向かいました。ベルリンでは、パンコウ区のシェーンハウゼン宮殿にほど近い宿を確保していました。優雅な界隈《かいわい》でした。あれほど美しい街並みはほかに見たことがありません。党大会は翌日の予定でしたので、その夜は、私、同志ディーター、KGBの同志アレソフの三人で劇場に行き、バレエを鑑賞しました（演目は『白鳥の湖』。まずまずの出来ではありましたが、やはり我らがボリショイ・バレエ団の足もとにも及びません）。そのあと、フランス料理店で食事を取りました（西側諸国に原爆を落とすまでもなさそうだなと冗談を言い合いました。連中は放っておいても食べ過ぎでくたばるだろうから、と！）。ホテルに戻り、煙草《たばこ》とブランディで一服したあと、それぞれの部屋に引き上げました。同志アレソフと私は、夜間も交代で同志ディーターの客室前で張り番をしました。あらかじめホテルの安全を確認していたシュタージから、宿泊客に身元の怪しい人物はいないとの報告はすでに受けていました。

その夜は何ごともなく明けました。しかし、危険人物が迫っていることはないとわかっていても、ほとんど一睡もできませんでした。同志ディーターの警護に忙しかったからというより、こんな考えがつきまとって離れなかったからです――私は今夜、ほんの何年か前に仲間の兵士たちを無慈悲に殺し、私を負傷させた者たちの国に来ているのだと。しかし、あれからそう長い年月が過ぎたわけではないのに、いま、我々はほとんど同じ理想を描いているのです。この事実に階級闘争の教訓の普遍性、プロレタリアートの無敵の力が示されています。我が国はかならずや世界を征服し、いついつまでも存続していくことでありましょう！

翌朝は党大会に出席しました。なんと心の奮い立つ場であったことか！　しかも、党歌『インターナショナル』が流れ、大勢の男女が歓声を上げ、無数の赤旗が振られるなか、フルシチョフ第一書記その人の姿を拝む栄に浴するとは！　東ベルリンに住む半数が集まったのではないかと思うような人出でした。演説に次ぐ演説は、休みなく六時間も続きました。閉会後、興奮冷めやらぬまま会場をあとにし、小ずるそうな顔つきをした陰気なシュタージ職員に付き添われて、ビアハウスで食事をしました。それからワルシャワ行きの夜行列車に間に合うよう、前日到着した駅に向かいました。シュタージ職員とはそこで別れました。

この手紙でご報告するできごとの現場となりましたのは、この駅でした。

待合室はかなり混み合っていました。座ってそれぞれ読み物をしたり煙草を吸ったりしていると、同志ディーターがふと読みかけの新聞を置いて立ち上がり、列車に乗る前に手洗いに行っておきたいと言いました。もちろん、同志アレソフと私も同行しました。手洗いに行く途中で、中年の男女が目にとまりました。女のほうは座って膝に本を広げていました。薔薇色《ばらいろ》のワンピース姿でした。そのすぐそばに、ズボンとワイシャツにチョッキという服装の男が立ち、煙草を吸いながら窓の外を眺めていました。奇妙なのは、肌寒い夜だというのにコートも帽子も着けていなかったことです。どことなく見覚えのある二人連れだと思いましたが、どこで見たのかとっさに思い出せませんでした。

　すると突然、同志ディーターが進路を変えて、その二人連れに近づきました。小声で何ごとかささやき、私と同志アレソフのほうに顎をしゃくりました。

　私はとっさに身構えましたが、こちらが反応するより早く、女が膝の上の本を持ち上げました。その下に拳銃が隠してあったのです！　女はワルサーを握って私とアレソフに銃口を向け、ワイシャツ姿の男が同志ディーターの腕を引いて即座に立ち去りました。女は私とアレソフに向かい、アメリカ風の訛《なまり》のあるロシア語で、武器を捨てろと言いました。しかし同志アレソフも私もそれには従わず、銃を抜きました。女は二度発砲して――同志アレソフは即死し、私は負傷しました。握っていた銃が飛び、私は苦痛のあまり膝を折りました。

　それでもすぐに立ち上がって左手で銃を拾うと、痛みをこらえ、身の危険を顧みずに、いつでも発砲できるよう銃を構えて駅舎から外へ飛び出しました。しかし、遅すぎました。工作員の男女と同志ディーターの姿はすでにありませんでした。

　東ドイツ国家人民軍の犯罪捜査部とシュタージがやってきて現場を調べましたが、仕事ぶりはおざなりでした。あくまでも西側諸国とロシアの問題だからでしょう。東ドイツ人は一人として巻きこまれていません。それだけならまだしも、この私が同志アレソフを殺したのではないかと疑っている様子でした。実際に何が起きたか、証言しようと進み出る目撃者は一人もいなかったためです。シュタージは、中年の女がそのような犯罪を働くとは信じがたいからと説明していましたが……そんなものは建前にすぎず、私に疑いの目を向けた理由は、言うまでもなく、藪《やぶ》をかき分けて真犯人を捜すよりも、すでに手中にある小鳥を握りつぶすほうが簡単だからでしょう。しかもその小鳥は、ライバル諜報機関に飼われている一羽でした。すなわち、この私です。

二日にわたる取り調べののち、ようやく私の無実を納得したようですが、まるで人間のうちに勘定されていないかのような扱いをされました！ ポーランドとの国境に連れて行かれ、ごみあくたのようにそこに放置されたのです。おかげで、ワルシャワまで送ってくれないかと、その町の――この上なく非協力的な――警察を拝み倒す羽目になりました。制服姿で対応した全員の鼻先に、ロシアの諜報機関の上級職員であることを示す身分証明書を突きつけたにもかかわらず！ ワルシャワから飛行機に乗って、ようやくモスクワに帰りつきました。

帰国と同時に入院して銃創の治療を受けました。退院するや、同志将軍、十一月十日のできごとを詳述した報告書を委員会に提出せよと求められました。

ご指示に従い、この報告書を提出するしだいであります。

いま振り返れば明らかなことです。同志ディーターの拉致は、アメリカ・ワシントンDCのCIAによる作戦であり、同志ディーターの弟と姪の手助けを得て実行されたものでありましょう。美術品好きの一家であるというのも作り話と思われます。初めてアメリカに送った手紙で同志ディーターがそのことに触れていたことから、家族はその意図に気づいたに違いありません。同志ディーターは、西側への脱出実現に向け、アメリカの諜報機関とひそかに打ち合わせる手段を考えついていたのです。弟と姪が美術関係の職業に就いているというのも嘘《うそ》で、二人もまた一流の化学研究者でした。

前述した絵画の絵葉書を同志ディーターに送ってきたのは、弟から連絡を受けたCIAの工作員だったことは間違いないでしょう。でたらめに選ばれたものではありません。どの絵画にも意味が隠されており、同志ディーターはその暗号めいたメッセージを正確に解読したのです。私が推測するに、そのメッセージとはおおよそ以下のようなものでありました。

・大天使ミカエルが死に瀕《ひん》した人を救う場面を描いた十七世紀イタリアの画家ヤコポ・ヴィニャーリの作品は、我が国から同志ディーターを救出する意思がアメリカ政府にあることを彼に伝えました。
・フレデリック・レミントンの『騎兵』という絵画には、銃を持った男が描かれていました――つまり、救出作戦には銃が用いられるだろうというメッセージです。
・同志ディーターの弟が住むニューヨーク州の谷の牧歌的な風景を描いたジョージ・イネスの絵は、ここに来て一緒に暮らそうと彼を手招きしていました。
・ニューヨーク市の安アパートでの移民の暮らしを描いたジェローム・マイヤーズの絵

は、〝移住〟――東から西へと脱出するイメージを象徴していました。

同志ディーターがアメリカに送ったなかに、グレコフの絵を使ったポスターがあったことはすでに書きました。そのポスターが伝えようとしていたのは、グレコフの絵のすばらしさではなく、東ベルリンで開催予定の党大会の日時でした。同志ディーターがその党大会に出席するというメッセージであると、CIAは即座に理解しました。在ベルリンの西側工作員なら、ホテルの予約簿や列車の切符の購入記録を調べ、同志ディーターとその護衛がいつ、どの駅から東ベルリンを出発するのか、簡単に突き止められたことでしょう。

同志ディーターに届いた最後から二番目の作品、オットー・ディクスの絵葉書――ドイツの社会情勢を描いたもの――は、西側工作員と接触する場として同志ディーターがベルリンを提案したことに対し、了承したというアメリカ側の返答でした。そして最後に送られてきた一つ――エドワード・ホッパーの絵葉書こそ、もっとも重要な意味を持つ一枚だったのです。

この油絵は『線路沿いのホテル』と題された作品で、一人の人物が描かれています。薔薇色のワンピース姿で本を読んでいる中年の女と、上着も帽子も着けずに窓の外を眺めている男です（駅で問題の男女に見覚えがあると思った理由はこれです。その少し前に、ホッパーの絵画を印刷した絵葉書を目にしていたのです）。この絵は、東ベルリンで脱出作戦を実行する工作員を見分ける手がかりを同志ディーターに伝えていました――二人はホッパーの絵にあるとおりの服装、同じポーズで待っていると。

拉致の顛末《てんまつ》はすでにご説明したとおりです。後日知ったことですが、駅での銃撃のあと、外で待機していた車が工作員二名と同志ディーターを東ベルリンの秘密の連絡場所へ送り届け、三人は誰にも気づかれずに西側へ逃れました。同志ディーターはそこからアメリカ空軍の飛行機でまずロンドンへ、そのあとアメリカへ向かいました。

以上が、同志将軍、一九五四年十一月十日に起きたできごと、及びそれに至るまでの経緯の詳細と私なりの分析であります。

内務省から将軍閣下に宛てて送られた手紙には、同志ディーターが我が国からアメリカへ逃亡した責任、同志アレソフの死亡の責任はすべて私にあるとのKGBの見解が示されているのでしょう。同志ディーターは熱心な党員などではなく、我が国にいかなる忠誠心も抱いていなかったのに、その本性を見抜けなかったとして、私に責めを負わせようとしているのではないかと思います。そう、同志ディーターは献身を装いながら、一方で我々の原爆開発計画に関する情報を集めることに時間を費やし、西側への脱出が実現する日を忍耐強く待っていたのです。

内務省の手紙はさらに、彼の脱出を実現するために巧みに練られた計画を私は見破れなかったと断じていることでしょう。

西側との意思疎通に美術作品を利用した同志ディーターの策略と計画は天才的というしかない類のもの、私のように豊富な経験を積んできた諜報部員であろうとそれを見破ることが不可能な計略であった――私には、そのように弁解することしかできません。

同志ディーターは、先にも述べましたように、きわめて非凡な人物でありました。

ですから、同志タサーリチ将軍、伏してお願い申し上げます。まもなく開かれる私の裁判に介入してはくださらないでしょうか。そして、今回の悲劇的な事件について私の責任を認めて無期懲役刑を宣告し、東部の刑務所に送るべきであるとのＫＧＢの勧告を退けてくださるよう、私と同じく元兵士であるフルシチョフ第一書記に進言していただけないでしょうか。

とはいえ、どのような判決が下されることになろうとも、第一書記、党、そして我らが母なる祖国に対する私の献身はいささかも揺らがず、輝かしき革命の理念と同様に不朽のものであり続けますことを、どうかお心にとめておいていただければ幸甚に存じます。

敬白

ミハイル・セルゲーエヴィチ・シドロフ

モスクワ、ルビャンカ刑務所にて

アダムズ牧師とクジラ

クレイグ・ファーガソン

Craig Ferguson

テレビ司会者でありコメディアンであり作家。だが自分のことを作家と呼ぶのはむずがゆく、"芸術家気取りの下品なエンターテイナー"と呼ばれるほうが性に合うという。今回の企画に参加したのは、ホッパー氏とブロック氏の双方の熱烈なファンだからであり、ブロック氏が怖いからでもある。また、彼はエルヴィスと聖アウグスティヌスのファンでもある――あなたがすでにこの短編を読んでいれば、とっくにご存じだろうが。

訳

不二淑子

Yoshiko Fuji

SOUTH TRURO CHURCH, 1930

この教区で五十年以上愛され尊敬されてきた聖職者、ジェファーソン・T・アダムズ牧師は、ジャマイカ風に薄いシガレットペーパーで巻いた細長いマリファナ煙草《リーファー》をくわえると、肺の奥深くまでけむりを吸い込んだ。もうハイになることも、パニックや妄想などの不快な感覚に陥ることもない。まったく何も感じないが、それでもその儀式を愉《たの》しんだ。

彼は教会の外で音楽に耳を傾けていた。屋内《なか》にはいるのはもったいないほど、よく晴れた日だった。体は冷たくて動かず、視界は乳白色に濁っているが、ふりそそぐ陽光が地上の景色を実物よりも美しく見せている。輪郭をぼかし欠点を薄めた、往年の俳優のスナップショットのように。

海は罪深い静けさを湛《たた》えていた。たった今、何かを食らったかのごとく。

ジェファーソンはおびただしい数の葬儀に出てきた。これだけ長いあいだ牧師を務めていると、葬儀に少しも退屈しないでいるのは難しい。実のところ、退屈きわまりない。

冷たくて動かない。

なにも今日に始まったことではない。

教会の中に横たわる哀れな老いぼれ。長い年月をかけて徐々に冷たくなり、動きが緩慢になり、やがて完全に動かなくなった。

美しい音楽だ。日曜学校に通う地元の子どもたちが、死者を悼み、歌っている。この世のものとは思えないほど幽玄な調べで、エルヴィス・プレスリーの『ロカ・フラ・ベイビー』を。一九六一年の駄作映画『ブルー・ハワイ』の挿入歌だ。滑稽で、ばかばかしくて、風変わりで、悲しい。

まるでジェファーソンの人生のように。

ジェファーソンが癌《がん》のことを打ち明けると、ビリーは大麻《ガンジャ》を勧めた。インターネットの記事をいくつも見せては、「どれも〝第一線の医学専門家〟が書いたものだ」と、まるでテレビショッピングで商品を宣伝するような珍妙な口調で力説した。重要だと信じていることを伝えるときには、ビリーはいつもそんな口調になるのだった。

「もちろん、それで治るわけじゃないけど、ストレスを減らして、化学療法のせいで起こる吐き気を抑えてくれる」とも言った。ビリーにマリファナを売ったポートランドの薬局の店員の受け売りだった。その軽薄かつ横柄な店員は、口では真逆のことを言いながら、実際にはマリファナが癌を治すかもしれないとほのめかしたようだった。

ジェファーソンは、化学療法は受けていないとビリーに伝えた。もう八十代だから、治療を受けても必然への道を悪化させるだけだろうし、そもそも主治医のネイスミス医師も、たいした効果はないという意見なのだ、と。そんなジェファーソンの説明を、ビリーはまるで無視した。彼には自分の理屈の邪魔になる意見には耳を貸さないという、なんとも腹立たしくも愛嬌《あいきょう》のある性質があった。そんなわけで、ふたりの老人は肩を並べて浜辺に坐り、上質な合法大麻《ハーブ》を吸うようになった。死を、あるいは治癒を待ちながら。ジェファーソンはマリファナを愉しむようにもなった。マリファナを吸うと、心が落ち着き、恐怖が取りのぞかれ、自分が愚かになったように感じられた。マリファナを吸っていないときには、そんな気持ちにはなれなかった。

少なくとも最初の頃は。

マリファナはジェファーソンとビリーの絆《きずな》を深めた。ジェファーソンはまさか人生最後の日々をビリーとともに過ごすことになるとは夢にも思っていなかった。あらゆる謎にことごとく首を突っ込むビリーは、イエスや使徒や聖櫃《せいひつ》や宇宙人やアトランティス大陸などについて、ジェファーソンをずっと質問攻めにしてきた。とくに困惑させられたのは、二週間毎日タントラ・セックス実践の精神的恩恵について質問されたときだった。ビリーには性的パートナーがいないため、彼は熱心にひとりで実践していた。

ジェファーソンは辛抱づよく何度も説明を繰り返した——教会の牧師としてはもちろん、八十を超えた人間としても長老派教会員としても、きみの質問する事柄の多くは私の専門知識の範囲外だ。とりわけ、そのタントラ・セックスとやらの話は、どうか二度と持ち出さないでもらえないか。

とはいえ、ジェファーソンはビリーの精神的貪欲さに敬服もしていた。耄碌《もうろく》してもおかしくない年齢だというのに、彼の〝説明できないもの〟に対する飽くなき探究心はとどまるところを知らなかった。また、ビリーは思いやりのある男でもあった。毎週わざわざ何時間も運転してポートランドまで出向き、友人のために上質な合法大麻《ポット》を購入してきてくれたのだから。ジェファーソンが不要だと告げたあとでさえも。

もちろん、ビリーもマリファナを好んだ。彼はマリファナ煙草《ジョイント》の巻き方を、ユーチューブの動画で学んだ。ジェファーソンとビリーは、ふたりでさまざまな吸引方法を試した。白人至上主義者の服役囚や一九二〇年代のフラッパーガールのあいだで流行したシガレットペーパーの両端をよじるタイプのジョイント。堅物男子学生風の水ギセル。マリファナ・ブラウニーにも挑戦したが、長年食事の支度を母や妻に任せっぱなしだったふたりは、調理という分野における才能が皆無だと判明した。やがて試行錯誤のすえ、シガレットペーパーを三枚重ねて巻いて厚紙フィルターを付ける、ラスタファリアン（ジャマイカで発生したアフリカ回帰主義運動の信奉者）に好まれたスタイルに落ち着いた。宗教的思想運動家の吸引方法というのは、ハイになる手段としてはもっとも敬虔《けいけん》な方法に思えた。

吸引のための準備は、聖なるけむりを吸うことと同じくらい重要な儀式だったのだ。

ジェファーソンとビリーは同学年で、七十年以上前から互いを知っていた。友人ではなかったが、小学校から高校まで同じ学校に通った。ジェファーソンは高校卒業後、町を出て神学校に入学し、信心深い両親を喜ばせた。そして神学校を卒業すると、アダムズ家の三代目として町の人々の精神的欲求を満たすために帰郷した。町の誰もがそのことを喜んだ。当時は町民のほとんどが漁師とその家族で、彼らは継続を愛する人たちだった。海のように気まぐれなものと対峙《たいじ》していると、変わらず続くものに安心を覚えるようになるのだ。

一方、ビリーは父親の自動車修理工場を継いで、バーバラ・フレンチと結婚した。ふたりの娘がいるが、現在は連絡が途絶えている。妻のバーバラが、バンクーバーの販売会議で出会った写真式複写機の販売員の男とアリゾナ州プレスコットで同棲《どうせい》するために、娘たちを連れて家を出たからだった。

ジェファーソンとビリーは互いの存在を知ってはいたが、本当の意味での交流が始まったのは、ジェファーソンの妻ジーンが死んだあとのことだった。ジェファーソンは、十歳も年下の妻が六十歳の誕生日を迎えたわずか一カ月後に――彼が七十歳の誕生日を迎えた二カ月後に――よもや自分を残して逝くとは思ってもいなかった。ジーンは重度の心臓発作を起こして台所で転倒した。医者の話では、おそらく床に倒れるまえにはもう死亡していただろうとのことだった。それはせめてもの慰めと考えるべき情報だったが、ジェファーソンはほとんど慰められなかった。不公平なほど男らしい死に方のように思えた。実に逞《たくま》しい女だった妻にはふさわしい死に方だとはいえ。

ひとり娘のモリーは、母親の葬儀にすら帰ってこなかった。高校卒業後に家出してカリフォルニアに行ったモリーは、やがてサイエントロジストになった。ジェファーソンと妻のジーンが愚かにも自分たちの宗教と比較して、娘の信じる新興宗教の妥当性に疑問を投げかけたとき、娘は両親のことを一切の接触を避けるべき〝抑圧的人物〟とみなすようになったのだ。

教区民たちは、ジーンの突然の訃報に対して、良識あるすばらしい態度でジェファーソンに思いやりを示し、手助けをし、雑務を進んでこなしてくれたが、世の常として、彼よりもずっと早く気持ちを切り替えた。その中で、ビリーだけはちがった。彼は毎晩欠かすことなくジェファーソンのもとを訪れた。何カ月も何カ月も。明らかに、ほかに話し相手がいないという事実がビリーの利他主義に火をつけたのだろうが、ジェファーソンは次第にビリーの訪れを愉しみにするようになり、毎晩七時になるとお決まりの訪問にそなえ、いそいそとやかんをコンロにかけるようになった。

時が流れるにつれ、その生涯を数キロと離れていない距離で過ごしてきたふたりの老人は、互いの過去を語り合うようになった。もはや恥も外聞もない者同士、赤裸々に失敗を打ち明け合った。夫として、父親として、恋人として、男としての失敗を。当然ながら、失敗談を共有することで、ふたりのあいだには親愛の情が芽生えた。咎《とが》ある者だけが分かちあえる信頼が育まれた。

ビリーについて知るのはたやすかった。彼はひっきりなしにしゃべりつづけ、どんなことでも話すからだ。たまに、ビリーがジェファーソンに質問をすることもあった。そんなとき、ビリーはジェファーソンの返答に対して深い理解を示し、ジェファーソンを驚かせた。

そんな日々を過ごすうちに、ビリーはジェファーソンからふたつの特大の秘密を引き出した。そのうちのひとつは、ジーンですら知らなかった秘密だ。

その秘密とは、ひとつはジェファーソンが養子であること、もうひとつは彼が無神論者であることだった。

ビリーは養子の話に憤慨し、また興味をそそられた。ジェファーソンは生粋の北部人《ヤンキー》だと信じ込んでいたビリーは——アダムズといういかにも北部らしい姓なのだから当然だろう！——彼の実の両親の居場所を突き止めようと躍起になった。しかし、それは無理な相談だった。ジェファーソンの養父母は不妊という恥を町の人々に知られるのを恐れ、何十年もまえにその痕跡をもみ消していたのだから。ジェファーソン自身も母親から臨終の告白を受けるまでまったく知らなかった。母親はなぜジェファーソンがひとりっ子で、なぜ彼の耳がそんなに大きいのかを説明しようとして、秘密を洩《も》らしたのだった。

ジェファーソンは、最初はアルコール依存症の老母が鎮痛薬《オキシコンチン》のせいで口走ったうわごとだろうと聞き流したが、念のため父親にも尋ねてみた。当時は父親も存命中で、日々衰弱しながらも〈桜草の道〉――二十四時間介護が必要な高齢聖職者向け施設――で暮らしていた。

父親は母親の話が真実だと認め、さらに衝撃的な情報を付け加えた。一九三四年か三五年のクリスマスの直後、教会の職務でミシシッピに出向いたときに、極貧の小作人から赤ん坊を買ったのだ、と。

ジェファーソンはそのことをジーンに打ち明けた。夫婦はもっと詳しい情報を探そうとしたものの、その年の冬に彼の両親はふたりとも他界し、ほかの誰かに質問しようにも相手がいなかった。

「いまさら私の素性を調べようとしても無理だ。それにどっちみち、いずれは誰もが死ぬ。そんなことをしてなんの意味がある？」ジェファーソンはビリーに言った。

しかし、ビリーは納得しなかった。自分自身について真実を知ることは大事だし、そのうえ、今はインターネットがあるから何でも調べられるじゃないかというわけだ。

もちろん、何も見つからなかった。遥《はる》か昔のそんな非合法な情報が、インターネットのウェブサイトや記録に載っているわけがない。ところが、インターネット検索をつづけたビリーは、やがてとんでもない主張をしはじめた。実はジェファーソンは、今は亡きエルヴィス・プレスリーの双子の兄だったというのだ。

エルヴィスは、まさに一九三四年か三五年頃に、ミシシッピ州テューペロの貧しい小作人の家に双子の弟として生まれた。彼の双子の兄、ジェシーは生後まもなく死亡した。が、ビリーの主張によれば、それは真実ではなく、たいそう困窮した信心深いヴァーノンとグラディス・プレスリー夫妻は、双子を育てることに不安を覚え、赤ん坊のひとりを、北部から来た子どもに恵まれない清貧で敬虔な牧師夫妻に売ったというのである。

ビリーがその説を披露したとき、ジェファーソンは声をあげて笑い出した。低いしゃがれ声で大笑いする友を見て、ビリーは嬉《うれ》しく思った。妻を亡くして以来、ジェファーソンが笑顔を見せたのはそれが初めてだったからだ。

ジェファーソンの血筋の秘密をめぐる探求はそこで打ち切られた。

もうひとつの秘密は、そう簡単にはいかなかった。その秘密は、死んだクジラをきっかけに明るみに出た。

四月のある晴れた肌寒い日のことだった。ふたりは、とてつもなく強力な〈メキシカン・ゴールド〉の太いマリファナ煙草《スプリッフ》を吸いおえたばかりだった。その効果は絶大で、ふたりともしばらく口がきけず、海辺にある砂の小山の上に腰をおろして、血走って潤んだ眼で砂浜を眺めていた。前日に大潮で海が荒れたせいで、タイセイヨウセミクジラの成獣の腐った死骸が打ちあげられていた。

当然ながら、最初に口を開いたのはビリーだった。彼は「インターネットでクジラを検索したことがある」と言った。そのとたん、ビリーもジェファーソンも笑いがこみあげてきて、十分間ヒステリックに笑いつづけた。

ようやく笑いがおさまると、ふたりは薬物に誘発された高揚をともに分かち合った者同士の、まるで性交後のような穏やかな至福に浸った。ビリーはインターネットで調べたクジラの情報を説明しはじめた。タイセイヨウセミクジラは地球上でもっとも絶滅を危惧されている種のひとつだという。

「もう五百頭ほどしか残ってないらしい」ビリーはジェファーソンに言った。

「そうだろうな。あんなふうに浜に身投げばかりしているんじゃ」長い沈黙のあと、ジェファーソンはそう答えた。

「年寄りのクジラだし、浜に着くまえには死んでたんじゃないか？」ビリーが言った。

「床に倒れるまえに死んだジーンのように」とジェファーソンはつぶやいた。「ジーンがいなくて寂しいよ。彼女が死んでもう十年以上になるが、今でもジーンがひょっこり出てきてくれやしないかと期待してしまうんだ。おかしいだろう？」

「そのうちまた会えるよ。〝天の報い〟を受けるときに」ビリーはなだめるような口調でそっと言った。

ジェファーソンは小さく笑った。ビリーはそれを見過ごさなかった。

「会えると思ってないのか？」ビリーは尋ねた。

ジェファーソンは、実は思っていないと答えた。彼は長年〝報い〟を受けるために天に召された人々を大勢見送ってきた。老いた者も若き者も。善良なる者もそうでない者も、病める者も健やかなる者も。そのあらゆる人々が、死んだら同じになるように見えた。どこかうつろに。それで終わりだというように、終止符が打たれる。

ビリーは、でも神のことは信じているんだろうと尋ねた。そんなビリーをおおいに嘆かせたことに、ジェファーソンは信じていないと答えた。かつては信じていたが、年を取るにつれて——この浜辺や海岸沿いのほかの浜辺に、次々と稀少《きしょう》なクジラが腐った死体となって打ちあげられるのを見ながら生きながらえるうちに——神はおとぎ話だと思うようになった。人々が絶望して正気を失わないようにするためのものなのだ、と。そういうわけで、虚構を信じることをやめたあとも、彼はずっと聖職者でありつづけた。〝大いなる物語〟がなければ動揺してしまう人々を救うために自分が為《な》すべきことだと考えたからだ。

「そういう本を読んだことがある。『悪いことが善良な人々に起こるとき』って本だ。ほんとにためになったよ」

「ビリー、悪いことは誰にでも起こる。善人にも悪人にも。そこに法則はない。意味はないんだ」

「あんたが本気でそんなことを信じてるわけがない！」

「でも、そうとしか思えないんだよ」ジェファーソンは寂しそうに言った。

ジェファーソンは嘘《うそ》だと思っていることを長年人々に説いていた——それを知って、ビリーはショックを受けた。ジェファーソンは、自分は役者のようなものだと言った。顧客を喜ばせ、慰める役割を演じていただけなのだ、と。

「信じてもいないのに、神について説くことになんの意味がある？」ビリーは疑いの眼を向けた。

「ただの習慣のようなものだったんだろう。家業を黙々とこなしていた。仕事として。なんの害もないだろう？」

「真実じゃないってことが害なんだ。あんたは真実だと思ってもないことを話してたってことじゃないか！」

「私の意見を言わせてもらえば、真実というのはあまりに過大評価されすぎている」ジェファーソンは譲らなかった。

ビリーは友人の告白におおいに動揺したものの、持ち前の超人的楽観力と否定力でもって、ジェファーソンは癌とメキシコ産の強力な大麻《バッド》の影響で血迷っただけだと結論づけた。

ビリーは生まれてこのかた一度たりとも、神秘的な方法で奇蹟《きせき》をもたらす全能の神の存在を疑ったことはなかった。彼は愚か者ではなく、聖アウグスティヌスの信奉者だった。実際、彼の家の台所の壁には、聖アウグスティヌスの名言の刺繡《ししゅう》が額にいれて飾られていた。

〝神の御心《みこころ》を理解しようとすることは、海の水をコップに注ごうとするようなものだ〟

ビリーを捨てて、より良い男に走った元妻からの贈り物だった。

ジェファーソンとビリーは毎日クジラのそばで落ち合い、朽ちていくクジラを眺めた。

しばらくすると吐き気がするほどひどいにおいになったので、必ずクジラの風上に坐るようにした。

巨大な胸郭が現れ、腐った肉がからみつく古い教会の廃墟《はいきょ》のような様相を呈した頃には、ジェファーソンはリーファーを吸うのをやめていた。もう必要ないんだと彼はビリーに言った。ジキル博士とハイド氏の話を引用して。

ビリーは心得たようにうなずいた。

「マリファナはあんたをハイド氏に——神を信じない怪物に変えてしまうからだろう?」ビリーは持論を裏付けるために尋ねた。

「まったくちがう」とジェファーソンはにべもなく言った。「物語のある時点で、ジキル博士は気づくんだよ。自分にはハイド氏に戻らないようにする薬が——最初の薬とは真逆の薬が必要だってことに。薬がジキル博士を変えたんだ。同じことが私にも起こった。今、マリファナを吸うと、昔の自分のように不安で神経質になる。マリファナを吸っていないほうが、気持ちが晴れ晴れしてリラックスできて、イカした気分になれるんだ」

「イカすってもう死語じゃないのか?」ビリーが尋ねた。

「私はまだ使っているが」ジェファーソンは答えた。

「じゃあ、あんたは今も神を信じてないのか?」

「ああ。今も信じてない」

ビリーはこの話はもうしないと決め、二度と話題にしなかった。ジェファーソンも、ビリーの友人として、自分から持ち出すことはしなかった。

夏が終わりに近づき、クジラの死骸がほとんど土に還《かえ》りかけたころ、ふたりは海に出た。ビリーは船外機つきの小さな木製ボートをデニス・ミッチェルから借りた。デニスはビリーから購入したトラック用の新しい変速機の返済がいささか滞っており、その埋め合わせとして喜んで貸してくれた。ジェファーソンはクジラの死骸と変わらぬほど劇的にやつれ、急速に衰弱していた。その日は釣りに出かける予定だったが、それが年老いた牧師が死ぬまえに海に出る最後の日になるだろうとふたりともわかっていた。

古い石造りの港を出て、くすんだ灰色の海の穏やかな波にゆっくり乗り出した。風はなく、海の色よりもわずかに明るい灰色の靄《もや》がかかっていて、遥か彼方《かなた》に水平線がぼんやりと見えた。視界は限られていたが、ふたりの老人は周辺の海を熟知しており、どこへ向かっているのか理解していた。

ジェファーソンは舳先《へさき》から黙って海を眺めていた。陸地が見えないところまで来ると、ビリーが船外機のエンジンを切った。めずらしく、ジェファーソンが先に口を開いた。

「思うんだが」と彼は言った。「無神論者も、死んでしまえばどのみち無神論者ではなくなるな」

ふたりは顔を見合わせて笑った。するとそのとき、突然ボートが大きく片側に傾き、ふたりはあやうく海に投げ出されそうになった。

「なんだ、今のは？」ジェファーソンは小声で尋ねた。

「わからん」ビリーは言った。

パニックに陥ったふたりのまえに、タイセイヨウセミクジラの成獣の巨大な尾びれが現れた——小さなボートのへりから五メートルも離れていないところに。大きく跳ねあがった尾びれは海面を打ちつけて沈み、凍りそうなほど冷たい塩水でふたりに洗礼を授けると、再びボートを揺らした。

「急げ、エンジンをかけるんだ！」ジェファーソンが叫んだ。

ビリーは点火プラグコードを引いた。が、船外機は、その由緒ある伝統にのっとり、肝心なときにかぎって始動を拒否した。ビリーがなんとかエンジンを動かそうとしているとき、ふたりはボートの底が海面から浮きあがるような感覚をおぼえた。

ボートの下に、クジラがいた。

巨大な生物の背中に乗せられたまま、ボートは海面から五十センチほどゆっくりと上昇し、それからそっと海面に降ろされた。

ボートの真横にクジラの頭部が現れた。ふたりは自分たちの命を握る巨大な怪物への畏怖の念を抱きながら、クジラを見つめた。クジラは体を横向きに倒すと、きらきら輝く黒い眼でまっすぐにふたりを見据えた。

ふたりが無言で見守るなか、巨大な海獣は泳ぎ出し、ボートの周囲をゆっくり回りはじめた。時計まわりに三度回ったあと、クジラは海面にさざ波ひとつ立てず、濁った海の中に姿を消した。

　ふたりの老人はいっとき見つめ合い、それから、まるで予行演習でもしていたかのように、一斉に大声をあげた。贔屓《ひいき》のチームが勝った直後のスポーツファンのような雄叫《おたけ》びを。勝利に酔いしれて叫び、笑い、拳を突きあげた。

　しばらくして、ふたりは落ち着きを取り戻し、呼吸を整えた。

　ビリーはジェファーソンの視線に気づいた。そして決意した。友人に飛びかかると、船べりから突き落とした。無言で。音も立てずに。ジェファーソンは悲鳴ひとつあげなかった。クジラを追うようにして海に沈み、やがて見えなくなった。

　この教区で五十年以上愛され尊敬されてきた聖職者、ジェファーソン・T・アダムズ牧師は、ジャマイカ風のジョイントを深く吸い、けむりを吸い込んだ。彼は教会の中から聞こえる音楽に耳を傾けた。きっとビリーが選曲したにちがいない。なにしろ流れてくるのは『ロカ・フラ・ベイビー』なのだから！

　ジェファーソンは笑みをこぼさずにはいられなかった。

　エルヴィス・アーロン・プレスリーが――晩年のヴェガス時代のスパンコールだらけの突飛な衣装を着ている――ジェファーソンに近づいてきて言った。

「よう、兄貴。会えて嬉しいぜ」

ジェファーソンは振り返った。彼らの顔は瓜《うり》ふたつだった。

「これは死にかけの脳が見せる幻覚だ、そうだろう?」ジェファーソンはつぶやいた。

往年のロックの神様は肩をすくめて言った。

「さあ、どうかな。深く考えすぎじゃないか?」

音楽室

スティーヴン・キング

STEPHEN KING

メイン州生まれ。言わずと知れたモダン・ホラーの巨匠。応じる時間の余裕がないからと寄稿を断られても意外ではなかったが、キングはこの短編集に興味を持ち、「わたしはホッパーを愛している。そこで、この件への返答はしばし保留したい」と書いてよこした。その後、キングは作品の題材とする絵をえらんだ。「『ニューヨークの部屋』という絵がある。わが家にはその複製が飾ってある。というのも、わたしに話しかけてくる絵だからだ」どうやら絵はキングに説得力をもって話しかけたようだ。『音楽室』はそのすばらしい成果である。

訳

白石　朗

ROU SHIRAISHI

ROOM IN NEW YORK, 1932

エンダビー夫妻は自宅の音楽室にいた——ふたりは音楽室と呼びならわしていたが、実際には予備の寝室にすぎなかった。かつては夫妻も、いずれはこの部屋を小さなジェイムズ・エンダビーくんかジル・エンダビーちゃんの子供部屋にしてもいいと考えていたが、十年の努力をもってしても、愛らしい赤ちゃんが〝いずこでもない〟場所から姿をあらわして〝ここ〟へ到着することはなさそうだった。いまではふたりとも、子供がいないことに折り合いをつけていた。少なくとも自分たちには仕事がある。いまも失業者が無料の食糧配給の列にならぶご時世では僥倖《ぎょうこう》だろう。仕事が途切れた時期があったのは事実だが、仕事があればふたりともほかの考えごとをせずにすんだし、どちらもその状態が気にいっていた。

いまエンダビー氏はニューヨーク・ジャーナル・アメリカン紙を読んでいた——創刊後まだ半年の新しい日刊新聞だ。タブロイド新聞めいたところもあれば、そうでないところもあった。ふだんは連載のコミックスから読みはじめるのだが、ふたりが仕事をしている期間は、まず市内ニュースのページをひらいて、掲載記事にざっと目を通すのがつねだった――なかでも警察発表の事件記録簿コーナーに。

エンダビー夫人は、両親から結婚祝いの品として贈られたピアノの前にすわっていた。おりおりに鍵盤を指で撫《な》でてはいたが、押すことはなかった。今夜、音楽室に流れている音楽は、ひらいた窓から流れこんでくる夜の三番街を走る車輛《しやりよう》群の交響楽だけだ。三番街、三階の部屋。しっかりしたブラウンストーンづくりの建物にある高級アパートメント。上下の階の住人たちの声や物音はめったにきこえず、エンダビー夫妻の声や物音が隣人たちの耳にとどくこともめったになかった。願ってもないことだった。

夫妻の背後にあるクロゼットから、一回だけ〝どすん〟という音がした。つづいてもう一回。エンダビー夫人は演奏をはじめるかのように鍵盤の上で手を広げたが、〝どすん〟という音がやんだので、手を膝へおろした。

「あいかわらず、われらが友人のジョージ・ティモンズの話はちらりとも出ていないね」エンダビー氏は新聞をがさがさいわせながらいった。

「オルバニー・ヘラルド紙も確かめてみるべきじゃないかしら」夫人はいった。「レキシントン街と六〇番ストリートの交差点にあるニューススタンドに行けば売っていると思うの」

「その必要はないよ」エンダビー氏はいいながら、ようやく漫画欄をひらいた。「わたしにはジャーナル・アメリカン紙だけで充分だ。もしオルバニーでティモンズ氏の失踪届が出されたのなら、あちらで関心のある向きが捜索活動をすればいい」

「それもそうね、あなた」エンダビー夫人は答える。「あなたのことを信頼してるのよ」

事実、夫人が氏を信頼しない理由はひとつもなかった。いままでの仕事は、いずれもとどこおりなく進んだ。そしてティモンズ氏は、この家の特別に補強されたクロゼットに迎えた六人めの客人だった。

エンダビー氏がふくみ笑いを洩《も》らした。「カッツェンジャマー・キッズはいつもどおりの調子だね。今回ふたりの男の子たちは、キャプテンが違法な漁をしている現場を見つけてる――よりにもよって大砲で魚とりの網を撃ちだしてたよ。じつに笑えるね。読んであげようか？」

エンダビー夫人がこれに答えるよりも先に、クロゼットからまた〝どすん〟という音がして、さらには叫び声かもしれないかすかな物音もきこえた。木の扉に耳を押し当てれば正確に判別することもできるだろうが、夫人にはそんなことをするつもりはない。いざティモンズ氏を処分するとなったら話は別だが、いまはこのピアノ用の椅子よりもあの男に近づくつもりはない。「やめてほしいものね」

「ああ、やめるよ。そのうちに」

「きのうも、あなたはそういったわ」

「きのうの時点では早計に過ぎたようだね」エンダビー氏はいった。それから――「おお、これはすばらしい――ディック・トレイシーがまたしても悪人ホシガキー《プルーンフェイス》を追ってるぞ」

「プルーンフェイスにはぞっとさせられるの」夫人は氏に顔をむけないままいった。「トレイシー探偵があの悪人を永遠に葬ってくれないものかしら」

「そうなることは永遠にないんじゃないかな。みんな口ではヒーローを応援しているというが、あとあとまで人の記憶に残るのは悪人のほうだからね」

エンダビー夫人はなにも答えなかった。答えずに、次の〝どすん〟を待っていた。いざ音がきこえたら——もしきこえたら——さらにつづく次の音を待つことになる。こうして待つのが最悪の部分だ。いうまでもなく哀れなティモンズ氏は空腹で、のどの渇きにも悩まされているはずだ——夫婦が食事と水の供給をやめてから、もう三日になるからだ。やめたのは、ティモンズ氏が最後の小切手にサインをし、その小切手でティモンズ氏の口座が空っぽになった直後だ。財布のほうは最初にすぐ空っぽにした——中身はほぼ二百ドル。いまのように深刻な不況の時世に二百ドルは大当たりだ。おまけにティモンズ氏の時計を売れば、この稼ぎにさらに二十ドルばかり上乗せさせられそうだ（ただし夫人には、いささか楽観的すぎるのではないかという自覚もあった）。

ティモンズ氏がオルバニー・ナショナル銀行にもっていた当座預金は、まぎれもない金脈だった——総額八百ドル。そしてティモンズ氏はひとたび空腹になると、喜んで何枚もの現金引き出し用小切手にサインをしたばかりか、小切手のしかるべき箇所にぬかりなく《業務上経費》と添え書きもした。ひょっとしたらニューヨーク出張から父親がいっこうに帰ってこなくなったいま、この口座の金をあてにしている妻や子供たちがどこかにいるのかもしれないが、エンダビー夫人はそのあたりに思いを馳《は》せることを自分に禁じた。それよりも、ティモンズ夫人にはオルバニーのお屋敷街に居をかまえるパパとママ——ディケンズの小説から出てきたような裕福で気前のいいご夫婦——がいると夢想していたかった。そんな夫婦なら、実の娘のティモンズ夫人をお屋敷に迎え入れ、子供たちともども面倒を見ることだろう——そして子供たちは愛らしい男の子たちで、カッツェンジャマー・キッズのハンスとフリッツのようなわんぱく小僧かもしれない。

「こっちの漫画じゃスラッゴが隣家のガラスを割って、それをナンシーのせいにしてるぞ」エンダビー氏はくすくす笑いながらいった。「スラッゴとくらべたら、カッツェンジャマー・キッズはちびっこ天使だな」

「スラッゴの帽子の趣味のわるさといったら！」エンダビー夫人はいった。

クロゼットからまた〝どすん〟と音があがった。餓死寸前の状態にあるはずの男が出すにしてはかなり大きな音だ。しかし、ティモンズ氏は大男だった。夕食時のワインに催眠剤の抱水クロラールをたっぷり入れたのだが、それでもエンダビー氏は組み伏せられかけた。エンダビー夫人も加勢するしかなかった。ティモンズ氏がおとなしくなるまで、氏の胸の上にすわりこんでいたのである。淑女らしからぬ行動だったが、いたしかたなかった。あの夜は三番街に面している窓は閉まっていた——エンダビー氏が客人を自宅での夕食に招く夜の例に洩れることなく。エンダビー氏が客人と会うのは酒場《バー》だ。もとよりエンダビー氏は社交的だし、この街に単身でやってきているビジネスマンを選びだすことに長《た》けていた——それも、氏とおなじく社交的で、新しい友人をつくることを楽しむ人間を。とりわけ、あれこれの事業の新規顧客となってくれそうな新しい友人をつくりたがっている人物を。エンダビー氏はそういった人物を相手が着ているスーツから見抜くほか、金時計の鎖を見逃さない目もそなえていた。

「悲しい知らせだ」エンダビー氏がひたいに一本の皺《しわ》を深々と刻みつついった。

ピアノ椅子にすわるエンダビー夫人は体をこわばらせ、夫に顔をむけた。「どうなったの?」

「無慈悲なるミン皇帝が、フラッシュ・ゴードンとデイル・アーデンの両名を惑星モンゴのラジウム鉱山に閉じこめたよ。鉱山のなかには、鰐《わに》そっくりの怪物がいて――」

ここにいたって、クロゼットから泣き叫ぶ声がかすかにきこえてきた。防音設備がととのった狭苦しい空間のなかでは、哀れな男の声帯が裂けてもおかしくないほど大きな悲鳴にちがいない。だいたいどうしていまもまだ、あんな大声で吠《ほ》えられる体力が残っているのか? ティモンズ氏はこれまでの五人の最長記録をさらに一日伸ばして、いまなお生存中だ。おぞましいとしかいえない生命力が、エンダビー夫人の神経をしだいに蝕《むしば》んでいた。できれば今夜じゅうにティモンズ氏の命が消えることを、夫人はかねてから願っていた。

ティモンズ氏を包みこむ予定のカーペットはすでに夫婦の寝室に用意してあったし、側面に《エンダビー商会》と書いてあるパネルトラックはすぐ近くの駐車場にあって、ガソリンは満タン、いつでもニュージャージー州の広大な松林《パイン・バレンズ》にむけて出発できる準備がととのっている。かつてふたりが結婚したころ、エンダビー商会はたしかに存在していた。しかし二年前、この恐慌が――ジャーナル・アメリカン紙が〝大恐慌〟と呼ぶようになった不況が――エンダビー商会の息の根をとめた。いまふたりは、新しい事業をすすめていた。「デイルは恐怖にふるえてるよ」エンダビー氏は漫画の内容を話しつづけた。「フラッシュはそんなデイルを励ましてる。ザーコフ博士がかならず――」

いよいよ〝どすん〟の連続攻撃がはじまった――連続十回、いや十二回になったか。そのうえあの悲鳴がいっしょにあがっていた。くぐもっていたとはいえ、背すじの寒くなる悲鳴だった。ティモンズ氏の唇に血の小さな粒が浮かび、拳の裂けた皮膚からも血がしたたっているようすが、エンダビー夫人には想像できた。さらに夫人には、ティモンズ氏の首が痩せて腱《けん》ばかりがやけに目立ち、前はふっくらしていた顔が痩せて長くなっているようすも想像できた――そんなふうになるのは、ティモンズ氏の肉体が、みずからの生存のために体内の脂肪や筋肉をがつがつと貪っているからだ。

いや、そんなことはない。たとえ生存のためでも、肉体がおのれを食らうことはできないのではなかったか。骨相学なみに非科学的な考えだ。それにしても、いまごろあの男はどれほどの渇きに苦しめられていることか！

「もう我慢の限界よ！」夫人はいきなり声をあげた。「あの男がひたすら、ひたすら、ひたすらあんなことをつづけているのが、もう我慢できない。どうして、あんなに体力のある男を連れ帰ってきたの？」

「それはね、体力ばかりか金もたんまりもっていたからだ」エンダビー氏は穏やかな声で話した。「ふたりで酒をお代わりしたときにあの男が財布をひらいたので、裕福だとわかった。そんなティモンズ氏がもたらしてくれたもので、わたしたちは三カ月は生きていける。節約すれば五カ月はもつだろうね」

どすん……どすん……どすん。エンダビー夫人はわずかにくぼんでいるこめかみに指をあてがって揉《も》み立てはじめた。

エンダビー氏は同情をたたえた目を妻へむけた。「きみが望むのなら、わたしがあれをおわらせようじゃないか。どのみちあの状態では、それほど激しく抵抗するはずはないし、これだけ騒いで体力を浪費した直後ならなおさらだ。きみのいちばん鋭い肉切り包丁で、手早くすっぱり切るだけですむ。もちろん、わたしがそっちの仕事をすませたら、あと始末はきみがやるんだよ。それでこそ公平というものだね」

エンダビー夫人は衝撃もあらわな顔で夫を見つめた。「わたしたちは盗人かもしれない。でも人殺しではないわ」

「もしわたしたちがつかまれば、世間の人はそうはいわないだろうね」口調こそ申しわけなさそうだったが、しかしエンダビー氏はきっぱりといった。

エンダビー夫人は、赤いワンピースの膝においた両手を関節が白くなるほど強く握りしめ、まっすぐ夫の目をのぞきこんだ。「わたしたちが被告人席に立たされたら、わたしは堂々と胸を張って判事と陪審にいってやる――わたしたちは環境の犠牲者にほかならない、と」

「そんなきみは、さぞかし説得力たっぷりだろうね」

クロゼットの扉の反対側からまたしても〝どすん〟と音がして、また叫び声がきこえた。おぞましい。あの男の生命力を形容するとすれば、この語がふさわしい。おぞましいという語が。

「しかし、わたしたちは殺人者ではないんだよ。わが家の客人たちは、だれもが耐え抜く力をそなえていないだけだ――この恐ろしい時代の多くの人々と変わるところはないね。わたしたちは客人を殺したりしない――客人がだんだん衰えて消えていくだけだ」

そして、エンダビー氏がもう一週間以上も前にバー〈マクソーリーズ〉から連れてきた男の口から、またしても悲鳴があがった。ただの悲鳴ではなく言葉だったのかもしれない。言葉だったとしたら、それは《どうかお慈悲を《フォー・ザ・ラブ・オブ・ゴッド》》という懇願だったのかもしれない。

「どのみちもう長くはあるまいよ」エンダビー氏はいった。「たとえ今夜はもっても、あしたには……ね。それに、これからしばらくは次の仕事をしないでもすむ。それからもうひとつ……」

エンダビー夫人は両手を握りしめたまま、先ほどとおなじ一心な目を夫へむけた。「あとひとつ……なにかしら？」

「きみのなかにはこれを楽しんでいる部分がある。といっても、いまのこの段階を楽しんでいるわけではない。きみが楽しんでいるのは、客人をつかまえるその瞬間だ――ハンターが森で野生の獲物をとらえる瞬間のように」

エンダビー夫人はこれに考えをめぐらせた。「ええ、そうかもしれない。それにお客さまの財布になにがはいっているのかを確かめる仕事は本当に楽しんでる。わたしと弟がまだ幼かったころ、パパのお膳立てで遊んだ宝さがしゲームを思い出すから。でも、そこからあとの段階は……」夫人はため息を洩らした。「ただ待っているだけというのは、どうにも不得意なの」

またしても〝どすん〟。エンダビー氏は新聞の経済欄をひらいた。「あの男はオルバニーから来たのだし、オルバニーから来た人間はそれ相応の報いを受けるものだよ。なにか弾いてくれるかな？　そうすればきみの気も晴れるだろうね」

そこでエンダビー夫人はピアノ椅子から楽譜をとりだし、〈きっとわたしは変わるはず《アイル・ネヴァー・ビー・ザ・セイム》〉を弾いた。次に〈いまは踊りたい気分《アイム・イン・ア・ダンシング・ムード》〉と〈今宵の君は《ザ・ウェイ・ユー・ルック・トゥナイト》〉をつづけて弾いた。エンダビー氏は拍手をして、最後の曲のアンコールをせがんだ。曲の最後の一音が消えていくころ、防音設備をほどこされているうえに特別に補強された構造になっているクロゼットからは、もう〝どすん〟の音も悲鳴もきこえなくなっていた。

「音楽！」エンダビー氏は賞賛口調でいった。「音楽は、野蛮な野獣をおとなしくさせる効力があるのだね！」

この発言にふたりはくつろいだ気分で笑い声をあげた——それは、結婚生活も長くなり、相手の考えを知りつくしたふたりがあげる笑い声そのものだった。

映写技師ヒーロー

ジョー・R・ランズデール

JOE R. LANSDALE

さまざまなジャンルを書き分ける多彩な作家で、エドガー賞、スパー賞、10度のブラム・ストーカー賞、英国幻想文学賞など多数の賞を受賞。作品のいくつかは映画化され、またテレビドラマ・シリーズの原作にもなっている。テキサス州グレードウォーターの生まれ。現在は夫人のカレンとピットブル、猫とともに、テキサス州ナコドチェスに住んでいる。

訳

鎌田三平

SANPEI KAMATA

NEW YORK MOVIE, 1939

映写技師なんて気楽な商売だと思っているような連中は、映写機のプラグをコンセントに差しこむだけで仕事がすむと考えているんだ。正確にタイミングを計ってフィルムのリールを取り換えて、途切れなく、がたつきもなく映画が続くようにしなけりゃいけない。ちゃんとやらないと、フィルムの端が巻き取りリールを叩《たた》いて、映画の一番いいシーンがどっかへ行ってしまう。それか、フィルムが止まって、ライトの熱で燃えだしたりするんだ。そうなったら、下の客席の連中がみんな騒ぎだして、映画館商売は大変なことになり、こっちも騒ぎが上の耳に入ったら大変なことになる。映画が止まってしまえば、観客の騒ぎは上まで届くに決まっている。

自分ではそんなヘマをしたことはあまりなかった。フィルムの端がリールを叩いたことが二、三度、フィルムを焦がしたことが一度だけあった。だけど、そいつはこっちに届いた時にはもう変になっていたやつなんだ。雑な巻き方をされて中でフィルムがねじれていたんだけど、映写機にかける時にはそれがわからなかった。あれはおれのミスじゃない。それはボスもわかってくれた。

でもまあ、気をつけなきゃいけないことだ。

映写技師は、溝掘り工事みたいな肉体労働とはちがうんだ。高校を卒業してないから、溝掘りもしたことがある。学校は残り一年ちょっとだったんだけど、続けられない事情があったんだ。卒業証書がなけりゃ、働き口なんて限られてしまう。

とにかく、いつかは高校に戻って、テストを受け、卒業するつもりだったけど、戻らずじまいだった。だけど、すぐにちょっとだけ金を稼げるようになって、映画を観《み》に行った。映画館の上の映写室ではバートさんという年寄りが働いていた。その人のことは親父《おやじ》の知り合いだったから知っていた。親しいわけじゃなかったんだが。おれがバートさんの仕事場に上がって顔を出したら、バートさんが中に入れてくれて、映写室からただで映画を観られたんだ。バートさんはほんとにいい人だった。おれのためにいろいろしてくれた。守護天使みたいだった。おれに仕事も教えてくれた。

映写室にいる間、二本立てを通しで上映し、また最初から始める時はどういうふうにやるか、バートさんは教えてくれた。だから、あの人が辞めて、あとは社会保障費だけで暮らしていこうと考えた時に、おれが採用されたんだ。その時は二十五になっていた。それから五年勤めている。

この仕事のいいところは、ただで映画を観られるってことだ。まあ、一回観れば充分って映画もあるが。もし『掠奪《りゃくだつ》された七人の花嫁』をもう一度観なけりゃならないとなったら、わが身が哀れで気を失うかもしれないな。ああいう歌の入った映画は好きじゃない。

画面を見ていなくても、音声は何度も何度もくりかえし耳に入ってくる。だから、映画が一週間以上もロングランしたら、まるで人間蓄音機みたいに、最初から終わりまでセリフを言えるようになってるんだ。映画の中で男が女に言っている、うまい言い回しの決めゼリフを使ってみたことがあるけど、役に立たなかった。

おれはハンサムじゃないけど、ヒドい顔でもない。問題は、女の子と気楽につきあえないってことだ。ただもう苦手なんだ。つきあい方を教わったこともないし。おれの親父はモテた。ウェーブのかかった黒い髪と、きりりとした顔つきで、輝く青い目だった。肉体労働のおかげで体つきも立派だった。女はみんな親父に夢中になった。親父は欲しい女を手に入れてしまうと、そのうち飽きてきて、それはおふくろの場合もそうだった。それで目移りがはじまる。たしかに、親父は女をベッドに誘いこみ、小遣いをまきあげるのがうまかった。親父は女にとっては理想の存在だった。あいにく、実際はそうじゃなかったけど。

親父はいつも言っていた。「女ってものは、だな。年がら年中発情してるやつらと、そうじゃない女もいるんだ。だけど、そいつらとだってヤれる。とにかくホメてホメてホメまくりゃいいんだ。女ってのは、どんなウソでも本気にしちまうんだからな。そうなりゃお望みのものが手に入るって寸法よ。征服すべき山ってやつはどこにだってあるんだ」

親父はそういう男だったんだ。

バートさんはいつも言っていた。「うまいこと言って女の下着を脱がせちまうような男は、そんなことばかりで頭がいっぱいなんだ。他にはなにも考えてない。そんなことはあっちゃならないことだ。わしとミッシーは、五十年連れ添っている。だけど、いっしょになった時に、決して相手の裸を見たくて焦ったりはしなかったし、今でも朝食のテーブルでおたがいの顔を見ていたいんだ」

バートさんが教えてくれた女性についてのアドバイスはこんな簡潔なものだった。

まあ、他にもあったんだ。これもいつも言っていたことなんだが、「女の子が何を考えているのかって頭をひねっていてもしょうがないぞ、わかりっこないんだから。それで言えば、女の子のほうだって、おまえさんが何を考えているのかなんてわかりっこない。だから、おたがいさまなんだ」

だけど問題は、おたがいさまになるような相手が今まで誰もいなかったことだ。おれの人生なんてそんなものだと思っていた。「しゃんとしろ、カートライト。背筋を伸ばすんだ。年寄りじゃないんだからな。何がなんでも、相手と目を合わせるんだ」バートさんはよくそう言っていた。

自分でもどうしてだかわからないが、おれはすぐ猫背になる。背が高いせいかもしれない。六フィートと六インチあって、痩せてひょろひょろなんだ。自分でも気にはしてるんだけど、肩の上に嫌な記憶がどっしりのしかかっているような気がする時もある。

ある晩、ローウェンスタイン支配人が新しい案内嬢を雇った。すてきな娘だ。赤い制服を着ていた。いつも赤だ。映画館の中ではあちこちに赤がある。椅子の背にも赤い布が張ってある。ずっと前から背もたれの上がベトベトになっている椅子もある。若い連中がヘアオイルまみれの頭をこすりつけるせいだ。ステージにかかる幕、それも赤だ。幕が開く時の感じはなんとも言えない。そうして幕が開くと、おれが映画を上映できるってことだ。幕が開くところを見てるのが好きだ。気持ちがいいし、妙にワクワクするんだ。前にバートさんにそう打ち明けたことがある。笑われると思ったけど、バートさんは「わしもそうだよ、坊主」と言ったんだ。

土曜の朝には、漫画映画の上映の前に、ピエロとか、曲芸師とか、ドッグ・ショーとか、下手な奇術師とかが出てくることになっていた。舞台に上がって演技をするんだけど、子どもたちは騒ぎ出して、わめいたり、ポップコーンやキャンディを投げつけたりする。時には舞台の上で犬がうんちをしたり、ピエロの一人が自転車から落ちて客席の最前列に転げ落ちたり、曲芸師がバトンを投げそこねて自分の頭の上に落としたりする。子どもたちは演技よりもそっちのほうが喜ぶ。本当に人間っておかしなもんだよな。だって、恥ずかしい失敗とか、痛がるようなことを笑いのネタにするんだから。

おっと、案内嬢のことだったよな。サリーって名前で、あの子に比べたら映画の中の女優なんて残り物のサンドイッチみたいなもんさ。ほんとに美人なんだ。おれより、そう六つか七つ歳下で、金髪の長い髪で、顔なんて陶器の人形みたいにすべすべなんだ。仕事中に着るよう映画館からあてがわれている赤い制服を別にして、彼女はほとんど洗いざらしの服を着ている。映画館に来てから着替えをして、お化粧もするんだ。彼女が赤い服を着て、ハイヒールを履いて現れると、赤鼻のトナカイみたいにあたりがパッと明るくなる。赤い服はローウェンスタイン夫妻が用意したものだ。奥さんが仕立てをしてるんだが、おどろくなかれ、ピッタリなんだ。悪い意味で言ってるんじゃないが、あんまりピッタリしているもんで、日焼けでもしたら、その分がはみだしそうなくらいなんだ。

ローウェンスタインさんは六十五ってところで、はじめはキャンディカウンターの中に立っている。おれもそこにいて、映写室に持っていくホットドッグとドリンクを手に入れる。それがおれの毎日の昼食と夕食というわけだ。タダだから。カウンターの向かいにはピエロや曲芸師やドッグ・ショーの連中が着替えに使う控室があって、映画館が開場する昼の直前には、その控室からサリーが出てくる。サリーは例の赤い制服とハイヒールで、金髪が肩のところではずんでいて、こっちに向かってニッコリ笑うんだ。

おれは足の力が抜けそうになる。彼女が仕事をするために観客席のほうへ行ってしまうと、ローウェンスタインさんが言った。「モードに言って、あの服をちょっとゆるくしたほうがいいな」

おれは何も言わなかったが、ゆるくしないほうがいい、と思っていた。

映写室に上がっている時は毎日、サリーのことを見ていた。サリーは幕のそばの、赤い電球の近くに立っている。電球はそんなに明るくはないけど、トイレや売店に行きたい人にとっては、転んで足を折らずに歩いていけるくらいの明るさはあった。

サリーの仕事は客を席まで案内することなんだが、客は好きな席に勝手に座ってしまうもんだから、それもバカバカしい話だった。映画館にとって、彼女は追加費用みたいなもんだ。だけど、ローウェンスタイン夫妻にとっては、ティーンエイジャーを山ほど惹《ひ》きつける灯台みたいなもんだろう。結婚してたって、遠慮もしないで彼女を眺めている男たちがいるはずだった。とにかく彼女はすてきだった。そんなわけで、おれはいつも彼女を見つめていた。映写室から、ただ見ていた。退屈するといつも、客席の最後列を上から覗《のぞ》いた。若いカップルが何組もイチャイチャやってるんだ。だけど、いつも悪いことをしているような気がした。覗いてることがだよ。それに映画館でそんなことをしているのも悪いことだと感じていた。ただの嫉妬かもしれないけど。

そんなわけで、おれは映写室にいる間、ずっとサリーのことを見ていた。彼女は毎晩の自分の定位置に立っていた。あの赤い電球の明かりで、金髪が赤みがかって、赤い制服はいっそう赤く見えた。彼女の姿を見つめるのに夢中になりすぎて、一度だけ、ほんとうにたった一度だけ、フィルムのリールを交換するのを忘れて、映画がおかしくなってしまったことがあった。慌ててリールを取り替えて、続きを上映したんだけど、下の観客はみんなぶつぶつ言ったり、文句を言ったり、なんやかやとうるさかった。

ローウェンスタインさんはご機嫌ななめで、その夜遅くお小言を食らった。彼の言うとおりだし、他意がないのはわかっていた。たまたま失敗しただけで、おれがきちんと仕事をしているのもわかってくれていた。だけど、ローウェンスタインさんの言うとおりなんだ。仕事中はもっと気をつけなければいけない。でも、サリーを見ていたのを後悔はしていなかった。

　このお小言のすぐあとで、ちょっとしたことがあった。ローウェンスタインの奥さんはとっくにチケット売り場を閉めて、ご主人より前に家に帰ってしまっていた。奥さんは自分の車を持っていたんだ。それで、おれとローウェンスタインさんは売店のカウンターの中にいて、おれは仕事の報酬の一部としてドリンクを飲もうとしていた。で、サリーは控室から出てきたところだった。彼女は着古した小さな花を散らした柄のゆったりした服に着替えていた。彼女がニッコリ笑いかけているのはおれなんだと思いたかった。おれのほうを見てくれた時には、背筋を伸ばすようにしていた。

　その時、入り口のガラス扉を抜けて男が二人入ってくると、カウンターにやってきた。ほんとうなら、二人が入ってくる三十分前には、いつものように、おれが表の扉に鍵をかけているはずだったんだ。だけど、この時は自分のドリンクを用意していたものだから、まだ鍵をかけていなかった。

　手順では、表の扉に鍵をかけてから、おれとローウェンスタインさんと、サリーがまだ帰っていない時は彼女も、いっしょに裏口から出る。そして、ローウェンスタインさんが裏口の鍵をかけるんだ。その時にきまって、「乗っていくか？」と訊いて、おれは「いいえ、歩きます」って答える。

　サリーもいっしょにいる時は、ローウェンスタインさんは彼女にも同じことを訊く。

サリーも歩いて帰ると答えるんだ。おれとは逆方向だけど。

毎晩、同じ会話をくりかえした。

おれは歩くほうが好きだった。一度、車に乗せてもらったことがあるんだが、ローウェンスタインさんの車は葉巻の臭いがひどくて、気持ちが悪くなった。おれの親父も葉巻を吸っていて、それと同じ安っぽい臭いがいつまでもつきまとうんだ。服に煙の臭いがしみつくと、一度洗濯したくらいじゃ消えない。

とにかく、鍵がかかっていなきゃいけない扉に鍵がかかっていなかったせいで、男たちは中に入ってきた。鍵があろうがなかろうが、あいつらはどうしたって入ってくるような連中だったんだけど。

一人は青い服を着た、消火栓みたいにガタイのいいやつだった。かぶっている黒い帽子の縁を、街でよく見かけるみたいにちょっとずりあげていたが、すこし間が抜けて見えた。だけど外見で判断すべきではないと思った。夜中にベッドに寝転がって電気がどんな働きをするのかとか、ドアの開き方の仕組みとか考えているような、そんな男じゃないという雰囲気がにじみ出ていた。もうひとりのほうは、瘦せて背が高く、静かな感じだった。服も帽子も褐色で、ズボンの片脚の裾がくるぶしのあたりでふくらんでいた。小型の拳銃とホルスターをくりつけているみたいに。

二人は笑顔で近づいてきて、背の高いほうがローウェンスタインさんに向かって言った。

「われわれは地域保護委員会の者です」

「なんて委員会だって?」ローウェンスタインさんが訊いた。

「名前なんて気にするなよ」背の低い、ごついほうが答えた。「口を閉じて、おれたちが提供するサービスのことを聞いてりゃいい。おれたちはあんたを保護してやろうっていうんだ。誰かがやってきて映画館に放火したり、泥棒したり、暴れまわったり、そういうことからきちんと保護してやるんだよ。そんなことが起こらないようにな」

「保険なら入っていますよ」ローウェンスタインさんが答えた。「長いことここで商売していますが、問題はありません」

「そうじゃない」背の高いほうが言った。「あんたはこういう保険には入ってないはずだ。あんたの保険じゃカバーしてくれないことがどっさりある。そういう、ありがちな危険も、この保険ならしっかり防いでくれるわけだ」

そこまで聞いて、おれもローウェンスタインさんも、連中が何を言っているのかようやく飲みこめた。

「いいかね、あんたが割当分を払わないとする」背の高いほうが言った。「この街区の連中、商売をしている連中には先週、皆さんに払ってもらって、あとはあんたのところだけなんだ。あんたが払わないと、唯一の未納者ってわけだな」

「うちにはかまわないでくれ」ローウェンスタインさんが言った。

のっぽのほうが、ゆっくり首を横に振った。「そいつはあんまりいい考えとは言えないね。物事は一晩どころか一呼吸の間にガラッと変わるもんだ。こんなすてきな映画館に事故が起こってほしくないでしょう。いいですか、旦那、今日のところは引き下がって、来週の火曜には戻ってきます。それでほぼ一週間、じっくり考える時間ができるわけだ。だが、火曜が過ぎて、そうだな、一週あたり百ドルの金がいただけなければ、われわれの保護が受けられないと宣告せざるをえないなあ。保護がないとなると、おたくの映画館はどうなっちまうか、見当もつきませんな」

「すぐにわかるだろうさ」ごついのが言った。「五セント硬貨貯金をはじめたほうがいいぜ」

　連中が入ってきた時に、サリーは足を止めていた。そのまま少し離れたところで話を聞いていた。ごついのが彼女を見た。

「この可愛《かわい》い子が着ている古着がビリビリになるのを見たくはねえだろう。言っとくけどな、お嬢ちゃんよ、おまえさんが味わうのはちょっとしたご馳走《ちそう》だぜ」

「この娘にそんな口をきくな」ローウェンスタインさんが言った。

「おれは自分の好きなように口をきくんだよ」ごついのが言った。

「一度しか説明しませんからね」のっぽが言った。「不愉快なことはお嫌いでしょう。毎週百ドルずつ払っていただければ、すべてうまくいくんですよ」

「そうなんだよ」ごついのが言った。「うまくいくんだよ」

「百ドルは大金ですよ」ローウェンスタインさんが言う。

「そんなことはねえ」ごついのが言った。「安いもんよ。この映画館と、おまえさんと、雇い人、いやあの太ったおばさんはおまえのカミさんか。それにこのかわい子ちゃん、その薄ノロなんかが、どんなことになるか考えてみろよ。修理したり治療したり、けっこうなカネがかかるぜ。カネじゃどうにもならねえことも起こるかもな」

男たちがたっぷり時間をかけて映画館を出ていくと、サリーが近づいてきた。「ローウェンスタインさん、あの人たちの話、なんだったんでしょう？」

「あれはゆすりなんだよ。気にしなくていいんだ。だけど、今夜はふたりともわしが送ろう」

ローウェンスタインさんはそうしてくれた。おれたちは厚意に甘えることにした。サリーの後ろの後部席にすわると、葉巻の煙を透かして、彼女の髪の香りが漂ってきた。

その晩、自分のアパートで、今日来た男たちのことを考えた。あいつらはおれの親父とかなり通じる雰囲気を持っていた。怒鳴り散らすが、口先だけじゃない。いくらでもひどいことができる連中だ。おれはローウェンスタイン夫妻と、それにもちろんサリーのことが心配になった。ほんとのことを言えば、おれ自身のことも。

次の日、いつものように仕事に行った。昼に映写室でかぶりつくつもりのホットドッグを用意していると、サリーがやってきて訊いた。「昨夜の人たちだけど、危ない人たちなの？」

「わからない。でも、危ないことをするような連中だ」

「わたしにはこの仕事が必要なの」と、サリーが言った。「辞めたくないけど、ちょっと怖いの」

「わかるよ。おれもこの仕事が必要なんだ」

「辞めない？」

「もちろん」おれは答えた。

「わたしのこと、気をつけていてくれる？」

そいつは、スズメにタカと喧嘩《けんか》してくれと頼んでいるようなものなんだが、おれはうなずいて、「絶対に」と答えた。

サリーには、ここの仕事はあきらめて、他で勤め口を探したほうがいいと言うべきだった。物事はもっと悪くなるかもしれないんだから。悪いことなら、ちょっとは見てきたんだ。

だけど、おれは自分本位だった。サリーにそばにいてほしかった。いつでも見えるところにいてほしかった。それでも頭では、おれにはサリーを守るために何一つできないとわかっていた。善意だけじゃどうにもならないこともあるとわかっていた。地獄への道は善意で敷き詰められているっていうのが、バートさんがよく言うセリフだった。

その晩、仕事を終えて、サリーが歩いて帰ろうとしたので、おれは声をかけた。「送っていこうか？」

「方角が反対だわ」

「かまわないよ。きみを家まで送ったら、歩いて帰ればいいんだから」

「わかった」とサリーが答えた。

歩きながら、サリーが訊いた。「映写技師の仕事は気に入ってるの？」

「もちろんさ」

「どうして？」

「まずまずの給料、タダのホットドッグ」

サリーは笑った。

「映写室にいるのが好きなんだ。映画を全部観られる。映画が好きなんだ」

「わたしも」

「ちょっと変わってるだろうけど、人目につかない感じも好きなんだ。なんていうか、映写室では少しは一人ぼっちだけど、あんまり孤独でもないんだ。たまに映画を観すぎてうんざりしたり、好きじゃない映画だったりする時は、本も読む。あんまり速くは読めない。一冊読むのに何カ月もかかっちゃう」

「雑誌や本はよく読むわ。パール・バックの『大地』も読んだ」

「すごいね」

「読んだことあるの？」

「いいや。でも、きみが読んだって、すごいね。いい本だって聞いたことがある」

「よかったわよ」

「どっちかって言うと、挿絵のあるやつがいいな」おれは言った。「あまり長いこと筋を追えないんだ。一、二時間が限界。映写室が気に入っているもうひとつの理由は、ああいう高いところにいるのが好きなんだ。あそこでお客さんを見下ろして、おれが映写している映画の中の俳優たちを見ていると、みんな自分のものみたいな気分になるんだ。まるで神様かなんかみたいで、映画や、俳優たちや、連中がやっていることは、おれが手を貸してやらないと実現しないんだ。こんな考え方ってちょっと変かな?」

「ちょっとだけ、ね」サリーは答えた。

「おれは毎週、何度もくりかえして、映画の中の人たちを生かしてやって、動かしているんだ。おれにとっては、今までの人たちはもうこの世にいないんだ。だけどほら、また責任を持たなくちゃいけない新しい人たちが現れる。フィルム缶に入ってやってくるんだ。映画の中の人間たちがすることを変えさせられはしないけど、おれがいなきゃ、何も進まない。こっちがスイッチを入れてやって、はじめて映画の中で動いていられるんだ」

「ユニークな見識ね」サリーが言った。

「ケンシキだって? いいね。きみの話し方、気に入ったよ」

サリーは恥ずかしそうにした。「ただの言葉よ」

「ああ、でもきみはおれの知らない言葉とか、使ったことのない言葉を使う。おれはいつも、まちがった言葉を使って、誰かに笑われるんじゃないかとびくびくしているんだ。おれは〝保存容器《キャニスター》〟って言うのが怖かった。どんなものかはわかってるのにね」

「気にしないのよ」と彼女は答えた。「わたしだって〝愛好家《アフィシオナド》〟なんて言葉はきちんと発音できないわ。まちがった発音だというのはわかってるけど、正確な発音は知らない」

「その言葉、どんな意味かも知らないよ。どんな勉強をしたらそんな言葉に出くわすのかもわからない」

「少しはがんばって勉強しているの。週末にいくつか講座をとっているのよ。大学でそういうクラスがあるから。教科書に出てきただけよ」

「大学だって？」

「あなたも受講してみなさいよ。おもしろいから」

「でも、カネがかかるんだろう？」

「それだけの価値はあるわ。準学士の資格がとれたら、もっといい働き口が見つかるわ。すぐにも結婚できたらと思っていたけど、まだまだ若いんだからと考え直したの。赤ん坊のおむつを取り替えるより先に、すべきことも、見ておくべきこともあるんだから。それに、周りの男の子たちは、結婚相手としては物足りないわ」

「家庭を持つって、それほどいいこととも限らないさ。そうでないこともあるんだ」

「わたしは家庭を持ちたいわ。いい奥さんになれると思う。でも今すぐじゃない。もうちょっとこのままでいたいな」

　その時にはおれも、家庭も悪くないかなと考えはじめていた。サリーとなら。だけど、ちょうどそう考えていた時に、マージン・ストリートのドラッグストアの前を通りかかって、ガラスに映る自分たちの姿を見てしまった。サリーはまるで女神様みたいだった。それなのに、おれは、そう、細い枝を髪の毛で束ねたみたいに見えた。前にも言ったけど、自分がひどいご面相だとは思っていない。だけど、その時に、はっきりわかったんだ。おれは彼女には釣り合わないと。ドラッグストアはちょうど閉まったところで、若いカップルが二組、店から出てきた。腕を組んで、笑ったり、ほほえみあったりしていた。男の一人がこっちを向いて、サリーとおれを見た。「あいつがどうやってあんな娘を手に入れたんだろう?」と思っているのがわかった。それから連中は向きを変えて、いってしまった。

おれたちはサリーの住んでいるところに着いた。レンガ造りの二階建てだった。いっぱいに電気がついていたわけじゃないが、おれのところよりずっと明るかった。とにかく街灯があったし、明かりがついていて、玄関のガラス扉から中が見えた。廊下の奥に階段があった。

「わたし、上の階に住んでいるの」彼女が言った。

「いいね。高いところだ」

「あら、そうね。あなたは映写室の高いところが気に入っているのよね」

「そうだよ」

「時々、窓から通行人を眺めるのよ」

「おれもお客さんを眺めているよ。映画ほどおもしろくはないけど、一本の映画で二、三回、客席にいるお客さんたちを眺めるんだ。映画が本当におもしろい時はそんなことしないけどね。時々、同じ映画を毎晩観ていてもちっとも飽きない時がある。何も事件が起こらないとわかっている時でも、それでもおもしろいんだ。誰がどんな役か、誰がどんなことをして、どう終わるのかわかっているんだ。本物の人間はそうはいかない。現実では、物事はおれが予想したようには進まない。映画が好きなのは、何がどうなるかわかっているほうがいいからなんだ」

「おもしろいわね」サリーが言った。

サリーがそんなことを本当におもしろいと思ったのかどうか、おれにはわからないが、お天気のこととかなにかを話していればよかった、と思った。映写室で神様気分でいるなんて話じゃなくて。つい馬鹿なことをやっちまうんだ。親父は「おまえは底抜けのバカで、負け犬なんだよ」と、しょっちゅう言っていた。

「さあてね」と、おれは言った。「よし、着いたよ」

「そうね。ありがとう」

「いいってこと」

おれたちは、そこでちょっと、もじもじした。彼女が言った。「明日また会えるわね」

「もちろん。よければ、また家まで送るよ」

「もしかすればね。状況次第ってこと。なにか、あなたに負担をかけすぎているんじゃないかって気がする」

「いいさ。気にするなよ」

玄関の扉を開けてあげると、サリーは中に入っていった。階段のところで振り向いて、おれに笑いかけた。心からの笑顔だったかどうかはわからない。彼女がどんなつもりだったにしても、おれはドキドキした。

おれは笑い返した。

彼女は向きを変えて、戻ってきた。「特定のものをこよなく愛する人のことよ」

「どういうこと？」

「アフィシオナドって言葉のことよ。とにかく、そんなような発音の言葉」

彼女は笑って中に戻っていった。その笑顔がいっそう好きになった。彼女が階段を上がっていくのを、ガラス越しに見ていた。

おれはシャワーを浴びて、髪を乾かしている間、チェストの上の小さな薬品戸棚の鏡を見た。鏡はヒビが入っていた。チェストもそうだ。あちこちヒビが入って、おれが焦がした箇所から傷が広がっていた。

次の朝起きると、バートさんの家に向かった。ミッシーさんは買い物に出ていた。いつもだったら、ミッシーさんに会うのは嬉《うれ》しいんだが、今は彼女が留守だったのでホッとした。

バートさんはおれを家に入れて、コーヒーを淹《い》れ、トーストを勧めてくれた。おれはトーストをもらった。狭い台所のテーブルについて、トーストにバターを塗って、ミッシーさんが作ったイチジクのジャムをのせた。バートさんは家の裏手に一エーカーほどの土地を持っていて、そこにイチジクの木が一本生えている。毎年、春と夏のはじめには、そこで野菜などを育てている。

おれはトーストを食べ、コーヒーを飲んだ。その間、二人とも何も言わなかった。

おれが食べ終わると、バートさんはまたコーヒーを注いでくれ、裏のポーチに出ようと言った。ポーチには座り心地のいい椅子が何脚か置いてあって、おれたちは張り出し屋根の下で並んで座った。

「なんの用なのか言う気になったか？」バートさんが言った。

「映画館に変な連中がやってきたんだ。クズ野郎だ」

「そうか」

「やつらはローウェンスタインさんと、おれと、サリーを脅したんだ」

「サリーって、誰だ？」

おれはサリーのことを教えて、連中が何を言ったか、どんな風体だったか残らず話した。

「どんなやつらかはわかる」バートさんが言った。「だが、そいつらのことは知らないな、わかるか？」

「ああ」

「いいか、坊主、もう昔とはちがうんだ。わしは七十四歳だ。わしがタフガイに見えるか?」

「立派なタフガイじゃないか」

「昔はな……昔なら、なんでも思うとおりにできた。今じゃ、時代遅れの代物さ。仕事を辞めて、他の勤め口を探せ」

「あの仕事が好きなんだ」

「ああ……わかった。わしも気に入っていた。時々、懐かしくはなるが、家にいるほうがいい。家でのんびり『ガンスモーク』を観ているほうが。わしとミッシーはここでたのしくやっている。ミッシーはいろいろ我慢もしてきた。あいつをもうそんな目に遭わせたくない」

「わかった」

「わしが気にしてないってわけじゃないぞ。とても残念だとは思う。だけどな、わしも七十四だ。昔は若かった。それに、もっと刹那的で、おまえもほんとうに若かった……助言がほしいんだったな。さっさと出ていけばいい。じゃなければ、ローウェンスタインさんにカネを払うように言うんだ。わしにできることとなると、そのカネを肩代わりしてやるくらいかな」

「いやだ」と、おれは言った。「出ていくなんてできない」

「おまえ自身の問題だからな、坊主。だが、覚えておけよ。あいつらは悪い連中だ。おまえが見た二人、仕切っているのが三人目、全部合わせて五人というところだな」

「どうして分かるんだい？」

「昔みたいなコネはもうないんだがな。昔っていうのは映写技師をはじめる前のことだ。それでも知ってる顔はいるし、時々は噂《うわさ》も漏れてくる。いいか、こういうのはどうだ？ちょっとばかりわしが訊き回ってみる」

「わかった」

その晩はおれがまだ観たことのない、あるいは覚えていない映画をかけた。リールの交換はちゃんとやっていたが、それ以外の時は、赤いライトを浴びて客席の端に立っているサリーをずっと見ていた。彼女は落ち着かない様子で、きょろきょろしていた。

連中は来週戻ってくると言っていた。あれからまだ三日しかたっていないから、今のところは大丈夫だろう。来週になったらどうしたらいいか、想像してみた。

三日目の晩、営業を終えてから、ローウェンスタインさんが「あいつらにカネを払うつもりなんだ」と言った。

「そうですか」おれは答えた。

「ああ。映画館はうまくいっている。毎週カネを払わなきゃいけないが、あいつらを見たろう、わたしにはどうしようもないんだ。あの翌日に、警察に行ったんだ。連中がなんと言ったと思う？」

「なんですか？」

「カネを払えとさ」

「そんなことを言ったんですか？」

「そうなんだよ。どうやら連中は警察を手なずけているらしい。少なくとも、幹部を何人か。彼らはこの商売の分け前をもらい、警官たちも潤っているんだろう」

実際そうなんだろうとおれも思った。人間てそんなものさ。

その晩、サリーを家まで送って、自分の家に戻るとバートさんが玄関の前に腰掛けていた。脇に小さな木の箱を置いていた。

「おい、坊主。もう帰ろうかと思ってたところだ」

「すいません。サリーを家まで送ってたんで」

「けっこう。恋人ができたんだな。いいことじゃないか」

「そういうのじゃないんです」おれは言った。

「おまえが話してくれた娘だろ？」

「ええ、でもそういうのじゃないんです」

「じゃあどういうんだ？」

「ええと、とにかくそういうのじゃないんです。彼女はおれのことを嫌がってもいないし、邪魔くさいとも思ってない。つまり、いつも優しい態度ですけど、ほら、わかるでしょ。おれはこんなやつだし、あっちは美人で頭もいい。大学の夜間講座にも通っているんですよ」

「今でもか？」

「むずかしい言葉も知ってるし」

「外見はどうだって？」

「とても素敵です」

「むずかしい言葉を知っていて、素敵ならいいじゃないか、坊主。塁に出られるかどうかは、走ってみなければわからないんだ。自信を持て」

おれは木箱に目をやった。

「何が入ってるんです？」

バートさんは箱を軽く叩いた。「わかるだろ」

「ええ、わかると思います」

「聞いて回ったんだ、連中のことを。用心棒商売でこのあたりに入りこんできて、警官にも甘い汁を吸わせてるそうだ。大世帯じゃない。噂じゃ、前に話したように、五人でやってる。連中はもっと大規模な事業に育てるつもりで、いいか、それもありうることなんだ」

「わかりました」と、おれは答えた。「五人だけですね」

「それでも、けっこうな人数だ」

「たしかに。ローウェンスタインさんは、やつらにカネを払うと言ってました」

「それはいいことだ、坊主。そいつが一番いいやり方だ。だけどな、これだけは言っておこう。今から一カ月か二カ月すると、百ドルじゃなくなるぞ。二百ドルになるだろう。絞るだけ絞り尽くしたら、放り出して知らん顔をする。それがやつらのやり方なんだ。やつらはすでに角のキャンディストアを手に入れた。いちどきにほんの数カ所ずつ手に入れて、しまいには道路沿いの店を残らず牛耳ることになる。だが、やつらは成長しているんだ。じきに、四つの街区をまるまる手に入れ、自分らのものにする。それから、さらに支配地域を広げていく。ああいう連中は途中でやめたりしない」

おれたちはしばらく黙りこんでいた。バートさんが立ちあがった。

「昔に戻らなきゃならない」バートさんが言った。「ミッシーには、ちょっと悪さをした時期があったと言ってあるが、かなりのものだったんだ」

「この箱のことは知ってるの？」

「いや。そこは気をつけていた。ミッシーが知ってるのは、おれは悪さもしていたが、足を洗って映写技師になったってことだけだ。わしとおまえのことも、何があったかも知らない。おまえのことは生意気なガキだとしか思っていない。おれがこの木箱を持っていることも気がついていない。いいか、この箱も、その中身もおまえとは関係ない。手を切れ。おれももう一度見たいなんて思ってない。やつらがいるのは通りの外れのキャリア・ビルの最上階だ」

「どうして、そんな名前なんだろう？」

「知らん。だが、やつらはまだそれほど大きくなってないから、用心棒とかそんな連中はいない。やつらだけで企《たくら》んでいるんだ」

おれはうなずいた。

「ローウェンスタインさんは警察と話をした」

「いいか、口を挟まないで、どうすればいいかわしの話を聞け。ちゃんと聞いて、覚えておけ。他の町には他の映画館があって、他の娘が働いているんだ。箱を捨てて、この町を出ていくんだ」

バートさんは去り際におれの肩を叩いた。おれは、両手をポケットに突っこんでよろよろと歩き去っていくバートさんを見送った。


その夜、服を着たまま、靴も履いたままで、ベッドに横になっていた。ベッドの上のすぐそばに木箱を置いていた。

おれは思い起こしていた。おれとふたりで暮らしていた家に、親父がよく女たちを連れこんでいたことを。まだガキだったおれがそばで寝ているのに、そこでやらかしていたことを。

親父にはそれだけじゃ物足りなくて、女たちが出ていったあとで、今度はおれに触ってきた。よくおれに触った。親父は何でもないんだと言っていたが、おれには何でもなくなかった。

そんなことはよくない、気持ちが悪いと文句を言ったら、親父はおれをつかまえて、おれの胸をストーブの火格子に押しつけた。おれは何度も悲鳴をあげたが、おれたちの住んでいたところでは誰も助けに来なかった。誰も気にもしなかった。

バートさんはちがった。あの頃は、バートさんとミッシーもあそこに住んでいた。バートさんは映画館で映写技師の仕事をはじめたばかりで、おれは映写室に入って、おしゃべりをしていた。ある時、おれのシャツに血がにじんでいるのにバートさんが気づいた。親父に火傷《やけど》させられたあとで、かさぶたができていた。そのかさぶたが破れて、血が出ていたのだ。

そういうわけで、バートさんはおれのことがわかったんだ。どうしたのかとバートさんに訊かれて、おれは何もかも話した。シャツの前を開けてみせた。ストーブの火格子の跡が、タトゥーみたいにくっきり残っていた。

バートさんはおれの親父を知っていた。バートさんの話によると、このあたりの、バートさんも知っているような連中に頼まれて、仕事を引き受けているんだそうだ。拳骨《げんこつ》や、時にはそれ以上のものを振り回すような仕事だ。

おれはそれまで、親父が何をしているか知らなかった。聞いたことがなかったし、気にもしなかった。親父が留守の間は、おれ一人だけで幸せだった。親父から離れていられるというので、学校へ行くのも好きだった。だけど、前にも言ったように、卒業する前にやめてしまった。

おれはバートさんに、あの夜、親父が触ろうとしてきて、おれが嫌がると、火傷させられたことを話した。その頃はもう大きくなっていたんだが、親父には勝てなかった。親父はおれを押さえつけて、いつものように、好きなようにした。その時はほんとうに痛かった。親父は、今度さからったら、もっと痛い目にあうぞと言った。ドリスみたいなことになるぞと。ドリスというのはおふくろの名前だ。親父はおふくろは逃げていったと言っていたが、もっとひどいことがあったんじゃないかと前から思っていた。だけど、その時に、親父がなにかしたんだと悟った。

親父はそのあとで、おれをストーブに押しつけた。ストーブを熱くするところを見せておいて、それからおれを押しつけるんだ。しつけだと言って。

親父にあんなことをされたなんて泣き言を言いたくはなかった。だけど、映写室では頭に血が上っていたのでバートさんに話したんだ。親父があんなことをするのは、おれのほうになにか悪いところがあるんじゃないかと感じていた。

「おまえのせいじゃないぞ、坊主。親父だ。悪いのはおまえの親父だ」

「親父を殺そうと思ってる」おれは言った。

「殺されたって当然なだけのことをした。おれはおまえの親父を知っているし、どんなやつかもわかっている。予想以上にひどいやつだったが、それでも、おまえでなんとかできる相手じゃない。おまえも消されちまうだけだぞ、坊主」

結局、おれはバートさんのところに厄介になることになった。親父の家からそれほど遠くはなかった。バートさんは、自分のアパートから、すぐ近くのところへ越してきたばかりだった。やがてバートさんがどこに住んでいるかとか、おれがいっしょだとか噂が流れたんだ。親父は、背が低くて禿頭の男を連れて、バートさんのところにやってきた。背の低い男は帽子をかぶるような男じゃなかった。その時はわからないことが多かった。その帽子なしの男については。

「息子を連れ戻しに来た」親父は言った。

親父は禿頭の男といっしょに、ドアの外に立っていた。バートさんはドアを片手で押さえて、開けたままにしていた。ドア枠の外で見えないようにして、もう片方の手に四十五口径の自動拳銃を握っていた。間にはスクリーンドアがある。おれは見えないように下がって、リビングのガラクタの中に立っていた。おれの位置からは、向かいの壁にある鏡で、成り行きを見ることができた。

「あいつは戻りたがっていない」バートさんは答えた。「休暇みたいなものさ」

「おれは父親だ。息子はおれの言うことを聞く義務があるんだ」

「いいや。あいつにはどんな義務もない」

「警察に行ってもいいんだぞ」

「ああ、行ったらいいさ」バートさんが言った。「警察に行けばいい。だけどな、あの坊主が警察にどんな話をするかな」

「なんだと、話だと?」

「おれがひねり出した話だと思うか?」

「きさまがどう思おうと、どうでもいいんだ。すぐにも出てくるように息子に言え」

「今日は無理だな」

「おれに言わせりゃ、中に入って、ガキを引っ張り出しゃいいんだ」禿頭が言った。

「そう考えるだろうと思っていたよ」バートさんが言った。「おれが思うに、そんなことをしたら、あとでとんでもなく後悔することになるぞ」

「てめえも昔はひとかどの男だったそうだな」禿頭が言った。「だが、今じゃ映画館勤めか」

「おれに関しちゃ、いろんなやつがいろいろ言ってる」バートさんが答えた。「坊主を連れて行こうとしたら、おまえも話のタネができて、その話をみんなに触れて回ることができるぜ」

「いいだろう」親父が言った。「息子は残しといてやる。今はな。だが、あいつは帰ってくる」

「で、おまえは寂しく独り寝か?」バートさんが言った。

「口のきき方に気をつけろよ」と親父。「まあ、自分の身の回りには気をつけることだ」

「タフガイを気取って、スクリーンドアを突き破ってくるんでなきゃ、このまま消えたほうがいいぞ」バートさんが言った。

「汚れた世界に立ち向かうなんて世迷い言を言いやがって」親父が言った。

「そう思うか?」

「てめえみてえにいいカミさんがいて、映画館でつまらねえ仕事をもらってるやつは、そいつを守ろうと必死だよな」

バートさんの体がこわばった。

「わしを脅迫して、うまくいったためしはないぞ」

「おれたちはな」禿頭が言った。「てめえが突っぱらなくてもすむようにしてやろうとしてるんだ。さもねえと、てめえの言う脅迫とやらが、お約束に変わっちまうぜ」

「それなら、待ってることはないだろう」バートさんは、連中に見えるように拳銃を持ち直した。「入ってこいよ」

バートさんは拳銃の銃身でスクリーンドアの掛け金を押し上げた。

「ご招待申し上げてるんだぜ」バートさんが言った。

「こっちには時間があるんだ」親父が言った。「時間もあるし、やり方もいろいろだ。てめえはとんだ泥沼に突っこんじまったな」

「ことが済んだら、泥沼に突っこんだのがどっちかわかるさ」バートさんが言い返した。

親父と禿頭は背を向けて行ってしまった。おれは出ていって、ドアのそばに立った。二人は車に乗りこんだ。ハンドルを握るのは禿頭の男だった。親父はサイドウインドウからこっちを見た。おれを見ると、ライオンみたいに笑った。

そのあと、おれは長椅子で眠っていて、ミッシーとバートさんは自分たちの部屋にいた――とおれは思っていた。だけど、寝返りを打つと、部屋の奥に木箱を持ったバートさんがいて、箱から何かを取り出し、それをコートのポケットに入れて家を出ていった。おれは起きて服を着ると、木箱のところへ行って、中を覗いた。箱の底には布が敷き詰めてあったが、他には何も入っていなかった。

玄関を滑り出ると、通りに出て、生垣の向こうを見た。バートさんは元気よく歩いていた。おれはバートさんが遠くに行くまで待ってから後を追った。風が強く、霧雨が降っていた。かなり歩いた。

バートさんが曲がり角を曲がって、おれもその角を曲がると、バートさんの姿は消えていた。あたりは住宅街を抜けて、ビル街になっていた。おれはどうしたらいいかわからなくて、しばらく立ちすくんだ。それから気持ちを落ち着けて、大きなビルの向こうまで行って、角から覗いてみた。バートさんは、ビルの扉の前、張り出したせまいポーチに立っていた。上から明かりが照らしていた。バートさんは、何かを摑《つか》んで手を伸ばし、電球を叩き割った。それから、手に持ったもので扉を叩いた。バチンという音がして、すぐにバートさんは中に入って、見えなくなった。

おれはこっそりポーチに近づいたけど、中には入れなかった。その場で耳を澄ませていた。すぐに、誰かが大きく咳《せき》をしたような音がして、それからわめき声と、また咳のような音がした。

しばらくして、扉が外に開いて、おれはポーチから落ちそうになった。出てきたのはバートさんだった。

「おい、坊主。こんなところでなにしてる？」

「ついてきたんだ」

「だろうな」

バートさんは持っていた自動拳銃をかかげて、銃口のサイレンサーを外した。サイレンサーをコートのポケットに入れ、拳銃は別のポケットにしまった。

「行こう、急げ。走ることはないが、のんびりするな」

「やったの？」

「ああ。だが、おまえの親父さんじゃない。親父さんはアパートに戻ってるそうだ。あの禿頭の悪党は、わしにそう答えた」

「訊いたの？」

「ああ。丁寧にな。聞き出してから、やつを撃った。二発くらい。いるなんて知らなかったが、便所からもう一人出てきたんで、そいつも撃った。おまえには正直に話しておくぞ。あいつらは七月の雪みたいに息の根が止まってる。さあ、もう少し早く歩け」

正直なところびっくりしていたが、気分はよかった。つまり、ビルのあの男たち、あいつらは親父とちがっておれになにかしたわけじゃないが、親父の仲間だ。おれが嘘《うそ》を言っていると思ったのかもしれない。火傷も当然の報いだと考えたのかもしれない。あのあたりじゃ、そう考える男も大勢いる。父親の言葉は法律と同じなんだ。やつらは一人残らず、厳格な決まりごとが重要だと思っている。父親に従うか反抗するかのどちらかしかない。

おれたちは親父が暮らしている、おれもいっしょに住んでいたアパートにやってきた。道路からアパートの入口までの通路には、一度も手入れされたことのない生け垣が両側に連なっていた。アパートに入ったら、廊下を進んで、左に曲がれば親父の部屋だ。

生け垣の影の中に立って、バートさんが言った。「ほんとにいいのか、坊主？　死は死だぞ。それに、おまえの親父さんだ」

「バートさん、そんなの知ったことか。どうでもいいさ。親父はおれを連れ戻したら、殺すに決まってる、それはわかってるでしょ。親父にとって、おれなんかどうでもいいんだ。自分の所有物で、好きに使って、捨てるだけさ。おふくろにしたみたいにね。おふくろはいい人だった。今でもおふくろの香りを思い出すんだ。それが、ある日いなくなったのは、親父のせいだ。おふくろは消えた。親父はいる」

「それでも、おまえの親父さんなんだぞ、坊主」

「その点は気にしないで」

バートさんはうなずいた。コートのポケットから拳銃とサイレンサーを取り出すと、銃口にサイレンサーをねじこんだ。「おまえは離れていろ。家に帰れ」

「こういうこと、やりなれてるの、バートさん？」

「しょっちゅうだった。自慢するようなことじゃない。でも今夜は別だ。あいつらとか、おまえの親父さんとかを殺るのは、心が痛むわけでもない。今までやってきたことのいくらかをチャラにできるかな」

「おれもいっしょに行くよ」

「無理するな」

「いや、そうしたいんだ」

おれたちは通路を歩いていって、アパートの戸口に着くと、バートさんは拳銃をおれに渡した。彼が小さなクサビで錠を開ける間、おれはその拳銃をかまえていた。バートさんはドアの木部をこじ開けた。おれは拳銃を返した。おれたちは、まるで幽霊かなにかのように、そっと素早く中に入った。

親父の部屋のドアの前に来ると、バートさんがクサビを取り出し、おれはその手を抑えた。うちではドア枠のひび割れたところに予備の鍵を入れておくことになっていた。鍵がまだそこにあるかどうか、確かめるだけでよかった。鍵は木材と同じ色のパテで隠してある。おれはドア枠に手を伸ばしてパテを剝《は》がし、鍵を取り出した。錠を開ける。

親父がいる気配がした。なんて言ったらいいのかわからないが、とにかく感じられたんだ。親父はベッド脇の椅子にかけて、葉巻を吸っていた。こちらが親父を見たと同時に、親父もおれたちが部屋にいることに気がついた。

「大声を出さないほうがいいぞ」バートさんが言った。

親父は椅子のそばの電気スタンドをつけた。親父の体全体を明かりが照らし、向こうにもこっちが見えた。おれたちは前に出た。

「バート、てめえが来るのはわかってなきゃいけなかったな。おめえがどんなやつかは知ってたし、何をやらかしたかも知ってるぜ」

「わしを脅したのが間違いだ」バートさんが言った。

「おれといたあの男、エイモスっていうんだが、何年も前に、あいつの知ってるガキどものために、おめえがどんなことをしたか、話してくれたぜ。その時は、やつはまだ裏稼業の人間じゃなくて、ただの取り巻きだったんだ。やつの話だと、おめえは伝説の存在なんだとさ。この前、家にいた時のおめえはそんなふうには見えなかったな。ところが、しゃしゃり出てきたわけだ」

「ああ、出てきたぞ」バートさんが答えた。

「どうもうまくねえ成り行きだな。騒いでも、騒がなくても同じか？」

「ああ、そういうことだ」

　その時、親父がいきなり電気スタンドを摑んで、バートさんに投げつけようとした。ところがコードが短かったし、プラグも壁のコンセントから抜けなかった。プラグが抜けないせいでスタンドは空中で止まって、跳ね戻って床に転がった。同時に、親父は椅子から立ちあがった。手にはクッションの下から引き抜いた拳銃を握っていた。

　バートさんが銃を撃った。

　銃口炎が走って、硝煙が鼻を突き、誰かが咳《せ》きこんで痰《たん》を吐いたような音がした。親父が椅子に座りこんだ。拳銃は指に引っかかっている。親父は拳銃を持った手を持ち上げようとしたが、できなかった。鉄骨を持ち上げるのと同じだったろう。

バートさんは親父の拳銃を取り上げ、おれに持っていろと渡した。それから電気スタンドを元に戻した。明かりが重さがあるみたいに親父の顔に降り注いだ。顔は血の気が失《う》せていた。おれは親父を見て、感情を呼び起こそうと思ったが、何も感じなかった。親父がかわいそうだと思わなかったし、罪悪感もなかった。何も感じなかったんだ、その時には。

親父の息は苦しそうで、喉がガラガラいっていた。銃弾が片肺を貫通したんだろう。

「坊主、おまえの気が済むなら、このまま親父さんが死んでいくのを見ていてもいいし、わしがとどめを刺してもいい。好きにしろ」

おれは手の中の拳銃を持ち上げて、親父を狙った。

バートさんが言った。「おい」

おれは動きを止めた。

「サイレンサーがついてないんだぞ」バートさんは、おれの拳銃と自分のを取り替えた。「親父さんは何もできない。ガキの時のおまえが何もできなかったのと同じだ。もう終わりにして、親父さんの勝手にさせよう」

おれは親父に近づいて、頭に銃口を押しつけ、引き金を引いた。

咳のような音がした。

そんなわけで、今おれは拳銃とサイレンサーの入った木箱を持っていた。何年も前のあの晩、バートさんは布巾で親父の拳銃をきれいに拭き、布巾と拳銃を床に落としてきた。

だけど、自分の拳銃は持って帰った、だから、おれは今、それを使って、始末をしなければやならない。身の安全とか、逮捕されるとかいうだけの問題じゃない。それがバートさなりの、もうすべてから手を引いたという宣言なんだと思う。

　親父が死んだあの晩、おれたちは静かにアパートをあとにし、足早に歩いていった。自分たちが何をしたのか、おれも、バートさんもわかっていた。それで充分だった。おれたちは二度とそのことを口にしなかったし、何があったのか、ほのめかすことすらしなかった。

　おれは今まで経験しなかったほどぐっすり眠れるようになった。ようやく自分ひとりだけの場所が持て、ついには映写技師の仕事も手に入れた。何もかもうまくいっていたんだ、あの連中がやってくるまでは。

　これで、また振り出しに戻ってしまった。今度は、自分自身だけじゃなく、サリーとローウェンスタインさんも守るんだ。木箱の中、拳銃とサイレンサーの下に、前にバートさんがドアをこじ開けるのに使ったクサビもあった。その下に紙切れが入っていた。紙には三つの住所が書いてあった。その中の二つのアパートは同じ町内にあった。

　もうひとつの住所は町外れ、ほとんど田舎だ。鉄道線路の近くだった。声高に話されている噂によると、そこに住んでいる連中は、おれの親父みたいなやつららしい。年金ぐらしで、余ったカネで酒と女を買うんだ。口では大きなことを言っても、ちまちました暮らしぶりだとバートさんが言っていた。

おれは拳銃をズボンの前ポケットに入れた。ポケットから突き出した握り部分をシャツの裾で隠し、サイレンサーを別のポケットに入れる。クサビはいつも財布を入れている尻ポケットに入れた。その晩は財布を使う用事はなかった。

歩きだすと、ポケットの中の拳銃と、サイレンサーと、クサビが重く感じられた。最初の住所はおれの家からも、映画館からも遠くはなかった。

家から出ると、歩道を歩きだし、足を止めた。縁石のところに車が止まっていた。見覚えのある車だった。男が車から降りた。

バートさんだった。

「わしもいっしょに行ったほうがいいと思ったんだ」と、バートさんが言った。

そのアパートは安普請の急ごしらえだった。バートさんはおれからクサビを受け取ると、ドアをこじ開けた。中に入っていくと、男が二人、ベッドで寝ていた、裸で。おれは眠っている二人を撃った。バートさんが懐中電灯で二人を照らし、顔を見分けられるようにした。映画館に来た二人じゃなかったが、五人組のメンバーだとバートさんが言った。詐欺師と強盗だと。素早くやったので、二人は死んだことにも気づかなかったろう。

もう一軒のアパートでも、同じように簡単に侵入できたが、誰もいなかった。

気にはなったが、どうすることもできない。

おれたちは町外れの住所まで車で行った。道路際のペカンの林の中に車を駐《と》め、歩いて目的の家に近づいた。家の中には明かりが灯《とも》っていた。そばに他の家はなかったけど、物音が届く範囲には二軒ほど家があった。どちらも暗く、物音もしなかった。

おれたちは窓に近づいて、覗いてみた。男が一人、長椅子に座ってテレビを見ている。男が笑い声を上げるのが聞こえた。テレビの声にヤラセの笑い声がかぶさっていた。この男も映画館に来たやつじゃなかったが、バートさんは五人組の一人だと言った。

開いた戸口から、ローウェンスタインさんを脅迫した二人が入ってくるのが見えた。キッチンから出てきて、二人ともビールを持っていた。

おれたちは窓際から下がった。

「いいぞ」と、バートさんが言った。「この三人を入れて、全部で五人だ。うまいことに、三人いっしょだ。さっきのアパートにいなかったやつをどう捕まえようかなんて頭をつかう必要はなくなった。長椅子にいるのがそいつだ」

「確かなんだね？」

「あいつらのことは知ってる。ちょっと前から目につくようになったんだ。わしが話したことがある、街区で迷惑をかけてるってのは、この連中のことだ。つい最近まで、他の悪党たちのあとにくっついてるような連中だったが、自分たちも取り分をくすねようと動きだしたな。これで全員だ」

「どうしよう？」

「抵抗できないように寝ている間に殺しちまうのが楽なんだが。ことわざでもあるだろう、手に入るもので我慢しろ、って」

「どういうこと？」

「つまりな、こっちの予想より一人多いかもしれないんだ。いったん車に戻らなきゃならない」

おれたちは車に戻った。バートさんはトランクから銃身を切り詰めた二連銃身の散弾銃を取り出した。銃床も削られていた。バートさんは銃の薬室を開けて、トランクのボックスから取り出した二発の薬包を装塡《そうてん》した。それから薬包をひとつかみ、ポケットに押しこんだ。

「こいつが必要ないことを祈ろう。どでかい銃声がするんだ」

おれたちは家に引き返した。

家のそばの藪《やぶ》の中で、一時間ほど待った。おしゃべりもせず、ただ待った。おれは親父の時のことを思い起こしていた。おれが親父の頭に銃口を押しつけ、あいつは銃身越しにおれを見ていた。かなりいい気分だった。それに今夜のあの男たち。知らないやつらだ。あいつらと話したこともなかったが、連中がみんな同じような悪だと思えば、気にはならなかった。もしかすると、おれは自分で望んでいる以上に、親父に近いのかもしれない。

しばらくして、バートさんが言った。「いいか、坊主。連中が寝静まるのを待って、出直してくることもできるぞ。だがそうなれば一人はアパートに帰っちまって、敵がバラけてしまう。それとも、思い切って、今かたをつけるかだ」

「やろうよ」

「リビングには両側にドアがある。裏に回って、両方のドアから一人ずつ入っていけば、連中が何も考えられないうちに、やっつけられる。もうひとつ、わしらが考えたより敵が多くて、そいつも出てきたら、きちんと始末をつけなきゃならないぞ。言ってることはわかるな？」

おれはうなずいた。

「おたがいが向かい合わないようにしろ。そんなのは駄目な隊形だ。どっちかの撃った弾が相手に当たっちまうからな」

そっと裏に回って、バートさんはクサビを取り出すとドアの隙間に打ち付け、引っ張った。ドアは小さな音を立てて開いた。大きな音はしなかった。ともかくテレビから聞こえる大音声より大きな音はしなかった。

中に入ると、バートさんは右、おれは左に曲がった。

おれたちが行動を起こす前に、おれの近くにいる男が、こちらに気づいた。映画館に来た背の高い男だった。男はズボンの裾から足首に留めた拳銃を抜こうとした。そいつはもっといい隠し場所を探すべきだった。おれはサイレンサー付きの四十五口径を撃った。結核のような大きな咳の音がして、男の顔の一部が吹き飛んだ。

その時、バートさんが散弾銃を撃った。片方、それからもう片方。男たちは二人とも死んだ。その体の大部分は壁に飛び散った。屋内で撃った散弾銃は、原爆が二発破裂したような銃声がした。

バートさんはテレビに目をやった。「あの番組は大嫌いだ。ヤラセの笑い声だぞ」

一瞬、バートさんがテレビを撃つんじゃないかと思った。

おれたちは家の裏手からそそくさと出た。ヤラセの笑い声がテレビから響いていた。

ドアに触れたのは例のクサビだけだった。だから、心配するような指紋は残っていない。

離れたところに建っている家にもう明かりがついているだろうと思っていたが、何も変化はなかった。夜中の散弾銃の銃声は、おれが思ったほど大きくなかったらしい。それとも、誰も気にしないのか。

バートさんは自分とおれとの間の座席に散弾銃を置いて、車を走らせた。車はいっそう町から遠ざかり、川に向かった。川岸に下りると、橋の下で車を止めた。車を降り、銃を丁寧に拭く。それから、その銃を川に放りこんだ。クサビとサイレンサーもいっしょだ。

バートさんはおれの家の前の舗道で車を止めた。車を降りようとすると、「ちょっと待て、坊主」

ドア・ハンドルから手を離した。

「よく聞けよ。おまえとわしは絆《きずな》で結ばれている。それはわかるだろう」

「強い絆だよ」

「そのとおりだ。だけど、これからおまえに厳しいことを言うぞ。もう、わしに会いに来るな。いいことじゃない。おまえのためには、できる限りのことをしてやった。自分で思っていた以上にだ。わしの過去はあの川の中にある。そのままにしておきたい。おまえのことは好きだよ、坊主。おまえに怒ってるとかそんなことじゃない。だが、おまえをそばには置いておけないんだ。もうああいうことを考えることもできない」

「わかったよ、バートさん」

「悪く取るんじゃないぞ、いいな?」

「ああ」と、おれは答えた。

「おまえが悪いんじゃないんだが、こういうふうになっちまった。あの木箱は捨てるんだぞ。がんばれよ、坊主」

おれはうなずいて、車を降りた。バートさんは車を走らせて去った。

次の日の夜、おれはサリーをアパートまで送った。サリーは怯《おび》えていたので、毎晩そうやって送り届けていた。連中がまた来ると言っていた日になるまで。

サリーとローウェンスタイン夫妻は心配していたが、ローウェンスタインさんは連中に渡すカネを用意していた。映画館の利益はほとんど残らなかった。サリーは、そんなことは嫌だと言っていたが、カネを渡すことを喜んでいた。

ローウェンスタインさんは新聞を読んでいた。アパートと郊外の家での殺人事件の記事が載っていた。でも彼は、映画館にやってきた二人組と事件との関連には気がついていなかった。気がつくはずもない。それでも、事件のことを口にして、世界はどんどん恐ろしいところになるなと言った。おれも同じ意見だ。

サリーを送っていった最後の夜、彼女は言った。「明日は仕事に行かないわ。ローウェンスタインさんがあのお金を払うまで、仕事には行かない。だから、しばらくは送ってもらう必要がないわ。お金を払ってから、考える。わたしは一人で大丈夫よ」

「了解」おれは答えた。

「ローウェンスタインさんが払うにしても、あの人たちが来た時に、あそこにいたくないの。わかってくれる？」

「わかるよ」

おれは両手をポケットに突っこんで、しばらくそこに突っ立っていた。彼女の身が安全なのが嬉しかった。

「サリー、そんなことより、来週いっしょにコーヒーでも飲まない？　仕事の前にさ。休みの日にぼんやりと映画を観るのもいいし」

最後のセリフは笑いながら言おうとした。おれたち、四六時中ずっと映画を観ているんだから。おれは映写室の中で、サリーは舞台の袖で。

彼女は、おれに笑みを返したが、うまくいかなかった。とってつけたような笑顔だった。

「素敵ね。でも、わたし、ボーイフレンドがいるの。彼は気に入らないと思うわ」

「きみが誰かといるところなんて見たことなかった」

「あまりいっしょに外出しないの。でも、うちに来るのよ」

「そうかい？」

「そうよ。それに言ったでしょ、午前中は大学の講座があって、昼と夜は働いていて、それから勉強するの。余裕はないの。休みの日にはやることが沢山あって、それにボーイフレンドと過ごす時間も必要でしょ？」

「ああ、わかったよ。ボーイフレンドはなんて名前なんだい？」

ちょっと考えてから、答えた。「ランディよ」

「ランディだって？　それが彼の名前？」

「ええ。ランディよ」

「ランドルフ・スコットみたいだな。先週かけていた映画に出てた。『反撃の銃弾』だったっけ。あの映画、好きだと言ってたね」

「ええ、そうよ、好きよ。ボーイフレンドの名前はランドルフだけど、みんなはランディって呼んでるわ」

「わかったよ」おれは言った。「じゃあ、きみもランディもお幸せに」

「ありがとう」サリーは答えた。おれが本気でそう言ったかのように。おれが、ほんとうにランディがいると信じているかのように。

その後、サリーは二度と映画館に戻ってこなかった。それに、もちろん、二人組も現れることはなかった。ローウェンスタインさんは百ドル札をまだ用意している。通りの他の店でも、カネをとっておいてある。他の誰かが同じようにやってくることもあるだろう。だけど、あの五人の悪党たちの運命を知れば、その手の稼業をはじめる気にはなかなかれないだろう。この通りをシマにしているのは、どんな悪党連中なのか、やつらは知らない。実はバートさんとおれだけなんだが、連中にはわかりっこない。

おれは映写室がけっこう気に入っている。時々、サリーが立っていたあたりを覗いて見るんだけど、もちろん彼女はいない。ローウェンスタインさんは代わりの女の子は雇わなかった。案内嬢がいてもいなくても客は来ると判断したんだ。

町でサリーを二度ほど見かけたことがある。二度とも男といっしょだったが、同じ男じゃなかった。どちらもきっとランディって名前じゃないはずだ。彼女がおれに気づいたとしても、そんな気配は見せなかった。おれが彼女のために、みんなのために何をしたか知ったら、サリーはどう思うだろう。

おれは相変わらず、映画を上映して、家に帰るだけの毎日だ。時々は散歩でバートさんの家の前を通る。どうしてだかわからない。新聞で奥さんのミッシーが亡くなったことを知った。花を送るか何かしたかったが、結局しなかった。

その後、バートさんが亡くなったことを新聞で知った。

おれは自分の仕事が気に入っている。映写技師の仕事が好きだ。一人だけで映写室にこもっているのは気にならない。こういう生活にはまあ満足している。でも本音を言うと、時々ちょっと寂しくなる。

牧師のコレクション

ゲイル・レヴィン

GAIL LEVIN

ニューヨーク市立大学の著名な教授で、美術史やアメリカ研究といった多岐にわたる分野を教えている。またエドワード・ホッパー研究の第一人者でもあり、"Edward Hopper : An Intimate Biography"をはじめとする彼に関する著作や記事が多数ある。ホイットニー美術館などでキュレーターとしても活躍した。

訳

中村ハルミ

HARUMI NAKAMURA

City Roofs, 1932

わたしの名は、アーセイヤ・R・サンボーン・ジュニア。人には〝サンボーン牧師〟と呼ばれている。一九一六年、わたしはニューハンプシャー州マンチェスターにアーセイヤ・サンボーンとアニー・クインビー・サンボーンの息子として生まれた。マサチューセッツ州ウェナムのキリスト教系大学の名門、ゴードン大学を卒業し、アンドーヴァー・ニュートン神学校に学んだ。そしてマサチューセッツ州ウッドヴィルとロードアイランド州ウーンソケットのアメリカ・バプテスト教会に仕えたあと、ニューヨーク州ナイアックに移り、ノース・ブロードウエイ通りのファースト・バプテスト教会を率いることになった。その職には住まいも用意されており、わたしは教会に隣接した家で、妻のルースと四人の子供たちと暮らすようになった。

しばらくすると、近所に住む昔からの教区民、マリオン・ルイーズ・ホッパーと教会で知り合った。マリオンは老齢の未婚女性で、生まれ育った教会の隣の古い家にひとりで住んでおり、唯一のきょうだいである弟が自慢の種だった。弟はエドワード・ホッパーといって著名な画家だったが、彼のほうは故郷のナイアックにも姉にも、できるだけ関わりたくないようだった。

一九五六年四月の初め、マリオンは体調を崩して弟に援助を求めた。エドワードと彼の妻のジョーは、やむを得ずマンハッタンからナイアックまで駆けつけた。医者の診断によると、マリオンは胆石を患っており、血圧も危険な状態だとわかった。このときマリオンは七十五歳、住んでいたのは、煖房炉《だんぼう》は老朽化し、水道管もほとんど用をなさない古い家だ。節約のため電球は二十五ワットしか使わず、家のなかは気が滅入《めい》るほど暗く、飼っている猫もやせ細って具合が悪そうだった。

弟のエドワードは姉のマリオンより二歳若いだけで、救済者としての役割を担うには不安があった。おまけに耳鳴りがすると言いだす始末で、姉の面倒を妻のジョーにまかせると、自分は主治医に会いにニューヨークに舞い戻ってしまった。義理の姉が気むずかしい人間であることがわかると、ジョーはわたしに不平をもらした。「マリオンもわたしもお互いを苛々《いらいら》させるだけ、お互いに相手のことが気にさわってしょうがないのよ」と。主治医に診てもらった結果、エドワードはとくに悪いところもなかったので、ナイアックに戻らざるを得なかった。彼は妻のジョーを手伝い、マリオンの様子をみたり、晩春の吹雪が襲ったときには、煖房炉が動くのを確かめたりもした。それでもジョーは、わたしに向かってこんなことを口にした。マリオンには教会に〝立派な〟お友だちが何人もいるんだから、これからはその人たちに力になってもらえるわね、と。そこでわたしの出番とあいなったのだ。

年を取り、いっそう体も衰えて引きこもりがちになるにつれ、マリオンはますます教会に依存するようになった。わたしは必要に応じて、教会の婦人会が彼女のもとを訪れるよう取りはからった。それに加え、彼女にわたしのことをよく知ってもらうよう心がけ、万一の場合にそなえて家の鍵をわたしに預けさせた。さらに思いついて、引きこもりがちで気の毒な老女にテレビを買ってやった。マリオンはすぐに連続ドラマに夢中になり、そのお蔭《かげ》でわたしはかまわないでいてもらえた。マリオンがテレビにかじりついているあいだ、わたしは老朽化した家を上から下まで調べる役目を買って出た。そしてあるとき、ふと屋根の状態も点検したほうがいいと考え、屋根裏まで上がっていった。

屋根裏を見回したわたしは眼をみはった。雨漏りではなく、うずたかく積まれたエドワード・ホッパーの若い頃の作品を見つけたのだ。素描や油絵やイラストが山ほどあり、何度か屋根裏に戻って作品の山をかき回していると、価値のありそうな古い手紙や文書も見つかった。そのなかには、若かりし頃のエドワードが美術学校を卒業した直後、三度にわたってヨーロッパを旅しているあいだに家族に宛てた手紙もあった。わたしは知れば知るほど心配になった。マリオンが亡くなったら、この貴重な作品や手紙はどうなってしまうのだろう。屋根裏に残された品々がたどる運命が気になり、そのことが頭から離れなくなった。マリオンの唯一の相続人は彼女の弟と義理の妹だったが、彼らもマリオンより若いとはいえ、年はほとんど変わらない。マリオンも弟夫婦も、彼らの資産に気を配ってくれる子供を授かることはなかった。

わたしは真剣に考えはじめた。この芸術品の数々が葬り去られるのを防ぐのは理にかなっている。救い主は英雄といってもいい。そこでわたしは、ホッパーの作品に害が及ばないよう力を注いだ。空き家になったら浮浪者が住みつくのはわかっていた。放火される可能性もある。アンティーク家具や貴重な作品が盗まれたり、傷つけられたり、壊されたりするかもしれない。わたしがエドワードの作品を持ち出すのを、マリオンが許してくれるとは思えなかった。どれもエドワードの所有物だからだ。しかし彼は、屋根裏に打ち捨てられたもの以外は、何年も前に作品をすべてニューヨークの自宅に移している。屋根裏に残された作品のことを心配するのは、わたし以外にはこの世に誰もいない。わたしには作品の価値がわかった。図書館に行き、エドワード・ホッパーに関するものを読んでいたのだ。じっくりと研究を重ね、彼について熟知し、十七世紀にホッパー家がニューアムステルダム（オランダ植民地時代のニューヨークの名称）に入植したときまで系図を遡って調べもした。

どうすればエドワードとジョーの役に立てるだろう。そう考えるうちに、やがてその方法が見つかった。マンハッタンからナイアックまで来るのは、ふたりにとって望ましくない雑事であり、彼らがコッド岬の突き当りにあるサウス・トゥルーロで過ごす半年のあいだにこちらに来るのはまず不可能だった。老夫婦は毎年十月の終わりにニューヨークに戻る。そのときナイアックを経由し、エドワードは実家に車を置いていく。夫婦がマリオンに会うのは、このニューヨークへの帰路の途中と、春になってまた車を回収しにくるときだけだった。ふたりともマリオンとは親密ではなかった。マリオンは彼らの見えないところにいる、忘れられた存在だった。

マリオンのほうも、弟のニューヨークでの暮らしがどういうものか、ほとんど理解していなかった。一九六四年にエドワードがホイットニー美術館で回顧展を開いた際、マリオンはエドワードに、初日のパーティには出席したい、友人のベアトリスとサンボーン牧師も同行させてほしいと頼んだ。わたしとしてもぜひ出席したかった。ところがエドワード――このときには八十二歳になっていた――には姉の頼みを聞き入れる気などなく、こんな返事を寄こしてきた。「このたびの展覧会は、わたしが美術館長や批評家、重要な蒐《しゅう》集《しゅう》家《か》に会える年に一度の機会ですので、すべての時間を彼らのために割かなければならないと思われます（したがって、あなたのためにも、サンボーン先生やベアトリスのためにも、時間をかける余裕はないでしょう）」と。なんとも恩知らずな男だ。

言うまでもなく、そんなエドワードに、少年時代の家の屋根裏に放置された作品を気にかける時間などなかった。しばらくのあいだは、わたしは小さめの素描や絵画をいくつか救いだし、調べるために家に持ち帰るにとどめた。とくに気に入ったのは、あの屋根裏を描いた素描と、油絵の具で描いた数枚の若い頃の自画像だ。マリオンは絵が運びだされていることにまったく気づかなかった。当初はわたしも、ホッパーの作品の金銭的価値についてはまるでわかっていなかった。実際、ホッパーの初期の作品は、彼が有名になるずっと前に描かれたもので、一度も売り出されたことはない。エドワードがこれらの作品を描いた当時は、誰も興味を示さなかったので、一枚も売ることができなかったのだ。

聖書のエペソ人への手紙第四章二十八節には「盗みをしている者は、これより盗んではならない。むしろ労苦をいとわず、助けが必要な者に分け与えることができるよう、みずからの手で善きおこないをなすべし」と記されている。みずから研究者を買って出て骨を折り、みずからの手でホッパーの作品を救おうと努力したことが、わたしの行為を正当化するのはわかっている。作品を売って得た利益は妻と三人の息子とひとり娘、さらに九人の孫たちと分け合った――教育費、結婚費用、生活の保障費用など、必要とされる諸々《もろもろ》のことすべてに。あれほど価値のあるものが無駄になってはいけないではないか！

その後もマリオンは、何事もなく自宅で暮らしていた。ところが一九六五年の五月、家に強盗が押し入った。マリオンは薄赤色のマスクをした強盗に手で口を覆われ、無理やり上の階に追い立てられたという。その事件以来、八十五歳になろうとしていたマリオンの健康状態はさらに下り坂になった。エドワードとジョーは家政婦を雇ったが、彼女は七月四日の独立記念日にあわせて休暇を取ると言い張り、夫婦は戻ってきて一週間マリオンの看護をしなければならなかった。わたしは手助けを申し出ると、ふたりをニューヨークからナイアックまで車で連れ帰り、そのあとまたニューヨークの自宅に送り届けた。七月十六日、マリオンは病院に搬送され、その翌日に亡くなった。またしてもわたしはニューヨークまで運転し、老夫婦をナイアックに連れ帰ってマリオンの葬儀を取り仕切った。

エドワードは家のことに関心がなかったので、ジョーがひとりで残され、先祖伝来の家財や古い写真の整理をした。彼女はナイアックに六週間ほど滞在し、マリオンのことをこんなふうに言った。「わたしと同じように蒐集癖があったのね……マリオンはあまりわたしを好いていなかったけど、向こうの世界で彼女が喜んでいるのがわかるの。わたしはマリオンの大切なものを捨てたりしないし、百年続く彼女の生家を売るつもりもないから」と。とはいえ、エドワードからそういった細々とした作業をまかされ、〝百年分の埃《ほこり》を吸い込む〟はめになったことには不満をもらした。

わたしはジョーとエドワードがナイアックを発《た》つときまでじっと待った。マリオンの家の鍵はまだ持っていた。家のなかには、ホッパーの作品や家族に関する文書や骨董品《こっとうひん》がまだたくさんある。エドワードの健康状態が衰えはじめると、わたしはさらに屋根裏の山のなかから彼の作品を運び続けた。価値のありそうな年代物のオランダ製の食器棚のことが気がかりだったので、空き家になった家から持ち出して隣家に運んだ。衰弱したとはいえエドワードが、あるいはジョーが訪れるようなことがあっても、用心のために移したと言い張ることができる。ホッパー家の三軒の家の処分が終わったら、わたしはなんとしてでも欲しかったものを手に入れるつもりでいた。それを大切に思っているのはわたしだけなのだから。わたしにはそれを自分のものにする資格があった。

エドワードの健康状態は悪化の一途をたどった。マリオンが亡くなった同じ年の十二月、彼はひどい痛みに襲われた。ジョーが救急車を呼び、エドワードは病院に救急搬送された。彼が二ヵ所のヘルニア手術を受けたことを、ジョーは電話で知らせてきた。ジョー自身、衰えた視力を矯正するため白内障の手術をする必要があったが、延期しなければならなくなったと言った。エドワードは翌年の七月にまた入院した。白内障に加え、緑内障も併発したジョーは、病院のエドワードを見舞う準備をしているときにアトリエで滑って転倒した。腰と片脚を骨折し、エドワードと同じ病院に入院した。夫婦は三カ月をともに病院で過ごした。ジョーの眼は緑内障の併発により、手術ができないことがわかった。

一九六六年十二月、ホッパー夫妻は無事に退院したものの、彼らにとっては日常生活を送るのも容易ではなかった。夫婦が住んでいるのは、階段が七十四段もある古いテラスハウスの最上階だったのだ。ふたりとも、とてもナイアックの家の所有物を調べられる状態ではなかった。二度目の入院から九カ月後、エドワードは心疾患のためまたもや入院した。家に戻ってからも、ほとんど食事をとることさえできず、一九六七年五月十五日、彼は自宅のアトリエで息をひきとった。八十五歳の誕生日まであと二カ月だった。

まわりの友人たちが気にかけていたのは、著名人であるエドワードのことだけだった。彼らに見捨てられたジョーが頼れるのはわたししかいなかった。わたしはナイアックでエドワードの葬儀を執りおこなった。そのためには、当時訪れていたピッツバーグから戻らざるを得なかったが。「あなたは十三番目の使徒ね」ジョーはわたしのことをそんなふうに言った。「ナイアックの婦人たちの面倒を喜んでみてくれる、たくましくて魅力的なフットボールのコーチよ……頼りにされたらなんでもこなし、ときには彼女たちのために懸命に手を尽くし、キッチンに立って、マリオンの昼食をつくることも厭《いと》わないのだから」と。ところがそんな奉仕の見返りとして、ジョーが不動産収入のなかからわたしに払ったのはわずか五百ドル。彼らのためにあれほど尽くしてきたというのに、あまりにもわずかな金額だった。

ジョーは無力な状態でひとり残された。健康をそこない、視覚にも障害があった。ジョーとエドワードには、もう身寄りはひとりもいない。遺言を検認し、ナイアックの家の処分に取りかかるべきなのはジョーにもわかっていた。しかし〝天涯孤独の身で、眼もほとんど見えない〟状態なのだから、〝そのまま放っておくに限る〟と考え、あきらめてしまった。ジョーはなんとか日常生活に対処しようとしたが、脚の怪我《けが》はなかなか治らず、ほとんど空室ばかりになったニューヨークのテラスハウスの最上階にいて、囚《とら》われの身になったように感じていた。建物はすでにニューヨーク大学が買い取っていた。しかしホッパー夫妻を立ち退かせるわけにもいかず、改修を終えるのは夫婦が亡くなるまで待つしかなかった。

ジョーはなんとも心もとない状態だったが、わたしはこれを好機ととらえた。エドワードが亡くなってから、彼女のもとを訪れる人はほとんどなく、わたしは労を惜しまず訪ねていった。ある日の訪問を終えたときのことだ。ジョーの視力はさらに衰えたとみえて、彼女はアトリエを動き回ることもままならなかった。そこでわたしは、売れ残っていたエドワードの油絵の一枚、一九三二年制作の《街の屋根《City Roofs》》を選んで持ち帰った。わたしが居場所を与えるまで、そのまま放置されていたものだ。わたしはジョーに遺言を書き換えてもらい、わたしの名前を加えてもらった。ところが残念なことに、エドワードの作品は一枚も残してもらえなかった。作品の所在について、彼女がずっと詳細な記録をつけていたことをわたしは知らなかった。ジョーは結婚してまもなく台帳をつけはじめ、それをずっと続けていたのだ。展示会のために作品がアトリエから持ち出されたり、売られたり、誰かに譲られたりしたときにはそのつど記録していた。あとになって、わたしは《街《City》の屋根《Roofs》》はジョーから譲られたものだと主張した。わたしがナイアックにあるエドワードの作品を救おうとしたことが彼女にわかれば、まちがいなくわたしに譲ってくれたはずだからだ。ところが、なんとしたことだろう。ジョーは震える字で、わたしが持ち去った絵が売却されていないことを記録していた。〝アトリエにて保管中〟と。

ジョー・ホッパーは一九六八年三月六日に亡くなった。八十五歳の誕生日まであと十二日、エドワードを失ってから十カ月も経っていなかった。知らせを聞いたわたしは、隠しておいたオランダ製の食器棚を回収しようと隣家に駆けつけ、首尾よくひとりで運び出した。ジョーの葬儀のことは誰も覚えていない。誰ひとりとして。そもそも、いったい誰が参列するというのか。

ジョーの遺書が検認されると、エドワードの〝芸術上の資産〟はすべてホイットニー美術館に遺贈されたことがわかった。わたしは住む人のいなくなった家に気を配り続け、ホッパーの初期の作品を少しずつ自分のコレクションに加えていった。しかしジョーが死んで二年後にはそれもできなくなった。一九七〇年に、彼女の遺産管理人であるナイアックの弁護士が家を売りに出したのだ。家はミセス・リネットという女性に売却されたが、彼女は家も家に残されたものもすべて含めて購入したと考えていた。わたしは家に残っているちょっとした品をいくつか譲ってほしいと頼んだが、ミセス・リネットはそれをはねつけた。彼女はその欲深さゆえに莫大《ばくだい》な富を失った。彼女のあまりの吝嗇《りんしょく》ぶりに、行動を起こすことを余儀なくされたわたしは、さっそく不動産の弁護士に連絡すると、屋根裏にある作品のことを知らせた。弁護士もホイットニー美術館も、わざわざナイアックまで来て、家に何があるか調べてはいなかったため、屋根裏に残された作品については何も知らなかったのだ。

家の売買契約が完了するまえに、息子とわたしで屋根裏から残りの作品を運び出した。わたしはさらに絵画を数枚と、エドワードの思い出の品や文書をすべて自分のコレクションに加えた。しかし遺言執行人の助言により、残りの作品はホッパーのアート・ディーラーであるジョン・クランシーのもとに送り届けた。結局、それらの作品は彼のもとから美術館に送られた。ミセス・リネットは、屋根裏にはもはやホッパーの作品が存在しないことを知って驚き、訴えを起こして契約を解除した。家に残っていたわずかな家具は、後日競売にかけられ、教会のために役立てられた。

最後に運び出した作品を自分のコレクションに加えたあと、わたしは徐々にホッパーの作品をオークションに出しはじめた。オークションハウスに手紙を書き、わたしが委託する作品を売るにあたっては、匿名でおこなうよう念を押した。まだ自分に注意が向くようなことはしたくなかったのだ。しかし結局のところ、残りの作品により高い値をつけるには、本物であることを証明するため、画家を知る者による所有者の来歴を示す必要があった。

ホッパーの初期の自画像に、ボストン美術館が六万ドルを超える額を払ったのには驚いた。わたしと同じく薄給の牧師である友人に、売ることを前提に譲ったものだった。わたしはホッパーの作品の価値が上がっていくのを知り驚喜した。八十枚ほどの絵画を含め、初期の作品を多数、それに成熟期の素描も何百枚と持っていたからだ。足りないのはエドワード・ホッパーないしジョー・ホッパーが、いずれの作品であれわたしに譲ることを記した証拠の書類だけだった。

一九七二年、わたしはニューヨークの〈ケネディ・ギャラリー〉に電話をかけた。彼らが扱っているのはアメリカン・アートで、図書館にあった美術雑誌に、ホッパーの作品の広告を出しているのを見たことがあったのだ。わたしのコレクションを査定するため、ギャラリーの人間がナイアックに送り込まれてきた。わたしは選び出した作品を少しだけ見せ、ほかにも多数の作品を持っていることは伏せておいた。アメリカ屈指の画家の作品を、わたしがどうやって所有するにいたったかについて、この著名なギャラリーはなんの懸念も抱かず、わたしが見せた作品をすべて委託販売したいと申し出た。そしてその日のうちに、今後の売り上げに対する前金として、六万五千ドルの小切手を書いてくれた。わたしは地元の銀行に駆け込み、小切手を預金口座に入れ、それが片づくと、すぐにファースト・バプテスト教会に辞職願を出して職を辞した。わたしが引退生活にはいったのは、五十六歳のときだ。残された日々は、エドワード・ホッパーの作品を研究し、売りに出すことに専念するつもりだった。

ところが、わたしがオークションにかけた作品は、ホイットニー美術館と競合していることがわかった。美術館のほうも、ジョーの遺産から徐々にエドワードの作品を売りに出していたからだ。一九七六年、ホイットニー美術館は、みずからが所有するホッパーの作品を〝複製〟と称して売りさばいていることで批判を受けた。おびただしい数の彼の作品を持て余していたのだ。美術評論家のヒルトン・クラマーには、芸術的遺産を浪費しているとして《ニューヨーク・タイムズ》の紙面で攻撃された。これで彼らには、わたしの蒐集した作品が必要のないことがはっきりした。

悪い評判を払拭しようと、ホイットニー美術館は財団から助成金を得て若い美術史家を雇った。ジョー・ホッパーの遺産品目をじっくりと検討し、エドワード・ホッパーについてリサーチをおこない、彼の作品の完全なカタログを作成させるためだ。〝ホッパー・コレクション〟の学芸員《キュレーター》としてゲイル・レヴィンを雇ったことは、《ニューヨーク・タイムズ》でヒルトン・クラマーにも称賛され、次のような記事が載った。「これから待ち受ける膨大な作業に、彼女は鋭い鑑識眼と学者としての知性の双方をもってのぞむだろう」

その記事が語りかけてきたような気がした。蒐集したホッパーの作品を確実に売却するには、ミス・レヴィンにわたしが所有しているものはすべて本物だと証明してもらえばいいのだ。記事を読んだわたしは、すぐさま彼女に会いにいった。急いでコレクションから選び出した作品を少しだけスーツケースに詰め込み、ホイットニー美術館の彼女のオフィスに直接持ち込んだ。わたしはいかにも隠居の身というふうに見えたことだろう。穏やかで、くつろいでいて、日焼けもし、六月の終わりの実にさわやかな日とあってバミューダパンツという恰好《かっこう》だったのだから。

ミス・レヴィンには、わたしがホッパー夫妻の親しい友人だったことを説明した。それからスーツケースを開け、選んでおいたホッパーの少年時代の作品を披露した。まだ二十代の新人キュレーターは、わたしが持ち込んだもののすべてに興味を示し、好奇心を抱いた。ところが、そこで献辞や個人的な手紙を見せるよう求めてきた。つまり、わたしが譲られたと主張するこれらの作品を、どのようにして手に入れたか証明するものが見たいと。お見せできるものは何もありません。わたしはそう答えるしかなかった。

調査を進めるうちに彼女は気づくだろう。アトリエから作品が持ち出されるたびにジョーがつけていた台帳には、エドワード・ホッパーがジョーなり、ほかの誰かなりに作品を譲ったことがきちんと記録されていることを。ジョーが自身の日記にだけ記載したものもあったが、わたしはまだその不都合な内容については知らなかった。しかしその日ミス・レヴィンに会ったときには、彼女はまだ調査を始めたばかりだった。それまでのところは、彼女がわたしに疑いをもつ理由はなかった。

その夏、ミス・レヴィンは、ニューハンプシャー州ニューポートの別荘に、わたしと妻のルースを訪ねてきた。その別荘はホッパーの作品をいくつか売って購入したものだが、彼女がそのことを知る必要はなかった。ミス・レヴィンがニューヨークからやって来たのは、別荘に保管してあるホッパーのコレクションを見るためだったが、わたしは彼女の最初の訪問時には作品のほとんどを隠しておいた。この世間知らずではあるが、好奇心にあふれた若い女性をあまり驚かせたくはなかったし、あれこれ質問されるのも避けたかったのだ。

ミス・レヴィンは好奇心もあらわに問いかけてきた。わたしたちがどのようにして、これほど多くの素描を所有するにいたったのかと。成熟期の素描が、ナイアックの屋根裏で少年時代の作品と一緒にされていたとは思えない。まぎれもなく彼女はそう考えていた。妻のルースはこう言って説明した。「ホイットニー美術館に作品が送り出されたあと、夫は遺産受取人のひとりとして、ニューヨークのアトリエにあったものを買い取ることを許されました。すべてをひっくるめると、百ドル余りの価値がありました。それで運よく、背の低い脚付きタンス《ローボーイ》と背の高い脚付きタンス《ハイボーイ》、それにオランダ製のアンティーク家具もいくつか購入したいと申し出ることができたのです。するとどうでしょう。化粧ダンスの引き出しの裏張りの下に、彼の描画が山ほどあるのを見つけたのです」妻の説明を聞き、ミス・レヴィンは満足したようだった。

　これに続きその冬、ミス・レヴィンは今度はフロリダ州メルボルン・ビーチの別荘にも訪ねてきた。そこには、さらに多くのホッパー・コレクションが保管してあった。ミス・レヴィンはホイットニー美術館の費用でプロの写真家を手配し、わたしたちのホッパー・

コレクションを撮影させた。美術館のために彼女が作成する、ホッパーの完全な作品カタログのためだ。これでわたしのコレクションが本物であることを、後世の人々に証明できる。彼女はまさにわたしが望んだとおりのことをしてくれたのだ。

その同じ冬、〈ケネディ・ギャラリー〉のローレンス・フライシュマンが、ホッパーの作品展を企画した。わたしのコレクションからも、初期の全作品と後期の素描が何点か加えられた。彼はほかで購入した作品も何点か加えたが、作品の目録にわたしが目覚ましい貢献をしたことを認めることはなかった。わたしはこれに苛立ち、それ以降は彼と取引する気をなくした。彼はカタログに載せる寄稿文を、ホイットニー美術館のホッパー展を指揮したミス・レヴィンとロイド・グッドリッチに依頼した。しかし、ふたりのうちのいずれも、わたしについて言及することはなかった。

一九七九年、ミス・レヴィンが、ホイットニー美術館で彼女の最初のエドワード・ホッパー展を企画した際、わたしは自分のコレクションのなかから多数のイラストや、素描を何点か貸し出した。それはナイアックの屋根裏からわたしが救い出したもので、そのときには、そこに何があるか誰も関心を持たなかったのだ。わたしは、ミス・レヴィンが感謝の意を表しながらも、わたしがホッパー夫妻の親しい友人だったという話を認めていないと知って驚いた。そもそも、初めからずっと彼女はわたしの話を疑っていたようだ。だったらどうして、彼女の求めに応じ、ホッパーの手紙や文書のことを話す必要があっただろう。

わたしは屋根裏にあったホッパー家の写真や文書をすべて自分のコレクションのために取っておいた。それにはホッパーがパリから実家の家族に宛てた手紙も、彼がジョーと結婚して間もない一九二五年に、旅行先のサンタフェから母親に送ったイラスト入りの手紙も含まれていた。それに加え、ホッパーの台帳も二冊持っていた。一冊は〈ケネディ・ギャラリー〉に売却した。ジョーが遺書でロイド・グッドリッチに遺《のこ》した台帳は、彼がホイットニー美術館に寄贈していた。わたしが持っていた二冊の台帳は、ジョーの遺産には含まれていなかったのだ。

一九八〇年、ミス・レヴィンはホイットニー美術館で彼女の二度目のホッパー展〈エドワード・ホッパー　その芸術と芸術家〉を大々的に開催した。広範囲に及ぶわたしのホッパー・コレクションについて、またしても彼女は充分な称賛の意を表することはなかった。それでも結局、わたしはホッパーの手紙やその他の文書をいくつかミス・レヴィンに貸し出した。ところが彼女はそのなかの文章を引用したうえ、わたしの許可を得ずにコピーまで取った。そこでわたしは、彼女の上司であるホイットニー美術館の館長、トム・アームストロングに会いにいった。彼はまだわたしのもとにあったもっとも重要な台帳がほしいと言い、わたしもそれに応えて言った。「ええ、話し合いましょう」と。ミス・レヴィンは、わたしがホッパーのアトリエとナイアックの家の屋根裏から作品を持ち出し、盗んでいたと言い張っていたのだ。アームストロングとわたしは、このことは決して公にしないということで同意した。さらにアームストロングは、わたしが台帳とほかの何点かの品を譲ってくれるなら、ミス・レヴィンを解雇しようと提案した。話はついた。その後のことは、よく言われるように周知のとおり。エドワード・ホッパーの蒐集家としてのわたしの役割は今や揺るぎないものとなった。子供たちも孫たちも、わたしの遺産をしっかり管理してくれることだろう。

ゲイル・レヴィンは、一九七六年から一九八四年まで、ホイットニー美術館でエドワード・ホッパー・コレクションのキュレーターを務めた。一九九五年にホイットニー美術館の依頼で彼女が作成したホッパー総作品目録《カタログ・レゾネ》がＷ・Ｗ・ノートン＆カンパニーより出版された。

アーセイヤ・サンボーン・ジュニアは、二〇〇七年十一月十八日に、フロリダ州セレブレーションの自宅で死去した。九十一歳だった。本編に登場する人物のなかで、いまも健在なのは著者のみである。

夜のオフィスで

ウォーレン・ムーア

WARREN MOORE

雑誌記者や音楽評論家の職を経て、現在はサウスカロライナ州ニューベリーにあるニューベリーカレッジの英文学教授に。2013年に『Broken Glass Waltzes』で作家デビューを果たす。妻と娘とともにニューベリーに在住。エドワード・ホッパーに出会わせてくれた父親と、"マージ"を生みだすインスピレーションをくれた母親に感謝しているという。

訳

矢島真理

MARI YAJIMA

Office at Night, 1940

机の上の書類にウォルターが眼を通しているのを、マーガレットは見つめていた。すぐ近くを列車が通り過ぎる音が聞こえる。窓のロールスクリーンのひもが揺れたのが、列車の振動のせいなのか、それとも窓からはいってくる風のせいなのか、彼女にはわからなかった。振動も風も感じない。それどころか、お気に入りの青いワンピースが体の曲線にぴったりとはりつく感触さえも。彼女の眼にはウォルターしか映っていなかったが、ウォルターに見えているのは、デスクランプの灯《あか》りに照らされた書類だけだった。

マーガレットが書類をファイル・キャビネットの抽斗《ひきだし》の中にしまい、そのままフォルダーの上に腕を休ませてから、どれくらい経っただろう。一生涯くらい過ぎたように思える。そう考えてマーガレットは思わず微笑《ほほえ》んだ。一生という時間の長さは、その人がどのくらい長く生きたかによって変わる。ウォルターとは生涯を共に過ごすことになるかもしれないと思ったこともあった。でもそれは、マーガレットが死ぬ前の話だ。

マーガレット・デュポンという名前は、最後まで好きになれなかった。ジーンとかベティとか、女優のような名前ならよかったのに、なんでマーガレット？　マルクス・ブラザースのコメディ映画に出てくる女にしか思えない。でも、彼女はそのままの名前で通した。そうせざるをえなかったし、ミドルネームのルシルよりはまだましだったから。未婚のまま若くして亡くなったおばにちなんで名づけられた名前だったので、ひょっとしたら縁起の悪い名前なのではないかとしばしば思わないでもなかった。ところが、祖母はマーガレットという名前がたいそう気に入っていた。十代の頃、いとこからこんな話を聞かされた。「おばあちゃんが強引で、おばさんは根負けしたらしいよ」確かに、病院のベッドに横たわっている母が、疲れきった声で言っているのが眼に浮かぶ。「ああ、わかった、わかったわよ。ええい、くそ。もう、マーガレットでいい！」でも、実際には声に出してはいないだろう。母は人前ではけっしてそういう話し方はしないから。歩きたばこも絶対にしない。レディらしくないことはしないのだ。

それなのに、マーガレットはレディらしくない少女だった。母と何週間も口を利かないことが幾度となくあったのは、おそらくはそれが原因だろう。母は小柄だが、マーガレットは父親に似て大柄だった。父は九歳の頃には耕作用のスキを曳《ひ》けるほど体が大きくなり、そのために学校にも行かなくなった。母はそれより二年くらい長く学校に通い、数年後に父と結婚して町に移った。間もなくして、二番目の子供で末っ子のマーガレットが生まれた。あまりにも大きな赤ん坊だったために母はあやうく死にかけたそうで、その話はしょっちゅう聞かされた。

マーガレットは年齢のわりに大柄だった——あだ名は〝ラージ・マージ〟。たいていの男子よりも大きかったが、それは病気になるまでのことだった。両親が医者から告げられた病名は猩紅熱《しょうこうねつ》。心臓の機能が低下して体の成長も遅くなったが、幸いにもその程度ですんだ。誰もが生き延びられるものでもなかったけれど、彼女は生にしがみついた。そうせざるをえなかったし、ほかに選択肢があるなんて考えてもみなかった。体の成長は遅くなったといっても、身長はすでに百八十センチを超えていた。いったい全体どこに、そんな巨大な女を好きになる男がいるというのだ。そのうえ病欠で一年留年したため、高校では同級生たちよりも一歳上で、必然的に体格も大きかった。ラージ・マージのあだ名にふさわしく不器用だった彼女は、学校のダンスパーティーでひざの関節をはずしてしまったことがあった。ただ、ひざがはずれた痛みよりも、体育館の床にぶざまに転がった恥ずかしさのほうが、痛みとしてははるかに大きかった。

でもマーガレットは勉強ができた。両親の言いつけどおりに学校に通い、ちゃんと卒業した。夏休みや放課後には働き、両親が仕事に行っているあいだは家事をした――七歳上の姉はすでに結婚して自分の家庭を持っていた。マーガレットは絵も上手で、彼女の描いた絵が地元デパートの新聞広告にサイン入りで使われたこともあった。

ただ、そんなこともグリーンズバーグの町では関係なかった。彼女はいつまでたっても〝ヴァイオレットとアーニーの娘〟であり、〝大木《たいぼく》〟であり、〝ヘラジカ〟であり、〝ラージ・マージ〟でしかない。それ以外の者になれるほど、町は大きくはなかった。だから、マーガレットはもっと大きなところに行くしかなかった。

母と父に街に行きたいと話したとき――街ということばの中に〝ニューヨーク〟という響きが含まれていることは、三人ともわかっていた――そんなことを言いだすなんて正気とは思えない、と母は反対した。それに対してマーガレットは、お金も貯《た》めたし、女の子が安全に住めるところ――女性専用のバルビゾン・ホテルやホテル・ラトレッジ！――があることも調べたと反論した。しかし母は、街に逃げたいなんて言いだすような子は、娼婦《しょうふ》になるかイタリア人と結婚するかのどちらかだ、と決めつけた。そのどちらの心配もいらないとマーガレットが言うと、母は娘の頰を叩《たた》き、部屋から出ていった。マーガレットはその場に立ちつくしたまま、母が部屋から出ていくまではけっして涙を流さなかった。そんな娘に父は泣きながら訊いた。「アトランタじゃだめなのか？」

マーガレットも泣いた。どこかもっと大きいところ――もっとチャンスがあって、作品をまとめたポートフォリオや絵を見たいと言ってくれる店があるところ――に行かなくてはいけないと言って泣いた。三日後、父は首を横に振りながら部屋を出ていった。歩いていくうしろ姿は、肩が震えていた。マーガレットは母とことばを交わすことなく家を出た。父とは話そうとしたが、そのたびに父は泣きそうになった。もう一度泣かれたら、家を出ていくことなどできそうにない。だから荷物をまとめて列車に乗った。見送ってくれる人は誰もいなかった。その晩かなり遅くなってから、十ドルのはいった封筒がスーツケースの中に押しこんであるのを見つけた。封筒に書かれていたのは「パパより」というひと言だった。

ニューヨークまでの普通列車の切符は十ドル以上した。自分で貯めた金から、運賃もポーターへの二十五セントのチップも出した。ガタゴトと揺れる列車に三十時間くらい乗ったが（腕時計を買うのを忘れないこと！　と自分に言い聞かせた）、まるで三十年のように長く感じた。旅の二日目、食堂車でスープを飲み、残ったクラッカーをあとで食べるためにバッグに入れた。旅の二日目、同じ車両の若い兵士が笑顔で話しかけてきたが、マーガレットは何を言えばいいのかわからず会話に困った。そもそも、男性が自分に話しかけたいと思うだろうか。大女で不恰好《ぶかっこう》なこのラージ・マージに？　彼はオハイオのどこかで列車を降りていった。降りぎわ、有名なゲイジツ家になったら手紙を書いてくれと言って、住所がなぐり書きされたメモを急いで手渡していった。まだまだ先のことだけど、とマーガレットは礼を言った。とはいえ、彼とはもう二度と会うことはないだろう――オハイオを通り過ぎるのは一度でじゅうぶんだ。

自分にもふさわしい人がニューヨークにはきっといるはずだ。マーガレットは、まだ見ぬ恋人に思いをめぐらした。父のように大きく、自分よりも背の高い人。ブロンドでやさしい声で、そしてもちろん美術が好きな人。だけど気をつけなければいけない。雑誌で読んだのだが、街には女を食い物にして捨てる男がいるらしい。そんなことになれば、グリーンズバーグに、母のところに戻らなければならない――でも今は考えないでおこう。

いつの間にか窓に頭をもたせかけて眠ってしまい、マーガレットは車掌に肩を叩かれてハッと眼が覚めた。「お客さん、ペンシルバニア駅です。終点ですよ」顔を紅潮させながら立ちあがると、バッグを抱えて客車を降り、自分の荷物を受け取った――スーツケースと化粧道具入れ、そしてポートフォリオ。売店で地図を買い、バルビゾン・ホテルを探した。四キロくらい離れているようだったが、タクシー代に全財産を使い果たすわけにはいかない。彼女はセントラル・パークに向かって歩き出し、七番街を北上してそのあと東に向かった。

ホテルまで二時間近くかかった。その半分の時間で着けたのかもしれないが、いちいち立ちどまっては、周囲に立ち並ぶ高層ビルや、あふれかえる人混みに呆然《ぼうぜん》とするばかりだった。「これが、ニューヨーク」という考えが頭の中をぐるぐると回った。やがてそれは、「これが、わたしがいるニューヨーク」に変わった。ようやく到着したホテルは、今まで見た中で一番大きな建物だった。

マーガレットはロビーにはいり、フロントに向かった。「部屋をお願いしたいのですが」

受付の女性は、小学校の図書館の司書を思い出させた――不機嫌そうな険しい顔をして、自分よりもはるかに背の高いマーガレットを見下す技を身につけていた。「ご予約のお名前は？」

「すみません、予約はしていないんです」

「では、紹介状は？」

「就職の紹介状のようなものですか？」

「いいえ、お客様。バルビゾンにご宿泊いただくには三通の推薦状が必要です。こちらにお泊まりいただくのは、厳選されたお嬢さまがたに限らせていただいておりますので」

「そうなんですか。わたしにはそんなものはありません。なにしろこの街に来たばかりですし、推薦状のことも知りませんでした。でも、なんとか――」

「残念ですが」と司書は言った。「それは無理ですね。では、失礼」

そう言って、年配の女性は背中を向けた。マーガレットの顔から血の気が引き、フロントをあとにするときにはひざが震えた。首をすくめながらホテルのドアを抜けて通りに出ると、午後を迎えた街角には高層ビルの影がすでに伸びていた。彼女はセントラル・パークのほうへ歩き、それから南に向かった。通りの番号が若くなるに従い、看板の文字が英語からドイツ語に変わり、ときおりまた英語に戻ったりする。ドイツ語の看板の中には同盟《ブント》（ドイツ系アメリカ人協会）について書かれているものがあった――ニュース映画の中で見た人々のことかしら、とマーガレットは想像した。

通りの番号が八十番台の前半になる頃には、持ち歩いている荷物はますます重くなっていた。なんでこんな馬鹿なことをしでかしてしまったのだろう。もしもどこかの路地裏でのたれ死んだら、両親は遺体を引き取ってくれるだろうか。そんなことを考えているとき、〈貸し部屋あり〉という手書きの紙が貼られた家が眼にはいった。マーガレットはドアをノックした。

戸口に顔を出したのは、髪をひっつめてうしろにまとめた女性で、バルビゾン・ホテルの受付よりはやさしそうに見えた。彼女はマーガレットの顔と持っている荷物を見るなり、いきなり言った。「部屋と簡単な朝食と夕食、それで週五ドル。前払いは二週間分」感じのいい声で、どこか異国っぽい響きがあった――アイルランドの妖精レプラコーンならこんな話し方をするかも、とマーガレットは思った。だから、考えるより先に声が出ていた。

「アイルランドのかたですか？」

女性はしかめ面をした。「何か問題でもあるのかい？」

マーガレットはあわてて弁解した。「あ、いいえ、違うんです。とてもすてきな話し方だと思って。映画に出てくる司祭様のようで」

「あんただって田舎者まる出し、って感じだよ」

「そのとおりかもしれません。でも、宿を必要としている田舎者で、十ドル持ってます」

「十五ドルだよ。十ドルは前払いの分、五ドルは今週の分」

マーガレットは頭の中で指を折って計算した。なるべく早く仕事を見つけないと。女性の肩越しに見える廊下や横の食堂は清潔そうに見えた。「じゃあ、十五ドルで」マーガレットは、財布の中身を確かめながら女主人に現金を渡した。さっそく、先ほどの考えを訂正した。すぐにいい仕事を見つけないと。

「名前はなんて言うんだい、田舎娘ちゃん？」

「マーガレット・デュポン。ミス・マーガレット・デュポンです。あなたは？」

「ミセス・ドロシー・デイリーだよ。ミセスと言っても、ご大層なもんじゃないけどもね。夫には二年前に先立たれてね」そう言って彼女は十字を切った。マーガレットは笑いそうになった——映画以外でそんな仕草を見たのは初めてだ。でも必死に真顔を作った。「それにしても、ペギー、あんたでかいねぇ。さぞかし大食いなんだろうね」

「体形には気をつけています」とマーガレットは言った——ニューヨークの人がぶしつけだと雑誌で読んだことがあるが、当たっているのかもしれない。「でも、どうしてわたしのことをペギーと？」

「マーガレットの略称だよ、お嬢さん」とミセス・デイリーは首を横に振りながら言った。マーガレットがまだ腑《ふ》に落ちないでいると、女主人は続けた。「馬鹿みたいにそんなところに突っ立ってるんじゃないよ。さ、夕食の前にまずは部屋だ」

部屋は小さかった——グリーンズバーグでは〝狭苦しい〟部類にはいるだろう。シングルベッド、洗面台、ナイトテーブル、そして抽斗のあるタンス。ナイトテーブルの上の鏡の角は少し銀めっきが剝《は》げていたが、たいして気にはならなかった。それに、やっと荷物を下に置ける。下宿屋の規則を話しはじめたミセス・デイリーの声に、マーガレットは聴き入った。「客を部屋に入れないこと。「シャワーは週に四回まで。うちの下宿屋はきれいにしてるけどお城じゃないからね。廊下の突き当たりに電話がある。市内通話は五分まで。市外は前払いだよ」

「それで結構です」そもそも、電話をかける相手もいない。

「それからペギー」

「はい？」

「中身を空けたらスーツケースを下に持っておいで」

「まあ！　保管しておいてくれるんですか？」

「そうとも言えるかね。でも、別の言いかたをすれば、担保だよ。荷物を詰めこめるものがなければ、夜逃げもできないだろ？」

マーガレットは言われたとおりにした。夕食は、チキンとポテトとインゲンだった——それまで幾度となく食べたことがあったし自分でも作ったことのある料理だったが、家で食べていたのとはまるで味が違った。それでもスープとクラッカーよりはましだったので、きれいに食べきった。おかわりをもらおうかとも考えたが、ミセス・デイリーから体格のことを言われたのを思い出してやめておいた。食事にはまあまあ満足できたし、しばらくは一日二食でしのげそうだと思った。

ミセス・デイリーがほかの住人たちを紹介してくれた。十九歳のマーガレットと比べると三十代に見える女性からかなり年配の男性まで、様々な人たちがいた。でも名前はあっという間に忘れた。今日一日に経験したこととの重さや食事の満腹感が、マーガレットを眠りに引きずりこもうとしていたからだ。失礼にならないくらい時間をおいてから、マーガレットは自分の部屋に行き、こん棒で殴られたかのように眠りに落ちた。明日は木曜日、仕事探しの日だ。

結果的に、金曜日も仕事探しの日になった。そして、その次の週も、そのまた次の週も。どうやらローズベルト大統領の偉大な政策も、デパートにまではその影響力が及んでいないようだ。その証拠に、ショーウィンドウの飾り付け係やイラストレーターの求人を出しているデパートなど、どこにもなかった。服飾関係の問屋が集まるガーメント・ディストリクトならば、と淡い期待を持っていたが、そこでも仕事は見つからなかった。ウェイトレスの仕事を斡旋《あっせん》してくれると言ったバーテンダーがいたが、仕事を紹介する見返りに〝現金ではない斡旋料〟を要求され、マーガレットはその男を平手打ちした。でも、あともうちょっとで、彼の申し出を断ったことを後悔しそうになった。あともうちょっとで。それでもなんとかそんな気持ちを打ち消したのは、母の言い分が正しかったことを証明したくなかったからだった。

もう一度ガーメント・ディストリクト（下宿屋から一時間の距離）を歩いていると、なんだか落ちぶれたビルが眼にとまった。おそらく入居しているのも落ちぶれた事務所ばかりだろう。そんなことを思っている自分だって、じゅうぶん落ちぶれているじゃないか——一日二食でしのいでいるのに、時間はどんどん過ぎていって貯金も底をつきはじめている。近いうちに、家賃の一部を皿洗いや調理で補えないか、ミセス・デイリーに頼みこまなくてはならないかもしれない。でも今は、仕事探しに専念しよう。

思い切ってビルの中にはいり、入居者名の書かれた表示板を見つけてじっくりと眺めた。十階、七階、六階、そして三階に事務所がはいっている。マーガレットは一番上の階から始めて、下に移動することに決めた。そうすれば、空振りの連続だったとしても最後に下りる階数が少なくてすむ。まずはエレベーターで最上階まで行ったが、ガーランドソン建築設計事務所で人手を必要としていないことが判明するのに、九十秒もかからなかった。それから階段で三階分下りて七階に行ったが、その階にある〈パーカー&サン〉でも仕事にはありつけなかった。そもそもなんの会社なのかさえ、見当もつかなかった。ミスター・パーカーにも、その息子《サン》（それともミスター・サン？）にも直接会えなかったので、どういう仕事をしているのかはわからなかったが、人を雇うつもりがないことだけはすぐにわかった。同じように、廊下奥の芸能斡旋業者——ミスター・ランズバーグ——からも、ダンスができなければ仕事はないと言われた。挑戦してみようかとも思ったが、残念ですがショーガールじゃないので、と言ってマーガレットは断った。

「そのうちやってみたらいいんじゃないか？」とランズバーグは言った。「ダンサー向きのいいスタイルしているよ。きみ、身長は？」

何に向いているにせよ、いいスタイルをしているなどと言われたことに仰天して、マーガレットはつい正直に答えてしまった。「百八十一・二センチです」

ランズバーグは首を横に振りながら言った。「いやぁ、残念だねぇ。ロケッツ（ロックフェラー・センターのラジオシティ・ミュージックホールを拠点とするダンスカンパニー）にはいるには、ちょっと背が高すぎるな。ま、気が変わったら電話してくれ」

「電話しないほうがみんなのためね」廊下に出てから、彼女は自分につぶやいた。ショーガール向きのスタイル？　このラージ・マージが？　マーガレットは視線を自分の体に向けた。確かに脚は長いし、最近よく歩きまわっているので引き締まっている。おまけに、一日二食を余儀なくされているおかげで、体もほっそりしている――あのミセス・デイリーでさえ、最近は夕食のときにたびたびおかわりを勧めてくれるようになった。今のこの状況も、悪いことばかりじゃないのかもしれない。

一階下の六階はがらんとしていて、人の気配がなかった。まるでわたしの前途みたい、とマーガレットは思った。それでも、一応すべての階を見ておこうと思って廊下を歩いていくと、突き当たりにドアが見えた。〈ウォルター・シュレーヤ、不動産専門弁護士〉という文字が、凹凸のあるすりガラスに金箔《きんぱく》で書かれている。まだ貼られたばかりのようで、辛うじて剝がれてはいなかった。ガラス越しに人のシルエットが見えたので、マーガレットはドアを叩いた。

「どうぞ」と言う声が聞こえた――心地いい響きの男性の声だった。彼女が部屋にはいったとたん、男性が言った。「ああ、紹介所からのかたですね。ずいぶん遅かったですね」

一瞬「はい、紹介所から来た者です」と嘘《うそ》をつこうかとも思ったが、賢明ではないと思いとどまった。紹介所(何の紹介所？)から来た本人が登場してしまったら大変なことになる。だからマーガレットは言った。「おっしゃってる意味がよくわかりませんが――ここには仕事を探しに来たんです。でも、どなたかをお待ちのようでしたら――」

「いや、確かに待っていたんだけどもね」と男性は言った。「どうやら彼女は来ないようだ」

マーガレットは室内を見まわした。小さなオフィスだった――ミセス・デイリーの下宿屋の部屋と大差ない狭さだ。ミスター・シュレーヤと思われる男性――オフィスの狭さからして、何人も働いているようには思えない――は、緑のカーペットの上に置かれた小さな木製の机に坐っていた。彼の右うしろには、ファイル・キャビネットが妙な角度で交わる壁面に置かれていた。部屋は、六角形ののど飴か、あるいは面をきちんと揃《そろ》える前のトランプを思い起こさせるような形だった。マーガレットの斜め右にある小さな机には、タイプライターが置かれていた。ミスター・シュレーヤの机の上のランプはデスクマット全体を照らし、彼の左ひじの近くには電話があった。

部屋の中を眺めまわしているマーガレットにシュレーヤは言った。「タイプはできる？」

「はい。一分間にだいたい六十から六十五ワードくらいは」

彼は口笛を鳴らした。「ファイリングは？」

「ええ、アルファベットを知っているとタイピングにも役立ちますので」

彼はにやりとした。「あと、口述筆記は？　ちょっとやってみよう。そこに坐って」彼はそう言うと、タイプライターのほうを指差した。「机の抽斗にメモ用紙とペンがはいっている」確かにはいっていた。「準備はいいかな？　ミス……」

「デュポンです」とマーガレットは言ってから続けた。「マー――ペギー・デュポンです」

〝ペギー〟という響きが気に入っていた。ひょっとすると、この新しい名前が幸運をもたらしてくれるかもしれない。

「それでは、マー・ペギー」シュレーヤからそう呼ばれて、マーガレットは笑みを浮かべた。「一九三五年十月十九日。親愛なるミスター・マクギリカディ――dがふたつ――地番Z219X3で示される土地には、抵当権が設定されていないことをご報告いたします。さらに、土地の権利には通行権も含まれているため、地役権の行使も不要です。必要書類を同封いたします。御用の節はなんなりとお申し付けください。今後ともどうぞよろしくお願いいたします。ウォルター・シュレーヤ。読み返してみて」彼女が読み返すと彼は言った。「悪くないね。それをタイプしてくれないか」言われたとおり、マーガレットはタイプした。「見せてもらえるかな？」

「もちろん。ここはあなたのオフィスですから」自分のことばにマーガレットは少し驚いた。ずいぶんと生意気な言い方だ。母が聞いたら激怒したに違いない。彼女は、タイプした紙を手渡した。「いい出来だ」彼はそう言うと机に戻り、受話器を手に取って電話をかけた。

「エイジャックス・パーソネル社ですか？　ええ、ウォルター・シュレーヤです。手違い？　よくあることですよ。いえいえ、結構です。求人枠はもう埋まりましたので。ありがとうございました。それでは、失礼します」彼はマーガレットに眼を戻した。「さてと、マー・ペギー。話し方からすると、ブルックリン出身じゃなさそうだね。タイピングや口述筆記はどこで勉強したんだい？」

「グリーンズバーグ高校です。テネシー州グリーンズバーグの」

「そんな田舎でもタイプするとは知らなかったな」

マーガレットは眼を細く狭めて言った。「全員じゃありませんけど」

「だからきみは蹴り出されたってわけか」マーガレットが立ち上がろうとするのを、彼は両手で押しとどめるような仕草で制止した。「まあ、落ち着いて。マー・ペギー」

「いつまでそれを続けるおつもりですか？　ペギーだけで結構です」

「それはなによりだ。で、これまで秘書の経験は？　ない？　もし週給十七ドル五十セントでよければ、きみは今から秘書だ。世間相場は二十ドルだが、そこまで出すところはなかなか見つからないだろうな。私だったら、新聞の死亡広告欄を見ながらもっといい話が見つかるまで、とりあえずはここで働くかな。それと、電話の応対も頼みたいんだが、そんなに難しいことじゃない。めったにかかってこないしね」

「十七ドル五十セントで充分です、ミスター・シュレーヤ」

「ここは小さなオフィスだから、客の前じゃなければミスターやミセスなんか必要ない。ウォルターでいいよ」

　母だったら許さないところだろうが、ここはグリーンズバーグじゃない。「わかりました。ウォルター」

「よし。では、財産法についてはどのくらい知ってるのかな？」

　全く知らなかった。ウォルターは午後いっぱいかけて、〝権原〟が不動産所有権を証明する証拠だということや、彼の仕事の内容について教えてくれた。そして、これから頻繁に出向くことになるニューヨーク市の登記所や、明日の昼食にサンドイッチを買いに行くことになるデリの場所を教えてくれた。「何か質問は？」とウォルターから訊かれたときには、すでに五時になっていた。

質問なら百万ほど、と思ったが、口にはしなかった。「いろいろ教えていただき、ありがとうございました。それに、チャンスをくださってありがとうございます」

彼は肩をすくめた。「感謝ならエイジャックス・パーソネル社に。」「では明日、九時に」

「よろしくお願いします」下宿までの五キロは、今まで歩いた中で一番短い距離だった。

少なくとも、翌朝同じ道を歩くまでは。ついに、マーガレットが歩いているのは〝わたしがいる街〟ではなくなった――彼女は〝わたしの街〟を歩いていた。

死んでることに慣れるまで、ずいぶんと時間がかかってしまったわ、とマーガレットは思った。まあ、実際にはたった二週間くらいだけど。そもそもどんな決まり事があって、どのくらいの時間をかけてそれを覚えなくてはならないのかもわからない――ひょっとして永遠に？　もしかしたら興味をなくしてしまうかもしれないし……つまり、幽霊でいることに。グリーンズバーグでは〝お化け《ハイント》〟とも呼んでいたが、幽霊でいることにだんだんと興味がなくなっていき、何か別のものになったり、〝無〟になったりするのかもしれない。これからどうなっていくのかはわからなかったが、どんな感じで物事が進んでいくのかは知りたかった。

たとえば彼女の体。どこにあるのかは知っていた――グリーンズバーグにある家族の墓地だということは、父が遺体を引き取ると聞いたときから予想はしていた。でも、体の行くところに一緒について行かなくてもいいのだと知って少し驚いた。と言うより、一緒には行けなかった——一緒について行こうとしたが、どうすればいいのかもわからなかったし、そもそもそんなことができるのかすらわからなかった。いいお葬式だったのならうれしいんだけど、とマーガレットは思った。おばのコニーはいい葬儀が大好きだった。特に、近親者が取り乱して泣き崩れたり、号泣しながら墓にしがみついたりする葬儀が。でも、わたしのお葬式はそんなふうにはならないだろう——母がそういうのは許さないから。ごめんなさいね、コニーおばさん。たとえそうだとしても、葬儀のときに流された音楽は聴きたかった。

マーガレットはまだニューヨークにいて、幽霊でいることにも利点があった。もう家賃を払わなくていいし、家の外にいるのか中にいるのかもたいして違いはない。起きているのか寝ているのかも。そもそも疲れないので寝る必要などないのだから。それでもときどき、あちこち見てまわったり街の中を動きまわったりしているときに、もうそんな気分ではなくなって瞬《まばた》きをすると、何時間も、ときには何日も経っていることがあった。いずれの場合も、瞬きをした場所がどこであれ、気がつくと彼女がいるのはオフィスか、ミセス・デイリーの下宿屋の前だった。彼女が——

そう、つまり彼女が死んだ場所だ。ドラマチックなことはまるでなかったはずだが、致命的だったことだけは確かだ。路上で強盗に襲われたとかタクシーにはねられたとかそういうものではなく、倒れたときの打ちどころが悪かった。ただそれだけだった。あのとき、彼女はメイシーズ・デパートで買ったばかりのスイカズラの香水のことを考えていた。すると道の角で靴のヒールが折れたか、あるいはひざがまたはずれたかして――今となってはよく覚えていなかったし、細かいことはもうどうでもよかった――彼女は倒れた。頭から歩道に倒れていくとき、痛そう、と思ったのに全然痛くなかった。そして次の瞬間、マーガレットはミセス・デイリーのうしろにいて、彼女が隣人に話しているのを聞いていた。背の高い女の子が転んで、まるで蠟燭《ろうそく》の火が消えるように死んじまってね（ここでミセス・デイリーは十字架をきった）、かわいそうにお父さんが娘の荷物を引き取りにきて生まれ故郷に持ち帰ったんだよ、と話していた。あとに残ったのは空き部屋だけで、また借り手を探さなければいけない、と。

悲しいことだとは思ったが、マーガレットはそれほど思い悩んでいるわけでもなかった。全然痛くなかったし、演劇や博物館や公園など街じゅうどこへでも行けたし、入場料を払う必要もなかった。当然、誰かに煩わされることもない。ひょっとして動物は彼女の存在に気づいているんじゃないかとは思った――路地裏とか窓辺にいる猫や鳥、セントラル・パークのリスも、彼女が近くにいると同じように首をかしげるような気がした。でも人間はまるで気づいていないようだった。一日じゅう歩きまわっても疲れたり空腹になったりしない点も、彼女は結構気に入っていた。

街ではほかの幽霊（この呼び方にはまだ違和感があり、未婚の母とかニグロと同じくらい心地悪いことばだったが、それしか言いようがなかった）も見かけた。彼らがマーガレットに気づいていたのかは、はっきりとそう言ってくれなかったのでわからない——もしかしたらそういうことは言わないものなのかもしれない。彼らは他人のことには口出しをせず、マーガレットも彼らのことには干渉しない。それはそれでいいのかも、と彼女は思った。

　とはいえ、実際に彼女にできることは多くはなかった。いろんなものを通りぬけられることは、ミセス・デイリーの立ち話を耳にしてからまず最初に試してみたのでわかっていた——でもそれは、いろんなものが彼女を通りぬけていくことも意味していて、むしろその場合のほうが多いくらいだった。日が経つにつれて、本気で集中すれば乗り物にも乗れるとわかってきた。馬鹿みたいにそこに突っ立って乗り物が彼女の体を通りぬけていく代わりに、路面電車やタクシーや地下鉄に乗って一緒に移動できるようになった。でも、ものを持ち上げたり動かしたりはできなかった。ほんの小さな埃《ほこり》なら、ものすごい集中力と長い時間をかければ動かせなくはなかったが、たとえ成功したとしてもそのあとはもう集中したくなくなり、瞬きをして下宿屋かオフィスに戻るのだった。少し先の時間に。

　自分の外見がどうなっているのか、動物とかほかの幽霊からどのように見えているのかはわからなかった。もともと体があったところを見ても、以前と変わらないような気がした——白い襟のついたお気に入りの青いワンピース（これを着て埋葬されたの？　死んだときにこれを着ていたの？　はっきりとはわからなかったが、とにかくお気に入りのワンピースだった）にストッキングと黒い靴。ガードルは着けていなかった。もっとも、以前からガードルは必要なかったし、悲しいことに、それについて意見を言ってくれるような関係の相手もいなかった。一度だけ、ショーウィンドウに映った自分の姿を見たことがあった。そのときは、青いワンピースに合う青い花を黒髪にさしていたと思うが、確信はなかった。もしかしたらただの光のいたずらだったのかもしれない。そもそも、彼女自身が光のいたずらにすぎないのかもしれない。全然そんなふうには感じられないけれど。

じゃあ、どんなふうに感じていたか。たとえるならカーボン転写の三枚目――読めないことはないけど、薄くて少しかすれていて、ファイルの中に保存しておくには充分だけど、顧客にはとてもじゃないけど送れない、そんな感じだ。それでも彼女はニューヨークにいつづけていた。彼女の街になったニューヨーク、彼女が〝ギー〟として暮らした街。最後は、相変わらずどんくさいラージ・マージに裏切られて転んでしまったけれど。

彼女はウォルターが恋しかった。結局、ウォルターとは半年ほど一緒に仕事をしたが、彼のそばにいるのが好きだった。もちろんそれは仕事上の関係でしかなかったが、彼はとてもいい上司だった。そして、とてもハンサムだった。でもそれ以上に、彼は完ぺきな紳士だった。

ああ、もう。本当に残念。もちろん彼女はレディらしく振る舞っていた――そうでなければ母が許してくれない――が、男たちが彼女のことを意識しているときには気づいていた。たとえば道を歩いているときに向けられる視線とか、デリのカウンターの店員からかけられるちょっとした冗談とか。ウォルターも彼女のことを意識しているように思えるときがあった——正直な話、香水を買ったのもそのためだった。

恋愛は一度だけしたことがある、と彼が前に話してくれた。相手の女性は、彼がまだロー・スクールにいるときに小児まひで亡くなったそうだ。その話を彼がしたのはたった一度だけ、のんびりしたある午後のことだった。でも彼の眼の中にある悲しみが見えてしまい、彼女はすぐに話題を変えた。もしかしたら、いつの日かウォルターとは何か起きていたかもしれない。彼女が見た何十という映画の中にも、上司が秘書を好きになってうまくいったものがあった。もしかしたら、そのうちそういうふうになったのかもしれない。

でもペギーがそうなることはなかった。だとしても、これほど頻繁にオフィスに来てしまうのは、そのせいなのかもしれない。ウォルターもオフィスにいることが多く、ときどき夜遅くまで仕事をしていた。彼女が働いていた頃も、夕方に彼女が帰宅してから彼は戻ってきて仕事をしていたのだろうか。たぶん違う——秘書が優秀ならそんな必要はない。

ウォルターが、また考え事を口に出していた。彼女が働いていた頃も彼はよくひとりごとを言っていたが、彼女は相談されるのが結構好きだった。彼は顧客のファイルに眼を通していたが、何かが欠けているようだった。エイジャックス・パーソネル社から派遣されてきた子が雑な仕事をしたのだろう——ペギーは速記用のメモ帳がファイル・キャビネットのそばの椅子の上に放置されているのを見つけた。だらしないわね。わたしなら、あとで探さなくてもいいように必ずタイプライターの横に置いておくのに。

オフィス全体が、記憶よりもなんだか古びているように感じられた。こんなに狭くて、こんなにしょぼくれていただろうか。何が違うのかに気づくまで少し時間がかかった。以前も今と同じようなものが詰まっていたが、その中には彼女の可能性や夢も詰めこまれていたのだ。それが、今はなかった。彼女はもうそこにはいなかった。死んでから初めて、彼女は裏切られたような気分になった。

でも、それはほんの一瞬だけだった。彼女は、何が待ち受けているのかも知らずにこの街にやってきた。それでもこの街は、彼女のことを受け入れてくれて、ほんの短いあいだだったけれど、この街の一部になれたような気にさせてくれた。グリーンズバーグにいたら絶対になれなかった自分になれた――彼女はペギー・デュポンになることができた。

これから彼女は何になるのだろう。それはわからなかった。でも、そんなことは以前だってわからなかった。それでもなんとかこの街にたどり着くことができたし、なんとかこの街で暮らすことができた。たとえ短い時間だったとしても。きっとこの先も、どうなるかはわからないけれど、なんとか道は見つかるだろう。彼女は街で見かけたほかの幽霊たちのことを考えた。揺らめきながらこの街をさまよい、彼女とはことばも交わさず、それぞれにやらなければならないことをやっていた。あまり多くの幽霊を見かけなかったのはなぜなのだろう。もしかしたら街にいつづけている幽霊は、もうここにいなくてもいいことに気づいていないのかもしれない。

彼女はずっとグリーンズバーグに閉じこめられていた――自分から外に出る決心をする

までは。ひとりぼっちで身動きがとれなかった――自分から動きだそうと決心するまでは。もし、ここからいなくなる決心をしたら？　どうなるのかはわからなかったが、以前決心したときは、いずれもいい結果が生まれた。ほかにどんな結果が待っているのか、確かめてみるのも悪くないかもしれない。

ようやくペギー・デュポンは、自分がずっと求めてきたものがなんだったのかを知った――それは、自由になること。その自由を今、手に入れたのだ。グリーンズバーグからの自由、母からの自由、そして自分を裏切った大柄な体からの自由。今は、想像できるどんなところにでも行ける自由がある。高校のときに覚えた長い詩、『失楽園』の一節を彼女は思い出した。

果てしない世界が、彼らの眼の前に広がっていた。
そこに安息の地を見つけるのを、摂理が導いてくれるだろう。

眼の前には、世界よりも大きなものが広がっているような気がした。この小さなオフィスよりも、この街のほうがずっと大きかったように。それに、これまでの旅はほんの小さなたどたどしい歩みでしかない。今はほかにも、もっといろんな旅が彼女を待っている。でも、親切にしてくれたウォルターのことが心残りだった。彼のことを愛していたのだろうか。今となっては、どうだったのかはわからない。ただ、彼がやさしかったことだけは確かだ。彼に少しだけやさしさの恩返しがしたかった。

ファイル用の抽斗の中に、ウォルターが探していたページが斜めになって紛れこんでいるのが見えた。彼女は今までしたことがないくらいに集中した。そのせいなのか、それとも列車が通り過ぎた振動と風のせいなのかはわからないが、そのページはひらひらと舞って机の近くの床に落ちた。ファイルに眼を通していたウォルターには見えなかったようだが、そのうち気づくだろう。

実際、落ちている書類のページに彼が気づいたのはそれから数分経ってからだったが、そのときにはもうペギーはいなくなっていた。翌朝、ファイルを片付けようとしていたウォルター・シュレーヤの鼻をくすぐったのは、埃と、かすかなスイカズラの香りだった。

午前11時に会いましょう

ジョイス・キャロル・オーツ

JOYCE CAROL OATES

現代アメリカを代表する女性作家。数多くの長篇小説と短篇集を出版している。アメリカ芸術文学アカデミーの会員であり、ブラム・ストーカー賞、全米図書賞、O・ヘンリー賞、全米人文科学勲章などを受賞している。

訳

門脇弘典

HIRONORI KADOWAKI

ELEVEN A.M., 1926

ブルーのフラシ天張りの椅子のクッションの下に、それは隠してあった。

彼女はおずおずと手探りするものの、すぐに指を引っ込める。焼けつく熱さを感じたような気がして。

ダメ！　そんなこと起こりっこない。バカな考えはやめないと。

今は午前十一時。いつも午前十一時のこの部屋で、彼と会う約束になっていた。

彼女は今、自分の一番得意なことをしていると言っていい。待つことだ。

もっと言えば、彼の好きな恰好《かっこう》をして待っている。裸で。靴だけ履いて。

それを彼は〝ヌード〟と呼ぶ。〝裸〟ではなく。

（〝裸〟は下品なことばだ！　彼は紳士で、下品さを毛嫌いしている。女性が口にするあらゆる下品なことばと、女性が見せるあらゆる下品な仕草を）

それには共感できる。彼女自身、女性が汚いことばをつかうのはよくないと思っているから。

ただ、ひとりきりのときには、ほんの少しだけれど汚いことばを口走ることもある——うげっ！　最低。ああクソ……

それも、すごく動揺したときだけ。心が壊れてしまいそうなときだけ。

彼のほうは好きなようにどんなことばでもつかえる。ものすごく下品で粗野なことばでも——男がよくやるように——笑って口にできるのは男の特権だ。

彼はこうつぶやくこともある——畜生《ジーザス》！

これは汚いことばというより感嘆表現だ。時々つかっているのを耳にする。

畜生《ジーザス》！　きみはなんて美しいんだ。

ほんとうに美しいのだろうか？　そう、美しいのだ、と胸につぶやいて微笑《ほほえ》む。

自分は〝窓辺の女〟だ。秋のニューヨークの朝の薄明かりを浴びている。

ブルーのフラシ天の椅子に坐って待っている。午前十一時に。

夜の大半を眠らないまま、朝早くお風呂につかって彼のために準備する。

体にはローションを塗る。胸に、腹に、腰に、尻に。

なんて柔らかい肌なんだ。すばらしい……。そこまで言うと彼はことばが出なくなる。

初めはなかなか触れようとしない。初めのうちだけだけれど。

ほのかにクチナシの香りのする乳白色のローションを肌に塗る。それは厳かな儀式だ。

夢見る女のように無我夢中でローションを肌に塗る。人呼んで〈ザ・マグワイア〉——

彼女のアパートメントがはいっている十番街二十三丁目のブラウンストーンの建物――の風通しの悪い乾燥した空気と、暖房器の熱とで肌がかさつかないか恐怖さえ覚えながら。外からだと〈ザ・マグワイア〉は堂々とした古式ゆかしい建物に見える。けれど、内側は掛け値なしにただただ〝古くさい〟だけだ。

この部屋の壁紙もそうだし、くすんだ緑色のカーペットも、ブルーのフラシ天の椅子も――古くさい。

それに、この乾いた暑さ！　寝ていると咽喉《のど》が灰のように乾き、息苦しくなってしょっちゅう眼が覚める。

自分より年上の女性の乾ききった肌は何度も見てきた。中にはそれほど歳取っていない人もいた。六十代とか、もっと若い人も。彼女らの紙のように薄い肌、ヘビの抜け殻のように乾いた肌、白い小皺《こじわ》の迷路は、見るに堪えない。

母がそうだった。祖母も。

バカな考えはやめないと。そんなことわたしには起こりっこない。そう自分に言い聞かせる。

彼の奥さんは何歳だろう。彼は紳士だから、妻の話は決してしない。こちらからあえて訊いたりはしない。訊きたそうな素振りを見せることもない。彼の顔が怒りで真っ赤になるから。その顔に空いた穴のような黒い大きな鼻孔が、嫌なにおいを嗅いだかのようにすぼまる。そして彼は押し黙り、他人行儀になる。この危険シグナルが出たら、もう引き下がったほうがいい。

　さらに考えていると、勝ち誇った気分になってきた。彼の奥さんは若くない。わたしほど美しくもない。彼は奥さんを見ているときも、頭ではわたしのことを考えている。

（でも、ほんとうに？　半年前から――去年の冬、離れ離れになっていた長いクリスマス休暇から――確信を持てずにいる。彼女を市《まち》に残して、彼は行き先を告げずに家族とどこかで過ごした。戻ってきたとき顔と手が陽焼《ひや》けしていたから、バミューダあたりだろう）

　バミューダには行ったことがない。というより、南の国はどこにも。彼が連れていってくれないなら、一生行くことはないだろう。

　なにしろここに閉じ込められているのだから。いつでも午前十一時のこの部屋に。時々、この椅子につなぎ留められているかのような気がしてくる。窓のまえに縛りつけられ、外を眺めて渇望しているのだ――でも、何を？

　今住んでいるのと同じような建物を。細く切り取られた空を。午前十一時にはもう弱まってしまう陽の光を。

　擦り切れはじめているブルーのフラシ天の椅子にはうんざりだ。

　ヘッドボードつきのベッド――彼が選んだダブルベッド――にもうんざりだ。

　東八丁目通りのエレヴェーターのない建物の五階のワンルームに住んでいた頃は、もちろんシングルベッドだった。女性向けで、彼には小さすぎて、狭すぎて、ひ弱すぎた。

　彼のお腹《なか》まわり、それに体重では――彼は少なくとも九十キロはある。

全部筋肉だよ——彼は決まってそう言う（冗談めかして）。それには小声で「そうよね」と答える。

眼をぐるりとまわしてみせても、彼は見ていない。

こんなところに閉じ込められていることに、憎しみすら覚えるようになった。いつでも午前十一時で、いつでも彼を待っているこの部屋に。

考えれば考えるほど、憎しみは今にも燃えあがりそうな熾火《おきび》のように掻きたてられる。

彼が憎い。ここに閉じ込めておく彼が。

彼女のことを泥みたいに扱う彼が。

いや、泥よりひどい。靴底にこびりつき、彼がこそぎ落とそうとしている何かだ。見ていると殺してやりたくなる、あの仏頂面で彼は言うのだ。

また私に触れてみろ！　後悔させてやるぞ。


ただ、仕事では違う。職場での彼女は——羨望の的だ。

ほかの秘書は彼女が〈ザ・マグワイア〉に住んでいることを知っている。秘書のひとりに部屋を見せたことがあるからだ、一度だけ。

あのときはすごく愉快だった。モリーの眼つきを見たときは！

そう、それはまちがいない——ここはすごく素敵なところだ。秘書としての給料ではとても手が届かないほど素敵な。

ただしキッチンはないけれど。部屋の隅のアルコーヴにホットプレートがあるだけだ。だから自分で料理をするのは難しい。食事は六番街二十二丁目にある自販機食堂《オートマット》に頼ることになる。あるいは、（週に一度あるかないかだけれど）彼がどこかほかの店にディナーに連れていってくれる。（そのときも気をつけないといけない。馬みたいに食う女ほど見ていて不快なものはない、とは彼のことばだ）

バスルームならある。生まれて初めて手に入れた、自分専用のバスルームが。

家賃は彼があらかた出してくれている。こちらから頼んだことはない。頼むまでもなく彼のほうから渡してくるのだ。毎回、その場で思いついたふりをして。

美しい君よ、どうか何も言わないで。口にすれば、魔法が解けて何もかも消えてしまうから。

何時だろう？　午前十一時。

今日も遅刻だ。いつだって彼は彼女のところに遅刻する。

レキシントン通りと三十七丁目の交差点で、南に向かっているところだ。

黒いソフト帽にキャメルのコート。軽く口笛を吹いている。背は高くないが、上背があるような印象を与える。大男ではないが、前から人が歩いてきても決して道を譲らない。

ちょっと、あんた！　ちゃんとまえ見て歩けよ。

そんなことばを浴びせられても歩調を緩めない。まわりのものにはわずかに注意を払うだけだ。

固く閉ざした顔。歯を食いしばった顎。人でも殺しかねない勢いだ。

窓辺の女のことを彼は好んで思い浮かべる。以前、三階のアパートメントの下の歩道に立ち、ブラウンストーンの建物の窓を数えたことがある。どれが彼女の部屋の窓かは知っていた。日が暮れると、明かりに照らされたインテリアの影がブラインドに映り、ブラインドは透きとおる肌のようになる。

彼女のところから立ち去るときに目にするのは、いつもそんな光景だ。あるいは、彼女を訪ねるときも。

昼日中から訪ねることは少ない。昼間は仕事と家族で手一杯だから。昼間の彼は表向きの彼なのだ。

夜になると別の彼が出てくる。堅苦しい衣服――コート、スラックス、白い木綿のワイシャツ、ベルト、ネクタイ、靴下、靴――を脱ぎ捨てると。

けれど、今は彼女の休みが木曜日で、〈ザ・マグワイア〉には木曜の午《ひる》まえに行くと都合がいい。

午まえから午後へと時間は移ろう。さらに昼下がりから夕方へと。

その頃になると彼は自宅に電話をかけ、メイドに伝言を言いつける——どうしても残業しなきゃならない。夕食は待たなくていいぞ。

実際のところ、彼が一番好きなのは心に思い描いた窓辺の女だ。想像の中なら彼女も下品なことばを口にしたり下品な仕草を見せたりしない。陳腐なことも馬鹿なことも予想のつくようなことも言わない。彼の繊細な神経は、（たとえば）男のように肩をすくめる女には耐えられないようにできている。ジョークを言おうとする女や、皮肉を言おうとする女にも。にやにやする女には憎しみさえ湧いてくる。

最悪なのは、彼女が（何も穿《は》いていない）脚を組むと、太腿がつぶれて横に張り出すことだ。柔らかい産毛の生えた、硬い筋肉質の脚——見るもおぞましい。

ブラインドを閉めなければ。しっかりと。

光よりも影だ。だから夜が一番いい。

横になるんだ。動かないで。しゃべらないで。とにかく——そのままで。

彼女が息苦しさに耐えかねてハッケンサック（ニュージャージー州北東部の都市）からこの市《まち》に移り住んで、もうずいぶん経つ。

あのとき、決してうしろを振り返らなかった。そんな彼女をわがままだとか血も涙もないとか言う人も当然いた。かまうものか、あそこでいいように使われていたら、今頃は骨の髄のように吸われてからからになっていたにちがいない。

罪深いことだとも言われた。ポーランド生まれの祖母が怒りにロザリオを震わせ、聞こえよがしに祈りを捧《ささ》げていた。

誰が気にするっていうのよ！　わたしのことは放っておいて。

最初の仕事はウォール街にある〈トリニティ・トラスト〉の文書整理係だった。上司のミスター・ブロデリックが（病弱な）妻と（情緒不安定の）思春期の娘を捨てるのを待っていたら、若き日の三年間が無駄になった。今くらい賢かったら、あんなバカはしなかったのに。

次の職場は西十四丁目通りの〈ライマン・タイプライター〉で、ここでも初めは文書整理係だったけれど、やがてミスター・キャッスルの秘書に昇進した。その老いぼれからは最低限のことしかしてもらえなかった。お呼びでないときに限ってしゃしゃり出てくる、まん丸顔のステラ・チェチさえいなければ、もっとずっとうまくいったはずだ。

ステラ・チェチをエレヴェーターシャフトに突き落としかけたことがある。エレヴェーターが故障した日だった。大きな金属音とともにドアが開くと、そこには風が吹き抜ける恐ろしい洞穴が広がり、埃《ほこり》と油まみれのケーブルが黒くおぞましい大蛇のように身をよじって垂れていた。ステラはヒッと悲鳴を漏らしてあとずさった。そのステラの手を彼女は握りさえした。それほどふたりとも恐怖に駆られていた——うそでしょ、エレヴェーターがない！　死ぬところだったわ、わたしたち。

あとになってから、ステラを押してやればよかったと思ったものだ。ステラもこっちを押していればよかったと思っていただろう。

三番目の職場がフラティロン・ビルディングにはいっている〈トヴェク不動産&保険〉で、今はミスター・トヴェクの個人秘書として働いている――あなたがいなくなったらどうすればいい、スウィートハート？

なにしろトヴェクがそこそこの給料を払ってくれているのだから。それに、去年のクリスマス――彼女が死にたくなったクリスマス――のように失望させたりしないし。

もう午前十一時。今朝がその、、、ときだろうか？　興奮と不安で体が震える。

彼を傷つけてやりたくてたまらない。罰を与えたくて！

何日かまえ、朝のお風呂のあと、ドレッサーの引き出しから裁ちバサミを取り出してうっとり眺めた。指先で刃先の鋭さを確かめた。申し分ない鋭さ、アイスピックのような鋭さを。

それから、窓辺の椅子のクッションの下に押し込んだ。

クッションの下に裁ちバサミを隠すのはそれが初めてではなかった。彼の死を願ったのも。

裁ちバサミを枕の下に隠したこともある。

ベッドサイドテーブルの引き出しに忍ばせたことも。

それほど彼を憎んでいるのに、殺すだけの勇気――あるいは絶望――が（まだ）湧いてこないのだ。

（だって、〝殺す〟って恐ろしい響きでしょう？　もしも誰かを〝殺し〟たら、その人は〝人殺し〟になる）

（罰を与えるのだと考えればいい。正義を行うのだと。裁ちバサミしか頼るものがない状況で）

誰かを傷つけたことなんて生まれてから一度もない！――子供の頃でさえ、ほかの子をぶったりつかみ合いをしたりしなかった。少なくともしょっちゅうは。少なくとも覚えている限りは。

彼は暴君だ。彼が彼女の夢を殺した。

彼女を捨てるまえに彼は罰せられなければならない。

裁ちバサミを隠すたび、実際に使うときが少しずつ近づいてくる（と感じる）。ひたすら刺して、刺して、刺すのだ。彼が見るに堪えない醜く歪《ゆが》んだ顔で彼女を、彼女の体をずんずんと貫くように。

想像もできない、そして取り返しのつかない行いだ。

この裁ちバサミは大ぶりで、普通のハサミよりずっと強い。

かつては母の持ちものだった。母は腕のいいお針子で、ハッケンサックのポーランド人街では誰よりも尊敬されていた。

裁縫には彼女も挑戦している。母ほどの腕ではないけれど。

自分の服を繕う必要があるのだ――ワンピースの縁《へり》、下着、ストッキングまで。それに、編みものや鉤針《かぎばり》編みは心を落ち着かせてくれる。時間に追われていないならタイピングも。けれど実際には――この手紙はよく書けているね！　でも〝完璧〟ではないな……やり直してくれ。

時々、〝彼〟と同じぐらい〝ミスター・トヴェク〟のことも憎くなる。

いざというときには裁ちバサミをしっかり握ることができるだろう。その自信はある。十五のときからタイピストをしている。指が強く、しかも精確になったのはこの仕事のおかげだ。

もちろん頭ではわかっている。男なら腕のたった一振りで裁ちバサミを彼女の手から叩《たた》き落《お》とせることは。彼に見とがめられたら、アイスピックのように鋭い刃先が彼の皮膚に刺さるまえに叩き落とされてしまう。

だから素早く刺さないといけない。彼の咽喉を。

〝頸動脈《けいどうみやく》〟を――それが何かは彼女も知っている。

心臓はダメだ。どこにあるのか、正確には知らないから。あばら骨に守られてもいる。胴体は大きくてがっしりしているし――脂肪が多すぎる。裁ちバサミの素早い一突きで心臓を貫くなんてできるわけがない。

背中もそう。肉がやや薄いとはいえ、やはりためらってしまう。悪夢のような光景が眼に浮かぶのだ。裁ちバサミの刃先が彼の背中の途中で止まる。殺せるほど深くなく、傷にしかならないところで。彼が怒りと痛みで絶叫し、腕を振りまわすと、血がそこらじゅうに飛び散る……

だから、首にしよう。咽喉にしよう。

咽喉なら男も女と同じぐらい弱い。

裁ちバサミの鋭い刃先に皮膚を貫かれ、頸動脈を裂かれれば、男だろうと女だろうとひとたまりもない。

午前十一時。

彼がドアをトントンと叩いて言う。はいるよ。

鍵をまわす。それから――

ドアを閉める。歩み寄ってくる。

注がれる視線がアリの群れのように(ヌードの)体を這いまわる。

映画のワンシーンのようだ。男の顔には欲望の色が浮かぶ。飢えて、貪ろうとしているのがわかる。

(彼に話しかけるべきだろうか? こういうときの彼はたいてい、彼女のことばもほとんど耳にはいらず、眼のまえのものに心を奪われている)

(何も言わないほうがいいだろう。彼女の鼻にかかったニュージャージー訛《なま》りに顔をしかめて〝シーッ!〟と制されたりしないように)

去年の冬、あの大げんかのあと、彼をアパートメントから閉め出そうとした。椅子をドアのまえに引きずってきてバリケードを築いたけれど、(当然) 彼は荒々しい力で突破した。

子供じみた、ムダなことだ。あの男を閉め出そうとするなんて。彼は自分でも鍵を持っている、もちろん。

あのあと罰を与えられた。徹底的に。

ベッドに突き倒され、枕に顔を押しつけられた。息ができず、叫び声を上げてもくぐもってしまう。殺さないでと懇願しても、握り拳で背中を、腰を、おしりを、したたかに殴られた。

そして、彼は彼女の脚を乱暴に広げた。

次にこんなことをしたら、こんな——もんじゃ——ない——からな。

汚らしいポーランド女め!

当然、そのあとでよりを戻した。

そういうことがあるたび、よりを戻してきた。

彼は電話をかけてこず、部屋に寄りつかないことで罰を与える。でも、そろそろかなと思う頃になると戻ってくるのだ。

十二本の赤いバラを持って。お気に入りのスコッチウィスキーの壜《びん》も添えて。

彼を取り戻した、と言えるかもしれない。

彼女に選択肢はなかった。そうも言えるかもしれないが。

ダメ！　そんなこと起こりっこない。バカな考えはやめないと。

彼女は怖いけれど興奮していた。

興奮しているけれど怖い。

午前十一時になると、彼が姿を見せる。寝室の戸口まで来ると、鍵をポケットに入れながらこちらに熱い視線を向ける。その視線に、自分が女であることの力を――このわずかな時間だけでも――感じる。

男の顔に浮かぶ、欲望の色。カワカマスの口のように引き結ばれた口元。

所有者然として、こう考えているのだ――おれのものだ。

このときには彼女はもう靴を履き替えている。もちろん。

映画のワンシーンのように、女はひとりでくつろぐときに履くようなヒールのない真っ黒な靴ではなく、男が買い与えた魅惑的でセクシーなハイヒールを履いていなければならない。

（そんな靴で連れ立って表に出るのは危険なのに、彼は靴を買いに五番街の店に連れていくのを愉《たの》しんでいるようだ。彼が買った高価な靴――履くと痛いがまちがいなく魅惑的なハイヒール——がクロゼットには十足以上はいっている。先月、誕生日にもらったワニ革の豪華な靴も。彼女のアパートメントで一緒に過ごすときだけでもハイヒールを履くよう、彼に言いつけられている)

(とりわけ、〝ヌード〟のときは)

男の眼を見ながら考える——もちろん彼はわたしを愛してる。あれは愛のまなざしなんだ。

彼が到着するのを待ちつづける。何時になっただろう?——午前十一時。

ほんとうに愛しているなら、彼は花束を持ってくるはずだ。

埋め合わせしたいんだ、ハニー。きのうの夜のことでね。

女なら大勢知っているが、体の底から幸せそうな女性はきみだけだ、と彼に言われたことがある。

〝体の底から幸せ〟なんて、いい響き!

彼が言ったのは、大人の女の中ではということだろう。若い女は、その若さ、未熟さが充分なら必ず体の底から幸せになれるから。

いや、不幸せだろうか。それとも、幸せか……

そうだ、わたしは幸せだ。

体の底から幸せになれる。

あなたがいればわたしは幸せ。

だから彼が部屋にはいってきたら幸せな微笑みを向けるのだ。憎んでもいないし死んでほしいとも思っていないかのように両手を広げるのだ。

両手を広げると、胸の重みを感じる。その胸に彼の飢えた眼が釘《くぎ》づけになる。

こんなふうにわめいたりはしない。〝なんでゆうべは来なかったのよ？　約束してたのに。ろくでなし、わたしを靴底のクソみたいに扱わないで！〟

あるいはこんなふうに。〝ただ我慢すると思ってるの――こんな仕打ちを？　あなたのクソ嫁みたいに、ただ寝転がって我慢すると思うの？　女には仕返しの――復讐《ふくしゅう》の手段なんてないとでも？〟

復讐の武器ならある。男の武器ではなく、女のための武器――裁ちバサミが。

かつて母の持ちものだったというところもぴったりだ。母は自分の望みを果たすために裁ちバサミを使ったりはしなかったけれど。

この手に――たくましい右手に――裁ちバサミをきつく握れたら。一撃を繰り出せたら。尻込みせずに突き刺せたら。

自分がそういう女だったなら。

現実には、そういう女ではない。〝頭の中がロマンスの女〟なのだ。男に十二本のバラを贈られるような。箱入りの高級チョコレートを、（なめらかでセクシーな）服を。高価なハイヒールを贈られるような。

お茶を飲みましょう、ふたりでお茶を、あなたにはわたし、わたしにはあなただけ……と鼻歌を歌うような、そんな女なのだ。


午前十一時。やっぱり遅刻だ！

まったく、人に待たされるのは大嫌いなくせに。自分はいつも遅刻する。

レキシントン街三十一丁目の角で西に曲がって三十一丁目通りにはいる。五番街通りまで行くと、今度は南に。

南に進むと、マンハッタンのまばゆさが落ち着いていく。

彼はマディソン街七十二丁目に住んでいる。アッパー・イーストサイドに。

彼女が住んでいる界隈《かいわい》もすごくいいところだ（と彼は思っている）――彼女のような女には。

ニュージャージー州ハッケンサック出身のずんぐりしたポーランド系の秘書ごときには、すごくいいところ。

彼はふと一杯飲みに立ち寄りたい衝動に駆られた。八番街のいつものバーに。

ただ、まだ午前十一時にもなっていない。飲むには早すぎる！

どんなに早くても午だ。自分なりの流儀を持たなくてはいけない。

午なら昼食ということにできる。ビジネスランチに酒を飲むのは普通のことだ。始めるのに一杯。続けるのに一杯。まとめるのに一杯。けれど、タクシーでオフィス――ずっと南のチェンバーズ通り沿い――に行く予定があるときは午でも飲まない。それが彼の引いた一線だ。

言い訳するなら、ミッドタウンの歯医者に予約してあると言う。どうしても行かなきゃならない！と。

もちろん、午後五時は酒を飲むのに礼儀をわきまえた時間だ。昼食からずいぶん経っているので、午後五時の酒は〝その日の一杯目〟と考えてもいいだろう。午後五時の飲みものは〝夕食前の飲みもの〟である。食べはじめるのが午後八時より遅くならなければ。

彼女のところに行くまえに少し寄り道しようか彼は考える。酒屋でスコッチウィスキーを買うべきか。先週持っていったボトルはほとんど空になっているだろうから。

（まちがいなく、あの女は隠れて飲んでいる。窓辺に坐るときも、飲みものを手にしている。彼には知られたくないのだろう。知られないわけがないのに。嘘《うそ》つきの小娘が）

九番街に一軒の店がある。〈シャムロック・イン〉。あそこに寄るのもいいだろう。

彼女と飲むのを愉しみにはしている。あのポーランドの小娘についてひとつ言えるのは、飲む相手にもってこいということだ。飲んでいればほとんど話す必要もなくなるし。

ただし彼女が飲みすぎれば話は別だ。文句、愚痴。それは彼が一番聞きたくないものだ。すねてふくれた彼女の綺麗《きれい》とは言えない顔。それは彼が一番見たくないものだった。十年後――あるいはもっと近い将来――の彼女を予言しているかのような、額の鋭い皺ときたら。

ひどいわ！　約束したのに電話もくれない！　約束したのに顔も見せない！　口では愛してるなんて言うけど――

幾度となくそういうことばを聞かされ、嫌気が差していた。

幾度となく聞くふりをしながら、その実、どちらの女になじられているのかもほとんどわかっていない。窓辺の女なのか、妻なのか。

窓辺の女が相手ならこう言えばいい――きみを愛してる。それで充分さ、今は。

妻ならこう言えばいい――仕事があることぐらいわかってるだろう。しゃかりきになって働いてるんだ。これ全部、いったい誰が払ってると思ってる？

彼の人生は複雑だ。それはまぎれもない事実だった。あの女を騙《だま》しているわけではない。妻を騙しているわけでもない。

（いや――妻は騙しているのだろう）

（あの女も騙しているのかもしれない）

（だが、騙されることは承知の上ではないのか、女というものは？　騙しはセックスの契約条件なのだから）

実際、ポーランドの小娘には最初から言って（警告して）ある。一年近く前に――

（畜生《ジーザス》！　もうそんなに経つのか、どうりで閉じ込められたように感じるわけだ、閉所恐怖症みたいに）――私は家族を愛してる、家族への義務が第一なんだ、と。

（現実には、家族に疲れてきている。嫌気が差している。妻は話していないときでも口数が多すぎる。考えていることがこちらの耳にまで聞こえてくるのだ。妻の胸はずっしり重く、そろそろ垂れはじめている。腹の肉は締まりがない。ふたりベッドに並んでいると、咽喉に手をかけて締め上げてやりたくなることがある）

（どれぐらい抵抗するだろう？　妻は小柄なほうではないが、なかなかどうして彼もたくましい）

（まえに〝取っ組み合い〟――そのやり取りのことはこう呼んでいた――をしたフランス女は、キツネかミンクかイタチのように激しく抵抗した。もっとも、あれは戦時下のパリだった。誰もかれも、あんなに若い女でさえ必死になり、ドブネズミのように飢えた眼をしていた。助けて《エデ・モワ》！　助けて《エデ・モワ》！　が、まわりには誰もいなかった）

（オウムかハイエナかと思うようなことばでぺちゃくちゃ言われて真面目に取り合うのは難しい。金切り声ならなお悪い）

今朝はアパートメントを遅く出た。クソ。なんの理由もなく疑ってくるクソ妻に腹が立つ。

ゆうべは家にいたじゃないか。あの小娘をがっかりさせたじゃないか――おまえのせいで。

堅苦しくてむっつりしている妻のせいで。まったくもって嫌になる！

妻が向けてくる疑いの眼が嫌だ。妻の傷ついた心が嫌だ。妻から滲《にじ》み出《で》ている怒りが嫌だ。そしてなにより、妻が感じている嫌気が嫌だ。

もちろん、妻が死ぬところを何度も想像した。結婚してどれぐらいになる？　二十年、いや、二十三年だ。金持ちの株式仲買人の娘と結婚できて幸運だとあのときは思った。しかし、その男は実際それほど金持ちではなく、二、三年後には破産して株式仲買人でもなくなっていた。金の無心に来る始末だった。

それに、あの頃の妻の姿は見る影もない。歳のいった女の、ぐずぐずの姿だ。顔の肉は垂れ、体の肉も垂れている。空想の中では、妻が死に（彼の落ち度ではなく不慮の事故で）、保険金がはいってくる。自由に使える四万ドルが。そして晴れてもうひとりの女と結婚できる。

ただ、本気でその女と結婚したいのだろうか？

まったく！　飲まなきゃやっていられない。

今は午前十一時。あのろくでなしはまた遅刻だ。

ゆうべ、あんなふうに侮辱し、傷つけておきながら。

遅れて来たら、いよいよだ。彼の血が尽きるまで刺して、刺して、刺すのだ。ようやく心が決まると、ほっと安堵《あんど》に包まれた。

裁ちバサミをクッションの下から出してみると、驚いて凍りついた。刃のところがほんのり赤みを帯びている。赤い布を切ったから？　でも、このハサミで赤い布を切った覚えはない。

きっと窓からレースカーテンを通して射し込《さこ》んでいる光のせいだろう。

裁ちバサミの感触にはどこか癒やされる。

キッチンのナイフはいらない――そう、肉切り包丁みたいなのはダメだ。そういう武器は計画的すぎる。裁ちバサミなら、女性が命の危険を感じてたまたま手に取りそうだ。

彼が襲いかかってきたんです。いきなり殴られて。首も絞められました。不機嫌になるといつも脅されました、殺すぞって。

死にたくなかった。でもこんなことになるなんて！　どうしようもなかったんです。

そこで自分の笑い声が聞こえる。台詞《せりふ》を練習するなんて、まるで明るく照らされた舞台に上がろうとする女優のようだ。

今頃ほんとうに女優になっていたかもしれない、母親にぽいと秘書養成学校に入れられなければ。ブロードウェイのたいていの女優に負けないぐらい美人なのだ。

彼もそう言ってくれた。血のように赤い十二本のバラを初めて携え、彼女を迎えに来たときに。

結局は出かけなかったけれど。その夜は東八丁目通りのエレヴェーターのない建物の五階の部屋で過ごした。

（あの部屋を淋《さび》しく思い出すことが時々ある。ロウワー・イーストサイドには通りですれ違う友達や知り合いがいた）

裸――つまり〝ヌード〟――で靴だけ履くのはおかしなものだ。

そろそろハイヒールに（何も履いていない）足をねじ込まなければ。

ダンサーのように。彼女たちはガーリーダンサーと呼ばれている。男だけの結婚前夜祭《スタッグパーティ》。そういうパーティで踊る女の子の話を聞いたことがある。〝ヌード〟で踊るのだと。たった一晩で秘書の二週間分の給料より多く稼ぐのだと。

〝ヌード〟はしゃれたことばだ。芸術家が使うことばのように気取っている。

目の当たりにしたくないもの――それはこの体がもう女の子の体ではなくなっているという事実。街中で遠くから何気なく向けられる視線なら（たぶん）騙せるけれど、近くからはダメだ。

母親のように老いて肉のついた体が、鏡に映るのが怖い。

それに、ひとりのとき、この忌々しい椅子に坐る姿勢――前屈《まえかが》みで手を膝にのせ、建物のあいだから射してくる細い一筋の光を窓から見ているこの姿勢は、お腹が張り出す。柔らかいお腹の脂肪が。

初めて気づいたときは愕然《がくぜん》とした。うっかり鏡をのぞいてしまったのだ。

老いの兆しではない。体重が増えただけ。

誕生日プレゼントだよ、スウィートハート。たしか――三十二？

そう訊かれたときは顔を赤くして答えた。ええ、三十二よ。眼は合わせなかった。早く包みを開けたいふりをした。（箱の大きさと重さから、また懲りもせずにハイヒールだと察した）あまりの不安で鼓動が速くなった。

彼に知れたらどうなるか。ほんとうは三十九だと。

それが去年のこと。もう次の誕生日が迫ってきている。


憎らしい男。死ねばいいのに。

二度と会えなくなるとしても。保険金は妻のものになるとしても。

なにも彼を殺したいわけではない。人を傷つけるような人間とは違うから。

それでもやはり殺してやりたい。どうしようもない、もうすぐ捨てられるのだから。二度と会えなくなり、何も手にはいらないのだから。

ひとりだと、そう理解できる。だから、これで最後だとクッションの下に裁ちバサミを隠している。

こういうことにしよう。彼に暴力を振るわれ、殺すと脅され、首を絞められたのだ。だから手探りで裁ちバサミをつかみ、がむしゃらに彼を刺すしかなかった。何度も何度も。息ができず、助けを呼ぶこともできずに。そのうち彼の重い体が崩れ落ちた。ぴくぴく痙《けい》攣《れん》して血を噴き出しながら、緑色のカーペットに射す長方形の光の上に。

彼は四十九歳を超えている、それはまちがいない。

身分証を見たことがある。彼が口を開け、耳障りないびき——サイかと思うようないびき——を上げながら寝ているときに財布の中を見てみたのだ。写真の彼の若さにびっくりした。今の彼女より若いときに撮ったのだろう、黒髪——なんとふさふさしていた——に、カメラをじっと見据える眼。アメリカ陸軍の制服を着て、すごくハンサムだ！

彼女は思った。この人は今どこにいるのだろう？　この人なら愛せたのに。

それからはセックスのあいだ、現実を見ないようにして、若い頃の彼を想像するようになった。その彼になら、何かを感じられるから。

ふりをしなければいけないことが多すぎると、骨が折れる。

〝体の底から幸せそうな〟ふりとか。

〝会えて嬉しい〟ふりとか。

同僚の秘書はこんなアパートメントには住めない。それはほんとうだ。

初めは特別に思えたこのアパートメントも、今では嫌でしかたない。家賃は彼も出している。払いすぎないように注意深くお札を数え、こう言う。

これでやりくりできるだろう、スウィートハート。自分へのご褒美でも買いなよ。

それにはお礼のことばを返す。彼に感謝するいい女なのだから。

ご褒美でも買いなよ、ですって！　十ドル札二、三枚とか、ときには二十ドル札一枚しかくれないくせに！　まったく、憎らしい男。

裁ちバサミを握っていると指が震える。触れているだけでも。

このアパートメントが嫌になったいきさつを彼に話したことはない。エレヴェーターで老婦人——歩行器を使っている人もいる——に会うと、じろじろ見られるのだ。年配の夫婦にも、じろじろ見られる。好意的ではない、いぶかしげな眼で。ニュージャージー出の秘書風情がなんで〈ザ・マグワイア〉に住めるんだ？　そう思っているのだろう。

三階の部屋なのに、光が届かない魂の最下層のようにほの暗い。使い古したベッドとマットレスは、感覚はあるが見られない夢の中の肉体のように早くもたわみはじめている。けれど、ベッドメイキングは毎日やっている。他人の眼に触れない日でも。

乱れたベッドは彼が嫌がる。きちんとしたベッドメイキングを一九一七年にアメリカ陸軍で教わったのだそうだ。

コツはね——と彼は言う——起きてすぐにやることだよ。

シーツをぴんと引っ張って。角を押し込む——ぴんとなるように。皺は禁物だ！　手の縁《ふち》でなでつける！　もう一度初めから。

彼は中尉だった。退役したときの階級だ。今でも兵士のようにピシッとしている。曲げにくそうな背中は痛みを抱えているのかもしれない——関節炎？　榴散弾の破片？

こんな疑問も浮かぶ——人を殺したことはある？　銃で撃ったり、銃剣で刺したりして？　それとも素手で？

許せないこと——それは終わるとすぐに彼が体を離すこと。

べたつく肌、毛深い脚、肩や胸や腹に生えたちくちくする毛。抱き締められたままふたりで眠りに落ちたいのに、そんなことはめったにない。彼の脚が痙攣し、体に当たって嫌だ。彼ににおいを嗅がれているのがわかって嫌だ。絶頂したらさっさと離れたいと思っているのがわかるのも。くそったれ。

男は狂ったようにセックスを求める。それが済んでしまうと――男は自分のことしか考えず、女も自分のことしか考えなくなる。

ゆうべは、待ちぼうけを食らわせた彼が電話で言い訳してくるのを待った。ウィスキーの水割りをちびちび飲んで気持ちを落ち着け、午後八時から午前零時まで待っていた。刃先の鋭い、いつか自分自身に向けて使うかもしれない裁ちバサミを思い浮かべながら。

あの数時間は彼への憎しみと自分への憎しみにうんざりした――が、最後に電話が鳴ると、期待で飛び上がった。

どうしても行けなかったんだ、家でごたごたがあってね。すまなかった。

今は午前十一時。彼がノックするのを待っている。

遅刻してくるのはわかっている。いつも遅刻するのだ。

ひどく落ち着かなくなってくる。でも、飲むには早すぎる。

気持ちを落ち着けるためでも、飲むには早すぎる。

足音が聞こえると想像してみる。エレヴェーターのドアが開き、また閉まる音がする。ドアを軽くノックしておいて彼はすぐに鍵を開ける。勢い込んで足を踏み入れ、寝室の戸口まで来ると――彼を待っている彼女の姿が見える……

窓辺の（ヌードの）女。彼を待ちわびている。

彼の顔に浮かぶあの表情。彼のことは憎いのに、顔に浮かぶあの表情が見たくてたまらない。

男の欲望は充分に正直だ。偽ることができない（そう思いたい）。彼への欲望は嘘まみれでも、彼からの欲望が嘘だとは思いたくない。もし嘘なら、どうして会いに来たりする？

彼は本気で愛している。彼女の中の何かを愛してくれている。

三十一歳だと彼は思っている。違う――三十二だ。

彼の妻はそれより十か十二は歳がいっている。ミスター・ブロデリックの妻のように、彼の妻も〝病弱〟なのだという。

おそろしく疑わしいけれど。夫の話に出てくる妻はひとり残らず〝病弱〟だ。

セックスは互いに避けているだろう。結婚して子供さえできれば、それで充分だから。そのあとのセックスは男がよそでしないといけないことなのだ。

何時だろう？――午前十一時。

彼は遅刻だ。遅刻に決まっている。

ゆうべ、あんな侮辱を受けさせておきながら。きのうは〈デルモニコ〉での素敵な夕食を期待して一日何も食べずにいたのだ。それなのに彼は来なかった。電話での言い訳もおざなりそのもの。

ただ、これまでも彼の行動は予想がつかなかった。もう関係を切られると思ったことがある。彼の顔に嫌悪の表情が浮かんだときだ。男の表情で嫌悪ほど正直なものはない。それでも――そのたびに彼は電話をかけてきた。一週間か一日もすると。

直接アパートメントを訪ねてくることもある。ドアをノックし、鍵を挿入して。

そのときの彼の顔には、ほとんど怒りか憤りの色が浮かんでいる。

離れていることに耐えられなかった。

そうさ、きみに夢中なんだ。

光が明るすぎなければ、鏡で自分を眺めるのは好きだ。見たくない鏡はバスルームの鏡で、無防備だし剝《む》き出《だ》しで日光に照らされている。ドレッサーの鏡はもっと優しく、寛容だ。ドレッサーの鏡が自分という女を映し出してくれる。

実のところ、三十二より若く見えるのだ（と思う）。

三十九よりずっと若く！

赤く塗られたふくよかな唇を突き出した、女の子のような顔をしている、ブルネットのすねやすい女。まだまだ綺麗で、彼もそのことを知っている。通りやレストランでほかの男が彼女を眼で追い、眼で彼女の服を脱がすのを彼は見ているのだ。そして内心うきうきしている（と彼女にはわかる）。でも、彼女がその視線に反応してあたりを見まわすと、彼は怒りだす――彼女に。

男が欲しいもの。それはほかの男に欲しがられる女だ。ただし、自分から気を惹いたりせず、注目されていることにさえ気づかない女なのだろう。このブルネットの美しさは自慢なのだ。自然脱色してブロンドになろうとは思わない。自分を偽り、つくり、飾りたてるところがまったくない。で、素朴な感じがする。次の誕生日には、四十になる。自分で自分を殺すかもしれない。

午前十一時になるが、彼は〈シャムロック・イン〉に寄って一杯やることにした。ウォッカをオン・ザ・ロックで。一杯だけ。

すねた顔の女が待っているところを想像して胸を高鳴らせる。窓辺でブルーのフラシ天の椅子に坐っている、ハイヒールだけのヌード姿だ。

ふくよかな、赤い口紅を塗った唇。半ば閉じかけた眼。少しこわばった豊かな髪。欲情をそそる体の毛。

嫌悪感もなくはないが、やはり刺激的だ。

それなのに遅刻するのはなぜなのか？　何かが彼を引き止め、押しとどめているらしい。

ウォッカをもう一杯飲もうか？

腕時計を見て考える――十一時十五分までに彼女のところに行かなければ、もう終わりになる。

とたんに安堵が押し寄せた。金輪際会わなくていいのだ！

あの女のせいで我を失うことも、彼女を傷つけることもなくなる。

あの女の挑発で〝取っ組み合い〟になることもなくなる。

あの男にもう十分あげよう、と彼女は思う。

十一時十五分より遅れて来たら、この関係も終わり。

クッションの下の裁ちバサミを手探りする。あった！

彼を刺そうなんて本気で思っていない――もちろん。この部屋ではダメだ。彼の血がブルーのフラシ天の椅子や緑色のカーペットに染みついて取れなくなるこの部屋では。彼に殺されかけたと釈明できたとしても（もちろん釈明できる）。がつがつしたセックスのあいだ何度も咽喉を手で締めつけられた。最後には〝やめて、ねえ、痛いから〟と止めたけれど、聞こえていないようだった。底なしの性欲に駆りたてられ、重い体を削岩機のように彼女に打ち込んできた。

そんな扱いをする権利、あなたにはない。わたしは売春婦じゃないし、あなたの哀れな嫁でもない。侮辱するなら殺してやる――わたしの命を守るために殺してやる。

たとえば去年の春、〈デルモニコ〉に連れていってくれるはずが、顔を合わせたとたん彼が欲情したことがあった。ベッドサイドの明かりをあの不器用なろくでなしが倒してしまい、ほの暗い部屋でセックスしはじめると、ベッドを出る頃には夕食に遅すぎる時間になっていた。そのあとだ、彼が電話で〝説明する〟のを偶然耳にしたのは。バスルームにいたが、好奇心と怒りに駆られてシャワーを出ると、ドアのそばで聞き耳を立てた。〝妻に説明する〟ときの男の声ときたら、ぎこちなく臆病で、思い出しては軽蔑に胸が悪くなる。

それでも、もう家族は見限ったと彼は言う。きみを愛していると。

そう言って彼女の体に手を這わせる。眼の見えない人がなんとか見ようとするかのように。それに、あばたと傷跡のある顔にあふれる輝き。飢えた人が食べものを必要とするように、彼はわたしを必要としている。きみがいなかったら死んでしまう。どうか離れないで。

やっぱり、彼を愛している！　そう思う。

午前十一時。彼は九番街二十四丁目で通りを渡った。一陣の風で砂が眼にはいる。ウォッカが血管を駆けめぐっている。

そこで意志が固まった。あの女が非難するように唇を突き出したら、顔をひっぱたいてやろう。泣きだしたら咽喉に手をかけて締めつけてやる。

妻にばらすと脅してきたことはない。まえの女は脅してきて、気の毒なことになった。だが、今の女もこんな対決の場面を練習しているかもしれない。

奥さまですか？　あなたはわたしを知らなくても、わたしはあなたを知ってます。旦那さんが愛しているのはわたしですよ。

きみが考えているようなことはないと彼女には言ってある。きみを精いっぱい愛せないのは家族のせいではなく、誰にも話したことのない、戦争で歩兵としてフランスにいた頃の生活のせいなのだと。あの生活が、麻痺《まひ》のように彼を侵食した。

彼の身に起こったことが。目撃したことが。みずから手を汚した（少しの）ことが。彼女と一緒に飲んでいると、それらの出来事が彼の顔に悲しみ、恐れとなって浮かんでくる。後悔という病を彼女は理解しようとしなかった。が、人を殺した（と彼女は思っている。ただし殺したのは戦争中だけだ）手を取り、その手にキスした。そして自分の胸に押し当てた。乳と慈愛にあふれた若い母親のごとく痛めている胸に。

彼女は言った。いいえ。それは古い人生。

わたしがあなたの新しい人生よ。

彼は一階のロビーにはいった。ようやく！

今は午前十一時——結局は遅刻せずにすんだ。胸が高鳴っている。

戦争が終わってこのかた感じたことのない、アドレナリンの波。

九番街の店でウィスキーを買い、露店で血のように赤い十二本のバラを買ってある。

窓辺の女のために。殺すか、殺されるか。

ドアの鍵を開け、姿を見ればすぐに、彼女をどうしたいかわかるだろう。

午前十一時。窓辺に据えたブルーのフラシ天の椅子に坐り、女はハイヒールだけのヌード姿で待っている。クッションの下に隠した裁ちバサミをもう一度確かめると、不思議と温かい感触がある。湿り気さえ感じる。

窓の外の、細く切り取られた空を眺める。心はごく安らかだ。もう準備はできている。

あとは待つだけでいい。

1931年、静かなる光景

クリス・ネルスコット

KRIS NELSCOTT

数々の受賞歴を持つ作家。中でも"上質なクライム・シリーズだ"と評されるSmokey Dalton mystery シリーズで知られており、1話目の『A Dangerous Road』はエドガー賞にもノミネートされた。他のペンネームでも著作がある。

訳

小林綾子

AYAKO KOBAYASHI

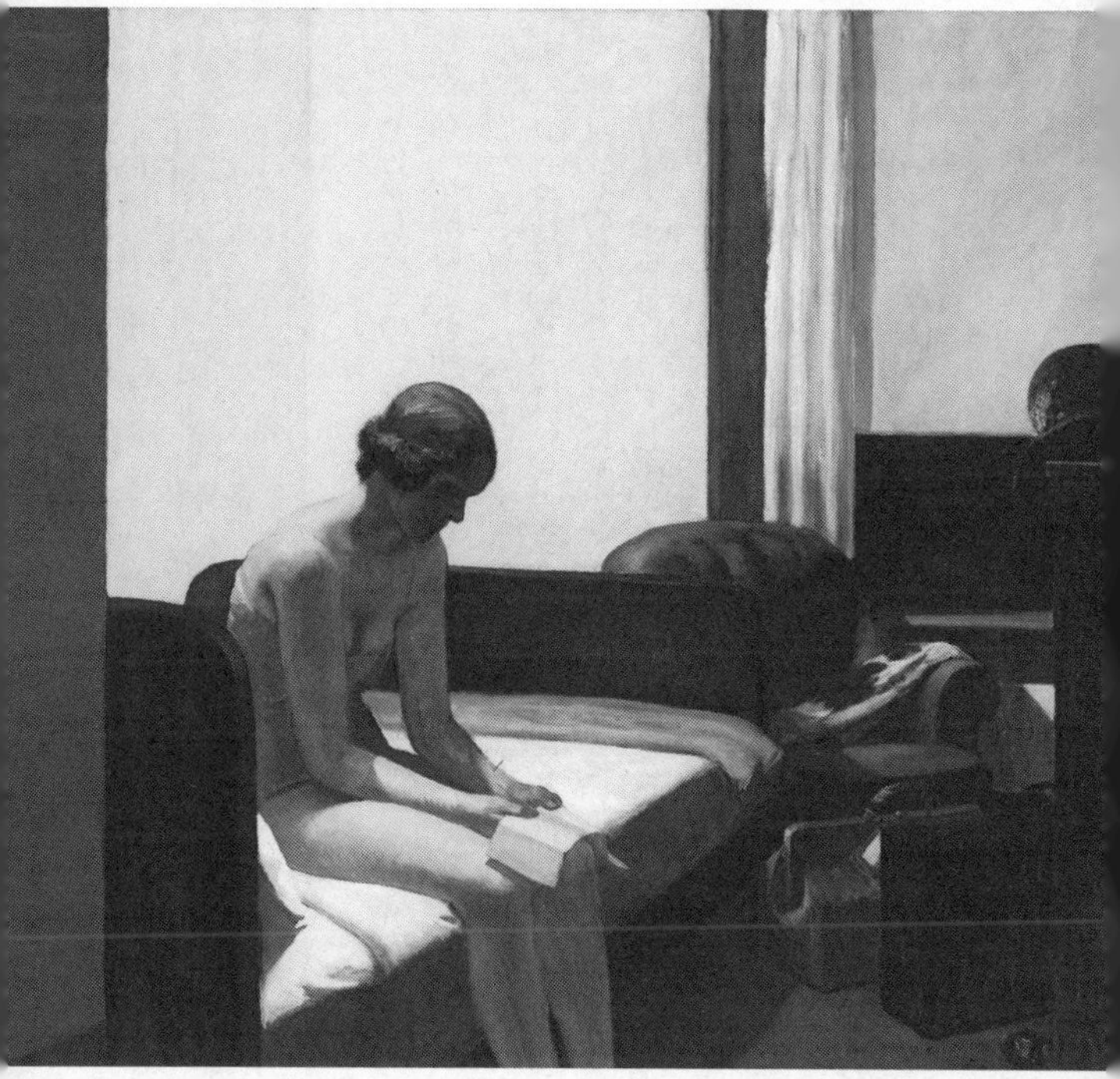

HOTEL ROOM, 1931

彼女が最初にそのことに気づいたのは、メンフィス郊外にいるときだった――異なる人種の人々が隔離されずに、有蓋車に乗っていた。そのとき彼女は、またも閉まっている銀行の外にまだ立っていた。不当な扱いを受けた客の列が、そのブロックを取り囲んでいた――男たちはほこりっぽいズボンに染みのついた作業着に帽子、女たちは踵の低い靴を履き、普段着のワンピースに形のくずれた帽子をかぶっていた。

ルーリーンは目立ってしまうくらいに、ほかの人とは違う恰好《かっこう》をしていた。緑色のクローシュ帽は少し新しすぎたし、コートは少し厚手すぎた。靴はほかの人と同じように傷だらけだが、その傷は長い旅行のあいだについたもので、長年履き続けたせいではなかった。

彼女は茶色のダッフルバッグの二重の持ち手をつかみ、逃してしまったチャンスを見つめた。ウィンドウには殴り書きで案内があった。〝現金切れ。明日お越しください〟日付も署名も入っていない。〝明日〟が昨日なのか三日前なのか、それとも本当に明日なのか、判断がつかなかった。

それでも、ここには現金があるのではと列を作っている、意気消沈したほこりまみれの人々に訊ねる気にはなれなかった。こんな光景をこの二カ月で六つの町で眼にしてきた。そのたびに彼女は驚いた。人々はガラスのウィンドウを叩《たた》き壊《こわ》して勝手にドアを開け、残っているものを奪っていったりはしない。

たぶん群集は、なにも残っていないことを知っているのだろう。なにひとつ、残っていないことを。

ルーリーンはため息をつき、手袋をはめた手でダッフルバッグの太い持ち手をしっかりと握り直し、バッグの中には金など詰まっていない、空っぽだというふりをしようと努めた。これほどの大金を持って旅行しないほうがいいのはわかっていたが、今はどうしようもなかった。

どこの銀行が信用できるのかがわからない。ここに来るまでのあいだに、シャッターが下り打ち捨てられた銀行をいくつ見ただろう。どこかひとつの銀行に預金をすべて任せたら、二度と自分の金を見ることはないのでは、と思案にくれていた。

人々が金庫を買って自宅に置いているのもうなずける。

けれど、彼女にはもう家がない。今はもう。

家を売ったわけではない。結局のところ、そんなことをする意味がなかった。掘っ立て小屋と大差ない代物になってしまったのだから。天気が悪いと壁の隙間から風が吹きこんで四つある部屋はほこりまみれになり、午後じゅう掃除をしても追いつかなかった。

フランクが亡くなるころには、彼女はその家にうんざりしていた。彼を一族の墓地に埋葬すると、フランクに出会う前の旅行で使っていたバッグ――まるで先週使いはじめたばかりのようにきれいでしっかりしている――をふたつ使って荷造りをした。持ってきたのは下着と、清潔なワンピースが一枚、あとは旅行がてら新しいものを買うことにした。フランクが遺《のこ》してくれた金も持ってきた――全部で二百ドル、自分の金は旅行中に取り戻す予定だった。

ルーリーンは愛のために間違いを犯した。女はそういうことをするものだ。茶色の瞳や温かな笑顔のどこかに、あるいは今まで持てなかった子供が産めるかもしれないチャンスに、我を忘れてしまう。ある種の癒《いや》しが約束されている未来にも――こちらも今まで縁がなかった。

フランクに出会うまでは、孤独な道を歩み、特技とも言える慈善行為をひたすら続けていた。今より若かったルーリーンは、あれだけのことを眼にしてきたのに、立ち直りが早く、人の優しさを信じていた。

あのときまでは……

彼女は眼を細くして、閉まった銀行を取り巻く動きのない列を眺めた。頭をわずかに振った。たった一言で、この捨て鉢になっている群集は暴徒に変わるだろう――完全に間違った方向に怒りをはきだし、叫び声を上げるだろう。

たった一言、それで悪い方向に変わっていく。

たった一言、彼女が二度と聞きたくない言葉。

「あいつがやった」

人々はそう叫びながら、拳を振り上げ、真っ赤な顔をして彼女を追い越していった。ルーリーンは手にした人形を握りしめ、雑貨屋の近くにあるポストに体を押しつけた。彼女の母親は店の中で扉のすぐそばに立ち、ルーリーンの姉のノーリーンの腕をつかんでいた。ノーリーンは身をよじって母の手を振り払おうとしていたが、できなかった。

父親はその場にいなかった。店の商品の仕入れのためにアトランタに行っていたのだ。母親は金を払って電報を打ったが、返信はなかった。だから母親がなんとかするしかなかった。そしてノーリーンは嘘《うそ》をついた。

二日前の夜、ノーリーンはジョージ・ターリン相手にしがみついたり、爪を立てたりしていた。そしてルーリーンに、見るのはやめて、これは大人のすることなんだから、と言った。ルーリーンは母親に、あれはジョージ・ターリンだったと話そうとした。治安のよくない一画の木のそばに坐って、本を読んだり、ルーリーンの人形の機嫌を訊いたりしてくれる、感じのいいあの青年じゃない、と。

けれどノーリーンは、相手はその青年だと言った。その感じのいい青年がいつも相手だったと。そして、自分を傷つけたのも彼だと言った。昨日の朝、父親の許可がないと結婚できないと告げられてノーリーンの頰を叩《たた》いたのはジョージ・ターリンじゃない。姉は言った。違う、このあざは感じのいい青年のせい、と。

うわさは尋常ではない速さで広まった。ノーリーンは〝汚され〟て、相手は感じのいい青年だと、彼はつけを払うことになると、誰もが知っていた。

あいつがやった、と人々は言った。そして彼はつけを払った。

青年は町はずれの木に吊《つ》るされていた。ルーリーンはそんな光景を見るのは初めてだった。彼女が見たころにはすでに眼はなくなっており、顔は半分、裂けていた。服は破れ、血にまみれていた。父親が家に帰ってきてから、ルーリーンは母親の弱々しい反対を押し切って父親と見に行った。

母親もルーリーンに、感じがいいと言われる青年たちになにができるのか知っておいてほしかったのだ。

だから父親は、人々が叫びはやし立てていたその場所に娘を連れていった。そして、連れてきて悪かったと言った。彼は娘をトラックに坐らせ、眼をつぶらせると、死体を片付けるために出ていった。鶏の首を斧《おの》で落とすときみたいな、肉がぶつかるような音がした。

そしてノーリーン。姉はすっかり変わってしまった。誰とも口をきかなかった。人々はみな、あの感じのいい青年のせいだ、彼がしたことのせいだと言った。ジョージ・ターリンはもう、彼女に会いたがらなかった。あの青年が彼女にしたことのせいだった。

けれど、あの青年はなにもしていなかった。

ルーリーンもノーリーンもそのことを知っていた。

父親の鋭い剃刀《かみそり》で自殺する前日の夜、ノーリーンは妹に言った。「あのね、これだけは覚えておいて。嘘はあなたを殺す。嘘はなにもかもを壊す。自分のしたことに、嘘をついたらだめ。どんなことにでも、嘘をついたらだめなのよ。わかった？」

ルーリーンは、約束した。

彼女は長いあいだ、嘘をつかずにいた。やがて、なにもかもに嘘をつくようになった。なぜなら、だんだんわかってきたからだ。なにもかもに嘘をつくことが、真実を見出すたったひとつの方法だと。

ルーリーンは頭を振った。行列、群集、興奮した人々――こうしたものはいつも、恐怖を呼び覚ます。人にはなにができるのかという恐怖を。

だから行列から視線をそらした。彼女が必死で稼いだ五十ドルもの金を取り上げ、二度と返してはくれないメンフィスのうらぶれた銀行からも。そして通り過ぎる列車に眼をやった。

視線をそらしたのは、銀行からか、群集からか、記憶からか。絶望からかもしれない――金は尽きそうではないけれど、前よりは減っていた。

有蓋車が通りすぎた。開いた横の扉から、端に坐っていた男たちが脚をぶらぶらさせている様子や、その汚れた服が見え、彼女はらしくないことを思った。男たちの顔は、服と同じように汚れていた。その汚れの下の肌が白い者が何人か、褐色の者が何人かいることに気がついた。

そのときに思ったのだ。まあ、厄介なことが起こりそう。

すぐに、自分の思いつきに驚いた。ルーリーンは人種隔離をしないことに賛成だった。ほかの人たちとは違う。フランクと結婚する前から、異なる人種で結婚した夫婦と知り合いだった(そして、彼らが時にそのことを隠そうとしていることも知っていた)。彼女ははるか昔に、肌の色の違いは、髪の色の違いと大差ないと気づいていた。もしかすると、幼いころに会った、あの感じのいい青年、姉の嘘により殺された青年のせいかもしれない。彼の肌は黒かった。彼は読書が好きだった。ジョージ・ターリンはどちらにもあてはまらなかった。彼は感じがよかったこともなかった。

けれど、問題は……

ルーリーンはもう幻想を抱いてはいない。戦争がまだ続き、南軍の退役軍人があがめられているこの場所では、過去の絵空事が真実に勝ってしまうこの場所では、人種隔離をしないことは、指をさして言ったあの嘘と――あいつがやった――同じくらい危険なことだ。列に背を向けると、重い足取りで駅に戻った。もうひとつのバッグを駅のポーターに預けてあった。ポーターは本当に金を持っている人のために、そういう荷物の番をしてくれていた。

今は自分を大切にするつもり。これは、テキサス西部を旅立つときに言い置いてきた言葉だった。それこそが、彼女の目的だった。

彼女はより良いものを求める、発見の旅の途中だった。ちょうど――どうやら――国の半分の人がそうしているように。ただし実際に彼女がしていることと言えば、有蓋車に乗って、まるで上流階級の女性のように、一等席の白人たちと座席をともにしただけだった。彼女はこの白人たちとはまったく話す気になれなかった。自分の主義のことを考えると、彼らを好きになれないのはわかりきっていた。

ルーリーンはフランクに出会う前の生活から逃げたときに残してきた金を回収する必要があった。彼が亡くなるまでは回収できなかったのだが、彼はこの世から去るのに、一年ほど長く時間がかかりすぎた。

今のところ、小規模な銀行は営業を続けている。こうした個人銀行は支店を持たず、自分で投資の判断をする地元民から資金提供を受けていた。

小規模な銀行の頭取は、女性の眼をまっすぐ見て、こう言った。〝新しい時代なんですよ。女性だって投票できるし、当行ではご主人がいなくても口座を開くことができるんです〟彼らは本気だった。ルーリーンは、自分はこうした銀行を支えている、自分はいいことをしている、と思っていた。結局、彼女がしていることは――フランクがこのことを知ったら、きっとこう言っただろう――金の無駄遣いだ。決断したときは賢明な判断に思えたのだけれど。

停車駅はあとわずかしか残っていなかった。ナッシュヴィル、ロアノーク、リッチモンド、そこからは北部へ向かう。本当の北部へ。ヤンキーたちの北部。第一次世界大戦の前に行ったことがあるきりだ。フランクと出会う前は、ヤンキーたち北部人のために――北部の有色人種のために――働いていたのだから、奇妙なものだ。その後、ニューヨークのバーナード・カレッジを卒業してから、北部には行っていなかった。

言うまでもなく、これはすべてが事実というわけではない。事実とはまったく違う。卒業すると彼女はアパートメントに住み、とりあえずタイピストとして働き、エリオットと出会った。やがて、当然ながら彼女の父親が乗り込んできて、このユダヤ人の恋人との暮らしから娘を救い出し、家へ連れ帰った。エリオットは追ってこなかった。追ってこられなかった。彼女が父親の雑貨店から高い通信料にもかまわず電話をかけると、エリオットは言った。なあ、わかってくれるだろう、スイートハート?

いや、彼女は父のことも彼のこともわからなかった。もう一度、北部に行ったが――ほんのわずかの時間だけ(あまりに短かったので北部に行った回数には入れていない)――エリオットはすでに、彼の母親の言うところの〝もっとふさわしい〟人と結婚しており、迷惑顔でルーリーンを見た。

ルーリーンはその場から逃げ出し、もう結婚しないと決心した。エリオットがアルゴンヌの森の戦いで命を落としたと知っても、まったく気にしていないふうをよそおった。けれど、彼の関心をひこうとして始めた任務はやめなかった。

やめなかった、あのときまでは……

彼女は後ろに頭をもたせかけて眼を閉じ、黒いスーツケースに入っている六冊の本には手を伸ばさなかった。運んでいるのが紙幣ではなくただの書類だと見せかけるため、ダッフルバッグの持ち手に新聞を挟んであり、新聞はどんなものであっても眼を通していた。けれど、読み物をしているよりも考え事をしていることのほうが多かった。

十四年前の自分は、とても現実的だった、と彼女は振り返った。婚約をなかったことにするために、「この件は二度と口にしないように」という台詞《せりふ》とともにエリオットの母親から押しつけられた金を受け取った。娘がユダヤ人と恋に落ちたという事実にとまどっているテキサス西部の家族と同じくらい、ニューヨークに住む上流階級のユダヤ人もテキサス西部の中流階級のクリスチャンの女性にとまどっているのはあきらかだった。ただ、テキサスでは、ふたりの関係を知るものはいなかった。ふたりが一緒にいるところを眼にしていたのは、ふたりの出身校であるバーナードとコロンビアの友人たちだった。

ルーリーンとエリオットが恋愛結婚するものだと思っている友人も多く、ルーリーン本人もそう思っていた。あの旅行の前までは。彼女が北部に行った回数に入れていないあの旅行だ。

エリオットの母親が五千ドルという驚くべき額を差し出し、息子とは知り合わなかったことにしてほしいと言った、あの旅行。金と引き換えに、彼のラブレターを捨て、婚約のために頼んで撮ってもらった写真を破き、指輪を返してほしいと言われた。

彼女は金を受け取り、手紙を捨て、写真を引きちぎり、彼の母親に指輪を返した。腹いせの気持ちからだった。怒りからだった。これほどの大金を受け取れば、エリオットと彼の相続財産に痛手を与えられるのではという思いからだった。

けれど後になって彼の死亡記事を読み、あの一家がどれほどの財産を有していたのかを知り、彼女に渡された金は——彼女の父親がこの十年で稼いだ金よりも多かった——彼らにとって、ポケットの中の小銭も同然だと知った。

だからこそエリオットは慈善行為にこだわったのだ。生活のために金を稼ぐ必要がなかったからだ。生活費は転がり込んでくるとわかっていた。

ルーリーンが実行していた計画はエリオットが立てたものだった。基本的に、ふたりは共に活動するつもりでいた——彼とルーリーンふたりで。彼女の白い肌と赤みがかった金髪をカモフラージュに、ふたりで世界を変えるはずだった。彼は法律の学位を役立てて、自分たちが正しい情報を手に入れたか確認を取り、なにもかも綿密に計画を立てるはずだった。

全米黒人地位向上協会《NAACP》に渡りをつけたのもエリオットだった。協会の調査部門が、南部の白人と気兼ねなく話ができ、白人たちが日常的に恐ろしい事件に関わっていると認めさせられる調査員を求めているはずだと見当をつけたのも彼だ。自分たちが行うのは慈善行為だと言ったのも彼だった。（彼女は後で気づいたのだが）彼にとってそれは心惹《ひ》かれる、興奮する任務だった。

リスクをともなう、危険な任務。

似たようなリスクと危険を求め、彼は母親の願いにそむいて、戦地に赴いた。

南部での慈善行為の計画は、机上では素晴らしく思えたが、実際には――そう、ルーリーンには実際に彼が一緒に来たら邪魔になるだろうとわかっていた。彼のカールした黒い髪や、本人が望む望まないにかかわらず午後には生えてくるひげ、ごまかしようのないニューヨーク風のアクセントのせいだ。彼はあちこちの都市――もしくは、戦前戦後に都市と言われていた場所――からすでに放り出されていた。

けれど、銀行が強盗にあったり資産を失ったりする場合にそなえて、様々な地域にある銀行に財産を分散させる、という資金に関する彼のアイディアはとても素晴らしかった。彼女は常に、列車一本で行かれるところに緊急時用の金を用意していた――そして、その金がすべて必要になることもあった。

七年間も金を寝かせることになったのは、彼のせいではない。フランクと過ごしていたせいだ。

ナッシュヴィルの銀行では金をおろせたが、ロアノークでは駄目だった。銀行は閉まっているどころか、完全につぶれていた――一九二六年には。ルーリーンは知らなかったが、そのころには銀行恐慌が起きていたのだろう。

リッチモンドでは、銀行は開いてはいた。けれど口座の残高をすべておろすことはできなかった。五十ドルある元本に対して銀行が払ったのは二十五ドル。彼女はその金を受け取った。残りの二十五ドルと（理論上はあるはずの）一九一七年からの利息が、手元に来ることはないだろう。

その後、彼女はニューヨークへ行った。

甲高い蒸気音をあげて、列車はペンシルヴェニア駅に到着した。車掌の声が続いた。

――終点！　ペンシルヴェニア駅！　この列車にはお乗りになれません！　終点です！

ルーリーンはバッグを持った。何時間も列車から降りていないのに、風に吹かれてほこりまみれになった気がしていた。

ほかの乗客に続いてドアを通って階段を下り、プラットホームに立った。そして周囲の田舎者全員と同じことをした――上を見上げた。

その壮大さに彼女は息を飲んだ。プラットホームから伸びる階段は駅舎の中央へと続いている。ここからでも、鉄製のアーチが見え、無数の照明が彼女の眼を刺した。

プラットホームは蒸気と、ドイツのソフトプレッツェルと、香水と汗のにおいがした。

彼女はバッグをきつくつかんだ。今まで通ってきた大きな駅には必ずうろついていたスリや泥棒に注意しながら、頭をしっかりと上げて階段をのぼった。

かつての彼女は田舎者丸出しだった。もう二度とあんな真似《まね》をする気はない。今は、向かう先がどこかわかっているニューヨーカーの女性のように見えなければならない。

簡単ではなかった。ペンシルヴェニア駅は記憶とはまったく違っていた。ああ、戦前と基本的なところは変わっていないけれど――鉄の柱も照明も――こんなに人はいなかった。こんな人ごみも、こんな騒音もなかった。覚えているかぎりでは、売り子もいなかった。

あの頃は、まるで利用者を待っている博物館のようになにもかもが新しく見えたが、今では層になったほこりに、反響する無数の声が入り混じっていた。

ニューヨーク。ヤンキーが住む北部の激しい鼓動。

ここがこんなに生き生きした場所だということを、彼女はすっかり忘れていた。すでに田舎者だとさらけ出してしまった以上、それにとどめをさそうと、彼女は駅自体と同じように丸くて大きい案内所で足を止めて、人の流れに加わった。疲れた風情の係の男は彼女とほとんど眼を合わせないまま、付近のホテルを教え、昼間だから満室ということはないだろうと言った。

「ですが」と彼は言った。「あなたのような女性はこの手のホテルは避けたほうがいいでしょうね。あなたが私の恋人なら、〈ホテル・ニューヨーカー〉に行くようお勧めします。そこの道を渡った、八番街三十四丁目です。あそこの出口から行ってください。丁寧に応対してくれますから、安心ですよ」

そう言って彼が背を向けたので、眼に涙が浮かんでいるところは見られずにすんだ。フランクが病気になって以来、身の安全を気にしてくれた人などいなかった。その前から花の盛りは過ぎていたとはいえ。フランクは彼女のことを妻として見ていた。実のところ、できそこないの妻として。彼女は家事が得意ではなかったし、子供もできなかった。結婚当初の愛に満ちた情熱的な時間やわくわくする瞬間は、まるで最初から存在しなかったかのように消え去った。

彼女はフランクに思いを馳《は》せる気持ちにブレーキをかけた。フランクを思うと、彼の人生の最後の半年間に感じたどうしようもない淋《さび》しさや、彼が亡くなったときに(亡くなったときでなくても)誰ひとりとして彼女を気にかけてくれなかったと実感したことを思い出してしまう。

案内所のブースの近くをうろつきながら、見事な照明のある巨大なホールの奥の、鉄のアーチでできた出口を見つめた。案内板に飾り文字で書かれた〝八番街方面〟という文字が彼女のいるところからでも見えた。

そこへ行ったら、なにが手に入るだろう? ホテルの部屋と……あとは? 仕事? 資格を持っている人たちでさえも、仕事はない。それに仕事は必要としていない。信頼すべきではなかった銀行のせいで、資産の四分の一が盗まれたり失われたり、消えたにしても。ほかの銀行の分が、いくらか埋め合わせになった。景気のいい年についた利息数年分のおかげで、損失は少しで済んだ。

この金をどうすべきか考えなければならなかった。十二月に合衆国銀行の破綻が全国ニュースになると、彼女は自分の銀行から預金を引き出そうと決めた――国じゅうの人がそうしたのと同じように。こうして旅の終着点が決まった。今、合衆国銀行が拠点を置いていたこの場所で、多額の現金を詰め込んだダッフルバッグとともに終わりを迎えてみると、無謀な計画だった気がしていた。

彼女は心のどこかでまだ信じていた。ニューヨークから生まれたものはなんであれ、きっと安心だと。安心で、善良で、魅力的だと。

エリオットがそうであったように。

男が彼女にぶつかった。彼女は体を回転させて、硬い黒のバッグで男の脚を叩いた。男は手を広げてよろめいた。その手は空で、スリではないらしいと彼女は気づいた――あるいは、気づかれたせいでうまくいかなかったのかもしれないが。彼女が男をにらみつけると、相手はふらつきながら、謝りもせずに立ち去った。

彼女はダッフルバッグを握る手に力をこめた。新聞はまだ持ち手の間に挟んであり、新聞をどけて掛け金にふれないと中身に手出しできないようになっている。

それでも注意を怠ることはできない。だれも気にかけてくれる人はいないのだから。

広くひらけたホールを抜け、階段を上がって通りに向かった。八番街に出ると、騒音とかすかな陽光と車のクラクションを浴びた。舗装された道、ガソリンのにおい。馬なんてどこにもいないし――そこが以前と違う――眼の前に広がる景色も変わっていた。ビルはかなり高くて首を伸ばさないとてっぺんが見えなかった。両側から延びる翼棟には窓が並んでいる。男が、彼女とすれ違いながら言った。「ぼんやりするのは暇なときにしてくれ、お嬢さん」男は人ごみの中に消えた。

彼女は頬を真っ赤に染めて道のわきにどいた。本当の田舎者だ。昔はひとりで旅行をするあいだ、地元の人に見えるよう必死で取り繕っていたのに、彼女という人間を作り上げるのにもっとも大事な数年間をすごしたこの街で失敗してしまった。

金めっきのドアの上に、歩行者用の屋根が突き出していた。そこには太字で〈ホテル・ニューヨーカー〉と書かれていた。

それ以上ぼんやりあたりを眺めないよう気をつけながら、道を渡った。難しいことではあったけれど。車がクラクションを鳴らしながら、そばを通り過ぎる。彼女は、縁石のすぐ前に停《と》めてあった黒い大型車の後ろによけなければならなかった。ベルボーイがその車のトランクからスーツケースを引っ張り出した。制服姿の年配の男は、助手席から下りようとする女性に手を差し伸べている。

列車の中で身なりを整えてくればよかった、とルーリーンは思った。旅の汚れがついた、すすけたコート姿では、エリオットの母親に思われたような、だらしない白人女になった気分になる――南部でさえも（いや、特に南部では）、社会は見かけ以上に細かい階層に分かれていると理解していない女に。

ルーリーンはベルボーイに見とがめられる前に、扉を通った。ベルボーイが大理石張りの広いロビーの奥にいるのは気づいていたので、彼に止められないよう、フロントへ急いだ。金めっきの天井から下がるシャンデリアも、彫刻ガラスでできているらしい二階のバルコニーの手すりも、ぼうっと眺めないよう自分を戒めた。

フロントデスクの男は、彼女を誰何《すいか》しなかった。かなりしわになっていたとはいえ、クローシュ帽や流行の服を身につけているおかげかもしれなかった。

彼は言った。お部屋の最低料金は一泊三ドル五十セントですが、どんなお部屋をご希望ですか？　小さくて快適な部屋を、と彼女は声を抑えて言った。ご宿泊は何日間でしょう、マダム？　彼はそう訊ねた。その〝マダム〟という言葉に彼女は息を飲んだ――そんなふうに呼ばれたことは、これまで一度もなかった。

けれどルーリーンはもう、なにも知らない娘ではない。今はもう、あきらかに違う。マダムと呼ばれるのにふさわしい。

「何日いるか、決めていないの」彼女は質問にそう答えた。「少なくとも、二、三日」

財布に入っていた最後の新札の十ドル札を内金として彼に渡した。代わりに、八番街が見下ろせる中程度の部屋（彼の言葉によると）のルームキーを渡された。彼は言った。こちら側のほうが静かですよ。

このホテル全体が、街中にあるというのに驚くほど静かな雰囲気に満ちていた。記憶では、この街は嫌なにおいがして騒々しくて居心地が悪いところだった。こんな場所があるとは期待していなかった。

ベルボーイが彼女の横に立ち、バッグを受け取ろうとした。もしバッグを渡さなかったら、人目をひくに違いない。

「ダッフルバッグは自分で持つわ」ルーリーンはそう言うとベルボーイから離れて歩きだした。南部にいたときに見かけた裕福な婦人たちの、ホテルでの物慣れた振る舞いを真似ていた。ベルボーイは黒いスーツケースを持って、彼女の後に続いた。

歩いていくあいだに、ありとあらゆる従業員の挨拶の洗礼を受けた――ベルボーイ、エレベーター係、部屋を担当するメイド、全員が〝よい午後を〟と言った。ルーリーンは小首をかしげ、ベルボーイが鍵を開け、部屋の設備を説明するのにまかせた――四局が入るラジオ、バスルーム、上へ開く窓。これなら(彼が言うには)、ここからなにかを捨てることは、ほぼ不可能です。

〝ほぼ不可能〟とはどういうことか、そしてどうやってそのことを知ったのか訊ねてみたかったが、やめておいた。代わりに、ボーイに二十五セント渡し、――多すぎるかもしれないが、部屋から出ていってほしかったので――ボーイが出ていくと、帽子を脱いで鏡台に置き、片手で髪をなでつけた。

それからコートを脱いで、茶色の机にきっちり押し込まれていた椅子の背にかけ、靴を蹴って脱ぎ捨て、汚れたワンピースを脱いだ。散らかした部屋でベッドの端に腰をおろし、風呂に入らなければと思ったが、まだその気になれなかった。

こんなに不潔な体で、きれいな白いシーツに寝たくはない。けれど、するべきことを決めなければならない。

金を振り分ける必要がある。いくらかを財布に移し、残りはどこかにしまう。部屋に置いておくわけにはいかない。これほどの高級ホテルなら客用の金庫があるはずだ。ただし、それも不安だ。とはいえ、たとえ個人用の貸金庫を借りるだけでも、どんな銀行にもまったく信用がおけない。朝、銀行の扉が開くという保証はどこにもない。

メイドのサービスは断ったほうがよかったかもしれない。でもそれで疑惑を招くかもしれないし——なぜわたしはこんなことをしているのだろう？　隠さなければいけないものって？

彼女はこの旅のゴールについて考えてこなかった。聖杯のような街、ニューヨーク。究極の目的地。学校に戻る気はないけれど、ほかにどうしたらいいかもわからなかった。

NAACPの事務所への行き方を調べて、ミスター・ホワイトに自己紹介してみてもい。彼には何年も絵ハガキを送り続けてきた。署名を入れていないハガキがほとんどで、どれもが怖《おそ》ろしい光景が写った見るのもつらい写真だった——リンチの光景が多く、生きたまま男が火に焼かれ、群集たちはそれを「楽しんでいる」ものだった。たいていの写真の裏には日付が入っていた。ルーリーンが写真を送り続けたのは、ミスター・ホワイトが十年前から行っているリンチ反対キャンペーンの事件調査に使ってもらえると思ったからだった。かなり長いあいだ送り続けていた。彼はわたしを覚えているだろうか？　彼女は覚えていた。何回かかけた、とても高額な電話の向こうから聞こえる温かい声。彼女は、自分に忌まわしい事件について語ってくれそうな人の名前のリストを渡すことまでした。

もう、その名前のノートは持っていなかった。フランクと共にテキサス西部へと旅立つ前に、ノートは箱詰めして、行ったこともないニューヨーク州ニューヨーク市五番街六十九丁目スイート五一八号室へと送った。ノートがぶじに着いたかどうかさえ知らなかった。突き止めるべきなのかもしれない。長い時間、列車に乗っていたことだし、歩くのも悪くないだろう。

風呂に入ってから。休息を取ってから。

しばらく、自分の計画について考えをまとめてから。

罪滅ぼしをしている、それはわかっていた。

ずっと前からわかっていた。自分の生まれ故郷である南部を通る旅は、慈善行為とは関係がない、すべてノーリーンに関することだ、と。もし姉が本当のことを話していたなら、姉はまだ生きていただろう。姉と例の感じのいい青年――ルーリーンには名前も思い出せなかった――ふたりともどこか別々の場所で生きていただろうし、ふたりの生も死も、交錯することはなかっただろう。ふたりはそれぞれ分離されていても平等な家族を持ち、分離されていても平等な家に住み、分離されていても平等な人生を歩んでいただろう。

ただしルーリーンはその眼で見て知っていた。分離が平等とは限らない。普通は分離すれば不平等になるものだ。

彼女がこれまで眼にしてきたことからも、彼女がついてきた嘘からも、真実を求める調査からも、そのことははっきりしていた。

時に彼女は、アトランタの〝人々〟の中のルーリーン・テイラーになった。時に彼女は、数キロ離れたいとこを訪ねるノーリーン・ドレイトンになった。時に彼女は、学校の教師の枠はまだ空いているかと訊ねに来る、ミセス・ヴァーシーになった。そして時に彼女は、ある日の午後だけ小さな町に立ち寄り、そこの住人が真実をかぎつけられるか判断するため嘘をついた。

彼女は町を追いだされる前に、事を起こす前に、その場から立ち去るようにしていた。けれどほかの場所では、一週間か、一カ月か、ひと夏か、地域社会にもぐりこんだ。未亡人になったり、結婚の望みのない独身女性になったり、豪華な新居のための資金を父親が用意してくれた既婚女性になったりした。

驚くほど大勢の人が、彼女の嘘を信じた。彼女がアクセントを聞き分けられるようになり、アトランタのピードモント北部のアクセントと、ニューオーリンズのガーデンディストリクトのアクセントの差がわかるようになってからはことさら。彼女はアラバマ州ハンツビル出身のような話し方をして、カロライナ出身の人たちに、アラバマの人間だと思わせることができた。アーカンソーのアクセントは少し難しかったので、メンフィスとナッシュビルの間の地域の人になろうとは決してしなかったが、アトランタのアクセントで充分カバーできた。アトランタ出身の人はたいていどこにでもいたからだ。

ばれることはほとんどなかった。けれど一九一九年のアーカンソーでは危ういところだった。地元の女性たち数人に気づかれたのだ。フランクと出会ったあの日の午後のダラスでも危なかった。そこではあれこれと質問しすぎたせいで、数人の男たちにダイナーまでつけられていた。彼女はフランクがひとりでコーヒーを飲みながらアップルパイを食べていたブースに滑り込み、少しのあいだ、ここにいさせてほしいと頼んだ。

フランクは、その男たちは彼女のスカートの中を狙っている無法者だと思ったようだったが、彼女はその誤解を解かなかった。ふたりは話をするうちに、意気投合した。数カ月の文通を経て彼女はウェーコーから逃げ出し、旅をあきらめた。

それまでに、彼女はいくつもの真実を知った。下宿屋の夕食の席でささやかれる話。死体の横でポーズを取る家族写真を見て感じたプライド。こずるい眼つきの少年たちが起こした惨劇を見ないよう、町のあちら側には行くなという警告。

彼女の任務は、殺人犯やその家族、リンチを娯楽だと考えている住人といった卑劣な人々と話をすることでもあった。彼女が現地に着くのはいつもすべてが終わったあとだった。絵ハガキや写真や噂《うわさばなし》話を基に町を訪れ、記事にするための情報を引き出す。記事は〈アムステルダム・ニュース〉や〈ザ・クライシス〉、〈ザ・ディフエンダー〉や〈アトランタ・インディペンデント〉に載ることになっていた。依頼人の役に立つかもしれない証拠やニュースをひとつでもいいから欲しい弁護士とも話をした。

偉大なるクラレンス・ダロウ（黒人問題などを専門としたアメリカの弁護士）とも話をした。彼が結局は訴えを取り下げるであろう事件のために、彼女は自分の正体までもさらした。

興奮も恐怖も、本来の自分の生活もすべて、信念のための活動に捧《ささ》げる。エリオットの慈善行為も。

そしてもうしばらくは、ルーリーンの償いも。ルーリーン自身の人生も。

金をどうするか結論を出すのに迷い続け、その夜の半分を費やした。財布に二十ドル入れ、百ドルずつを四つの封筒に分けてハンドバッグに、さらに百ドルを別の封筒に入れてスーツケースの底にしまい、もう百ドルは浴室の下水管の中に隠した。

残りはダッフルバッグに入れたまま、下着とナイトガウンを重ねて包み、さらに結婚指輪と真珠のネックレスの入った箱を一番上に入れた。ダッフルバッグを金庫で管理してほしいとホテルの支配人に頼むためだ。それでも念のためダッフルバッグには二本のひもをかけて結んだ。誰かがバッグを開けたときにわかるよう、父に習った昔ながらの二重結びにしておいた。

彼女はホテルから——行き先はちゃんとわかっていた——五番街六十九丁目に向かって歩いた。地図によれば、西十四丁目で道を渡ればいい。彼女はこの街を歩くとき特有の楽しさと不快感をすっかり忘れていた。きっちりとしたスーツに身を包んだ男性たちは仕事へと急いでいる。美しく装った女性たちは、ウィンドウショッピングだ。そうした人々が、みすぼらしいスーツや汚れた作業用ズボンを着た人や、首から《食べ物のために働かせてください》という看板を下げた年寄りたちや、その奥でぐったりした子供を膝にのせ坐っているみすぼらしい服の女性たちの横を通りすぎていく。

ルーリーンはほかの人と同じように、彼らから眼をそらした——あまりに哀れで、彼女とはまったく縁がない人々。歩いていく途中で、営業中の銀行が三軒あった。どの銀行のことも下調べしていなかったが、気にはならなかった。合衆国銀行はこの国でもっとも信頼できる銀行だとだれもが信じていた。ニューヨークにある最高の銀行。そこが破綻したと宣言してから、まだ半年も経っていない。安全な銀行などこの世にないのだと誰もが思い出した。

それでも、ハンドバッグやダッフルバッグに金を入れて常に持ち歩くよりは安全だ。彼女は失うには多すぎる金を持っていた。

彼女はそれぞれの銀行に九十ドルずつ預けて封筒に五ドル札を二枚残しておき、最初に見かけた家族連れのみすぼらしい女性ふたりに渡した。奇妙なものだ、と歩きながら思った。男性にあげたら、金は酒に消えると思った。けれど女性なら、子供たちになにか買ってやるだろうと思えた。

贈り物をしても、気分はよくならなかった。なぜならブロックごとに、実のところ半ブロックごとに、金を必要としている人を――少なくとも五人は見かけたせいだ。彼らは仕事と助けと、生き延びるのに必要なだけの金を――一週間かひと月か、生き延びるのに必要なだけの金を――雨露をしのぐ屋根を必要としていた。

西十四丁目に着くころには、ルーリーンはハンドバッグに手をかけて、あたりに眼もくれずに歩くようになっていた。六番街を渡りおえて視線を上げていなかったら、冷たい春の風をうけて力強くはためいている旗を見落としていただろう。半ブロック先の文章は、近くまで行くよりここからのほうがはっきり読めそうだった。

昨日、男性がリンチされる。

眼の前から文字が消え、一瞬、別の光景が頭に浮かんだ——ウェーコーで男が叫び声を上げ、人々に大通りを引きずられていく。男は助けを求めて叫び、パニック状態の黒い眼と彼女の眼が合う。彼女はあとをついていき、はじめて——そして一回だけ——リンチの現場を目撃する。

彼女はすべてを記録していた。わかっている名前を書きとめ、おおざっぱなスケッチまで書いた。地元新聞のカメラマンが何枚も写真を撮っていたし、そのうちの何枚かは絵ハガキとなるはずだから、必要のないスケッチだったのだけれど。

若い男はひたすら叫び続けた。結局、彼女はよろめくようにその場を離れた。助けを求められる相手はいなかったし、これを止められる人も、まともなことを言う人もいなかった。当局側の人間は全員、その場にいた——警察官、判事がふたり、弁護士が何人か、市長まで——全員が、はやしたてていた。男を批判し、この若い男は有罪だと叫ぶ者もいた。

あいつがやった！

彼女はこの若者を助けなかった。代わりに、午後の列車でダラスへと逃げた。メモを書き、地元の人たちからはなにをしているのかと訊かれた。そして彼女は——

彼女はフランクのところへ行った。そして恋に落ちた。あるいは、恋に落ちたと自分に言い聞かせた。

なぜなら、慈善行為を自分にあきらめさせるただひとつの方法が恋愛だったからだ。なぜなら、彼女のような善良な女性は、善良な良識ある女性なら、逃げ出したりしないからだ。そうした女性たちは割って入り、男性たちに常識を説き、すべてを望ましい方向へ進めるものだ。

彼女はそうしなかった。

ルーリーンは記憶を振り払い、旗から眼をそらすと、前へと進み続けた。茶色の建物に向かって歩いていった。視線を落としたままでいなければならなかった。旗を見ないように。文章を見ないように。

けれど、見ずにはいられなかった。

もう半ブロック進むと、同じ階の窓を横断するように貼られている文字が眼に入った。

〈ザ・クライシス〉

クライシス――危機。確かに。危機ならいくつもある。危機はすべて絡み合い、彼女がまだ理解しきれないものになっていた。

けれど、その文字が本当はなにを示しているのかはわかっていた。〈ザ・クライシス〉はNAACPが発行する雑誌で、彼女は何年も前から真面目に眼を通していた。フランクでさえ止めることはできなかった。彼は雑誌を振りかざして言ったものだ――なんでこんな汚らわしいものを読んでるんだ？　ルーリーンは彼に頼んだ。ねえ、中を読んでみて。書かれている文学作品を、詩を、小説を、声を。

けれど彼は読まなかった。実のところ、彼女も期待していなかった。フランクはその育ちを考えれば、この上なく偏見のない人だった。決して他人を傷つけない。けれど人種隔離に関する記事を読むこともなかった。

ふたりはこの件に関し、一回だけ言い争ったことがあったが、彼女が打ち切った。これ以上話したら、何年も旅をしてきた理由を打ち明けなければならなくなる。それに、彼女にはわかっていた。NAACPのために調査を続けているとフランクに話したら――無償の調査員として、弁護士のために証拠を集めるのに力を貸していると話したら――彼はきっと……そう、その答えを知りたくなかった。僕には君が理解できないという視線を向けられる程度なのか、家から放り出されるのか。どちらもありえる気がした。

震えが全身を走った。気付くとルーリーンはまた、田舎者のように舗道の真ん中に突っ立って、旗と文字の貼られた窓を見上げていた。

バッグをぐっとひきよせて五番街を渡り、意を決してその建物の中に入った。中はホテルのようにすっきりとしており、あちこちに金の縁取が施されている。大理石の床を進んだ奥にはエレベーターが並んでいた。何基かのドアは開いており、エレベーター係が乗っていた。

彼女は一番近いエレベーターに乗り、係の方を見もせず、すました顔で言った。「五階をお願いします」今日は誰のことも見ないようにしていた。

エレベーターの中は煙草《たばこ》と、どこかの女性の香水のにおいがただよっていた。上昇するときにかごがわずかに揺れたが、気にしなかった。エレベーターというものはいまだに、魔法ではないかと思っていた。

ドアが開き、廊下が見えた。傷んだタイルなのか、安っぽい床材なのか、いずれにせよ一階の大理石の床とは雲泥の差だ。いくつもある艶消しのガラス扉は閉まっており、不吉さをいや増していた。

「五階です、ミス」係が言った。あきらかに、彼女が下りるのを待っていた。

ルーリーンは息を吸うとうなずき、廊下に足を踏み出した。エレベーターのドアが閉まるのを待ってから、廊下を進み、五一八と書かれた扉を探した。

見つけるのは難しくなかった。扉が少し開いており、中からはタイプライターの音や人の声が聞こえる。

喉がからからに渇いていた。扉の隙間から中をのぞくと、男性や女性が机に身を乗り出しているのが見えた。女性はタイプを打っており、男性は電話中だ。壁の貼り紙やポスターには、黒人に警戒を促す注意文や、宣伝文句が書いてあった。〝完全なる民主主義のために、NAACPに参加しよう〟

部屋の中にいる人は全員、肌の色が黒かった。全員だ。

彼女はそうではない。

背を向けたところで、女性から声をかけられた。「なにかご用ですか？」

ルーリーンは深呼吸した。いいえ、事務所を間違えたようです、と言うこともできる。誰にも気づかれないだろう。

けれど彼女はもっと勇気ある女性だった――あるいは、かつてはそうだった。

彼女は振り返った。「わたし……ええと……ミスター・ホワイトにお会いしたいんですが」

戸口に寄りかかっている女性は若く、かわいらしかった。髪をひっつめていて、温かみのある眼がはっきりと見えた。「お入りください」彼女は言った。「ここにいらっしゃいます」

ルーリーンの胃が引きつれた。艶消しのガラス扉を通ると、机と鳴り続ける電話と、壁際に詰め込まれた木製のインデックスカード入れで出来た世界が広がっていた。廊下で聞こえたよりもさらに賑《にぎ》やかに会話が交わされている。

中にいた人たち全員が顔を上げてルーリーンを見たが、すぐに視線をそらした。ほとんどの人が彼女と視線を合わせることはなかった。またやってしまった、と彼女は思った。たいした目的もないまま、行き先を決めてしまった。ミスター・ホワイトになんと言えばいいだろう？　出資できて光栄です？　光栄なのだろうか？　電話越しの声や封筒の名前以外に、彼自身のことを本当に考えたことなどあっただろうか？

「ミスター・ホワイトは会議中です」若い男性が彼女のそばに来ていた。彼はフランクより背が高く、立て襟のスーツを着ていた。その茶色の眼は、ウェーコーでリンチされていた若者を思い出させた。「ご用はなんでしょう？」

ルーリーンは首を振った。帰らなければ。ここにいるまともな理由などなかったし、この善人たちの邪魔をしている。

「アラバマの事件を話し合っているんです」彼女がその事件を知っているのが当然という口調で、若者は言った。「もうすぐ終わるはずですから、よろしければお待ちいただけますか」

彼女は場ちがいだと感じながらも、どうするか決めかねていた。大勢の熱意にあふれた顔、忙しそうな手、まわりの人たちはみな熱心に働いていた。自分たちのしていることを信じ、世界を変えようと奮闘している。

慈善行為をしているとはいえ、ルーリーンはまったく世界を変えようとはしていなかった。NAACPのために活動しているときでさえも、そうだった。離れたところからこの世界の病を観察し〝助ける〟ために自分の特権を使った。実のところ、他人の生活を垣間《かいま》見《み》ているだけの、ただののぞき魔にすぎないのかもしれなかった。

ルーリーンはまったく人を助けてこなかった。助ける機会があったときでも、人の命を救うのに自分がリスクを負わざるを得ず、一歩前に出るしかないとなったら逃げ出し、自分が生まれついた特権階級の中へ姿を消し、フランクと結婚した――愛情からでもなければ、抑えきれない情熱からでもなく、単に自分が育った環境へ逃げ戻るために。そして当然ながら、結婚生活に失敗した。

「いいえ」彼女は静かに言った。「待ちたくありません。みなさんはもっと大切なお仕事をしているところなんですから」

彼女は話しながら、肩の力をわずかに抜き、バッグを抱えていた力をゆるめた。そこで、自分がなにを持っているかに気がついた。

「わたしは……その……寄付ができたらと思いまして」彼女は言った。「あなたにお願いできます？」

「もちろんです」若者はそう答え、近くの使っていない机の向こう側に回った。抽斗《ひきだし》から受取帳を取り出し、ペンを握った。

彼女はバッグの中に手を入れ、最後の封筒を取り出した。

「お名前は？」彼が訊ねた。

ルーリーンは唇をなめた。彼女の名前はここの名簿に載っている――〈ザ・クライシス〉を手に入れるために、かつては名前を載せていた。改めて名前を伝えることはしたくなかった。

「匿名でもかまいませんか？」彼女は訊ねた。

「結構です」その答えを予想していたとでもいう口調で若者は言った。彼女は頬が熱くなった。「金額はおいくらでしょう？」

彼女は封筒を開き、みんなに見えるよう札を広げた。この金を誰にも独り占めさせたくなかった。

「百ドルです」彼女は言った。

近くで息を飲む音がした。若者は彼女の顔を見て、次に金を見つめ、最後に受取帳に視線を戻した。金額を書き入れる彼のペン先はわずかに震えていた。

「この寄付をどなたかに捧げますか?」いいえ、という返事を予期しているかのように彼は訊ねた。

「ええ」彼女は言った。「ノーリーン・クォールズに捧げてください」

彼は苗字《みようじ》の綴《つづ》りを確認してから、近くの扉を見やった。艶消しガラスの向こうに人々の姿が影になって見えた。きっと、ミスター・ホワイトが出席している会議だろう。

若い男性は受取帳を切り取って金を包むと、写しを取るために受取帳に挟んであったカーボン紙の下の控えの紙を彼女に渡した。

「ありがとうございます」若者は言った。

彼女は、使い道があるかのような顔をしてその写しを受け取った。そしてうなずくと、後ずさるように部屋を出た。

「せめて新聞かなにか持っていってください」若者が言った。「ちらしとか、僕たちの活動について読んでいただけたら」

彼は新聞が散らかっているテーブルのほうに腕を拡《ひろ》げた。日刊紙、週刊紙、〈ザ・クライシス〉の特別版があった。彼女は特別版を読んでいなかったので、それをもらった。新聞のほうにも眼をやったが、そちらは取らなかった。それでも彼女の視線は、折りたたまれたニューオーリンズの新聞の紙面に吸い寄せられた。二日前の〈ザ・タイムズ・ピカユーン〉紙で、法律用箋にクリップで留められていた。

暴行罪により八人の黒人に死刑宣告
アラバマでの暴行に関する裁判における九件目の誤審

思わず手を伸ばし、軽く新聞を叩いた。

「アラバマの事件ってこのこと？」彼女は訊ねた。

「そうです」若者は言った。「この青年たちのことを聞いていますか？　二週間前に有蓋車から引きずり降ろされて、もう死刑判決を受けたんですよ」

「ほとんどリンチみたいなものよ」誰かがぼそっと言った。

ルーリーンは顔を上げた。誰が言ったのかわからなかった。

「控訴審での彼らの代理人として誰を送りこむか、決めようとしているんです」若者が言った。彼は彼女が渡した封筒を軽く叩いた。「これは旅費に役立てさせてもらいます」

彼女はうなずいた。たいしたことをしていないのに、なにかを成し遂げたような気分だった。そこで彼女は事務所を後にした。廊下を半分ほど進んだところで、別れの挨拶もせずに出てきたことに気がついた。

エレベーターに乗る前に気がついた。金を渡しても、五ドル札を配ったときと同じ虚《むな》しさが残っている。彼女はわずかだけれど援助をした、けれどほんの一瞬で消える――どこかの弁護士、どこかの代理人の旅費になるだけ。代金を一回支払ったらなくなってしまう。

ホテルへ歩いて戻る道のりは、事務所に向かうときより長く感じられた。八番街のガラス扉の入り口を通ってロビーに入って思った。この金色の葉、華麗な天井、装飾、これがあればひと家族を一カ月は養える。

もちろん、フランクならこう言うだろう。この建物なら何百もの家族を何年も養えるだろう、と。彼女のような人が高級な部屋にまったく泊まらなかったら、今は存在しないであろう仕事はさておくとしても。

彼女はエレベーターを待ちながら、パンフレットや、地下鉄から列車まであらゆる時刻表が置いてあるテーブルのそばをぶらついた。エレベーター係に話しかけられないように眺めておくものが欲しくて、何枚か取った。

心配は無用だった。希望の階を告げると係はうなずき、そこからはほとんどなにも言わなかった。彼女のほうを見もしなかった。彼女の指定した階に着いても、いい一日を、とさえ言わなかった。

誰かが、誰か資格のある人が、彼のこんな態度を報告しているかもしれない。この係の男も彼女のように、日々すり減っていっているだけなのだろう。常に危機があり、常に物事が悪い方へ向かう。常に人々は、自分がやってもいないことのせいで死んでいく。

誰も言わない。〝彼はやっていない。彼は絶対にそんなことはしていない。彼にできるはずがない〟とは。少なくとも、責任ある人々の耳にはそんな声は届かない。

ルーリーンは顔をしかめてドアの鍵を開けた。なにかが心にひっかかっていた。ドアを閉めると、列車で手にした古い新聞を取り上げた。数週間前の〈ニューヨーク・タイムズ〉──彼女がメンフィスに向かう前の日付だ。

親指で新聞をめくっているうちに、自分が見た記事を思い出した。新聞の真ん中あたり、広告欄の前のページに載っていた。

暴徒からの黒人の身柄要求に対し、刑務所長が軍隊を要請
アラバマ州スコッツボローでは、婦女暴行容疑で九人を逮捕以降、暴動の危機

ルーリーンは机に身を乗り出して記事に眼を通しながら、行間を読み取ろうとした。九人の男は有蓋車から引きずりだされ、二人の女性に暴行したかどで起訴されていた。けれど、白人の男たちと喧嘩《けんか》かなにかがあったようで、白人は黒人より先に列車を下りていた。彼らは黒人たちを逮捕するよう依頼する電報を打っていた。

そして、この暴徒たち。

彼女は身を震わせた。

白人の男たちは明らかにリンチを望んでおり、それを防ぐために保安官は軍隊を要請した。けれど、この九人の若者たちは──数週間経ってもまだ生きている──すでに裁判にかけられ、有罪となり、死刑宣告を受けている。

ＮＡＡＣＰが控訴を求めているのも当然だ。

この記事を読むだけでわかった。これはレイプ事件ではない。有蓋車で席を分けず、同

じ空気を吸った、そのことに関する事件なのだ。不平等に従って振舞わなかったことに関する事件なのだ。

彼女は日付を見た。彼女がメンフィスに向かう前の日付、異なる肌の色をした人々が不満げな顔で、一緒に有蓋車に詰め込まれていたのを眼にした日より前だった。

彼女らしからぬことを思った日より前のことだった。まあ、厄介なことが起こりそう。そう思ったのは、すでに問題が起きていたからだった。

大きな問題が。

明らかに彼女は、この記事を見ながらも読み流していた。それはここ何年か、この手の話を読まないよう自分を抑えていたからだ。自分を違う場所、違う時間へいざなってしまう話を。

机に新聞を放ると、帽子を取り、いつもの習慣でドレッサーの上に置いた。ワンピースを脱ぐと、しわにならないよう吊るした。

次に、靴を蹴って脱いだ。夕食の前に昼寝をするつもりだったが、眠けは訪れてくれなかった。仕方なく列車の時刻表を手に取った。その手は、頭がまだ認識していないなにかを知っていた。

金は役に立つ。良いことに使える。けれど押し寄せるみじめさを食い止めることはできない。すでに決壊したダムのなかの石にすらなれない。

彼女にはリンチを止めることはできないし、名もなき人々の忌まわしい死を止めることもできない。生きながら焼かれての死や、至近距離からショットガンで撃たれての死を。

彼女には止めるだけの勇気がなかった。実のところ、勇気などまるでなかった。NAACPの事務所ではいたたまれない思いをした。

彼女は仲間ではなかった。

けれど調査はできる。そのことはすでに証明済だ。彼女は同胞の白人たちに、自分たちが犯した非道な行為を認めさせる才覚があった。非道な行為を自慢させればいいのだ。

彼女が話を聞くのはたいてい、人が死んでからだった。けれどこのアラバマ州スコッツボローの若者たちはまだ生きている。彼らに話を聞き、調査することができる。誰かが救えるかもしれない。法的擁護をする人々はすでに集まっている。彼らは〝アラバマの事件の話し合い〟をしている。この手の話し合いについて彼女が知っていることといえば、これから誰かが家族の元に行って励まし、必死で戦うはずだということだ。

戦うためには、証拠が必要だ。

証拠のためには、双方と話をする人間が必要だ――話し合うことさえはばかられる事実を認めさせるために。

もう、こうした調査を慈善行為と呼ぶ気はなかった。これは慈善行為ではない。必要悪だ――悪とのつきあいが長すぎる女性、実際に立ち上がることはない女性の手で実行される必要悪。

けれど、真実のためなら嘘だってつける。

時刻表の上に身を乗り出し、ニューヨーク発の列車を探した。アラバマ州スコッツボローへ向かう列車に接続している列車を。自分の生まれ故郷に戻る旅をしなければいけないと気づくのに、ここまで来なければいけなかったとは皮肉なものだ。あと数年、本当はなにが起きたかをつかむために、自分を偽らなければならないとは、皮肉なものだ。ほかの誰かが——真の勇気と、情熱と使命を持った誰かが——自分の命をかけて他人の命を救えるように。

彼女は自分を犠牲にする人間にはなれない。

いつも陰に隠れ、日の当たる場所へと報告を送る。

それが、わずかだけれど——本当にわずかだけれど——彼女にできることだった。

指をさし、嘘をついたノーリーンのためではない。

その指の先にいた若者のため。本を小脇に抱え、人形を抱いている少女にほほえんでいた若者のため。彼はルーリーンに親切にしてくれて、人間同士としてつきあってくれた——この世界ではとても珍しいことだった。だからこそ記憶に残っている。

これはきっと彼のため。そして彼のような、運が良くても名簿に記録され、運が悪ければ絵ハガキに載ってしまう、そんな人たちすべてのためだ。

彼女はできるだけ長く、自分のできることをするつもりだ。

この金が尽きるまで。

窓ごしの劇場

ジョナサン・サントロファー

JONATHAN SANTLOFER

『デス・アーティスト』(ヴィレッジブックス)がベストセラーとなり、また『赤と黒の肖像』(早川書房)でネロ・ウルフ賞受賞。ほかにも彼の小説はミステリ専門誌や多くの短編集に収められている。全米芸術基金を二度授与され、画家としても有名。彼の絵はメトロポリタン美術館やシカゴ美術館に展示されている。長年にわたるホッパーのファンでもあり、サントロファーの描いたエドワード・ホッパーの肖像画は2002年開催の彼の展示会で展示された。

訳

矢島真理

MARI YAJIMA

NIGHT WINDOWS, 1928

彼女だ。ピンクのブラジャーにピンクのスリップ。窓から見えたかと思うとその隣の窓へ、姿が消えたかと思うとまた現われる。まるで回転のぞき絵《ソエトロープ》のように、チラチラと刹那的で狂おしい。

そう、それだ。狂おしい。

男は別の表現を思いつく……甘美な。

そしてまた別の表現を……拷問のような。

こんなにすぐに代わりの女が現われるとは、思ってもいなかった。最後の女――ローラだったかローレンだったか、名前なんかどうでもいい――がいなくなってからもう四、五カ月は経つだろうか。まあ、実際には日数まで正確に覚えているが。代わりはいくらでもいるし、どの女も大差はないのだが、最後の女のことは気に入っていた。彼女の無垢《むく》なところ——それを剝《は》ぎ取《と》っていくのは最高の気分だった。顔を思い浮かべようとしても、ぼやけてしまって思い出せない。水性絵具で描いた顔を、濡《ぬ》れた指でこすって消してしまったかのように。彼は彼女を作りだし、そして破壊した。いつもと同じように。

ピンク色を身につけた女が前かがみになり、尻が彼の真正面に向けられる。彼は笑いをこらえた。笑い声が聞こえてしまったら、路地をはさんだ反対側の窓の暗闇の中にいることに気づかれてしまうかもしれない。まだこちらの準備が整っていないのに。出会いは計画どおりに進めなければならない。すでに計画は練ってある。あともう少しだ。

女は体をおこして振り向き、窓台にもたれかかった。逆光に照らされたブロンドの髪を見ながら、彼は思う。神々が新しい女を遣わしてくれた、と。

最後の女は、彼と知りあって幸運だったのだ。世間知らずの田舎娘で、簡単すぎるほど思いどおりに操ることができた。彼は女を調教し、そして破壊した。

彼から逃げ出す力が、いったいどこに残っていたのだろう。

でも、そんなことはもうどうでもいい。どのみちあの女には飽きていた。めそめそと情けないその声、気に入られようとするその必死さ。

それに比べてこの新しい女は完ぺきだ。見られていることにも気づかずに窓を横切っていく。

この女は簡単そうだ。

彼は上唇の汗を拭い、暗闇に浮かびあがる三面の張り出し窓をじっと見つめた。彼だけのプライベート・シアター。深く息を吐き出すと、窓のカーテンがふわりと外に膨らむ。まるで一緒に息をしているかのように。

ああ……

闇がベールのように彼を覆い尽くす――こちらから女は見えるが、むこうからは何も見えない。

緑色の醜悪なカーペットの上を女が裸足《はだし》で歩いている。同じカーペットだ。新しいものに替えようとは思わなかったようだ。足の指のチクチクとした感触、股間をぐいと引っ張られるような感覚が彼を襲う。あのカーペットの上を裸足で歩いたときのことを思い出したからだ。あのとき、最後の女の足首は、古い鉄製のラジエーターに足かせでつながれていた。

よく見えるようにと開け放しておいた彼の部屋の窓から、暑さが忍びこんでくる。蒸し暑い空気は彼にまとわりつき、アパートメントの集中管理されたエアコンの涼しい空気と混じりあう。体の半分は冷たく、あとの半分は暑くて汗をかいている。まるで天気図の真ん中で寒冷前線が暖気とぶつかるように、彼の奥底で嵐が育ちつつある。彼はスコッチのボトルに手を伸ばし、タンブラーに注いだ。中の氷はほとんど解けてなくなっていた。

女のうしろのほうに小さな扇風機があることに彼は気づいた。回ってはいるがほとんど役に立っていないようだ。ピンクのスリップと髪を舞いあげるだけで、あまり使いものにならないのは確かだが、そこがまたいい。この暑さでは、彼女は窓を開けておくしかない。

スコッチをひと口飲んだ。舌を鋭く刺激する酒が、咽喉を通るときは絹のようななめらかさに変わる。彼はまっすぐに女の部屋を見つめていた。その視線はやがて女の部屋へとはいりこみ、まるで手のように女の体に触れる。最初は優しくやわらかく、そのうち強く、痛いほどに強く。

女は痛みを感じたかのようにその場から動き、ピンク色の姿が窓から離れて部屋の奥へといなくなる。

彼は待った。

知り尽くしているアパートメントを頭の中に思い描いていた。殺風景な内装、狭苦しい寝室、浴室のひび割れたタイル、小さなキッチン、時代遅れの取り付け家具。

ふと自分の居間に置かれたむき出しのラジエーターが眼にはいった。改装せずにそのままにしてあるこの古い高級アパートメントは、街の中では例外的だ。十九世紀の終わりに建てられた褐色砂岩《ブラウンストーン》張りの建物は、もちろん彼が所有しているものだが、めったに使わない裏庭のような存在だ。この家を購入したのは経済不況の真っただ中で、当時でも高価な買い物ではあった。それが今では、とても手が出せないほど天文学的な不動産価値にまで上昇している。とはいえ、ここに住む気はなかった。住居は、ドアマンのいるアッパー・イーストサイドの高層ビルと決めているからだ。だが、今ではここがかなり気に入っている。このプライバシーが。

スコッチを飲み干し、もう一度グラスに注ぐ。落ち着かないのか、暗闇の中でスコッチがこぼれて手にかかった。

彼女はいったい何をしてるんだ。なんでこんなに時間がかかってるんだ。

腕時計に眼をやる。ゴールドの薄い文字盤に、さらに薄いゴールドのメッシュバンド。

くそ、あの女のせいでビジネス・ディナーに遅刻してしまう。

早くしろ。早く。

シャワーでも浴びているのか？　それともトイレか？　彼はその両方を想像した。すぐそばで見ていたい。その望みも、もうすぐかなう。

彼は葉巻に火を点《つ》けた。文句を言う者は誰もいない。一番目の妻も二番目の妻も、別れてからもう長いので悪い思い出さえも残っていない。二年前に別れた妻からは、葉巻を吸うなんておぞましい趣味だとまで言われた。まあ確かに、おぞましい趣味を彼女にはいろいろ披露したのだが。

父親の姿――葉巻を吸う大男――が脳裏に浮かんだ。怒りに顔を真っ赤にした男が、ベルトや拳《こぶし》や火の燻《くすぶ》っている葉巻を振りあげながらのしかかってくる。ただ、これが単に彼の想像なのか、母親から叩《たた》きこまれたイメージなのかはわからない。彼が五歳のときに父親は死んだ、母からはそう聞かされていた。何年も経ってからそれが嘘《うそ》だと知ったが、父親とは二度と会うことはなかった。

彼女の部屋の窓に、絵筆が走ったかのようなピンク色の閃光《せんこう》が見え、彼は椅子から身を乗り出した。亀が甲羅から頭をもたげるように。すぐに彼女は見えなくなるが、ピンク色が残像として脳裏に残る。彼は肉を連想した。やわらかい仔牛肉《こうし》、肉汁のしたたるポーク。犬のように口いっぱいに涎《よだれ》が溜《た》まる。

葉巻を深く吸い、咳《せ》きこむ寸前まで溜めておいてから一気に吐きだすと、顔の前に灰色の煙がたちこめた。その煙がなくなると、部屋の少し奥まったところでブラジャーのホックをはずしている彼女が見えた。女の体は、すぐ横のランプからのやわらかな金色の光を浴びている。彼は眼を細めて煙のむこうを見ようとするが、はっきりとは見えない。彼女はまるで印象派の絵画のようだ。ゆらゆらと揺らめいて美しい。額縁の中に入れて壁に飾りたい。あるいは檻《おり》に閉じこめるか、革ひもで縛って壁に吊《つ》るすか。

また女の姿が見えなくなる。彼は、若くて純真だった最後の女のことを考えた。彼女の純粋さを剝ぎ取ったこと、死んだ古い皮膚のようにそれが一枚ずつ剝がれていくのを眺めたことを思い出した。

腕時計を見る。もう行かなければ。ドバイから来たクライアントとのディナーには、どうしても遅れるわけにはいかない。でも、またピンク色が戻ってきた。今度はもっと窓に近いのではっきりと見える。絹のようになめらかなスリップが、まるでスローモーションのように肌にまとわりつき、太ももの上をすべっていく。スリップというもの自体が少し古めかしい気もするが、彼女自身も、彼が日頃つきあっている女たちに比べると丸くて曲線的で古風だ。彼女たちはファッションを気にするあまり餓死しそうなほど痩せていて、魚料理――必ずと言っていいほどなぜか魚料理――が冷たくなっていくあいだもサラダばかりついている。食べない女たち、ドバイのビジネスマンとのディナーにお飾りとして連れていくような女たちのために、二百ドルの食事が無駄になる。

女をじっと見つめながら、彼は写真を撮っているかのように瞬《まばた》きをした。あのカメラはとっておくべきだった。望遠レンズ付きの古い三十五ミリのニコン。映画『裏窓』のジェームズ・スチュアートになりきって、殺人事件を目撃している自分を想像する――どんなにか興奮するだろう。

ピンクの女――そう呼ぶことに決めた――は前かがみになり、すぐに体を起こすとくるくると回りはじめた。そのとき初めて、部屋のもっと奥のほうに、陰に半分隠れて鏡があることに彼は気づいた。新しいものだ。以前はなかったような気がする。一瞬、鏡に映った自分の姿を彼女に見られてしまったのではないかと心配になり、あとずさった。葉巻の煙がひとすじ尾を引く。

まさかそんなはずはない。離れすぎているし、実のところ、私は吸血鬼だ――やれるものなら、私の姿を鏡に映してみろ！　そんなことをひとり考え、大笑いした。街の喧騒《けんそう》――バスやタクシーやサイレン――がなければ、彼女にもその笑い声は聞こえていたかもしれない。そんなことになれば、計画が泡となって消えるところだった。

ひょっとして本当に聞こえたのだろうか。彼女は回るのをやめ、窓のところまで来て外を覗《のぞ》いている。

彼は咽喉の奥に息をとめ、ねっとりとした闇の中にさらに深くもぐりこんだ。

彼女は私のことを探そうとしているのか？　それとも、もう私に気づいているのか？　どこを見ているのかはわからない。逆光になっているので顔は陰になり、ブロンドの髪が暈《ハロー》のようにぼんやりと光っている。

彼女の姿が見えなくなった。こちらもそろそろ出かける時間だ。椅子から立ちあがりかけたところで、彼女が戻ってきた。とはいっても完全に戻ってきたのではなく、もやのかかったような室内の光に照らされて、玄関のドアを開けているのがおぼろげに見えるだけだ。次の瞬間、明かりが消えて窓は真っ暗になった。

すぐに追いかければ彼女を捕まえることはできる。しかし彼は暗闇の中に坐って葉巻を吸い、スコッチの残りを飲んだ。あえて待つ。実はこれが好きなのだ。相手は彼のことを何も知らないのに、彼は相手のことを知っている、この過程が。

三週間と二日。そのあいだに十二回の上演。彼はそのように考えていた。ちょっとした芝居、小規模な舞台作品、それをピンクの女が彼だけのために演じる。

でも、もう十分だ。計画を実行に移す時間だ。あと少しでも先に延ばせば、頭がどうかしてしまいそうだ。

簡単にいくだろう。彼女が帰ってくるところも出ていくところも、電気が点いたり消えたりするのも彼は見ているのだから。仕事に出かけるときに服を着るところも、帰ってきて服を脱ぐところも。デートに出かけたとしても、帰ってくるときはきまってひとりだ。

彼女はいつもひとり。その点も気に入っていた。あばずれに興味はない。

二度ほど、同じレストランにはいるところを尾行したことがあった。板ガラスをはさんで、彼女がひとりきりで食事をしているのを眺めた。芝居の小道具のように本を読みながら、淋《さび》しそうで、恥ずかしそうで——好都合なこの状況はうまく使えそうだ。

時計を確かめる。もうすぐ彼女が帰ってくる時間だ。彼のほうの準備は整っていた。いかにも仕事帰りというようなデザイナーズ・ブランドのスーツを着て、髪の毛も整えてはあるが、ウォールストリートの狼《ウルフ》のようにオールバックに撫《な》でつけてはいない。自然に日焼けした額に、白髪交じりの前髪の束がさりげなくかかるような、カジュアルな髪型にアレンジしてある。そして、英国製の高級コロンの繊細で男らしい香りは、体を近づければ彼女の鼻をくすぐるはずだ。その近さまで彼女との距離を縮めるつもりでいる。

路地のむこう側の三面スクリーンの劇場に明かりが点く。眼がくらむような熱い光に、世界そのものが蛍光灯になったかのようだ。眩しさに眼がなれると、そこに彼女がいた。仕事用の飾り気のないまっすぐなラインの濃紺のワンピースを着て、居間を横切って歩いている。彼女は寝室の中に消えるが、彼はじっと待つ。何分か経ってから居間に戻ってきた彼女は、タンクトップを着て白いジーンズを穿《は》いている。そのまま彼女は玄関を出る。

そして、彼も部屋を出る。

外に出ると神経の先端がチクチクとうずいたが、心拍数は低いままだ——めったに八十を超えることはない――ショーウィンドウに映った自分の姿に彼は満足した。誰が見ても成功を手にした魅力的な男だ。彼が身にまとっている富《とみ》のオーラは、さりげないが見逃しようがない。

角を曲がるとそこに彼女がいた。スカイ・ブルーのタンクトップに白いジーンズ。アパートメントから出てきた彼女のブロンドの髪に、薄れゆく夏の陽光が反射している。まるで映画から飛び出してきたかのようだ。彼だけの映画から。だんだんと焦点が合い、彼女の体の形が細部にわたるまではっきりと見えてきた。期待と不安が彼の皮膚の表面を這《は》い、脳の中では重低音の振動が響く。その状態のまま、彼女のあとをつけて人混みでごったがえす街を歩いていった。レストランに着くと、彼女はふたり用のテーブルにひとりで坐った。似非《えせ》フレンチのビストロは半分ほどしか席が埋まっていない。彼女はふたり用のテーブルにひとりで坐り、赤ワインのマルベックを注文した。そしてメニューごしに観察する。彼女だけのために彼が作りあげた特設のステージで、彼女が演じるのを観《み》る。

彼女は白ワインのシャルドネを注文し、ひとくち飲んだ。髪の色と同じ色のワイン。それからニース風サラダを注文した。脂ぎった髪の毛と、同じように脂ぎったフランス訛《なま》りのウェイターがテーブルに来るまで彼は待ち、彼女のほうにあごをしゃくりながらわざと大きな声で言う。「あちらと同じものを」彼女が眼を向けてきたので微笑《ほほえ》むと、彼女も微笑みを返した。はい、かかった。釣り針は女の頰に刺さった。あとは竿《さお》を持ち、リールを巻きあげるだけ……

「この店には以前から？」と彼は訊いた。

「え？」と彼女は言って本から眼をあげる。「あ、ええ。何回か」

「気に入ったんだね」

思ったよりは少し歳が上だ。三十代前半か。レストランの薄暗い照明で彼女の顔の輪郭がやわらかに見え、若干不安になった。ひょっとして、もう少し年齢が上かもしれない。自分より十歳は若いほうが好みだ。かといって、若すぎるのも困る。変質者ではないのだから。

「家はこの近く？」

彼女がまたうなずく。こちらを品定めしているのがわかる。やや年上のこの男と会話を続けていいものか、判断できずに用心しているのだ。ハンサムで上品だとしても、見ず知らずの男であることには違いない。

彼は想像上のリールを少し緩めて背中を向け、携帯電話を取り出してメールをチェックしているふりをした。そのあいだもずっと、本を読んでいる彼女を観察しながら。

彼女が唇を動かしながら読んでいないことに安堵《あんど》し、神に感謝する。

恥ずかしがり屋でうぶな女は思いどおりに操ることができるので好きだが、馬鹿な女はだめだ。絶対にだめだ。なんの愉《たの》しみもないじゃないか。手ごたえがないのはつまらない。

最後の女――ローラだかローレンだか――は、天才ではなかったが馬鹿でもなかった。

彼女はただ単に騙《だま》されやすく、二十代前半でまだ若かっただけだ。そして、処女だった。

それを知ったときの衝撃と歓喜といったら。彼はいつも何かしらを奪うが、まさか処女まで奪うことができるとは。

サラダが運ばれてくると、また彼女のほうにあごをしゃくりながら話しかけた。「きみはニューヨーク出身じゃないよね？」

「サライナ。聞いたことないでしょうけど」

「カンザスだよね」彼がそう言うと彼女は一瞬驚き、すぐ笑顔になった。

「キム・ノヴァク。『めまい』」

「え？」

「ヒッチコックの映画だよ。キム・ノヴァク、いや映画の中で彼女が演じた役が、サライナ出身だったんだ」

「そうなんですか」

「観たことない？」

「ええ」

「いい映画だよ」彼はそう言いながら、主演のジェームズ・スチュアートが、まるで死者を蘇《よみがえ》らせるかのようにキム・ノヴァク演じる女を作りあげていく様子を思い出した。彼のお気に入りの趣味とは方向が正反対だ。「ちょうど今、名画座の〈フィルム・フォーラム〉でヒッチコック映画祭をやってる。きみも行ったらいいよ。いや、ぜひ私に案内させてほしい」

彼女は驚いたように眉を吊りあげたが、けっして嫌そうではなかった。

「あ、すまない。別にそういう――もちろん、きみは結婚しているかもしれないし、恋人がいるかもしれないのに。私としたことが――」彼は恥ずかしそうな、はにかんだような表情を織り交ぜた。これも映画を観て学びとった技だ。

「恋人もいないし――結婚も――この街に来てから間もないんです。だから、正直な話、ちょっと怖くて」

「怖がる必要なんてないよ」彼はそう言いながら、はにかんだ表情から親しみと思いやりの表情に切り替えていく。

「人づきあいはどちらかと言うと苦手で」

「ねえ」彼は満面の笑みを浮かべた。「一緒に食事しようよ」断られる前に――率直に言って彼女はあまり歓迎してはいないようだ――彼はサラダを持って彼女のテーブルに移動し、ウェイターに合図してワイングラスを持ってきてもらった。そうやって今、彼は彼女の正面に坐っている。眼の前にいるのが、窓の中のピンクの女ではなく実物の彼女だと意識しようとするが、窓の中のイメージが脳に焼き付いて離れない。

もう一杯ワインを飲んだあと、彼女は身の上話を始めた――サライナの高校のプロムクイーンだった彼女はトピーカの秘書養成スクールに進み、会計事務所に就職した。「会計士の人たちに囲まれて、死ぬほど退屈でした」と言って顔をしかめた。

「まあ、ここでは退屈して死ぬことはないよ」と彼は言う。「それに、私は会計士じゃないし」

彼は追加でワインを注文した。彼女はもう一杯飲み、話を続けた。年齢は三十二歳、離婚をして新しい人生をここから始めようとしている、と。彼は聞き役に徹し、自分のことはほとんど語らずにいた。ただ、金融関係の自営業で、特別なことは何もないがなんとか生活はできている、ということだけ話した。

彼女は笑い、そして彼をじっと見つめて言った。「あなたのような魅力的な人がどうして独身なの？」

「結婚はしてたよ、一度だけね」と言ってから付け足す。「でも、もう一度結婚するのも悪くないかな」彼は糸を引き、釣り針が彼女の肉に深く刺さるのを確認した。頬から血がしたたり落ちる。ピンク色ではない、赤い血が。

しばらくして、彼は彼女を家まで送っていった。

気持ちのいい夜だ。いつものマンハッタンの夏の夜とは違い、風もあって湿度も低い。暖かい空気が一枚の薄い仮面のように、彼がすでにかぶっている仮面の上を覆っている。

「ここよ」アパートメントの入り口で彼女は言った。

気まずい空気が流れるが、彼はあえてその沈黙を埋めようとはせず、彼女の出方を見た。

「それじゃ……」そう言って彼女は手を差し出した。

彼はその手を両手で取り、しばらくそのまま握っていた。「会えて楽しかった。で、どうする？」

「え、何を？」

「ほら〈フィルム・フォーラム〉だよ。ヒッチコックの」

「あ、ええ」と彼女は言った。「いつ？」

「映画祭は二週間のあいだ毎日やってる。明日はどう？」

「あ、ええ」また彼女は言い、やわらかそうな下唇を噛《か》んだ。「そうね。何が上映されてるの？」

「二本立てだ。『めまい』と……『サイコ』」

「『サイコ』は何度観ても怖いわ」

「心配いらないよ。一緒にいてあげるから」

彼女が建物の中に消えるのを見とどけてから、彼は大急ぎで自分の部屋に戻った。窓の前で彼女が着替えるのに間に合わせるためだ。彼女は白いジーンズをおろし、タンクトップをたくしあげて脱ぐ。それから居間の真ん中にしばらく立っていたが、急に両腕を交差して胸を隠した。見られているのを感じたのだろうか。

「どっちも最高だったわ」ふたりは〈フィルム・フォーラム〉からグリニッジ・ヴィレッジの通りに出た。映画館にはいったときよりも、夜はもっと暑く、空気はもっと湿っている。「ねえ、ここでわたしの写真を撮って」そう言って彼女は携帯電話を彼に渡した。頼まれたとおり、『サイコ』のポスターの前に立つ彼女の写真を撮った。彼女は十代の少女のように笑いながら、携帯電話を受け取るとそのまま腕を伸ばしてふたりの写真を自撮りした。

「写真を撮られるのは嫌いだ」と彼は言った。それは本当のことで、いつも絶対に許さない。彼女から携帯電話を奪い取り、壁に叩きつけて壊そうかとも思う。「消してくれ、いいね？」

「あ、ええ、もちろん」そう言って彼女は携帯電話のボタンを押した。「ごめんなさい、悪気はなかったの――」

「いいんだ、もう気にしないで」無理やり笑顔をつくったが、彼女が戸惑っているのがわかる。なんとか修復しなければ。

「で、『サイコ』はどうだった？」

「ええ、とっても怖かった」

「でも、よかっただろ？　何度も――」そこでことばをとめて適切な表現を探した。あやうく〝オルガズムを迎えたあとでも〟と言いそうになった。「――観たあとでも」シャンパン・ボトルのように彼は爆発寸前だった。隣に坐って二本の映画を観ているあいだ、彼女の香水の匂いが彼を刺激した。シャワーのシーンや刑事が刺されるシーン、そして母親の死骸が見つかるシーンでは、彼女は悲鳴をあげ、彼の腕にしがみついてきた。その頃までには自制心を失いかけていた。ノーマン・ベイツがひとりで愉しんでいるあいだ、彼はずっと座席に坐って自分を抑えていたが、もう限界だった。

今回はタクシーに乗って帰ることにしたが、車内は寒く、運転手はずっと電話でべちゃくちゃと話していた。

「外に出られてほっとしたよ」タクシーのドアを強めに閉めながら彼は言う。

「わたしも。でも、あの涼しさを持って帰れないのが残念」

「どういうこと？」

「部屋にエアコンがないの。面倒くさくて窓用のユニットをまだ買ってないんだけど、やっぱり買わないといけないわね」

「もうすぐ夏も終わるし、いいんじゃないか？」窓を開けておいてほしくて彼はそんなことを言う。扇風機が彼女の髪やスリップを舞いあげるところを見ていたい。

「私の家は涼しいよ。ちょっと寄っていかないか？」

彼女は道路の舗装に眼を落とした。「やめておくわ」

「じゃあ、きみの部屋？」と言って彼は笑う。

「でも、まだあなたのことはほとんど知らないし」

「そう？　私はきみのことを知ってる気がするけど」眼を合わせようとするが、彼女は下を向いたままだ。指先で彼女のあごに触れ、顔を上に向けさせる。映画から習得した仕草だ。「いいんだ。また今度、きみがもっと私のことを知ってから。私のことが信用できるようになってからで」

「いいえ、あなたのことは信用してるわ。そういうことじゃないの」彼女は片方の足からもう一方へ重心を移した。今夜はヒールの低い靴を履いている。オープントウからはピンク色に塗られた爪先が見えた。本当にピンクが好きらしい。彼もその色は気に入っていた。

「わかるよ。でも、きみのことが好きだということは言っておきたい。女性を本気で好きになることはめったにないから」

「どうして？」

「普段私のまわりにいる女性たちは、あまりにも……ニューヨークに染まってるんだ。餓死しそうなくらい食べないからつまらない。相手が餓死寸前じゃ、愉しいわけがないよね」

彼女は笑い、わたしを見て、と言うように両腕を広げた。「わたしが飢えてないのは明らかね」

「すばらしいよ」彼女の腰のくびれに腕をまわし、身をかがめて頬に軽く唇をつけた。本当はかぶりついて頬の肉を嚙みちぎりたい。「電話する」

「ええ」彼女はそう言うと、くるりと向きを変えてアパートメントに駆けこんでいった。

彼は、その姿が見えなくなるまで見送った。彼女がどんなに速く走っていったとしても、釣り針は深く刺さっていて抜けることはないのだ。

彼は一週間、そのまま何も連絡せずになんとか過ごした。彼女も同じくらい辛い思いをしていたと思うが、彼には窓の外の三面の舞台があるのだ。そこでは、ブラジャーとスリップ姿のピンクの女、パンティだけのピンクの女、そして全裸のピンクの女が鑑賞できる。引き延ばした時間は、タフィーのようにべたついて甘い。

ついに彼は電話をかけた。窓ごしに彼女の姿を見ながら。

「あ」居間にいる彼女は立ったまま携帯電話を耳に当てている。「電話ありがとう。うれしいわ」どことなく冷たくてよそよそしい。

「ちょっと仕事で忙しくてね。出張だったんだ」

「携帯電話も通じないところ？　どこに行ってたの？」

想像していた以上に、釣り針は深く刺さっているようだ。

「いや、ただ忙しかっただけだよ」と彼は言う。「ごめん」

「いいのよ」彼女は少し和らいだ様子で言い、片手で携帯電話を持ったままもう片方の手でブラウスのボタンをはずそうとしている。

彼はそのすべてを見ていた。彼女は帰ってきたばかりで、数分前に明かりが点き、今は話しながらブラウスを脱いでいる。まるでパントマイムを見ているようだ。眼で見ている彼女と、電話から聞こえてくる声とが結びつかない。

「今夜、予定は？」と彼は訊いた。

「これから同僚と飲みにいく約束なの」

「そうか。残念だ。でも私が悪いんだから、しかたない。突然電話したんだから」

少し間《ま》があく。「ねえ、同僚に電話するからちょっと待ってて。彼とは別の日に変更できると思うから」

「彼？」思いがけず声に出してしまう。「あ、冗談だよ。嫉妬なんかできる立場じゃないのに」

「そうなの？　嫉妬してるの？」

「まあ、少し」

「別れた夫から嫉妬されたことなんてないわ」

「わかった、白状するよ。ものすごく嫉妬してる」

彼女は笑った。「一時間だけ待って。シャワーを浴びて着替えるから」

彼は彼女が携帯電話を置き、スカートを脱ぐのを見ていた。そのあと彼女は窓まで行き、外を見てから一枚ずつロールスクリーンをさげていく。

彼が見ていることがわかってしまったのだろうか。

誰かが覗いているのが見えたのだろうか。

くそ。

スコッチのグラスを握る手に力がはいり、グラスが砕けて手のひらから血がしたたり落ちる。高級な板張りの床の上に小さなバラのつぼみが落ち、睡蓮《すいれん》の花のように広がっていく。

白で統一されたバスルームで、彼は手のひらの傷口に冷たい水を流した。流しの中で渦を巻く血を見つめながら、『サイコ』のシーンを思い浮かべる。ただ、彼は知っている。

映画の中では大量の血が渦を巻きながらバスタブの排水口へと流れていくように見えるが、あれはヒッチコックが血の代わりに使ったハーシーのチョコレート・シロップだ。白黒映画の中なら血の代用品として十分だが、実際の世界ではまるで通用しない。たいした怪我ではなさそうだ。動脈は切れてはいないがズキズキと痛い。血が止まるまで絆創膏が三枚必要だった。今宵の幕開けとしては吉兆だ、と彼は思う……。血と痛み。

「その手、どうしたの？」

「たいしたことじゃないよ」と彼は答える。

ふたりはフレンチのビストロで向かいあって坐った。今夜は店が混雑していて騒々しい。彼はわざと小さな声で話し、話を聞こうと彼女が顔を近づけてくるように仕向けた。彼女の顔は数センチしか離れていない。

今日もまたサラダを注文したが、彼が本当に食べたいのは肉だ。ピンク色のレアな肉、口の中に広がる血の味。いや、楽しみはあとにとっておこう、本物を味わうまで待とう。

ゆっくりとしたディナーのあいだ、たわいもない会話が永遠に続く。しかし彼は、彼女を部屋に連れていくことしか考えられずにいた。

片方のポケットの中の手錠の感触を指で味わい、もう片方のポケットの中のアーミーナイフの感触を愉しむ。

今回は彼女のほうから彼を招き入れた。部屋の中は数カ月前とほとんど同じで、前の女が使っていたときのままだ。どうして何も変えないのか訊いてみたいが、訊けるわけがない。

「その手」と彼女が言う。

絆創膏に血が滲《にじ》んでいることに彼も気づいた。

「こっちに来て」彼女はバスルームまで彼を連れていくと、絆創膏を勢いよく剝ぎ取った。彼にはひるむ隙もない。「かなりひどい傷ね」

「チャイナタウン」

「え？」

「きみが今言ったのは、『チャイナタウン』の中でフェイ・ダナウェイがジャック・ニコルソンに言う台詞《せりふ》なんだ」

彼女はきょとんとした顔をした。

「最高の映画のひとつだ」

「あなたって、かなりの映画ファンなのね」

「もう何十回も観たよ。結末は……」彼は首を振った。眼玉が吹き飛ばされているフェイ・ダナウェイの顔が眼に浮かぶ。

「悪いの？」

「悪い結末から逃れられないときだって、たまにはあるさ」そう言って彼女を上から下まで見た。

「うわぁ。深刻そうな映画ね」

「いつか観るといい」痛みを感じていないふりをして言うが、彼女が新しい絆創膏を押しつけながら貼ると、思わず身震いした。

「何か飲む？」と訊かれ、小さなキッチンに連れていかれた。彼としては知り尽くしているキッチンだ。そこで彼女はブランディをふたつのグラスに注ぎ、ひとつを彼に渡した。

彼はそれを一気に飲み干す。

彼女はもう一杯ブランディを注いでくれるが、自分のグラスには口をつけない。

「このブランディ、私が引っ越してきたときからあったものなの」

そうだったね、覚えてるよ、とつい言いそうになる。最後にここに住んでいた女のことを思い浮かべていたのでそのことばが出かかったが、すんでのところでのみこんだ。彼女の腰に腕をまわし、体を引き寄せてキスをした。最初は優しく、次に強く、そしてもっと激しく、歯のすき間から無理やり舌を入れる。

彼女は彼の胸に手を当てて体を引き離した。「待って」

彼は息を吐く。爆発しそうだ。「どのくらい？」

「わたし、あまり経験がないの」

「でも、結婚してたんだよね？」

「だからといって、経験豊富ということにはならないでしょ？」ふたりは笑いだした。

今度は彼女のほうからキスをした。情熱的な長いキス。そしてまた体を離して訊いた。

「避妊具は？」

彼はポケットを軽く叩いた。

「用意してきたの？　なんだか、こうなるって決めつけてたみたい」

「何事にも準備を怠らないだけさ」

寝室の中で、彼女が服を脱いでいるところを彼は見つめた。着けているのはピンクのスリップとブラジャーだ。思わず息がとまりそうになる。遠くから眺めているときには見えなかったレース飾りが、今ははっきりと見える。

彼女もほかの女たちのように恥ずかしがるものだと思いこんでいた。いつものように彼がリードするものだと。だが彼女はすでに全裸でベッドの上にいる。「ねえ、あなたも来て」少し苛《いら》ついているようにさえ聞こえる。

「ああ」と彼は言ってポケットの中の手錠に手を伸ばした。が、手錠に手が届く前にベッドに引っ張りあげられ、ズボンを引きずりおろされた。女の手が彼をまさぐり、女の口が彼をむさぼる。彼女を制御することができない。それどころか自分自身すら制御できず、手錠のことも血の愉しみのことも忘れ、頭はクラクラして意識がもうろうとなる。だから、彼女に無理やり制止され、うながされてようやくコンドームをつけた。そして、すべてが終わった。彼は、自分が制御能力を失ってしまったことに呆然《ぼうぜん》とし、事実を受け入れることができずにいた。あれほど周到に計画を立てたというのに。

彼女はもうベッドから出て、スリップを着ようとしている。萎えたペニスと、そこから垂れ下がっているコンドームに向かってあごをしゃくりながら、彼にティッシュを渡す。

思わず恥ずかしさに顔が熱くなる。

この女、どうやって立場を逆転させたんだ？

「バスルームは？」と彼は尋ねた。まるでどこにあるのかを知らないかのように。

「そこを出たところよ。あ、それ流さないでね。トイレが詰まっちゃうから」

よく見知ったバスルームの鏡の中に映る自分の姿を彼は見つめた。あれほど念入りな計画が無に帰すとは。女に手錠をはめることも、行為をやめるときの合言葉《セーフワード》を無視していたぶることもできなかった。彼女の悲鳴も必死の懇願も聞けなかった。今すぐにでも寝室に戻って彼女に手錠をかけ、誰がボスなのかを思い知らせたい。だが、それは主義に反する。彼は紳士だ。まずは女が自分の意思で従わなければ、なんの愉しみもない。使用済みのコンドームをくるんだティッシュをくしゃくしゃに丸め、今夜の夢もろともゴミ箱の中に投げ捨てた。

もしかすると、この女はやめておいたほうがよかったのかもしれない。

部屋に戻ると、すでに服に着替えおえた女が手錠で遊んでいた。

「何を見つけたと思う？」彼女が歌うように言う。

口をぽかんと開けている自分に気づいたが、必死にことばを探した。「それは――ただのおもちゃだよ」

「まさか、これをわたしにかけようと思ってたわけじゃないわよね？」

彼はやっとの思いで言う。「そうしてほしかった？」

「そうねえ、また今度ね」そう言って彼女は手錠を彼に返した。

「その指」女の指先の血に気づいて彼は言う。

「ジッパーに引っかけちゃったの。でも大丈夫よ」彼女は指先を口にくわえる。「牛乳を買いにいこうと思ってたの。わたし、朝のコーヒーは牛乳なしでは飲めないのよ」そう言いながら、片方の足からもう片方の足に重心を移す。まるでせかしているかのように。

彼は全裸でその場に立ち、部屋の中は暖かいというのに震えていた。八歳か九歳のころの自分の姿が脳裏に浮かぶ。ただ、実際にはもうすぐで十四歳だったことは思い出したくない。ベッドでおねしょをした彼は母親の寝室にいた。息子の体を洗ったあと、母親は彼をベッドの中に引きずりこみ、体をぴったりと押しつけてくる。彼の背中をやわらかい母親の体が包み、巻きこみ、締め付ける。母親の香水の匂いで息ができなくなる。

彼は急いで服を着た。

アパートメントの外の道に出ると、一刻も早くその場を立ち去りたい彼を、またしても彼女が出し抜いた。さよなら、と彼女のほうから言って軽くキスをし、くるりと向きを変えて急ぎ足で行ってしまう。馬鹿のように立ちつくす彼をそこに置き去りにして。

一日が過ぎ、二日が過ぎた。集中することができない。計画どおりにいかずに女に主導権を握られ、完全に支配されてしまったことが頭から消えない。今までそんな事態を許したことはなかった。何週間も費やして準備してきたことを、実行できずに無駄にしてしまったなんて耐えられない。彼女を支配し、泣いて懇願させるはずだったのに、まさかこちらが支配されるとは。

間違いは正さなければならない。

女の部屋の窓は日除《ひよ》けのロールスクリーンがおりたままになっている。でも彼女が帰ってきたらすぐにわかる。今度こそ準備万端だ。

肘掛け椅子に腰をおろし、飲み物を横に置いて葉巻を吸いながら待った。

やがて日除けが巻きあがり、そこに彼女がいた。初めて見たときのように、ピンクのブラジャーとスリップを身に着けている。

彼がポケットから携帯電話を取り出してかけようとしたところで、女が窓から身を乗り出し――手を振った。

どういうことだ？

彼は反射的にうしろに引っこんだ。そのとき携帯電話が手から滑り、硬い床に音を立てて落ちた。拾いあげると画面が割れていた。

「くそ！」

女は手を振りながら大声で言っている。「こっちにいらっしゃいよ」夕方の喧騒の中に彼女の言葉はのみこまれてしまっているが、少なくとも彼にはそう聞こえる。とても信じられない。

彼女はずっと知っていたのだろうか、彼が見ていたことを。

壊れた携帯電話を握りしめながら暗い部屋の中で立ちつくし、この状況を理解しようとした。思い切って窓に数歩近づいてみると、彼女が手を振っている相手が別の誰かだということがわかった。階下《した》の人？　でも、誰？

はっきりさせなければならない。

彼は葉巻を消し、スコッチの残りを飲み干した。

彼女のアパートメントの外を、彼はしばらくうろついた。頭の中はぐわんぐわん唸り、体は小刻みに震えている。しかし誰もいない。

もしかしたら、もう中にいるのかもしれない。

アパートメントの入り口で彼女の部屋のベルを鳴らすと、無言のままドアが開錠された。階段をひとつ飛ばしで五階まで上がり、息を切らしながらドアをノックしようとする――本当ならドアを拳で叩き、彼女の名前を叫びながら殴りつけ、ずっとしたかったこと、計画していたことを実行に移したい――が、ドアが少しだけ開いているのに気づいた。中からは声が聞こえる。

彼はドアを開け、慎重に中にはいった。頭の中では激しい殺意が渦巻いている――あの女を殺したい、一緒にいる男も。

玄関には誰もいなかった。居間から声が聞こえてくる。録音されたような機械的な声。テレビだ。

ニュース番組がつけっぱなしになっていた。青白い光が居間を照らし、次第に焦点が合ってくる。床に転がっているいくつものクッション。逆さまになって倒れている椅子。まるで争い事があったかのようにめくれあがっているカーペット。いつもは穏やかな彼の心臓の鼓動が急に速くなる。

黄褐色のリノリウムの床の上に点々と続く跡を追っていくと、寝室で点が線に変わった。彼女のベッドの横にくしゃくしゃになって落ちているシーツには血が溜まっている。裸のマットレスの上にはさらに大量の血が。血に染まったシーツのかたわらに彼女のピンクのブラジャーの半分があることに彼は気づいた。ブラジャーのもう半分は部屋の反対側に、いつものピンクのスリップと一緒に落ちている。スリップもビリビリに破られて血に染まっている。

彼はごくりと唾をのんだ。カラカラに乾いた口の中で、葉巻の味が苦く不快に感じられる。体が、さっきまで聞こえなかったサイレンの音に同調して脈打っている。サイレンが今ではすぐ近くから聞こえる。

血液が首と顔に一気に流れこみ、頬を真っ赤に染めているのがわかる。熱い。彼は落ち着きなく体をあっちへこっちへと向きを変え、彼女の寝室の窓のカーテンが膨らむのを見ると、とっさに非常階段へと駆け出した。でも、なぜだ？　何もしていないのに。

窓から半分身を乗り出したところで警察が部屋になだれこみ、一斉に銃を構えて制止するように怒鳴った。

なぜここに警察が？　どうしてわかったんだ？

取調室は無風だが凍えるように寒い。何時間くらいここにいるのだろう。時間の感覚がない。三、四杯のブラックコーヒーを飲んだせいで膀胱《ぼうこう》ははち切れそうに痛いが、トイレに行かせてくれと頼んでも聞こえないふりをされる。刑事が入れ替わり立ち替わりやってきては同じ質問を繰り返し、馬鹿げた発言を繰り返す。

女とは知り合いか？

彼女は今どこにいる？

彼女に何をした？

ようやく一本の電話が許されたのは、何時間も経ってからだった。

彼の弁護士、リッチ・ロウェントホールとは大学の頃からの知り合いだが、友達だったことは一度もない——そもそも彼には友達がいない。それでも、弁護士としては信頼していた。ピンストライプのスーツが窮屈そうに引っ張られている腹の上で指を組み、弁護士は彼を見つめて溜め息をついた。

「警察には何を話した?」

「何も」

「よかった」ロウェントホールは身を乗り出して小声で言う。「でも、おれには話してくれ。その女、誰なんだ? どういう存在なんだ――おまえにとって」

「彼女は――」彼は少し考えた。「なんでもない。彼女のことはほとんど知らない。何回かデートした、それだけだ」

ロウェントホールは椅子に深く坐りなおした。「やっぱり話さなくていい。どんな事情があろうと弁護するよ。でも――」

「話すことなんて何もないんだ」

それは本当だ、そうだろ? 何もしていないんだから。彼女のことを見ていた以外は。彼は罪を犯してはいない。若い女から何もかも奪って丸裸にし、鼻水を垂らしながら慈悲を乞うような恥知らずになるまで陥《おとし》れることを犯罪と呼ぶなら話は別だが、彼はそれを犯罪だとは思っていない。みんな最初は同意したのだから。少なくとも彼女たちが壊れる前、とことん壊れて抵抗もできなくなる前は。彼女たちから愛を告白されたことだってある。

今までの女たちのことを思い出そうとすると、二、三人が思い浮かぶ。最後の女、ローラだかローレンだかいう名前の女の顔――泣きながらやめてと懇願し、愛してと懇願していた顔――が一瞬脳裏に浮かび、そしてすぐに消えた。

「喧嘩《けんか》でもして、収拾がつかなくなったのか？」ロウェントホールが尋ねる。「おれには話していいんだぞ」

「まるで警察みたいな口ぶりだ」

ロウェントホールは深く溜め息をついた。「やつらは証拠があると言ってる」

「証拠？」この弁護士は頭がいかれてるんじゃないか、と彼は思った。ほかのやつらも、全員いかれてる。

「ひとつには、おまえの指紋がアパートメントじゅうから見つかった」

「そりゃそうだろ、あそこには行ったことがあるんだから、一度——」本当はもっとだ。最後の女のときには何度も行ったが、今回の女とは一度だけだ。「一度だけ」彼は繰り返す。

「そうか。わかった。だが、ゴミ箱から使用済みのコンドームが見つかったそうだ。今、鑑識の技術チームが調べてる。おまえの精液じゃないと言ってくれ」

彼はごくりと唾をのんだ。「セックスしたからどうだって言うんだ。殺したことにはならないだろ！」

「おい、落ち着け。殺したとは誰も言ってない。死体がないんだから。今のところは、な。そこはおまえにとって有利な点だ」

首の下から徐々に発疹《ほっしん》が広がり、顔が真っ赤になるのを感じた。「ばかばかしいにもほどがある。本当に何もしてないんだ！」

ロウェントホールは下唇を嚙んだ。「女の携帯電話におまえの写真があると警察が言ってる」

「そうか。だから？」

「それだけじゃない。彼女はいろいろ書きこんでる」

「いろいろって——どんなことだ？」

「全部は教えてくれない。ちょっとしか。肝心なところは地方検事のためにとってあるらしい。だが、どうも彼女は携帯電話におまえのことが怖いと書いてるようだ。命の危険を感じてると。おまえの家の窓からずっと監視されてたと——」

「でも——」

「おまえの家の窓は、彼女の部屋に面してるよな？」

「そうだ、でも——」

「彼女が書いていることによれば、おまえは彼女を監視して、ストーキングして、しばらくは彼女のことをたぶらかしていたが、そのうち手錠をかけて殺すと脅すようになった、と」

「そんなことは——実際はそうじゃない」

いや、そうだっただろ？　ほかの女たちのときは。だが、彼女の場合は違う。彼女を監視するところから先には進めていない。

ロウェントホールはまた深く溜め息をついた。「最初から知っていれば、おまえのアパートメントの家宅捜索は絶対にやらせなかったのに。やつら、手錠を見つけたらしい。ナイフも。しかも、ナイフには血液が付着してたそうだ。それも今、鑑識で調べてる」

彼は弁護士をじっと見つめた。ロウェントホールの顔が次第にかすんでいき、代わりに彼女の顔が見えてくる。怪我をした指先を口にくわえているピンクの女の顔が。〝ジッパーに引っかけちゃったの〟

「彼女はサライナ出身だ。カンザス州の」

「で？」

「彼女を探し出してくれ」

「カンザスで？」

「わからない。もしかしたら。たぶん、彼女にはめられたんだと思う」

「なんで？」

彼にもわからない。はたして本当にはめられたのかさえ。「誰か、別の人間が彼女の部屋にいたはずなんだ。彼女は、窓から誰かに手を振っていた。確かに見たんだよ」

「それはいつのことだ？」

「直前だよ。彼女の部屋に行ってあれを見つける――」

「おまえ、やっぱり女を監視してたのか？」

刑事のひとりが証拠品用のプラスチック袋を持って部屋に戻ってきた。袋の中にはいっているのは、彼のアーミーナイフだった。

ピンク色のブラジャーとスリップのことを彼女は思い浮かべた。そもそもなんであれを選んだのかは自分でもわからない。でも、かわいくて無邪気で、あの役にはぴったりだと思ったのは確かだ。ブラジャーをふたつに引き裂いたこと、スリップを切り裂いたこと、そして血を染みこませたことを思い出す。そのことは絶対に妹には話さない。ひと言も。ローレンが耐えられるかわからないし、あんなことを望んでいたかもわからない。大好きなかわいいローレン。心を壊されて投薬治療を受けている妹。愛《いと》しい妹を守るためなら、なんだってする。残念ながら守ってあげることはできなかったが、復讐《ふくしゅう》なら手遅れということはない。

妹を抱きしめたとき、やせ細った肩甲骨が気になった。体を離して妹のきれいな眼を見ると、その眼はうつろだった。

「今日は何錠お薬をのんだの？」

「お薬？」ローレンはスローモーションのように首を振る。退院してから二カ月になるというのに、全然よくなっていない。ただ、腕の傷痕は薄くなってきている。腹や脚の傷も。すべてあの男が切りつけた傷。だけど内側の傷、精神的な傷が癒えるまでにはもっと長い時間がかかるだろう。

「覚えてない」とローレンは言う。

「そんなにたくさんお薬をのんじゃだめ。危険よ」

ローレンのうつろな眼が、包帯を巻いた姉の手首にとまる。「何が……あったの？」

「ああ、これ？　たいしたことはないの。すり傷よ、ただの」そう言って彼女は包帯に触れた。指先の下で傷口がずきんと痛む。手首にかみそりを当てて引いたとき、あんなに血が出るとは思っていなかったが、大量の血が必要だったのも事実だ。ただ、シーツやマットレスを血で染めおえたときには、ほとんど気を失いそうになっていた。止血をするために、どれほどのガーゼを使ったことか。彼のナイフで指先を少しだけ突いたときとは大違いだ。あのときは、ナイフの刃に血を擦りつけてから折りたたんで彼のポケットに戻した。

「どこに……行ってたの？」とローレンは訊く。

「ちょっとやらなくちゃいけないことがあって出かけてたの。でもほら、もうこうして帰ってきたわ。マリアがちゃんと面倒をみてくれたでしょ？」そう言って彼女はメキシコ人の少女に微笑んだ。留守のあいだ妹の世話をしてもらうために雇った少女は、家を買う手伝いもしてくれた。ふたりがここを出ていくときにも、一緒に来てくれることになっている。

「ミス・ローレンのものは荷造りしておきました」とマリアは言った。

「どこに……行くの？」薬の影響でろれつのまわらないローレンが訊く。

「安全なところよ」と彼女は答えた。

一瞬、ローレンの眼の焦点が合い、怒りの炎が灯《とも》る。まるで見えない敵に抵抗しているかのように、両手を前に突き出す。「いや！　いやよ！　やめて！」

彼女はローレンの手を優しく握った。「大丈夫よ、ローレン。もう心配いらないわ。すべて解決したから」

ローレンは落ち着きを取り戻し、昔からいつも見守ってくれていた姉の胸にもたれかかった。

もうすぐ警察がローレンのところへ話を訊きにくることはわかっている。あのアパートに住んでいたローレンの名前は、賃貸契約書か何かに書いてあるはずだ。

でも、彼女の名前はどこにも書かれてはいない。

だから、警察が来てもかまわない。その頃にはもうここにはいないのだから。別人の名義で買ったプエルト・モレロスの家が、彼女たちの到着を待っている。妹のためならそのくらいの犠牲はなんでもない。第一、昔からメキシコは好きだ。

「もう何も心配いらないからね」そう言いながらローレンの髪を撫でた。

死体がなければ有罪宣告が難しいことは知っている。被害者を探し出して本人の特定ができなければなおさらだ。でも、もっと証拠の少ない事件で、陪審員が有罪の評決を下したことがあるのも彼女は知っている。いずれにせよ、あの男は長期間にわたって取り調べを受けることになるだろう。そして、監視されるのだ。

朝日に立つ女

ジャスティン・スコット

JUSTIN SCOTT

多くのスリラーやミステリの著作があり、クライブ・カッスラーとの共著でも知られる。ポール・ギャリスンのペンネームでも執筆。マンハッタン生まれでロングアイランド育ち。父親も母親も作家という生粋の作家一家の出。

訳

中村ハルミ

HARUMI NAKAMURA

A WOMAN IN THE SUN, 1961

彼をとめられる？　開いた窓のまえまで四歩で行って、身を乗りだして「やめて」と叫んだら。

それとも、窓のまえまで行って「迷うことないわ、やればいい。幸運を祈ってる」と呼びかけたら。

あるいは、ここに立ったまま何もしなかったら。

彼は最後の煙草《たばこ》を彼女にあずけていった。うまく説得できて、約束どおり銃も置いていった。銃はストッキングの片方にくるまれ、いまもナイトテーブルに置かれている。煙草を吸いながら、心を決める時間が彼女にはあった。吸わなければ、もっと時間がかせげる。ただくゆらせておけばいい。

姿見に映る自分に、彼女はちらりと眼をやった。

朝日のなかで裸の女が煙草を吸っていた。女はシングルベッドの脇に立っている。ベッドの下にはハイヒール。背の高い彼女にそのベッドは小さすぎた。足で毛布を押しのけてしまったので、突き出た足が冷たくなっていた。でも彼のほうがもっと背が高い。だから夜明けまでの数時間、彼は肘掛け椅子に坐って過ごした。

「そうやって立っているとダンサーみたいだ」と彼は言った。

「ダンサーじゃなくて、テニスプレーヤーよ。どうやってこの脚を手に入れたと思う?」

　男のように力強く、男のようにたくましい脚。

　その答えに彼はにやりと笑い、ほんの一瞬、顔にさしていた暗い陰が消えた。

「アマチュア?　それともプロ?」

　若い女の子みたいにつんと上を向いたこのバストを、どうやって手に入れたと思うの?

そう言ってもよかった。テニスの腕を何年も磨いてきたおかげで、重力から救われたのだ。

十二歳で芽が出てから、昼も夜も胸を締めつけたままトレーニングを続けてきたのだから。

あるいは「プロよ」と答えてもよかった。ただそれ以上は言わない。でも話を続けたくなるような夜だった。

「シーズン中に、試合をすべて落とすようじゃプロとは言えない」

「連敗するまでは勝ってたのかい?」

「ええ、勝ってた」

「だったら、どうってことないだろ?　まだまだこれからじゃないか。何があった?」

　いい質問。

　彼女は今シーズンほとんど試合をしなかった。日焼けがとれ、髪の色も濃くなり、ここ何年も見たことのない自然な色になっていた。「太陽が恋しくて。戸外で過ごすのが……

昨日は一カ月ぶりにプレーしたの」そうすれば確かめられるから。長いブランクのあとにもかかわらず、驚くほどいいプレーができた。いまでも完璧なタイミング、電光石火のごとく素早いフットワーク、以前にもまして力強いストローク。スキルは健在だった。それでもなお、勝ちを奪うだけの度胸がなかった。「コーチが死んだの」と彼女は言った。「わたしの父が」

彼女はまえに身を乗りだし、斜めに姿見を見た。ナイトテーブル、その上に置かれた銃、ランプシェイドに放り投げたもう片方のストッキングが映っていた。最期の夜の思い出にしたいから。彼はそう言ってバーで誘いをかけてきた。戦地に赴く兵士がするように。

「そんなこと言って、今度この店に来たら、バーテンダー相手に今夜のことを得意げに語っているあなたを見ることになりそう」

「死人はしゃべれないよ」

「ええ、あなたの気が変わらなければ」

「変わらない」

本気なのだ、と彼女は思った。そこでふと、彼を説得しようと考えた。

酒のせいではない。ウィスキーのカクテルを夜通し飲んでいても、グラスの中身はなくならないような気がしていた。ふたりは語りあった。彼は静かに時間をかけてビールを飲んだ。途中で一度、バーテンダーが二杯目のビールを注いだ。でも彼はそれにほとんど手をつけなかった。

「最期の夜が忘れられないほどすてきで、もう一度したくなったら？」

「夜は長い。一度どころかたっぷり楽しめるさ」

「そうじゃなくて、明日の夜もしたくなるんじゃない、ってこと」

「おれはただ、忘れられない人生の終わらせ方を探してるだけだ」

「もしかしたら、わたしをうまくベッドに誘いこみたいだけかもしれない。そして朝になったら出ていってそれっきり。残されたわたしは自分に問いかけるの。どうしてだまされたんだろうって」

「ちゃんと伝えてから行くよ。生涯忘れられないくらい、きみはやさしくしてくれたって」

どういうわけか、そのことばが彼女を笑わせた。彼も笑い、顔にさしていた暗い陰が消えた。それからふたりで暖かい夜に足を踏み出し、駐車場でキスをかわした。

「ほらね、きみを笑わせられるって言っただろ」

「わたしが言ったのよ、あなたじゃなくて」

「きみがそう言って、おれがそう思った」

「笑うのはこれが最後ね」

「笑うことに意味なんかないさ。微笑《ほほえ》むことにくらべたら何の価値もない。人は何かのはずみで笑う。でも微笑むときは、そうしたいと思うから微笑むんだ」

「自殺するのは罪なんじゃない？」と彼女は訊いた。

「カソリック教徒にかぎれば」

「プロテスタント教徒がどうなのかは思い出せないけど」

「いやな性格《キャラクター・フロー》だな」

その言い方が気に入り、彼女は自分の車を置いたまま彼のバイクにまたがった。

そこが誰の家か、彼は言わなかった。誰の家でもかまわなかった。ふたりで過ごせる場所があればよかった。

玄関の網戸《スクリーン・ドア》が勢いよく閉まる音が聞こえた。煙草をくゆらせ、心を決める時間はもらえなかった。

「もう一度教えて、なぜ自殺したいのか」

「言ったはずだ、人には関係のないことだって」

「いつ思いついたの？」なぜそんな問いが浮かんだのかわからなかった。だが彼の表情が変わり、彼女には自分が核心をついたことがわかった。彼はしばらく考えこんだ。

「ちょうど車を売って、バイクを買ったときだった」

「バイクを買うまえに？　それとも買っているあいだに？」

彼はまた考えこんだ。「買っているあいだに。なぜそんなことをしているのか自分に問いかけたら、答えが浮かんだんだ。死ぬ準備ができたからだって」

「自殺する理由を自分に訊いてみた？」

「もちろん」彼はすかさず答えたが、それから首を振った。「いや、そうじゃない。自問したりしなかった。ただわかったんだ」

「何がわかったの？」と彼女は訊いた。思ったよりもきつい言い方になった。

「それが正しいことだとわかったんだ――いいかい、なにも大げさな話じゃない」

「そうは思わない。ごまかさないで。初めてそう思ったのはいつなの？　いちばん最初に」

「奥地《イン・カントリー》にいたんだ」

「国《カントリー》？　どういう意味？　どこの国のこと？」

「ただの言い回しだよ。密林のことだ。川の上流、ジャングル。ベトナムがどこにあるか知ってるかい？」

「以前はフランス領インドシナだったわね。そこで育ったフランス人プレーヤーとつき合ってたの。彼の父親が外交官で」

「ああ。とにかく、死のうと思いついたのは、ベトナム《イン・カントリー》に従軍しているときだった」

「理由は考えた？」

「そんな必要はなかった。どんなにほっとしたことか……覚えてるかい？　おれはヘリコプターの整備士だって話はしたね」

「ええ」

「ジャングルに墜落した機体の修理をするために、あそこに降ろされたんだ。竹やぶのなかに。彼らは竹で人を拷問する。そのことが頭から離れなかった」

「彼らって？」

「捕まった男を知ってたんだ」

「誰のことを言ってるの？」

「ベトナム独立同盟会《ベトミン》、反政府勢力、南ベトナム解放民族戦線《ベトコン》。おれは死ぬほど怯《おび》えていた。機体を修理して飛び立つまえに見つかったらと思うと。彼らに拷問されるんじゃないかと思うと」

「あなたひとりだったの？」

「おれしかいなかった。なにしろ人員が足りてなかった。ひとりしか割く余裕がなかったんだ」

「どこの部隊？」

「アメリカ海兵隊」

「あなたはヘリコプターを修理して、それで飛び立つことになっていたわけね。護衛もなしに」

「コルト・ネイビー。そいつだけだ」そう言って彼はナイトテーブルの上の銃を顎で示した。「おれは怖くて震えあがってた。あらゆる音に飛び上がった——ジャングルではありとあらゆる音がするんだ。で、そこでいきなりひらめいた」

「ひらめいた？」

「最高の気分だった。こんなところにいる必要はない、いつでも好きなときに逃げられるんだって」

「逃げるって、どうやって？」

「銃さ。おれにはこの銃があった」

「でも、あなたはもうそこにはいないじゃない」

「その考えが頭から離れなくなったんだ」

彼女はまた鏡のほうを向いた。自分自身に苛立《いらだ》っているように見えた。なぜだろう。不機嫌になどなりたくない。わたしが何をしたっていうの？　次はどうするつもり？　ランプの光を受けるふたりの姿が鏡に映っていた。彼はベッドの脇に膝をつき、彼女の両脚を持ち上げて肩に掛けた。

彼は言った。「一緒に来たくないなら」

「やめておくわ」

彼は最後の煙草に火をつけ、深々と吸い込んでから彼女に渡した。煙草の先は乾ききっていた。

ベッドルームのドアから廊下に出た。

彼は玄関の網戸を押し開けて出ていった。

彼のバイクが陽射《ひざ》しに揺らめいていた。何か変わっただろうか？　トラブルを抱えた女は？　トラブルを抱えた女を拾った、トラブルを抱えた男は？　彼は女と夜を過ごしたかった。望みのものを手に入れた。人生を終わらせるために。これほど素敵な終わらせ方はない。トラブルは脇に押しやり、これ以上ないほど素敵な別れをこの世界に告げた。

すばらしい誘い文句。最高の口説き文句。

生まれ変わっても、彼はきっとまた同じセリフを言うにちがいない。

うまく説得できて、彼は約束どおり銃を置いていった。銃はいまもナイトテーブルに置かれている。

煙草を吸いながら、心を決める時間が彼女にはあった。吸わなければ、ただくゆらせておけば、もっと時間がかせげる。そこで玄関の網戸が音を立てて閉まる音が聞こえた。

彼女は陽だまりに足を踏み入れた。窓のところに行くと、太陽に眼がくらんだ。逆光を受けて、彼のシルエットが黒く浮かび上がっている。彼は自分のバイクに乗ろうとしていた。銃は必要なかった。そもそも使うつもりもなかったのだろう。バイクならしくじりようがない。うっかり死に損なうことはない。時速百三十キロで木に突っ込めば、それで永遠が保証される。

彼がエンジンをかけるまえに声をかけなければ聞こえない。

彼がキック・スターターの上に立ち上がった。

「ほんとうに一緒に行ってほしい？」と彼女は呼びかけた。

「もしきみがそうしたいなら」

「わかった」と彼女は答えた。「一緒に行くわ」

彼女はヒールを履き、窓敷居からたくましい両脚を出してぶらぶらさせた。そして砂の上に軽々と飛び降りた。

彼は自分に向かって歩いてくる彼女を見つめた。自然と微笑みが浮かんだ。眼のまえにあるものが気に入った。彼女のその姿が気に入った。彼女の度胸のあるところが。

「そんな恰好《かっこう》じゃ風邪をひきそうだ」

「陽射しが暖かいわ」

オートマットの秋

ローレンス・ブロック

LAWRENCE BLOCK

これまでに多くの長編と短編、それに作家入門書を書いている。その傍ら10冊あまりのアンソロジーの編纂もこなしてきた。エドワード・ホッパーは何十年にもわたる彼の好きな画家で、自作のフィクション、とりわけ“都会の一匹狼”こと殺し屋ケラー・シリーズに3、4回その名を登場させている。本アンソロジーの発想はほかの多くの発想同様、ブロックがこれまでとは異なる試みを考えているときに浮かんだ。そして、気づいたときにはもう、彼自身その発想の虜になっていた。

訳

田口俊樹

TOSHIKI TAGUCHI

AUTOMAT, 1927

帽子が決め手になる。着るものを慎重に選び、その場に求められるより少しだけ洒落《しゃれ》た恰好《かっこう》をすれば、それで気分がよくなる。四十二丁目通りのカフェテリアにはいるのに、帽子とコートがあれば、まわりの眼にはレディに映る。たぶんきみは〈ロンシャン〉よりこの店のコーヒーが気に入っているのだろう。それとも豆のスープか。この店の豆のスープは〈デルモニコズ〉の同じ料理にも引けを取らない。

〈ホーン&ハーダート〉の両替窓口にきみが向かうのは、何もみじめったらしい理由からではない。一ドル札を取り出そうと、ワニ革のハンドバッグに手を入れるきみを見て、誰もそんなことは思わない。一瞬たりとも。

窓口でくずされた五セント硬貨を受け取る。五枚まとまったものが四つ。わざわざ枚数を数えることはない。両替窓口の店員は一日じゅうこればかりやっているのだから。一ドル札を受け取り、五セント硬貨を渡すという仕事を。ここは自販機食堂《オートマット》だ。窓口のこの気の毒な女の子は機械人形《オートマトン》と変わらない。

五セント硬貨を受け取ったら、きみは献立を考える。料理を選び、五セント硬貨を投入口に入れ、ハンドルをまわし、小窓を開け、料理を取り出す。五セント硬貨一枚でコーヒー一杯が手にはいる。もう三枚でボウルにはいった伝説の豆のスープを買い、もう一枚でシード・ロールパン一個とバター一切れののった小皿も貰う。

そして、どこまでも慎重な動きで、トレイをカウンターに持っていくと、金属の仕切りにナイフとフォークとスプーンが分けて置かれたまえに立つ。

坐りたい席は店にはいったときから決めてある。そこに誰かが坐っていることももちろんあるが、今日は誰も坐っていない。ここまでけっこう時間がかかる。きみはようやくその席まで自分のトレイを持っていく。

彼女はゆっくり食べた。豆のスープを一匙《さじ》ずつ味わった。そして、五セントを節約するのに、スープをボウルではなくカップにしなかったことを喜んだ。もっとも、節約することを考えなかったわけではないが。五セントというのは大した額ではない。それでも一日に二回節約すれば、そう、ひと月で三ドルになる。もっと増やすこともできる。一年なら三十六ドル五十セント。これはなかなかの額だ。

しかし、ああ、彼女には節約することができない。いや、できなくはない。実際のところ、節約する必要がある。それでも食事のこととなると無理だ。アルフレッドはそのことをなんて言ってたっけ？

キシュケ・ゲルト――お腹のお金。自分の胃袋をだまして節約したお金。アルフレッドがこのことばを口にするのが今も聞こえた。眼にも見えた。彼が唇を歪《ゆが》めてそう言うところが。

五セントを余分に使えればそれはいいに決まっている。

と言って、彼女はアルフレッドに軽蔑されることを恐れていたわけではなかった。彼女が何を食べ、食べものにいくら使うか。そういうことを知ることも気にかけることも、彼にはもうできないのだから。

彼の知覚力が彼の人生の終わりとともに消滅していなければ、話は別だが。彼女はそんなことを時々考える。それを希望を持って考えることもあれば、恐怖を覚えながら考えることもある。彼のあの繊細な思考、あの鋭い知性、あの皮肉なユーモア。彼の肉体はすべて土に還《かえ》っても、それらは存在のどこかの地平に残っている、などということはないだろうか？

彼女も本気でそんなことを考えているわけではない。それでも時々、そんな考えが彼女を喜ばせる。彼に話しかけたりもする。実際に声に出してみることも。誰にも邪魔されない頭の中で話しかけるほうがずっと多いが。人生で彼と共有できなかったものなど彼女にはほとんどなかったが、彼が死んだ今ではもう、会話するときに感じていたほんのわずかな恥ずかしさもなくなっていた。今はなんでも彼に話せた。気が向けば、彼の答を自分でつくることもできた。実際にその答が聞こえたかのように思うこともあった。

彼の答があまりに早く聞こえ、しかもそれが手厳しく率直な答だと、いったいどこから聞こえてくるのかと、自ら驚く。今のこの答はほんとうにわたしがつくったのだろうか？それとも、わたしの人生からいなくなっても彼の存在は少しも薄れていないということなのだろうか？

たぶん、彼は眼には見えないところに浮いているのだろう。実体のない守護天使。わたしを見下ろして、わたしを守ってくれているのだろう。

そんなことを思うと、すぐにまた彼の声が聞こえてくる。見守ってるだけだよ、愛しい人《リープヒェン》。自分の世話はやっぱり自分でやらないと。

彼女はロールパンをふたつに割ると、小ぶりのナイフでバターを塗った。そして、バターを塗ったロールパンを皿に置くと、スプーンを手に取ってスープを一口飲んだ。もう一口飲んでからロールパンを食べた。

ゆっくり咀嚼《そしゃく》しながら、ゆっくり店内を見まわした。テーブルは半分ちょっとが埋まっていた。こっちに女性がふたり、あっちに男性がふたり。夫婦らしい男女。もう一組の男女ははしゃぎながらも同時に落ち着かないふうだった。初めてのデートか、あるいは二回目か。

彼らの物語を勝手につくって愉《たの》しむこともできなくはなかった。が、彼女は注意をほかに移した。

ほかのテーブルはひとり客ばかりだった。女性より男性が多く、そのほとんどが新聞を読んでいた。外にいるよりここのほうがいいのだろう。市《まち》はますます秋が深まり、ハドソン川から風が吹いている。コーヒーを飲みながら、それぞれ〈デイリー・ニューズ〉か〈デイリー・ミラー〉を読んで時間をつぶしている……

店長はスーツを着ていた。

男性客も大半がスーツ姿だったが、店長のスーツは客のスーツより上等で、プレスも最近したばかりのようだった。シャツは白で、ネクタイはおとなしい色だが、店の反対側にいる彼女にはそれだけしか判別できなかった。

彼女はそんな店長を視野の端っこで観察した。それはアルフレッドが教えてくれた技だった。眼はまっすぐ正面に向け、目的のものを観察するために動かしたりしない。かわりに心を使うのだ。視野の隅にあるものに注意を払うよう心に命じるのだ。

これには練習が必要だった。が、練習ならもう充分に積んでいた。ペンシルヴェニア駅での練習が思い出された。手荷物預かり所の向かい側から、スーツケースを預けようとしている男に眼を向けている彼女に、アルフレッドはフィラデルフィア行きの列車に乗るために並んでいる乗客についてクイズを出した。そのクイズに答えられ、彼に誉《ほ》められると、顔が火照ったものだった。

よく見ると、店長は唇の薄い小さな口をしていた。ウィングチップの靴は茶色で、ぴかぴかに磨いてあった。彼のほうを見ることなく観察していると、彼もしきりに客を観察していることがわかった。そのやり方は彼女とは対照的で、視線をこっちのテーブルからあっちのテーブルへとむしろわざとらしく、これ見よがしに動かしていた。そんな店長に視線を向けられると、みな何かを感じるらしく、わけもなく居心地悪そうに坐り直す客もいた。

彼女のほうは心の準備ができていた。それでも、実際に店長に眼を向けられると、ひとつ深く息を吸い込まずにいられなかった。彼と眼と眼を合わせたいという衝動をすんでのところで抑え込んだ。反射的に表情が暗くなった。それは自分でもわかった。コーヒーカップに手を伸ばすと、手が震えていた。

店長は厨房《ちゅうぼう》へのドアの脇に立っていた。両手を背後で組み、いかめしい顔をして。立ったまま彼女をじっと観察していた。彼女のほうはアルフレッドに教え込まれたとおりに店長を観察した。

店長はそこにいた。いくらかは注意したので、彼女は一滴もこぼすことなくコーヒーを飲むことができた。そして、カップをソーサーに戻すと、もう一度深く息を吸った。

彼はわたしに何を見ただろう?

彼女はうろ覚えの詩を思い出した。国語の授業で読まされた詩だ。他人が見るのと同じように自分で自分を見る力が欲しい。何かそういう内容だった。でも、なんという詩だった？　作者は？

彼女は思った。店長が見たのは、そこそこ歳を重ねている、あまりめだつことのない、背の低い女だ。着ているものはきちんとしているが、その服もそこそこ歳を重ねている。帽子は地味で、だいぶ形が崩れている。〈アーノルド・コンスタブル〉のコートは袖口がすり切れ、骨でできたボタンのうち、ひとつがあまり似合わないボタンに替わってしまっている。

靴は悪くない。真っ黒なパンプス。バッグはワニ革。靴もバッグもいい革でできている。両方とも五番街の店で買ったものだ。

どちらも年季が入っているが。

彼女同様。彼女のすべての持ちもの同様。

彼は何を見ただろう？　みすぼらしい上品さかもしれない。そんなレッテルはありがたくもなんともなかったが、と言って、反論することも彼女にはできなかった。確かに衣服はみすぼらしい。それでも、その衣服はきっぱりと告げている。自分たちの持ち主は上品そのものだと。

彼女のすぐ右側のテーブルの男性――黒のスーツ、グレーのソフト帽、ネクタイを汚さないように襟にはさんだナプキン――はコーヒーとデザートを交互に口に運んでいた。デザートはアップル・クリスプのように見えた。彼女はデザートのことまでは考えていなかったのだが、眼にしたとたんに食欲に火がついた。最後にアップル・クリスプを食べたのがいつだったか、思い出せなかった。それでもその味は――酸味と甘味の完璧なバランスと、クリスプの部分の甘くてさくさくした食感は――今でも覚えていた。

アップル・クリスプはいつでもその店にあるものではなかった。そのことが彼女に訴えかけてきた。食べられるときに食べてはどうかと。五セント硬貨三枚しか、多くて四枚しかかからない。両替した二十枚の五セント硬貨はまだ十五枚残っている。右奥のデザートコーナーに行きさえすればいいのだ。それでその宝物のような食べものが手にはいる。

駄目。

駄目。コーヒーはもうほとんど飲んでしまっている。デザートも食べるとなると、もう一杯欲しくなる。五セント硬貨がもう一枚かかるだけのことだが。それぐらいデザートと同じく無理なく払える。でも、それでも答は――

駄目。

同じことばが今度はアルフレッドの声で聞こえた。

迷ってるね、ネズミちゃん《クヌーデルマウス》。でも、きみは今、甘味を味わう喜びに惹《ひ》かれているわけじゃない。あのことを先延ばしにしようとしているのさ。そりゃやっぱり怖いことだもの。

彼女は微笑《ほほえ》まずにいられなかった。自分の想像力がアルフレッドの台詞《せりふ》をつくっているのなら、これはすごい能力だ。〝クヌーデルマウス〟というのは彼が彼女を呼ぶときの愛称のひとつだが、彼はそれをたまに使うだけだった。だから、そのことばはここ何年も彼女の頭をよぎりもしなかった。なのに今、はっきりと聞こえた。彼の声で。ベルリンのクーダム通りの香りに満ちたあの英語とともに。

あなたはわたしのことがわかりすぎてるのよ、と彼女は頭の中だけでことばを発して言った。そして、彼がさらにことばを返してくるのを待った。が、もう何も聞こえなかった。とりあえずこれで終わりのようだった。

まあ、言いたいことはもうすべて言ってしまったのだろう。でも、彼の言うことはいつも正しい。ロバート・バーンズ。彼女はいきなり思い出した。高校生をまごつかせて当然の方言で詩を書いていたスコットランドの詩人。その詩のほかの部分はもうすっかり忘れていたが、次の二行が甦《よみがえ》った。

ああ　才能が与えてくれる力が欲しい
他者の眼でおのれを見る力が！

でも、ほんとうに？　と彼女は思った。頭がまともな人で、ほんとうにそんな力を欲しがる人なんている？

グレーのソフト帽の男性はフォークを置くと、襟元からナプキンをはずして口についたアップル・クリスプのかけらを拭き取った。そのあとコーヒーカップを取り上げたものの、そこで空《から》になっているのがわかったようで、椅子をうしろに押しやった。

が、そこで気が変わったらしく、読んでいた新聞に戻った。

彼女は彼の心が読めるような気がした――店は満席じゃない。自分のこのテーブルが空くのを待っている人もいない。チキンポット・パイにコーヒーにアップル・クリスプ。金は充分払った。だから好きなだけ席にいていいはずだ。この店では急《せ》かされることがない。この店の人間には自分たちが食べものだけではなく、避難所たる場所そのものも提供していることがわかっているのだろう。ここは暖かく、外は寒い。この狭いスペースが空くのを誰かが待っているわけでもない。

それは彼女のスペースも同じだった。彼女はその店から歩いて十分のところに住んでいた。東二十八丁目の居住用ホテルに。そこの部屋は狭いけれど、週五ドル、月二十ドルの価値はある。まえの借り主が残していった煙草《たばこ》の焦げ跡を隠そうと、ナイトテーブルに装飾マットを敷き、一番ひどい壁の水染みを覆うのに、雑誌のイラストを額に入れて飾ったのは、もうずいぶんまえのことだ。床に敷かれたカーペットはすり切れてはいても見苦しくはない。階下《した》のロビーにある家具も昔はもっといい頃があったような代物だけれど、それらの家具もまた彼女が住むホテルの居住者によく合ってはいないだろうか？

そう、みすぼらしい上品さ。それだ。

ふたつ離れたテーブルにいる彼女と同じ年恰好の女性が、半分飲みおえたコーヒーに砂糖を入れた。

お砂糖は無料だから、と彼女は思った。テーブルには砂糖入れが置いてあり、客はコーヒーを好きなだけ甘くすることができる。すべてを見張っている店長は客が砂糖をすくった回数まで記録していることだろう。が、その女性客を咎《とが》める様子はなかった。

人生で初めてコーヒーを飲みはじめた頃、彼女はクリームと砂糖をたっぷり加えて飲んでいた。それが変わったのはアルフレッドのせいだ。砂糖を入れずにブラックで飲むことを教えられ、今ではそれが彼女の唯一のコーヒーの飲み方になっている。

彼が甘いもの好きでなかったわけではない。ペイストリーを出すヨークヴィルの店はウィーンの〈カフェ・デメル〉にも引けを取らないと気に入っていて、濃いブラックコーヒーに合わせて、プンシュクラプフェンやリンツァー・トルテをよく食べていた。

コントラストをつけるんだよ、リープヒェン。苦味には甘味をね。片方の味がもう一方《ワン・テイスト・》の味を引き立ててくれる《ストレングスンズ・ジ・アザー》。それは世界も食卓も変わらない。

今のそのことばは強く訛《なま》って聞こえた。片方の味がもう一方の味を引き立ててくれる《ヴァン・タスト・ストレングセンズ・ゼ・アザー》、と。出会ったのは、彼がこの国に来たばかりの頃だった。が、そのときでさえ彼の中欧の訛りはかすかなもので、それも一年か二年ですっかりなくなった。ただ、彼女とふたりきりになると、そのときだけはもとに戻った。まるで彼女だけが彼の出自を聞くことが許されているかのように。

ベルリンやウィーンにいた頃の話になると、彼の訛りはとりわけ強くなった。

彼女はコーヒーを飲み干した。好きになるよう彼に教え込まれた濃いコーヒーではなかったが、まああ以上のコーヒーだった。

もう一杯飲む？

視線を動かさず、もう一度店内を観察した。店長が彼女を見てから別のほうに眼を向け、さきほどコーヒーに砂糖を追加していた女性を見ているのが見えた。

その女性の身なりは彼女とよく似ていた。地味な帽子に仕立てのいいダヴグレーのコート。両方とも新しくはない。髪には白いものが増え、額には心配のすじのような皺《しわ》が刻まれているが、唇はまだふっくらしている。

その女性のほうも彼女を見ていた。自分も観察されているとは知らずに彼女を観察していた。

仲間をつくることだ、スウィートハート《シャッツィ》。いつか役に立ってくれる。

彼女はその女性に眼を向けた。眼と眼が合い、女性は決まり悪そうにした。それを見て、彼女は笑顔になって女性を安心させた。すると、その女性も微笑み返し、そのあとまた自分のコーヒーカップに注意を戻した。そんなふうにつながりが確立されると、彼女は自分のカップを取り上げた。もう空っぽだった。が、他人にはそんなことはわからない。彼女は何もはいっていないカップから一口飲むふりをした。

まだ迷ってるね、クヌーデルマウス。

そう、そのとおり。ここは暖かく、外は寒い。昼下がりから夕方になると、さらに寒くなる。しかし、彼女がテーブルを離れず、ぐずぐずしているのは風のせいでも気温のせいでもなかった。

今月ももう四日。部屋の家賃は一日が支払期日だった。支払いが遅れたことはまえにもあって、一週間遅れなければ何も言われずにすむことはわかっていたが、つまるところ、あと三日経つと催促される。やさしい微笑みとともに届けられるやさしいことばが彼女の〝うっかり〟を思い出させる。

そこからさきはどうなるのか。彼女は知らなかった。次の段階がいつ来るのかも。今のところ、一回の催促が大家の思惑どおりの効果を上げていた。催促の翌日には、彼女は金をどうにか工面して家賃を払っていた。

あのときにはブレスレットを質に入れた。イエローゴールドに三粒のオーバルカボションーーカーネリアン、ラピスラズリ、シトリンーーをあしらったブレスレット。そのブレスレットを思い出して、彼女は何もつけていない手首を見下ろした。

あれはアルフレッドからのプレゼントだった。もっとも、彼女の持っていた宝飾品はすべてそうだったが。そんな中でもあのブレスレットは彼女のお気に入りだった。だからあのブレスレットが質屋に行ったのは一番最後だった。あのときは取り戻せるときが来たら必ず取り戻すと誓ったものだ。実際、質札を売るまではそのことを信じて疑わなかった。

ただ、その頃にはもうあのブレスレットがないことに慣れてしまっていた。だから痛みはそう強くはなかった。

人は何事にも慣れるものだよ、リープヒェン。絞首刑みたいなものにさえ。ベルリン育ちの訛りなしにこういう台詞に説得力を持たせるなど、いったい誰にできるだろう?

ほら、きみはまだ迷ってる。

彼女はテーブルにハンドバッグを置くと、急に咳《せ》き込《こ》んだ。ナプキンを口にあて、息を吸うとまた咳き込んだ。

ほかの客が自分のほうをちらりと見ているのがわかった。いちいち眼を向けて確かめるまでもなく。

深く息を吸って、咳《せき》を我慢した。そして、ナプキンを持ったまま、食器をひとつずつ取り上げた。スープスプーン、コーヒースプーン、フォーク、バターナイフ。それらをナプキンで丁寧に拭くと、ハンドバッグに入れ、留め金をかけた。

そこであたりを見まわした。そのときの彼女の顔には、ある表情が浮かんでいた。

立ち上がると、軽い立ちくらみを覚えた。それは初めてのことではない。テーブルに手をついて体を支えた。立ちくらみはそのうち収まった。いつものように。一息ついてからうしろを向き、出口に向かった。

彼女は意図的に計ったようなリズムで歩いた。早くもなければ遅くもならないようにした。そのオートマットの出口は彼女のホテルの近くにある店とちがって、真鍮《しんちゅう》の枠をはめたガラスの回転ドアになっており、ちょうど新しい客がはいってきたところだった。彼女は足を止めた。頭にあるのはホテルのフロント係と家賃の二十ドルのことだけだった。バッグには五ドル札が一枚と一ドル札が二枚、それに五セント硬貨が十五枚。一週間分の賃料なら払える。残りを工面するのにもまだ数日ある——

「おっと。それはいけませんな、お客さん、ちょっと待って」

回転ドアのほうに一歩進んだところで、彼女は誰かに腕をつかまれた。振り返ると、唇の薄い店長が立っていた。

「図々《ずうずう》しい人だね、あんたも」と店長は言った。「まったく。半端なスプーンを一本くすねるような客はけっこういるよ。だけど、あんたは一揃《ひとそろ》いだ。ちがうかね？　ご丁寧に汚れまで拭いたりしちゃって」

「なんの真似《まね》なの！」

「それを調べさせてもらうよ」そう言って、店長は彼女のハンドバッグをつかんだ。

「やめて！」

ワニ革のバッグをつかむ手が三つになった。店長の手がひとつに彼女の手がふたつ。

「なんの真似なの！」と彼女は繰り返した。さきほどより大きな声で。店にいる全員が彼女たちを見ているのがわかった。見たいのなら、好きなだけ見ればいい。

「あんたを行かせるわけにはいかないよ」と店長は言った。「まったく。私としちゃ、あんたがうちから盗んだものを取り返せりゃそれでよかったんだよ。なのに、その態度はなんだね、盗みと同じくらい悪い」そう言いながら、肩越しに呼ばわった。「ジミー、警察に電話して、警官をふたりほど寄こすよう言ってくれ」店長の眼はぎらぎらと光っていた――なんとなんと。この状況を愉しんでいるのだ――これはいい見せしめだ。一晩か二晩、留置場に入れられれば、私有物とはどういうものなのか、あんたにもよくわかるようになるだろうよ。彼女はそんな店長のことばを全身に浴びた。

「さて」と店長は続けた。「そのバッグを開けるか、それとも警察を待つか？」

警察官がふたりやってきた。彼女にはふたりとも若く見えたが、ひとりはもうひとりより優に十歳は年上のようだった。ふたりとも安食堂の食器を盗んだ女性を罰するというつまらない仕事を与えられたのが、見るからに不本意といった顔をしていた。

年嵩《としかさ》のほうがほとんど申しわけなさそうに、バッグを開けるよう彼女に言った。

「いいですとも」と彼女は言うと、留め金をはずし、ナイフとフォークと二本のスプーンを取り出した。それを見ても警察官の表情は変わらなかった。が、店長には自分が今見ているものがなんなのか、すぐにわかったようだった。その店長の顔つきを見て、彼女は鼓動の高まりを覚えながら言った。

「このお店の料理は気に入ってるんです。お客さんもみんな上品だし、椅子も坐り心地がいいし。でも、スプーンとフォークがね。手ざわりも口に入れた感触もどうも好きになれなくて。普段自分が使っているものに比べるとね。これは母がくれたものです。保証つきの純銀製で、母のモノグラムがはいっています——」

謝罪のことばが店長の口から堰《せき》を切ったようにあふれ出た。が、容赦なく撥《は》ねつけられた。店長は、当店でなにがしかの食事を無料でできる証明書を彼女宛てに喜んで発行したいと言った。さらに——

「もう二度とこちらに来ることはありません」

深くお詫《わ》びいたします。ただ、実質的な損害がなかったのは不幸中の幸いと申しましょうか——

「あなたは店内いっぱいの人のまえでわたしに恥をかかせたんですよ。あなたはわたしに手をかけ、腕をつかんで、バッグを取ろうとまでしたのよ」そう言って、彼女はまわりを見まわした。「この人が何をしたか、みなさんご覧になりましたよね？」

何人かがうなずいた。コーヒーに砂糖を入れた女性も含めて。

店長はさらに謝罪のことばを並べようとした。が、彼女はそれをさえぎって言った。

「甥《おい》が弁護士なんです。これはもう甥に電話するしかないですね」

店長の顔色がいっぺんで変わった。彼は言った。「事務室においでいただけませんでしょうか？　話し合えばきっとおわかりいただけるのではないかと」

彼女がホテルに戻って最初にしたのは家賃を払うことだった。期日を過ぎていた分とさらに二カ月分を先払いした。

自分の部屋に上がると、バッグからナイフとフォークとスプーンを取り出し、食器棚の引き出しに戻した。セットの一部で、すべてに大文字のJが刻まれていたが、彼女の母親のものではなかった。

純銀製でもなかった。もしそうならとっくに売っていただろう。それでも、上品な銀食器だった。だからと言って、いつも持ち歩いているわけではないが、ベイクトビーンズの缶詰めをホットプレートで温めて食べるようなときには、大いに役に立ってくれていた。

今日はことさら役に立ってくれた。

事務室にはいると、店長はまず百ドルで解決しようとした。が、その程度の額では彼女に対する侮辱になることに気づくと、すぐに金額を倍にした。彼女は首を横に振って深いため息をついた。店長はさらに百ドル追加した。彼女はその額を吟味し、納得する寸前まで行った。が、そこでまたため息をついた。そして、やはり甥に電話するのがよさそうだと言ったのだった。

すると、提示された額が三百ドルから五百ドルに一気に撥ね上がった。彼女はもっと行けそうな気もしたが、ひとつのチャンスから最後の五セントまで絞り出そうとする行為の愚かさについては、アルフレッドに教えられていた。だから、すぐさま飛びつくことなく長いこと考えるふりをしてから、優雅に妥協したのだった。

店長は何かの書類にサインするよう彼女に言った。彼女はためらうことなく昔使っていた名前を書いた。店長は合意した額の金を数えた。すべて二十ドル札だった。

五セント硬貨なら一万枚だ、リープヒェン。両替係に心臓発作を起こさせたければ、この金でできなくはない。

二十五枚。

「うまくいったわ」と彼女はアルフレッドに言った。狭い部屋で、声に出して。「すごくうまくやったでしょ？」

その問いに彼の答は要らなかった。うまくいったことは言うまでもなかった。彼女は帽子をフックに掛け、コートをクロゼットに入れると、ベッドの端に腰かけて金を数えた。そして、二十ドル札を一枚抜くと、探す場所として誰も思いつきそうにないところに残りを隠した。

アルフレッドは金の隠し方も教えてくれていた。金を手に入れる方法同様。

「うまくいく自信はなかったんだけどね」と彼女は言った。「でも、ある日思いついたの。歯が一本曲がったフォークを見て、なんて質の悪い食器を使うのかしらって思ったら、自然とこんな女性が思い浮かんだの。そう、いつのまにか落ちぶれちゃって、いつでも施しの食事にありつけるように、バッグに食器を入れて持ち歩いているような女性よ。この女性のことはそのときふと思っただけで、すぐに忘れてしまったんだけれど、しばらくしたら、また思い出して――」

この女性のイメージをあれこれ肉づけした結果、今日の大成功となったのだった。ものすごく緊張したけれど、その緊張は彼女が今日演じた役柄となんら齟齬《そご》をきたすものではなかった。彼女は改めて今日のことを振り返り、遠くから、アルフレッドの冷静な視点から見直した。すると、獲物に餌を確実に深くくわえ込ませるために、パフォーマンスを向上させる方法がいくつも頭に浮かんだ。

同じことがもう一度できるだろうか？　しばらくその必要はないけれど。家賃は年末まで支払ったし、まさかのときに取ってあるお金でそれと同じぐらい、いや、それ以上長く暮らせる。

もちろん、あのオートマットにはもう二度と行けないが——ホテルのすぐ近くにある洒落た店も含めて——でも、オートマットはほかにもある。ただ、ああいうチェーン店の店長というのは、日々情報を交換し合ったりしているのだろうか？　彼女がやり込めたあの男——薄い唇と意地の悪そうな小さい眼をした男——は彼女と対峙《たいじ》しても自らに栄光をもたらすことはできなかった。だから、今日のことは自分の胸にそっとしまっておくのではないだろうか。それでも、何が起きるかはわからない。運任せにしていいことはない——

少なくともしばらくは別の店を行きつけにするのがいいだろう。みすぼらしい上品さを備えた人々がきちんとした食事を安くとれる店など、近所にいくらでもある。たとえば〈チャイルズ〉が何軒かある。三番街線の高架の陰にある三十四丁目の店などよさそうだ。

あるいは〈シュラフト〉とか。彼女は思った——値段は少し高くて、客層も上だけれど、わたしなら充分なじめる。そんな〈シュラフト〉のどこかの店にお誂《あつら》え向《む》きの店長がいるかもしれない。もしいるようなら、資金が減ってきたら何をどうすればいいか。それはもうわかっている。

人は適応しなくちゃいけない。わたしはジンベルズ・デパートのモップがけをしたばかりの床で転ぶには、歳を取りすぎている。エスカレーターでつまずくにはか弱すぎる。アルフレッドに教わったいつものあの手この手は、どれもパートナーがいないとできないものだ。

〈シュラフト〉にしよう。彼女はそう決めた。まずはレディーズ・マイル地区の中心部にある西二十三丁目の店を偵察することから始めよう。

アップル・クリスプはあるだろうか？　彼女は念じた、どうかありますように。

＊本書は、二〇一九年六月に小社より単行本として
刊行した作品を文庫化したものです。

解説

若林　踏（書評家）

――エドワード・ホッパーが描いたいくつもの絵を画集で見るたびに、移動という命題が持つ絶対孤独のような価値を、僕は感じる。

片岡義男「この光と空気のなかに」

アメリカの画家エドワード・ホッパー（一八八二〜一九六七）とミステリ小説の関係を語る上で欠かせない作品が、アーネスト・ヘミングウェイ「殺人者」だ。

一九二七年三月号の〈スクリブナーズ・マガジン〉に掲載されたこの短編は、とあるレストランで起こった出来事を簡潔かつ硬質な文体で描いており、ダシール・ハメットなど米国ハードボイルドに大きな影響を与えたヘミングウェイの代表短編に数えられている。日本では江戸川乱歩が編纂したアンソロジー『世界推理短編傑作集』（創元推理文庫）の第三巻に大久保康雄訳で収録されていることで有名だ。ハードボイルド小説が持つ文体の特徴をこのアンソロジーで知ったミステリ読者は多いだろう。

この「殺人者」に限りない賛辞を送ったのがエドワード・ホッパーなのである。〈スクリブナーズ・マガジン〉にイラストを寄せていた縁でホッパーは編集者宛てに手紙を書いた。『エドワード・ホッパー　アメリカの肖像』（光山清子訳、岩波書店）の著者ヴィーラント・シュミートの解説によれば、ホッパーは手紙で「アメリカ文学の大部分が浸かっているサッカリンのような甘ったるい感傷を我慢して読んできた後では、アメリカの雑誌にこのような本物の作品を見つけたことにすがすがしい思いがする」と述べ、さらに「この小説のストーリーは大衆の好みに媚びるようなところがなく、真実から逸脱することもなく、非論理的な終局を迎えることもない」と書いたという。

エドワード・ホッパーが「殺人者」に感動を覚えた約九十年後、ひとりのミステリ作家がホッパーの絵にまつわるアンソロジーを編纂した。それが本書『短編画廊　絵から生まれた17の物語』である。〈私立探偵マット・スカダー〉シリーズで現代ハードボイルド小説を象徴する作家と言われるブロックが、ハードボイルド文体の祖たるヘミングウェイに刺激を受けたホッパーのアンソロジーを編むことになるとは、なかなかに感慨深いものがある。

本書はブロックと彼が声をかけた十六人の作家たちが、エドワード・ホッパーの作品を基に一つの短編を紡ぐ、というコンセプトで編纂された。序文でブロックが「ここに収められた物語はさまざまなジャンルの物語だ」と述べるように本書では多種多様な書き手が集っているのだが、顔ぶれを見ると日本でも名高いミステリ作家たちも数多く参加している。ローレンス・ブロックが編者と聞き、ミステリを楽しもうと手に取った読者にも満足の行くアンソロジーになっているはずだ。

ミステリ読者がホッパーと聞いて真っ先に思い浮かべる作家が、マイクル・コナリーである。コナリーの代表作〈ハリー・ボッシュ〉シリーズ第一作 *The Black Echo* ではエドワード・ホッパーの作品が重要なモチーフとして登場し、邦題がホッパーの代表作である〝NIGHTHAWKS〟から取って『ナイトホークス』（上・下巻、古沢嘉通訳、扶桑社文庫）となった事はミステリファンには周知のことだろう。そのコナリーが本書に寄せた短編も〝NIGHTHAWKS〟から着想を得た「夜鷹　ナイトホークス」だ。これはボッシュがロス市警を辞めて私立探偵を営んでいた頃の物語で、コナリーの敬愛するレイモンド・チャンドラーへのオマージュを感じる、孤独感が漂うハードボイルドになっている。ホッパーのアンソロジーに作品を、という依頼を受けたことで、コノリーの中にも作家としての原点回帰をしたいという思いがあったのではないか。

孤独感。それはエドワード・ホッパーが残した作品を貫くキーワードの一つである。第一次世界大戦から大恐慌、第二次世界大戦、そしてベトナム戦争まで、ホッパーは絶えず変化を遂げるアメリカのなかにおいて、常に変わらず日常の中に佇む人間たちを描いてきた。ホッパーの描く空間はオフィスやレストラン、映画館といった市井の人々にとって身近な場所である。その中に登場する人物たちはみな孤独の影を漂わせ、静かに存在し続ける。本書に参加した作家たちは、ホッパーの作品に込められた孤独を掬《すく》い取り小説に仕立て上げている。例えばミーガン・アボットの「ガーリー・ショウ」では毎晩、夫にスケッチのモデルを頼まれる妻を主人公に据え、人間同士の溝を描いている。断絶に気付いた時の絶望と、その感情の行きつく先を淡々と描いた筆致が忘れがたい作品だ。

ジョー・R・ランズデール「映写技師ヒーロー」は、映画館に映写技師として働く青年の語りで進む、犯罪小説の要素もはらんだ一編だ。青年の飄々《ひょうひょう》とした語り口に惹き込まれるが、その裏にも登場人物が抱える孤独感が垣間見える瞬間がある。ドアの向こうが直ぐ海と繋がる不思議な絵をモチーフにしたニコラス・クリストファー「海辺の部屋」は、風景がもたらす寂しさが読後も漂う小説になっている。

ホッパーはいわばアメリカの日常空間に潜む孤独を写し取ってみせたが、孤独は長じると不安を生み、さらには恐怖へと変化することもある。ジョイス・キャロル・オーツ「午前11時に会いましょう」は妻子がありながら不貞を働く男と、彼をアパートメントの一室で待つ女の内面を描いていく。発想の基となる〝ELEVEN A.M.〟は待つことの孤独を感じさせる絵だが、オーツの小説は孤独が神経症的な不安へと転じており、読めば読むほどサスペンスを煽るような物語になっている。スティーヴン・キング「音楽室」もモチーフは夫婦らしき二人の男女が深夜の部屋で静かに過ごす、寂しい絵だ。ところがモダンホラーの帝王スティーヴン・キングにかかると、この寂しさを訴える絵から恐怖の物語を引き出してしまうのである。

これまでホッパーの絵に込められた孤独を表現してみせた作品に言及してきたが、もちろんそんな作品ばかりではない。画家でもあるミステリ作家のジョナサン・サントロファーが書いた「窓ごしの劇場」は、向かいの建物の窓から見える下着姿の女性に執着する男を描いたスリラーだ。ヒッチコックの「裏窓」やブライアン・デ・パルマの「ボディ・ダブル」にオマージュを捧げたような物語に見えるが、途中からあれよあれよという間に意外な展開を見せて、思いもよらない方向に着地する。どんでん返しの魔術師、ジェフリー・ディーヴァーによる「11月10日に発生した事件につきまして」は、冷戦期ソ連の諜報部に所属する軍人がある事件の報告書をしたためる形式で始まる。冒頭からソ連のスパイが登場し面食らうのだが、そこから更に驚きの仕掛けが炸裂する。とにかく読者を驚かせて楽しませることを第一義とする、これぞディーヴァーという作品だ。編者であるブロック自身も「オートマットの秋」という短編を寄せているが、この作品は二〇一七年のMWA賞短編賞を受賞している。序盤はそれこそホッパーの絵の如く、レストランで静かに座る女性の内面を写し取った物語なのだが、これが見事な反転を見せるのだ。このように正道のミステリを紡いだ作品も本書には多く含まれている。ホッパーらしい孤独の話を味わいつつも、ぜひこちらの系統の短編も堪能してほしい。

さて、本書が米国で刊行された三年後、世界は新型コロナウイルスが猛威を振るい、世界の主要都市はロックダウンを余儀なくされた。そのような中、米国の作家である

Michael Tisserandがツイッターで「we are all edwarc hopper paintings now（われわれはエドワード・ホッパーの描く世界にいる）」と呟いたことがきっかけで、孤独に生きる人々を描くホッパー作品が再注目されることになった。よもやこんな形で再び自分の作品が脚光を浴びるとは来世のホッパーも思っていなかっただろうが、これも彼の描く孤独が時代や国境を越えて響くものであることの証左に違いない。まだまだコロナ禍は収まりそうにないが、そんな時こそエドワード・ホッパーの作品と本書に収められた短編を通して、孤独に思いを巡らせるのも悪くないだろう。

なお、ローレンス・ブロック編纂のアートを題材にしたアンソロジー第二弾『短編回廊　アートから生まれた17の物語』が五月二十六日にハーパーコリンズ・ジャパンより刊行予定とのこと。こちらはホッパーに限らず、ゴッホ、ルノワール、ルネ、葛飾北斎といったアーティストを取り上げたアンソロジーになるそうだ。こちらも楽しみである。

二〇二一年四月

訳者紹介

小林綾子《こばやし・あやこ》

東京都生まれ。会社勤務の傍ら、翻訳を学ぶ。桃里留加の名義でも訳書あり。

不二淑子《ふじ・よしこ》

早稲田大学第一文学部卒。主な訳書にウィテカー『アートシンキング　未知の領域が生まれるビジネス思考術』（ハーパーコリンズ）、アブ・イェンナス『毒花を抱く女』（早川書房）など。

小林宏明《こばやし・ひろあき》

英米文学翻訳家、エッセイスト。東京都生まれ、明治大学文学部英米文学科卒。主な著書に『カラー図解これ以上やさしく書けない銃の「超」入門』（学研プラス）、主な訳書にチャイルド『パーソナル』『ネバー・ゴー・バック』（講談社）など多数。

大谷瑠璃子《おおたに・るりこ》

大阪府生まれ。訳書にベル『不協和音』（小学館）、田口俊樹氏との共訳書にコーベン『偽りの銃弾』『ランナウェイ』（小学館）がある。

古沢嘉通《ふるさわ・よしみち》

英米文学翻訳家。大阪外国語大学デンマーク語科卒。主な訳書にコナリー『汚名』『素晴らしき世界』（講談社）、リュウ『紙の動物園』『宇宙の春』、プリースト『双生児』（以上、早川書房）など多数。

池田真紀子《いけだ・まきこ》

英米文学翻訳家。東京都生まれ、上智大学法学部卒。主な訳書にダルトン『少年は世界をのみこむ』（ハーパーコリンズ）、ディーヴァー『ネヴァー・ゲーム』、リー『パチンコ』（以上、文藝春秋）、クシュナー『終身刑の女』（小学館）、フィン『ウーマン・イン・ザ・ウィンドウ』（早川書房）など多数。

白石 朗《しらいし・ろう》

英米文学翻訳家。東京都生まれ、早稲田大学第一文学部卒。主な訳書にキング『アウトサイダー』『任務の終わり』(文藝春秋)、ヒル『ファイアマン』(小学館)、ハイスミス『見知らぬ乗客』(河出書房新社)、グリシャム『汚染訴訟』(新潮社)など多数。

鎌田三平《かまた・さんぺい》

英米文学翻訳家、作家。千葉県生まれ、明治大学文学部卒。主な訳書にランズデール『バッド・チリ』、メイデン『ドローン・コマンド 尖閣激突!』(以上、KADOKAWA)、クリード『ブラック・ドッグ』(新潮社)、ホワイト『凍土の牙』(文藝春秋)など多数。

中村ハルミ《なかむら・はるみ》

北海道生まれ。音楽翻訳を経て文芸翻訳の道へ。フェロー・アカデミーにて出版翻訳クラスに在学中。

矢島真理《やじま・まり》

東京都生まれ。国際基督教大学教養学部理学科卒。会社を早期退職して翻訳学校に通い、翻訳家に。

門脇弘典《かどわき・ひろのり》

東京外国語大学外国語学部卒。主な訳書にエリス&ブラウン『Hacking Growth グロースハック完全読本』、マルケイ『ギグ・エコノミー人生100年時代を幸せに暮らす最強の働き方』(以上、日経BP社)がある。

田口俊樹《たぐち・としき》

英米文学翻訳家。早稲田大学文学部卒。主な著書に『日々翻訳ざんげ エンタメ翻訳この四十年』(本の雑誌社)、訳書にウィンズロウ『壊れた世界の者たちよ』(ハーパーBOOKS)、スヴェン『最後の巡礼者』(竹書房)、ブロック『石を放つとき』(二見書房)、ジャクソン『娘を呑んだ道』(小学館)など多数。

ハーパーBOOKS

短編画廊《たんぺんがろう》 絵《え》から生《う》まれた17の物語《ものがたり》

2021年5月20日発行 第1刷

編　者　ローレンス・ブロック

訳　者　田口俊樹《たぐちとしき》 他

発行人　鈴木幸辰

発行所　株式会社ハーパーコリンズ・ジャパン
東京都千代田区大手町1-5-1
03-6269-2883（営業）
0570-008091（読者サービス係）

印刷・製本　中央精版印刷株式会社

定価はカバーに表示してあります。

この書籍の本文は環境対応型の植物油インクを使用して印刷しています。

VEGETABLE OIL INK

Printed in Japan
ISBN978-4-596-54155-0